**ЗВЕЗДЫ
КЛАССИЧЕСКОГО
ДЕТЕКТИВА**

Книги
ДЖЕЙМСА ХЭДЛИ ЧЕЙЗА
в серии
«Звезды классического детектива»

Лучше бы я остался бедным

Весна в Париже

Сильнее денег

Перстень Борджиа

Шутки в сторону

Дело о наезде

Запах денег

Карьера убийцы

Он свое получит

Весь мир в кармане

Ты за это заплатишь

Карточный домик

Итак, моя радость...

Без денег ты мертвец

Нет орхидей для мисс Блэндиш

Считай себя покойником

Получи по заслугам

Свобода – опасная вещь

Двойная подтасовка

За все надо платить

Не мой уровень

Реквием блондинке

Джеймс Хэдли ЧЕЙЗ

РЕКВИЕМ БЛОНДИНКЕ

Санкт-Петербург

УДК 821.111
ББК 84(4Вел)-44
  Ч 36

James Hadley Chase
BLONDE'S REQUIEM
Copyright © Hervey Raymond, 1946
LADY, HERE'S YOUR WREATH
Copyright © Hervey Raymond, 1940
All rights reserved

Перевод с английского
Игоря Куберского, Андрея Полошака

Серийное оформление и оформление обложки
Валерия Гореликова

© А. С. Полошак, перевод, 2020
© И. Ю. Куберский, перевод, 2020
© Издание на русском языке, оформление.
ООО «Издательская Группа
„Азбука-Аттикус"», 2020
Издательство АЗБУКА®

ISBN 978-5-389-18515-9

РЕКВИЕМ БЛОНДИНКЕ

ГЛАВА ПЕРВАЯ

С первого взгляда мне стало ясно, что за городок этот Кранвиль.

Не успел я вырулить на Мэйн-стрит, как через открытые окна в салон «паккарда» потянуло каким-то гнильем. На горизонте высились кирпичные трубы плавильных печей. Черный дым со временем прокоптил все вокруг до грязно-желтого цвета.

Первый полицейский, что попался мне на глаза, был небрит, а па кителе у него не хватало двух пуговиц. Второй регулировал движение с сигарой во рту. На замусоренных тротуарах было полно народу. В переулках толпились мужчины. Некоторые читали газеты, другие заглядывали им через плечо. Мимо сновали с озабоченным видом понурые женщины. В магазинах было пусто. Даже владельцы баров и те вышли на солнцепек. Город был похож на сжатую до предела пружину: еще чуть-чуть, и лопнет от гнева. Мне все это совершенно не понравилось.

Остановившись у драгстора, я подошел к телефону-автомату, набрал номер Льюиса Вульфа и сообщил, где нахожусь.

— Ну так идите назад в машину. — По тону Вульфа я понял, что человек он своенравный, нетерпеливый и жесткий. — Поедетс по Мэйн-стрит, через милю будет светофор. Сверните направо.

Я сказал, что скоро буду, и вышел из драгстора. У «паккарда» собралась толпа местных оборванцев: нездорового вида, грязные и озлобленные. Ничего не заподозрив, я начал пробираться к машине. Кто-то сказал:

— Вот он, сыщик из Нью-Йорка.

Я повернул голову, но решил не останавливаться. Парень с выпирающим кадыком произнес:

— Уматывал бы ты отсюда, если сам себе не враг.

Я с удивлением понял, что он обращается ко мне. Толпа, загудев, двинулась в мою сторону. Похоже, меня решили побить.

Я быстренько открыл дверцу «паккарда» и юркнул в машину. В окне появилась изможденная, небритая физиономия парня с кадыком.

— Проваливай, шпик, — просипел он. — Мы тут таких, как ты, не любим.

— Ты, главное, не волнуйся, — сказал я.

Очень хотелось стукнуть парня в челюсть, но вместо этого я завел двигатель и уехал. Глянул в зеркало заднего вида и заметил, что толпа смотрит мне вслед. Руки мои вспотели, но я напомнил себе, что сейчас не время воевать со всякой швалью. Есть дела поважнее.

Резиденцию Вульфа я нашел без труда. Такой домище трудно не заметить. За забором раскинулась красавица-лужайка. Широкая дорожка шла в гору и упиралась в изрядных размеров парковочную площадку. Вокруг было полно цветущих кустов.

Оставив машину у ворот, я одолел все пол-акра лужайки, очутился у кирпичного портика с остроконечной крышей и нажал кнопку звонка.

Слуга, молчаливый пятидесятилетний мужчина с пронзительным взглядом, проводил меня в кабинет Вульфа. Отменный, скажу вам, кабинет. На шероховатой штукатурке стен — гобелены, за высокими окнами — железные решетки вроде французских балкончиков, тяжелые резные кресла, стол с резными ножками и мраморной столешницей. Лет тридцать назад такой интерьер впечатлил бы кого угодно.

Вульф дожидался меня, сидя у окна: здоровенный толстяк с идеально круглой головой, аккуратным седым «ежиком», маленьким носом в форме клюва и суровым тонкогубым ртом. Я решил, что он похож на осьминога.

Не говоря ни слова, Вульф обшаривал меня водянистыми глазками.

— Я звонил пять минут назад, — сообщил я. — Детектив из нью-йоркского отделения «Интернешнл инвестигейшнз». Вы просили прислать специалиста.

— Это лишь слова, — проворчал Вульф, с подозрением вглядываясь мне в лицо. — Откуда мне знать, что вы тот, за кого себя выдаете?

Я протянул ему удостоверение. Мой шеф, полковник Форсберг, изобрел его специально для недоверчивых клиентов. Получилось неплохо. На обложке — серебряный щит, а внутри — полная информация обо мне, включая фотографию и отпечаток пальца. И все это скреплено подписью окружного прокурора.

Вульф не спеша рассматривал документ. Должно быть, ему нравилось, что я стою перед ним столбом.

— Похоже, все в порядке, — наконец буркнул он, бросив мне удостоверение. — Знаете, зачем вы здесь?

Я сказал, что не знаю.

Покрутив в пальцах золотую цепочку от часов, он указал на кресло:

— Присаживайтесь.

Выбрав самое удобное кресло в комнате, я подтащил его поближе к Вульфу и наконец-то дал отдых натруженным ногам.

Несколько минут Вульф молча смотрел в окно. Может, решил доконать меня своим молчанием. Если так, у него ничего не вышло. Я наблюдал за ним, зная, что время работает на меня.

— Видите? — вдруг рявкнул он, тыча пальцем в окно.

Я проследил за его движением. Чтобы рассмотреть дымящие вдали трубы, пришлось податься вперед.

— Это было мое.

Я не знал, поздравить его или принести соболезнования. Поэтому промолчал.

— Двадцать лет я командовал в той шахте. Она принадлежала мне со всеми потрохами. В прошлом месяце я ушел на покой. — Жирные щеки его обвисли.

Я сочувственно покряхтел. Вульфу это не понравилось.

— Щенку вроде вас не понять, — резко произнес он, сверкнув водянистыми глазками. — Двадцать лет я вкалывал там по двенадцать часов в сутки. Теперь скучаю.

— Оно и понятно, — поддакнул я.

— Трех дней не прошло, как начал сходить с ума от тоски. — Вульф стукнул кулаком по ручке кресла. — Знаете, чем я собираюсь заняться? — Он подвинулся вперед, лицо его раскраснелось от возбуждения. — Хочу стать мэром этого треклятого городка и поднять его с колен.

Скажи он, что метит в президенты США, я бы не удивился.

— Есть еще два кандидата, — мрачно продолжал Вульф. — Выборы через месяц. Значит, у вас три недели, чтобы найти пропавших девушек.

— Каких еще девушек? — Я не понимал, о чем он.

Вульф нетерпеливо всплеснул руками.

— Как зовут, не помню. Подробности расскажет секретарша. В общем, пропали три девицы. Исслингер и Мейси хотят воспользоваться этим происшествием, чтобы привлечь голоса избирателей. Пара подонков, вот они кто. А я третий. Ваша задача — разыскать девушек, прежде чем их найдет кто-то из моих конкурентов. Я неплохо заплатил Форсбергу, и если вы не справитесь с этим делом... Господи прости.

Такое ощущение, что со мной говорят на китайском языке. Я видел, что Вульф не желает вдаваться в подробности. Выслушивать его — пустая трата времени.

— Пожалуй, побеседую с вашей секретаршей. — Я поднялся на ноги.

— Она все расскажет. — Вульф энергично покивал. — Не забудьте, я собираюсь стать мэром этого городка. Если мне что-то нужно, я этого добьюсь. Поняли?

Я сказал, что понял.

Вульф нажал кнопку зуммера. В кабинет вошла девушка лет двадцати. Может, девятнадцати. Миниатюрная, бледненькая и перепуганная. На носу у нее были очки, и в целом мне показалось, что ей не помешало бы усиленное питание.

— Это сыщик, — буркнул Вульф, повернувшись к девушке. — Расскажите ему все, что он пожелает знать.

С любопытством взглянув на меня, девушка направилась к двери.

Я встал.

— Не забывайте: мне нужен результат, — произнес Вульф. — Возвращайтесь, когда будет о чем доложить.

Я сказал, что скоро что-нибудь выясню, и вышел из кабинета вслед за девушкой. Она проводила меня через фойе в комнатку, оборудованную под офис.

— Меня зовут Марк Спивак, — представился я, когда она закрыла дверь. — Надеюсь, я не добавил вам хлопот.

Девушка снова с любопытством взглянула на меня. Наверное, впервые видит сыщика.

— Что вы хотели узнать? — спросила она, направляясь к столу.

Я уселся на жесткий стул. В комнатке было весьма неуютно.

— Мистер Вульф написал письмо моему шефу, полковнику Форсбергу. Выслал чек и велел разобраться с одним делом. Каким именно — не сказал. Работу поручили мне, так что хотелось бы узнать, о чем вообще идет речь.

— В таком случае я вкратце введу вас в курс дела, — произнесла секретарша, усаживаясь за стол.

Я сказал, что было бы неплохо.

— С месяц назад, — начала она тихим, монотонным голосом, — пропала девушка по имени Льюс Макартур. Ее отец работает в драгсторе на углу Сидни и Мюррей. Через пару дней исчезла еще одна: дочь консьержа Денгейта. Через неделю объявили в розыск третью, Джой Кунц. Мистер Вульф встречался с Мейси, шефом полиции. Хотел узнать, как продвигаются поиски. Видите ли, горожане очень волнуются. Родители, само собой, встревожены, а местная пресса сеет слухи, что в городе орудует серийный убийца. После разговора с мистером Вульфом полицейские зашевелились. Обыскали все пустующие дома в Кранвиле. В одном нашли туфельку Джой Кунц. Больше ничего. И до сих пор нет никаких улик. Находка вызвала в городе настоящую панику. Мистер Вульф решил, что пора привлекать экспертов. Вот и вызвал вас. — Девушка умолкла и забарабанила пальцами по полированной столешнице, оставив россыпь отпечатков.

— Это вносит некоторую ясность, — заметил я, восхищенный лаконичностью ее рассказа. — А кто такой Исслингер?

— Владелец похоронного бюро. — Девушка смотрела куда-то вбок. — Он тоже участвует в выборах.

— Похоронного бюро? — озадаченно переспросил я. Девушка не стала вдаваться в подробности, и я уточнил: — Каковы его шансы стать мэром?

Оставив на столешнице несколько новых отпечатков, девушка сообщила:

— Думаю, очень неплохие. Рабочему классу он нравится.

На сто процентов не уверен, но мне показалось, что в ее голосе прозвучала симпатия. В любом случае вряд ли рабочему классу нравится Вульф, но я решил не распространяться на этот счет.

— Мистер Вульф считает, что если он найдет девушек, то заручится поддержкой избирателей и станет мэром. Верно?

— Более или менее, — кивнула девушка.

— Что говорит Исслингер?

— Он начал собственное расследование.

— Кто на него работает? — Я был слегка удивлен.

— В Кранвиле есть свой детектив. Мистер Исслингер не желает, чтобы чужаки вмешивались в дела нашего городка.

— Похоже, вы придерживаетесь того же мнения. — Я бросил на нее резкий взгляд.

— Моего мнения никто не спрашивает, — зардевшись, сказала девушка.

Молча поглазев на нее, я спросил:

— Почему же мистер Вульф не нанял местного детектива?

— Он не питает доверия к женщинам. — Девушка плотно сжала губы. — Видите ли, детективным агентством руководит дама.

Ободряющие новости. Я тоже не очень-то доверяю женщинам. На мгновение задумавшись, я задал очередной вопрос:

— Что говорят полицейские?

— Они не собираются помогать ни мистеру Вульфу, ни мистеру Исслингеру. У шефа полиции собственный кандидат.

Я рассмеялся.

Девушка все еще не смотрела на меня, но хоть губы перестала поджимать.

— Ситуация сложнее, чем может показаться, — призналась она. — Шеф полиции Мейси хочет, чтобы мэром стал Руб Старки. Так что полицейские проводят собственное расследование.

— Что за Старки?

— К сожалению, я почти ничего о нем не знаю. — Девушка покачала головой. — Разве что он игрок. Думаю, такому человеку не место в кресле мэра.

— Уже неплохо. С учетом того, что вы почти ничего о нем не знаете. — Я улыбнулся. — Что насчет этих девушек? Есть версии?

— Они просто исчезли. До сих пор никому ничего не известно.

— Понятно. — Вытащив сигарету из портсигара, я закурил. Похоже, дело чертовски непростое. — Позвольте подвести итоги. По факту исчезновения девушек ведутся три независимых расследования. Вульф, Исслингер и Мейси знают: мэром станет тот, кто разгадает эту загадку. Полиция мне, судя по всему, помогать не станет. И поскольку я чужак, популярности в Кранвиле мне тоже не видать. Исслингера поддерживает население города, но не полиция. Вот, пожалуй, и все. Я ничего не упустил?

Девушка сказала, что я все понял правильно.

Мне вспомнилась толпа, окружившая «паккард». Если такое будет повторяться регулярно, у меня просто шикарные перспективы.

— Люди очень взволнованы, верно?

— Только потому, что никто ничего не делает, — сказала девушка и на удивление спокойно добавила: — Прошлой ночью в полицейском участке разбили несколько окон.

Пожалуй, нужно поберечься. Не ровен час, мне тут шею свернут.

— Напишите-ка мне имена и адреса всех, кого вы упомянули, о'кей?

Выдвинув ящик стола, девушка вынула листок бумаги:

— Я знала, что вам понадобится такой список.

Поблагодарив ее, я спрятал листок в карман, встал и произнес:

— Ну что же, я тут порыскаю. Возможно, через денек-другой будет что доложить мистеру Вульфу.

Внезапно девушка посмотрела прямо на меня — с такой неприязнью, что меня даже передернуло. Она ведь из рабочего класса. Должно быть, болеет за Исслингера. Конечно, с таким боссом, как Вульф, ей не позавидуешь, но все же... И тут я понял, как трудно мне придется.

— Где можно оставить машину? — спросил я.

— Оставить машину? — озадаченно переспросила девушка.

— На ней нью-йоркские номера. Вижу, их здесь не очень-то жалуют. Какие-то ребята уже дали мне это понять.

На долю секунды девушка словно расцвела, но тут же взяла себя в руки.

— Можете поставить в гараж за домом. Там полно места.

Поблагодарив ее еще раз, я направился к двери и вдруг спросил:

— Кстати, а как вас зовут?

— Уилсон. — Смутившись, она покраснела.

— Вы мне очень помогли, мисс Уилсон, — сказал я. — Надеюсь, я не сильно вас отвлек.

Девушка сказала, что не сильно, и придвинула к себе пишущую машинку.

РЕКВИЕМ БЛОНДИНКЕ

«Истерн-отель» был расположен на Мэйн-стрит. Я снял там номер, оставил чемодан и снова вышел на жаркую улицу. Взял такси и поехал к Макартуру.

Водитель, похоже, спешил от меня избавиться. Проскочил на красный свет в ярде от полицейского. Тот даже не обернулся. Я решил, что Мейси неважно подходит на роль шефа полиции.

Через четыре минуты бешеной гонки мы очутились на убогой мрачной улочке. По обеим сторонам высились древние многоквартирные дома. Фасады были украшены металлическими пожарными лестницами. На железных ступенях обособленными компаниями сидели мужчины и женщины.

Заслышав машину, люди выглядывали из окон. Некоторые женщины принялись звать мужей, чтобы те ничего не пропустили.

Я понял, что явиться сюда на такси было ошибкой, и приказал водителю ехать дальше.

— Так вот же он, ваш адрес, — сказал он, замедляя ход.

Я повторил приказ. Водитель хмуро покосился на меня, но спорить не стал. В конце улицы он свернул налево, и я велел остановиться. Выдал таксисту пятьдесят центов и ушёл, не дожидаясь его реакции.

Побродил по кварталу, чтобы зеваки угомонились. А затем прогулочным шагом направился к дому Макартура.

Всю дорогу я чувствовал, что на меня глазеют. По сторонам не смотрел, но понимал: эти бездельники спрашивают себя, кто я такой и к кому пожаловал. Вот что хуже всего, когда работаешь в маленьком городке вроде Кранвиля: местные знают друг друга и видят чужака за версту.

Макартур жил в пятиэтажном кирпичном доме, в самой середине улицы. Я с радостью шмыгнул в подъезд, подальше от любопытных глаз. На стене висело шесть почтовых ящиков. Квартира Макартура находилась на третьем этаже.

Я пошел наверх. Ковра на лестнице не оказалось, но ступеньки были чистыми. В стены въелись кухонные ароматы, но в целом дом мне нравился.

Постучав в дверь на третьем этаже, я подождал.

Мне открыл низенький небритый мужчина в рубашке без галстука, брюках и шлепанцах. Его тощее желтое лицо было невеселым.

— Да-да? — спросил он, вглядываясь в меня сквозь толстые стекла очков.

— Мистер Макартур?

Мужчина кивнул. Я заметил, что он удивился слову «мистер». Похоже, в свое время жизнь его изрядно помотала.

— Это насчет вашей дочери, — сказал я, внимательно глядя на него.

В глазах мужчины мелькнул испуг и тут же сменился надеждой. Чтобы устоять на ногах, он схватился за дверь.

— Ее... ее нашли? — с жаром спросил он, и мне стало его жалко.

— Пока нет. — Я шагнул вперед. — Разрешите войти на минуточку?

Лицо его вытянулось от разочарования, но мужчина отступил в сторону.

— У нас тут не прибрано, — извиняющимся тоном пробормотал он. — Не так-то просто вести хозяйство, когда в семье такое горе.

Я сочувственно покивал и прикрыл дверь. В маленькой, бедно обставленной комнате было чисто. Между стенами тянулась веревка. На ней сушились чулки и женское белье.

Встав у стола, Макартур вопросительно посмотрел на меня:

— Напомните, откуда вы?

Вынув удостоверение, я помахал перед ним серебряным щитом и тут же спрятал в карман, прежде чем Макартур успел что-то рассмотреть.

— Я занимаюсь делом об исчезновении вашей дочери. И найду ее, если вы мне поможете.

— Конечно, — с готовностью сказал Макартур. — Что вы хотите узнать? К нам ходит столько народу, и все с вопросами. — Он сплел пальцы. — Но никто ничего не делает.

Я присел на уголок стола.

— Как вы думаете, что с ней случилось?

— Не знаю. — Макартур попытался взять под контроль свои руки, но безуспешно. Ладони его порхали, словно два белых мотылька. — С тех пор как Льюс пропала, мне ничего не идет в голову.

— Дома все было в порядке? То есть не могла ли она сбежать или что-то в этом роде?

Макартур беспомощно покачал головой:

— Нет, она хорошая девочка. Ни на что не жаловалась. И с работой ей повезло.

— Вы верите в эти истории о серийном убийце?

Внезапно он сел и спрятал лицо в ладонях.

— Не знаю.

Да, толку от него немного.

— Вам известно, что эти исчезновения расценивают как козырь в предвыборной гонке? — спросил я так терпеливо, как только мог. — Вы не допускаете, что девушкам заплатили, чтобы они до поры до времени скрылись из виду? Ваша дочь не могла бы на такое пойти?

— Что бы ни случилось с Льюс, это произошло против ее воли, — прошептал Макартур. — Вы же не думаете, что она мертва, мистер? Не думаете?

Это было вполне вероятно, но я решил оставить свое мнение при себе. Не успел я ответить, как дверь распахнулась и в комнату вошла крупная седовласая женщина. Глаза у нее были красные, веки опухшие, а взгляд застывший.

— Кто это, Том? — спросила она, направляясь к Макартуру.

— Так, насчет Льюс, — неловко ответил он.

— Все в порядке, миссис Макартур, — поспешно сказал я. — Я помогаю вести расследование.

Окинув меня взглядом, женщина скривила рот:

— Вы работаете на Вульфа.

Похоже, ее это рассердило. Она повернулась к Макартуру:

— Дурень! Зачем ты его впустил? Он же шпион Вульфа.

Макартур с мольбой взглянул на нее и взволнованно пояснил:

— Он хочет нам помочь. Нельзя отказываться от помощи, Мэри.

Распахнув входную дверь, женщина сказала мне:

— Выметайтесь!

Покачав головой, я попробовал ее успокоить:

— Поймите правильно, миссис Макартур. Чем больше народу работает над этим делом, тем скорее мы получим результат. Вы хотите вернуть дочку, и я могу вам помочь. Бесплатно.

— Он прав, Мэри, — пылко сказал Макартур. — Этот человек просто хочет нам помочь.

— Мне не нужна помощь от такой гадины, как Вульф, — сказала женщина, вышла из квартиры и хлопнула дверью.

— Вам лучше уйти, — посоветовал Макартур, заламывая руки. — Она сейчас брата приведет.

Да хоть морского пехотинца. Мне плевать.

— Ничего страшного. — Я не сдвинулся с места. — Почему она так ненавидит Вульфа? Чем он перед ней провинился?

РЕКВИЕМ БЛОНДИНКЕ

— Да его почти все терпеть не могут. Особенно те, кому довелось на него работать. — Макартур с тревогой глянул на дверь. — Но скоро вы сами все узнаете.

Женщина вернулась. С ней пришел коренастый мужчина лет сорока, весь такой крутой и самоуверенный.

— Это про него ты говорила? — спросил он, обращаясь к миссис Макартур.

— Да. — В голосе ее слышалось ликование, и я начал заводиться.

Мужчина подошел ко мне.

— Давай-ка на выход, и с концами, — произнес он, ткнув меня пальцем в грудь. — Нам тут такие гаденыши, как ты, не нужны. Ишь, шпион выискался.

Я взял его за палец и слегка дернул. Этому трюку меня научил приятель, какое-то время проживший в Китае. Взвыв от боли, мужчина рухнул на колени.

— Ну что ты как баба? — усмехнулся я, помогая ему подняться. — Шуток не понимаешь?

Он упал в кресло, не переставая поскуливать над своей рукой.

— Вы все не в своем уме. — Я направился к двери. — Разве непонятно, что время не ждет? Если дадите «добро», я смогу найти девушку. Дело, конечно, ваше. Но она пропала уже четыре недели назад. И пока что поиски не сдвинулись с мертвой точки. Если вас это устраивает — что ж, так тому и быть. Не найду ее, найду остальных. Но к тому времени искать вашу дочь уже не будет смысла. Вы пораскиньте мозгами. Я остановился в «Истерн-отеле». Если нужна помощь, приходите. Или не приходите. Дело хозяйское.

Не дожидаясь их реакции, я вышел из комнаты и тихонько закрыл за собой дверь.

Редакция «Кранвиль газетт» располагалась на пятом этаже ветхого строения. С одной стороны его подпирал драгстор, а с другой — огромный универмаг уцененных товаров. В маленьком темном фойе было грязно. Пахло застарелым пóтом и табачным дымом. Лифт не работал, и мне пришлось подниматься на четвертый этаж пешком.

Побродив по этажу, я оказался перед нужной дверью. На витражном стекле была черная облупившаяся надпись: «Кранвиль газетт».

Повернув ручку, я вошел в узенькую комнатку с двумя окнами, обшарпанным столом с пишущей машинкой, лысым ковром и парой шкафов-картотек.

У окна стояла женщина: сорокалетняя, тощая и неряшливая. Повернувшись, она без особенного интереса взглянула на меня — с таким лицом, будто глотнула уксуса.

— Редактор у себя? — Я коснулся шляпы, стараясь показать, что рад встрече больше, чем она.

— Как вас представить? — По ее тону я понял, что посетители к редактору заходят нечасто.

— Моя фамилия Спивак, — сказал я. — И я здесь не для того, чтобы что-то ему продать или зря потратить его время.

Женщина скрылась за неприметной дверью в дальнем конце комнаты.

Прислонившись к стене, я закурил сигарету и решил, что в такой убогой редакции мне бывать еще не доводилось. Говорят, газета — лицо города. Что ж, у Кранвиля подходящее лицо.

Женщина вернулась.

— Мистер Диксон готов уделить вам несколько минут.

Улыбнувшись, я направился к двери и вошел в кабинет редактора, еще более жалкий, чем приемная. У стола стоял вращающийся стул, а на нем восседал старец в синем саржевом костюме. Костюм лоснился, словно отполированный. На голове у старца была светло-серая плешь, обрамленная седыми прядями. Сине-зеленые глаза смотрели настороженно, а нос был похож на птичий клюв. Судя по виду, в свое время мистер Диксон был не дурак выпить.

— Мистер Спивак? — уточнил он оглушительным баритоном.

Я кивнул.

— Присядьте, мистер Спивак. — Толстой волосатой рукой он указал на кресло. — Городок у нас маленький. Всегда приятно, когда заходит посетитель. — Замолчав, он поразглядывал меня, производя в уме какие-то подсчеты. — Вы же, если я правильно понимаю, посетитель?

— В какой-то мере. — Я уселся, придвинув стул поближе к столу. — Но прежде чем говорить о делах, хочу задать вам один вопрос.

Покрутив мизинцем в ухе, Диксон изучил ноготь и вытер палец о брючину.

— Пожалуйста, задавайте, — улыбнулся он, сверкнув пожелтевшим, скверно подогнанным зубным протезом. Взгляд его оставался настороженным.

— Вам ведь не все равно, кто станет мэром этого городка? — выпалил я.

Такого он не ожидал. Тут же зажмурился и втянул голову в плечи, словно испуганная черепаха. Помолчав, осведомился:

— Интересно, с чего бы такой вопрос?

— Отвечайте прямо: да или нет. — Я стряхнул пепел на истоптанный ковер. — Будьте умницей.

Резко взглянув на меня, Диксон погрузился в размышления.

— Пожалуй, нет, — осторожно произнес он. — Но не понимаю, чем обязан. Я не обсуждаю политику с незнакомцами, мистер Спивак.

Мы внимательно смотрели друг на друга.

— Так давайте познакомимся, — сказал я. — Выкладывайте карты на стол, и мы с вами встретимся еще не раз.

Обдумав мои слова, Диксон внезапно расхохотался: так, словно залаяла гиена.

— А вы оригинал, сэр, — сказал он, вытирая ладони о промокашку. — И правда, к чему от вас что-то скрывать? Хорошо, я выложу, как вы изволили выразиться, карты на стол. Разницы между мэром Вульфом и мэром Старки я почти не вижу. Мистер Исслингер — более подходящий претендент на эту должность. По большому счету мне все равно, кто усядется в кресло мэра. Так что могу следить за выборами как непредвзятый наблюдатель.

— Хорошо сказано. — Я вынул удостоверение и передал его редактору. Он рассматривал документ с неподдельным интересом. Достаточно долго, чтобы выучить его наизусть. А потом вернул мне.

— Очень любопытное удостоверенье, — заметил он, снова сунув палец в ухо. — Я с первого взгляда понял, что вы тот самый детектив из Нью-Йорка.

Я внимательно наблюдал, не мелькнет ли на его лице недовольство. Этого не произошло.

— Думаю, вы сможете мне помочь. — Я убрал удостоверение в карман.

— Вполне возможно, — согласился Диксон, барабаня пальцами по заляпанной чернилами промокашке. — Но не понимаю, зачем мне это. Я не имею привычки помогать другим людям, мистер Спивак.

— Может, другим и не требуется ваша помощь, — улыбнулся я. — Я же хочу узнать, как Кранвиль выглядит в глазах местного жителя. И готов заплатить за информацию.

Диксон прикрыл глаза, но я успел заметить, как в его взгляде мелькнул жадный интерес.

РЕКВИЕМ БЛОНДИНКЕ

— Очень любопытно, — тихо пробормотал он. — Вот бы узнать, что за информацию вы ищете.

— Насколько я понял, шеф полиции Мейси хочет, чтобы мэром стал Руб Старки. Не скажете почему?

Глубоко задумавшись, Диксон потер свой крючковатый нос.

— Я предпочел бы оставить личные соображения при себе. Но если вас устроит, поделюсь мнением горожан.

— Валяйте, — сказал я, прекрасно понимая, что мнение горожан совпадает с его собственным.

— Проблема, — начал он, сложив руки на промокашке и хитро поглядывая на меня, — вот в чем. Последние двадцать лет каждый новый мэр проводил свои реформы. В результате всех этих преобразований в Кранвиле почти прекратился денежный оборот. Чтобы город процветал, условный мистер Спенсер, человек из рабочего класса, должен тратить свои деньги, а не складывать их в кубышку. А для этого нужно стимулировать спрос. К сожалению, если делать это честными способами, прибыль будет невелика. Поэтому приходится прибегать к сомнительным методам.

Двадцать лет назад в Кранвиле был ипподром, четыре казино, два отличных ночных клуба и даже небольшой, но милый бордель. Люди тратили деньги себе в удовольствие, и город процветал. Когда эти заведения закрылись, все сразу переменилось.

Схватив карандаш, Диксон принялся чертить на промокашке что-то вроде куба.

— Мейси хочет, чтобы мэром стал Старки, поскольку тот выступает за доходные развлечения. Шефу полиции нужно, чтобы вновь открылись казино и ночные клубы. Даже ипподром. Старки — человек опытный. Он легко справится с такой задачей. — Дочертив куб, Диксон начал катать по промокашке карандаш. — Мейси не самый лучший коп, но превосходный бизнесмен.

— Если у руля встанет Старки, преступность в Кранвиле расцветет пышным цветом. Верно? — Я дал понять, что меня не волнует развитие событий.

— Очень вероятно, мистер Спивак. Да. Я бы сказал, это очень вероятно. — Диксон улыбнулся. — Только никому меня не цитируйте. Я бы не хотел, чтобы мое мнение стало достоянием публики. По крайней мере, пока.

— А если победит Исслингер?

— Исслингер — дело другое. Думаю, жизнь может наладиться. Разумеется, полной уверенности у меня нет. Для Кранвиля он слегка «красноват». Выступает против капиталистических идеалов, но человек очень искренний.

— Расскажите о нем, — попросил я.

Откинувшись на спинку кресла, Диксон сцепил руки на животе.

— Ну что я могу сказать? — произнес он, хмуро уставившись в грязный потолок. — Он приехал в Кранвиль тридцать лет назад. Какое-то время работал помощником в похоронном бюро Морли. Когда мистер Морли скончался, Исслингер выкупил его контору. Человек он был работящий, таким и остается. Приносит городу большую пользу. Его любят, ему верят. Он вам понравится, мистер Спивак. Хотя насчет его жены не уверен. — Глянув в окно, Диксон покачал головой. — Очень, очень непростая дама. Понять не могу, почему Исслингер взял ее в жены. — Понизив голос, Диксон добавил: — Она пьет.

Я хмыкнул.

— У них есть сын, — продолжал Диксон. — Замечательный парнишка. Вылитый отец. Умный, эрудированный. Учится на врача. Думаю, он сделает блестящую карьеру. — Диксон снова сунул мизинец в ухо. — Мать с него пылинки сдувает и больше ничем не интересуется. Кроме выпивки, конечно. — Рассматривая крошечный комок серы на пальце, он скорбно покачал головой.

— Как у него с деньгами? — спросил я.

— У Исслингера? — Диксон оттопырил губы. — Смотря что называть деньгами. Бизнес у него неплохой. Людям свойственно умирать. В Кранвиле так особенно. В нашем городке не очень-то здоровая атмосфера. — Он с лукавой ухмылкой глянул на меня. — По крайней мере, для некоторых.

— Это я уже понял, — сухо ответил я. — Но меня непросто запугать.

Мы переглянулись. Вынув из кармана «Кэмел», я бросил сигарету редактору. Вторую закурил сам и спросил:

— Что думаете о пропавших девицах?

— Что думаю? Есть большая разница между тем, что я думаю, и тем, что печатаю в газете, — осторожно ответил Диксон. — Освещением местных новостей у нас занимается один юноша, падкий на сенсации. Именно он убедил меня, что вброс о серийном убийце неплохо скажется на продажах. — Диксон хитро улыбнулся, демонстрируя желтые зубы. — И он не ошибся, мистер Спивак. Так и случилось.

— Но сами вы в это не верите?

— Нет, не верю. — Он покачал головой.

— Какие у вас предположения?

— Давайте не будем об этом, мистер Спивак. — Он поморщился. — Вряд ли вам помогут предположения какого-то недужного старика.

— Ну же, выкладывайте, — настаивал я. — Мне сгодится любая помощь.

Но видно было, что Диксон настроен упрямиться.

— Один вопрос меня волнует больше остальных, — заметил он. — Если девушек убили, куда делись тела?

— Я об этом думал, — сказал я. — А сами что скажете?

— Ничего, — быстро ответил он. — Надеюсь, вы понимаете: свою работу вам придется делать самостоятельно. Не сомневаюсь, мистер Вульф неплохо вам платит.

— Так себе, — сказал я. Пусть Диксон гадает. После паузы я продолжил: — Исслингер нанял даму-детектива, верно?

— Очаровательная девушка. — Диксон, как мог, изобразил любострастие. — Она вам понравится. Разумеется, у нее нет никакого опыта сыскной работы.

— То есть она не продвинулась с расследованием?

— Полагаю, никто не ожидал, что она продвинется. — Качнув головой, Диксон улыбнулся.

Я заметил, что он сделал ударение на слове «никто».

— Никто, включая Исслингера? — спросил я, внимательно глядя на него.

Диксон промолчал, но кивнул.

— Значит, Исслингер нанял женщину, понимая, что она не сможет раскрыть это дело? Какая-то бессмыслица.

Взяв карандаш, Диксон начал трудиться над новым кубом.

— Я лишь указываю направление. Подсказываю идейку-другую, — извиняющимся тоном произнес он. — Вы ведь не думаете, мистер Спивак, что я сделаю вашу работу за вас?

Устроившись поудобнее, я задумчиво смотрел на него. Несколько минут мы просидели в тишине. Поняв, что Диксон не планирует развивать свою мысль, я решил зайти с другой стороны.

— Что вам известно о пропавших девицах?

Открыв ящик стола, Диксон вытащил три фотографии — судя по всему, сделанные уличным фотографом. И протянул снимки мне.

— Уверяю вас, мистер Спивак, это совершенно заурядные девушки. Рабочий класс. Никаких секретов.

Взглянув на фотографии, я ему поверил. Таких девушек можно встретить в любую минуту на любой улице любого города.

— У них есть что-нибудь общее, кроме цвета волос? — спросил я, возвращая фотографии.

Диксон хотел что-то сказать, но тут раздался звонок. Редактор удивленно уставился на телефон.

— Прошу меня простить, — сказал он, взял трубку и робко приложил ее к уху.

Откинувшись на спинку стула, я рассеянно поглядывал на него.

— Кто-кто? — переспросил Диксон и стал слушать.

Из трубки еле-еле доносился чей-то голос: высокий и отрывистый. Слов я разобрать не мог.

Диксон вдруг съежился.

— Понимаю, — пробормотал он в трубку. — Да, конечно. Да. Само собой. — Он снова превратился в слух, а потом раздался щелчок: связь оборвалась. Диксон медленно положил трубку на рычаг, а потом уставился на свою промокашку. Я заметил у него на лбу капельки пота. А раньше их не было.

— Итак, что может быть общего между этими блондинками? — повторил я после долгой паузы.

Вздрогнув, Диксон посмотрел на меня с таким удивлением, словно забыл о моем присутствии.

— Боюсь, наше время подошло к концу, мистер Спивак. — Он тут же отвел взгляд. — Было очень занимательно с вами познакомиться. — Редактор встал и протянул мне рыхлую потную ладонь. Лицо его сделалось белым как бараний жир, а над правым глазом подергивалась жилка. — Думаю, вам больше не стоит сюда приходить. Ваше время — ценный ресурс, и мне не хотелось бы тратить его впустую.

— Пусть мое время вас не беспокоит, — сказал я. — Эту проблему я утрясу сам. — Вынув из кармана блокнот, я раскрыл его и показал Диксону двадцать пять долларов, спрятанных между страницами. — А ваше время оплачивается, так что и по этому поводу переживать не стоит.

— Вы очень предусмотрительный человек, — заметил Диксон. Ни во взгляде, ни в голосе у него не появилось ни капли интереса. — Но мне нечего вам продать. Понимаете, мистер Спивак? Продать нечего.

Убрав блокнот, я задумчиво посмотрел на Диксона:

— Кто вам звонил?

— Вы его не знаете, — ответил редактор, безвольно опускаясь в кресло. — До свидания, мистер Спивак. Уверен, вы без труда найдете выход.

Положив ладони на стол, я придвинулся к Диксону:

— Готов спорить, это был Мейси. Или Старки. — Я не сводил с него глаз. — И вам велели держать рот на замке, а не то... Ну, я не ошибаюсь?

Зажмурившись, Диксон съежился еще сильнее.

— До свидания, мистер Спивак, — тихо сказал он.

— Ну пока, — ответил я и вышел из комнаты.

Когда я направлялся к выходу, уксусная дама смерила меня взглядом.

— Ваш старикашка ноги со страху обмочил, — сообщил я. — Зажгите для него камин.

Я чувствовал, что она смотрит мне в спину, но не оборачивался. Захлопнув за собой дверь, я медленно спустился по лестнице, непроизвольно насвистывая «Траурный марш» Шопена.

Кирпичное здание «Истерн-отеля» было невысоким — всего три этажа, — но довольно длинным. Фасад был украшен металлическими пожарными лестницами, а на крыльце стояло штук двенадцать кресел-качалок.

Я поднялся по ступенькам, миновал веранду и вошел в фойе. Окинул взглядом пальмы в горшках, громоздкую мебель из красного дерева и медные плевательницы.

Клерк за стойкой регистрации возился со своим журналом. Напротив стояла высокая девушка. Ее золотистые волосы покоились на воротничке серо-голубого клетчатого платья. Через руку у нее был перекинут светло-серый плащ, а у ног стоял чемодан, обклеенный гостиничными ярлыками.

Я подошел к стойке и застыл в ожидании.

— Вы бронировали номер? — спросил клерк, обращаясь к девушке.

Она сказала, что нет, не бронировала.

Клерк с сомнением посмотрел на нее. Похоже, собрался отказать.

— Зачем бронировать? — спросил я. — У вас тут свободных номеров как у собаки блох.

Холодно посмотрев на меня, клерк развернул журнал к девушке. Бросив на меня быстрый взгляд, она записала свое имя. Симпатичная. Хорошая кожа, мелкие, правильные черты лица. Чувственная внешность.

Клерк выдал мне ключ, и я направился к лифту. Негр-портье подхватил чемодан и пошел вслед за мной. Мгновением позже к нам присоединилась хозяйка чемодана, и все мы поехали на третий этаж.

Пока я возился с замком, негр отомкнул дверь напротив и проводил мою новую соседку в номер. Прежде чем войти, я обернулся, и наши взгляды встретились.

— Спасибо, — сказала девушка и мило улыбнулась.

— Может быть, вам стоит поселиться в другом месте, — заметил я. — Эта гостиница очень уж паршивая.

— Я видала и похуже. — Она снова улыбнулась и ушла к себе.

Я закрыл дверь.

Комната не вызвала у меня особенного восторга. У окна стояла односпальная кровать. На письменном столе — белое пятно от пролитого джина. Рядом со столом — пара здоровенных кресел. На прикроватном столике — старомодный телефон с некрашеным металлическим корпусом и прозрачной целлулоидной трубкой. За платяным шкафом — ванная.

Сняв шляпу, я уселся в одно из кресел. За окном громыхали трамваи. Лифт, завывая, перемещался с этажа на этаж. Похоже, не видать мне покоя в этой комнате.

Закурив, я подумал, что неплохо бы выпить. Подошел к телефону и велел клерку прислать в номер скотча и содовой. Вернувшись в кресло, я задумался про Исслингера, Вульфа и Диксона. Поразмыслив, пришел к выводу, что очень скоро у меня появятся проблемы. Ну что ж, проблемы у меня бывали и раньше.

Но лучше сообщить обо всем полковнику Форсбергу. Если дело принимает крутой оборот, он доплачивает за вредность.

Я начал было составлять отчет для шефа — в уме, не записывая, — как в дверь постучали. Решив, что принесли скотч с содовой, я крикнул, не вставая с кресла:

— Войдите!

— Вот ведь незадача, — произнес девичий голос. — Я потеряла ключ от чемодана.

Я вскочил и повернулся к двери.

Без шляпки девушка оказалась еще красивее. Стояла на пороге, схватившись за дверную ручку, и с надеждой смотрела на меня. Я заметил, что у нее очень симпатичные стройные ноги.

— Откуда вы узнали, что я со школы промышляю вскрытием замков? — спросил я. — Даже мои близкие друзья не в курсе.

Она рассмеялась:

— Ниоткуда. Просто решила, что вы сможете мне помочь. Вы ведь мужчина крупный и, судя по внешности, сообразительный.

— Может, войдете? — спросил я, указывая на соседнее кресло. — Скотч и содовая уже в пути. Мамаша не любит, когда я пью один.

Помедлив, она закрыла дверь и направилась к креслу. Села, натянула юбку на колени и взглянула на меня:

— Вообще-то, я только хотела, чтобы вы открыли мне чемодан.

— О чемодане не волнуйтесь, — сказал я, снова усевшись. — Сперва мы выпьем, а потом я его открою. В этом городе я всего три часа, но мне уже одиноко.

— Неужели? — удивилась девушка. — Я бы и не подумала, что вам бывает одиноко.

— Только в этом городе, — заметил я. — Есть в нем что-то неприятное. Недружелюбное. Не заметили?

Она покачала головой:

— Я только что приехала. Давайте-ка познакомимся. Если вы, конечно, не против.

— Спивак. — Поудобнее устроившись в кресле, я с удовольствием смотрел на девушку. — Марк Спивак. Ищейка.

— Необязательно надо мной подшучивать, — серьезно произнесла девушка. — Я уже не маленькая. Вы чем-то торгуете?

Я покачал головой:

— Разве что своими мозгами. В Кранвиле за них дают неплохую цену. — Я протянул ей свою визитку.

Девушка изучила ее и вернула мне.

— Итак, вы ищейка. — Она с любопытством смотрела на меня. Забавно, но дамочки, узнав о моей профессии, всегда смотрят одинаково. К этому я уже привык. — Меня зовут Мэриан Френч. Я продаю модное белье, — продолжила она, скорчив гримаску. — Беда в том, что в подобных городках модное белье не в почете. Думаю, общественной поддержки мне ждать не стоит. — Длинными пальцами она поправила волосы. — Но к этому я уже привыкла.

Негр-портье принес скотч и содовую. Посмотрел на меня, на Мэриан Френч и закатил глаза. Я дал ему какую-то мелочь и выставил за дверь.

— В этом городке мне пока не попадались люди, которых могло бы заинтересовать модное белье, — заметил я, срывая обертку с бутылки. Подумал и добавил: — Не считая вас. Как предпочитаете пить эту отраву?

Мэриан покачала головой:

— Я не пью крепкие напитки в компании незнакомцев. Матушка не велит. Плесните содовой.

— Точно?

— Точно.

Я налил ей полстакана содовой, а себе — чистого виски, после чего снова плюхнулся в кресло.

— Что ж, за вашу шелковую магию. — Я проглотил половину виски. Он оказался вполне приличным на вкус, а когда добрался до желудка, я понял, как сильно мне хотелось выпить.

— Вы здесь по работе или в отпуске? — спросила Мэриан, усевшись поудобнее и вытянув длинные ноги.

— По работе. — Я подумал, что неплохо бы почаще проводить время с девушками. Но только с милыми, вроде Мэриан Френч. А не с теми потаскушками, которые бегут в спальню, не успев толком представиться. — Не слышали? За последние четыре недели в Кранвиле пропали три блондинки. Меня наняли их отыскать.

— Ну, это проще простого, — сказала Мэриан. — Почему бы не сходить в полицию? Копы всех найдут, а вы получите деньги. Вот бы кто-нибудь взялся торговать моим товаром. Но, увы, приходится делать все самой.

— Об этом я и не подумал. — Я осушил стакан. — А что, неплохая мысль.

— Мыслей у меня множество, — вяло ответила Мэриан. — Но толку от них маловато. Пару лет назад у меня была мысль выйти замуж и нарожать детишек. — Закрыв глаза, она запрокинула голову на спинку кресла. — Но не сложилось.

Я что, должен выразить сочувствие? Судя по выражению лица и плотно сжатым губам, вряд ли. Она всего лишь решила выговориться. Встретила парня и подумала, что ему можно доверить свои секреты. Меня это вполне устраивало.

— Не берите в голову, — беззаботно заметил я. — До старой девы вам еще далеко. Что-нибудь да наклюнется.

Она улыбнулась и встала с кресла.

— Пора разбирать вещи. Знаете, сегодня славный день. За два года я не встречала никого дружелюбнее вас.

— Ну вот, постарались и встретили. — Я тоже поднялся на ноги. — Пойдемте посмотрим ваш чемодан. Даже интересно, не растерял ли я свои навыки.

Мэриан меня не слушала. Она смотрела на пол у двери, а на лице ее застыло выражение, какое бывает у девушки, увидевшей мышь.

Я проследил за ее взглядом. Под дверь осторожно просовывали квадратный белый конверт. Едва я его заметил, конверт перестал двигаться. Я шагнул вперед, налетел на Мэриан, мягко отодвинул ее в сторону и рывком распахнул дверь. Повертел головой, но в коридоре никого не оказалось. Подобрав конверт, я сунул его в карман и беспечно сказал:

— Теперь видите, что это за гостиница? Еще и часа не прошло, а счет уже тут как тут.

— Вы уверены, что в конверте счет? — Мэриан озадаченно смотрела на меня.

— Может, я приглянулся черномазому и он зовет меня на свидание. — Я взял девушку за локоток и аккуратно вытолкал в коридор, к двери ее номера. — Хотите верьте, хотите нет, но ниггеры бывают весьма любвеобильны.

Одолжив у Мэриан заколку для волос, я меньше чем за минуту справился с замком чемодана и с улыбкой сказал:

— Вот видите? Друзья неспроста прозвали меня Гарри Медвежатник.

— Мне послышалось, вас зовут Марк.

— Так и есть, но свое настоящее имя я сообщаю далеко не каждому. — Я подошел к выходу и открыл дверь. — Кстати, не стоит ли нам познакомиться поближе? Как насчет поужинать сегодня вечером?

Мэриан задумчиво смотрела на меня, и я понял, что происходит у нее в голове.

— Только не сочтите меня за местного сердцееда, — негромко добавил я. — У приглашения нет никакого подтекста.

Слегка покраснев, Мэриан рассмеялась и тут же сказала:

— Простите, но я попадала в разные ситуации. У девушек вроде меня прекрасно развиты мышцы рук. А все потому, что приходится регулярно отталкивать джентльменов, охочих до женской ласки. Сегодня я слегка устала. Так что, пожалуй, откажусь.

— Говорю же, я ничего в этом роде не замышляю, — заметил я. — Но раз не хотите — как хотите.

— Да я с радостью, — вдруг сказала Мэриан. — Только дайте мне время принять ванну. В восемь?

— В восемь, — подтвердил я и ушел.

Вернувшись к себе в номер, я открыл конверт. Записка была напечатана на машинке:

У тебя двенадцать часов, чтобы убраться из города. Больше предупреждать не станем. Не успеешь и глазом моргнуть, как сгинешь. Только не подумай, что ты нам не нравишься. Просто в Кранвиле становится тесновато. Так что не глупи и уматывай. В ином случае похороны за наш счет.

Я налил себе еще виски и уселся в кресло. Тот, кто сунул записку мне в номер, находится в соседней комнате — справа или слева. Он не мог пробежать весь коридор, пока я шел к двери.

Я взглянул на стену перед собой. Потом обернулся и рассмотрел стену напротив. Интересно, в каком он номере. Должно быть, затаился и ждет моего следующего хода. От этой мысли мне стало не по себе.

Аккуратно спрятав записку в карман, я на секунду задумался, а потом взялся за рапорт для полковника Форсберга. До встречи с Мэриан оставалось полтора часа. За это время нужно закончить с писаниной, принять ванну и решить, останусь ли я в Кранвиле или уеду завтра же утром.

Я сидел за столом и размышлял. Потом встал, открыл чемодан, вынул черный полицейский пистолет 38-го калибра и выглянул в окно, на оживленную улицу. Сунул пистолет за пояс и спрятал рукоятку под жилетом.

ГЛАВА ВТОРАЯ

— Похоже, за нами следят, — спокойно заметила Мэриан Френч.

Поужинав, мы возвращались в гостиницу. В безоблачном небе, заливая светом всю улицу, висела огромная зловещая луна. Вечер выдался душным, и я нес пиджак, перебросив его через руку.

Одетая в легкое летнее платье, Мэриан держала в руке шляпку. Девушке захотелось прогуляться до гостиницы пешком. Когда мы вышли из ресторана, было самое начало одиннадцатого. Мы перешли дорогу и оказались в тени зданий. Тут-то Мэриан и произнесла вышеозначенную фразу.

Я взглянул на девушку сверху вниз:

— Уверены, что дело не в тех ваших коктейлях со льдом?

Она покачала головой:

— Не думаю. Такое чувство, что нами кто-то интересуется. Только не оборачивайтесь.

В тот момент мне не хотелось нарываться на неприятности. Незачем впутывать в мои дела Мэриан. Я пошарил глазами в поисках такси, но улица была пуста. Глянул через плечо, но тени домов были слишком густыми, и я не смог как следует рассмотреть тротуар.

— Никого не видно, — заметил я, ускоряя шаг. — А вы что-то заметили?

— Когда мы вышли из ресторана, на другой стороне улицы был мужчина. Он направился следом за нами, но потом я упустила его из виду. И забыла о нем, пока снова не заметила его под фонарем. Когда я оглянулась, он нырнул в подъезд — так стремительно, что у меня мурашки пошли по коже. Может, я сегодня слишком нервничаю? — Вложив узкую ладонь в мою, Мэриан стиснула мне пальцы.

— Как он выглядел?

— Я не рассмотрела, — ответила она. — Крупный. Но во что одет, на кого похож — не знаю.

— Ну ладно, — сказал я. — Не волнуйтесь. Может, он и не за нами идет. Скоро все узнаем. Когда свернем за угол, не останавливайтесь. Стук ваших каблучков собьет его с толку. Я же останусь на месте и устрою нашему преследователю сюрприз.

— Уверены, что это хорошая мысль? — Мэриан с тревогой заглянула мне в глаза. — Вдруг он опасен?

— Вряд ли, — усмехнулся я. — Такие не опасны. — Сдвинув полу жилета, я коснулся гладкой рукоятки «тридцать восьмого». — Смотрите, впереди поворот. Не останавливайтесь. Если я задержусь, сможете найти дорогу в гостиницу?

— Пожалуй, — с легким сомнением произнесла она. — Уверены, что поступаете правильно? Вы же не хотите, чтобы вас... ранили? Мне будет очень жаль...

— Все в порядке. — Я похлопал ее по руке. — В моей работе такое бывает сплошь и рядом. И пока что меня никто не ранил.

Мы свернули за угол, и я легонько подтолкнул девушку:

— Ну, в путь, милая. И погромче стучите каблучками.

Оглянувшись на меня, Мэриан пошла вперед. Деревянные каблуки ровно щелкали по клинкерной мостовой.

Положив ладонь на пистолет, я прижался к стене и выглянул за угол.

Вдалеке на Мэйн-стрит гудели автомобили. Стучали, удаляясь, каблуки Мэриан. И еще тикали мои наручные часы. Больше ничего.

Простояв так несколько минут, я услышал еще один звук: кто-то осторожно приближался ко мне. Чуть крепче сжав рукоятку пистолета, я ждал. У поворота человек замедлил ход, а потом остановился. Повисла долгая тишина; казалось, умолк даже шум машин на Мэйн-стрит.

Я не шевелился. Стоял, вжавшись в стену, тихонько дышал носом и прислушивался изо всех сил.

Вдруг человек за углом сдавленно кашлянул. Вздрогнув, я чуть было не вытащил пистолет, но потом беззвучно усмехнулся и ослабил хватку.

Раздался еле слышный звук. Человек сделал шаг вперед, и на мостовую передо мной упала длинная тощая тень. Я взглянул на нее, и мне стало страшновато. Пот, что стекал по спине и собирался в подмышках, внезапно показался мне ледяным.

Человек все еще оставался за углом. Я не мог его видеть, но луна светила так, что тень его была прямо передо мной.

Эта тень выглядела как мрачная карикатура на человека. Преследователь казался очень высоким и чрезвычайно плечистым. Шляпа с широкими полями была до нелепого маленькой по сравнению с огромными плечами. Брючины развевались, словно паруса. Человек не двигался. Руки его были в карманах пиджака, а шея вытянулась вперед.

Я очень осторожно снял пистолет с предохранителя. Несколько минут смотрел на тень, но она оставалась неподвижной. Я понял: человеку за углом известно, что я его поджидаю, и он решил предоставить мне право первого хода.

Перестук каблучков Мэриан стих. Жаркий ночной воздух словно застыл, и это добавляло жути. Вдруг прямо у меня над головой раздался тоненький женский смех. Истерический, словно хохочет умалишенная. Отступив, я быстро глянул вверх.

На четвертом этаже соседнего дома в одиноком окне горел свет. Когда я поднял взгляд, налетел горячий ветер. Грязные занавески всколыхнулись и конвульсивно затрепетали, словно плавники засыпающей рыбы.

Женщина опять расхохоталась. Потом захныкала и наконец зарыдала.

Я снова взглянул на мостовую. Тень исчезла. Я слышал только горькие рыдания женщины да хлопанье занавесок на ветру.

РЕКВИЕМ БЛОНДИНКЕ

Вытащив пистолет, я снял шляпу и высунулся из-за угла. Нашего преследователя как не бывало. Улица была пуста, если не считать тощей кошки. Да и та, завидев меня, шмыгнула в тень.

Я достал носовой платок, вытер лицо, негромко усмехнулся и буркнул себе под нос:

— Ну и ладно. Ты, видать, тоже перепугался.

Убирая носовой платок, я подумал: еще пара таких вечеров, и пора будет переезжать в дурдом.

Глянул направо, налево. Убедился, что на улице никого нет, и, превозмогая духоту, припустил вслед за Мэриан. Она ждала на следующем перекрестке. Увидев меня, девушка устремилась мне навстречу.

— Уф! — Она схватила меня за руку. — Я уж начинала за вас беспокоиться. Кого-нибудь видели?

— Нет. Только кошку, да и та полудохлая, — с улыбкой ответил я. — От кошек-то вреда немного, верно?

— Честно говоря, я перепугалась, — сказала Мэриан. — Наверное, нервы подвели. Я была уверена, что тот мужчина нас преследует.

По улице неспешно ползло такси. Я подозвал его взмахом руки.

— Поедем в гостиницу. Вам нужно как следует выспаться. Утром придете в норму.

Усаживаясь в машину, Мэриан спросила:

— Вы же меня не обманываете?

— Ни в коем случае. — Я похлопал ее по руке. — Там и правда никого не было.

— Ничего не понимаю, — произнесла она. — Ничего. Когда тот человек исчез из виду, я вся заледенела. Раньше со мной такого не случалось.

Каждые несколько секунд, когда такси проезжало мимо фонаря, свет ненадолго выхватывал из темноты ее лицо. Мэриан побледнела, выглядела уставшей и хмурила аккуратно подведенные брови.

— Забудьте, — сказал я. — Никого там не было. Это все шуточки вашего воображения.

— Интересно, зачем вы пригласили меня на ужин? — неожиданно спросила она.

— Я же сказал. Мне было одиноко, вам тоже, а Кранвиль — весьма угрюмый городок. Вы же не жалеете, что приняли мое приглашение?

— Жалею? — Она покачала головой. — Это был один из лучших вечеров в моей жизни. Вот только в конце я сглупила. — Сев ровнее, она развернулась лицом ко мне. — Что же это за город такой? Не успела я сойти с поезда, как... — Помолчав, она продолжила: — Ах, забудем. Наверное, это жара на меня так действует.

— Так что произошло? — Я накрыл ее узкую ладонь своей.

— Мне стало страшно. Здесь какая-то нервная обстановка. Грязный, злой и бездушный город. И такое ощущение, что все чего-то боятся. Вы тоже это заметили или мне просто кажется?

— Да. Грязный, злой и бездушный, — сказал я, стараясь, чтобы голос звучал непринужденно. — Но бояться совсем не обязательно...

— Вы же не шутили насчет пропавших девушек? — перебила она. — То есть вы и правда постараетесь их найти?

— Конечно. Но город тут ни при чем. Девушки могут исчезнуть где угодно. Почему вы вдруг о них вспомнили?

— Не знаю. Наверное, просто устала. Утром все будет хорошо.

В этот момент такси остановилось у гостиницы.

— Правильная мысль, — сказал я, помогая девушке выйти из машины. — А теперь вам пора отдохнуть.

Расплатившись с водителем, я поднялся на веранду и увидел в двух креслах-качалках неясные очертания человеческих фигур. Оба полуночника взглянули на меня. Я же, не обратив на них внимания, вошел в фойе и направился к стойке регистрации.

— Добрый вечер. — Клерк взглянул сперва на Мэриан, а потом на меня. На желтоватом лице его отразилось неодобрение. — Вас ожидают два джентльмена.

— Меня? — переспросил я.

Клерк кивнул:

— Они на веранде.

— Ясно. — Я повернулся к Мэриан. — Ступайте наверх и ложитесь спать. Вечер был шикарный.

— Спасибо вам, — сказала она взволнованно. — Мне тоже понравилось. — Помедлив, девушка направилась к лестнице.

Я пожелал ей вслед доброй ночи, снова повернулся к клерку, закурил и твердо посмотрел на него:

— Что за парни?

— Первый — мистер Макартур, — равнодушно ответил он. — Второго я не видел.

Макартур! Выходит, он обдумал мое предложение, ускользнул от жены и готов к разговору.

— Хорошо, я с ними побеседую, — сказал я и вышел на веранду.

Вскочив на ноги, Макартур вгляделся мне в лицо.

— Мистер Спивак? — с подозрением спросил он. — Да, теперь вижу. Я хочу извиниться.

— Пустяки. — Подцепив кресло носком ботинка, я придвинул его к себе. — Если вам нужна моя помощь, вы ее получите.

На свет вышел второй человек. Молодой, худощавый, на несколько дюймов ниже меня. Костюм его был ладно скроен, но парень носил его небрежно. Галстук был перекручен так, что узел оказался у правого уха.

— Это Тед Исслингер, — негромко сказал Макартур. — Мы все обсудили и пришли к выводу, что нужно с вами повидаться.

— Вы сын Макса Исслингера? — заинтересовавшись, спросил я.

— Он самый. — Парень протянул мне руку.

Я удивленно смотрел на него. Внешность что надо: черные курчавые волосы зачесаны назад, лицо бледное, а черты приятные. Крепко пожав ему руку, я бросил вопросительный взгляд на Макартура. Но за главного тут был Тед Исслингер.

— Мистер Спивак, — негромко произнес он, — вы, должно быть, понимаете, что я в неловком положении. Нельзя ли побеседовать где-нибудь подальше от чужих глаз?

Я вспомнил о человеке в соседнем номере и покачал головой:

— Только не у меня. Предлагайте место, и я пойду с вами.

Взглянув на Макартура, Тед пожал плечами и сказал:

— Я на машине. Можем отъехать и пообщаться.

— Это меня устраивает. — Вслед за ним я спустился с террасы.

Мы перешли дорогу. В темноте нас ждал «понтиак» с откидным верхом. Открыв дверцу, Тед уселся за руль.

Я оглянулся на гостиницу. Все окна были занавешены — за исключением одного на третьем этаже. И там я увидел очертания мужчины. Тот смотрел на улицу. Едва я поднял взгляд, как он отскочил от окна.

Я успел заметить три важные подробности. Во-первых, мужчина был в номере по соседству с моим. Во-вторых, на голове у него была шляпа с широкими полями. И в-третьих, у мужчины были чрезвычайно широкие плечи.

Забравшись в «понтиак», я захлопнул дверцу.

Когда мы отъезжали от гостиницы, мне снова стало страшновато. Но я не подал виду. За время поездки никто из нас не произнес ни слова.

Выехав из города, Тед Исслингер сбавил скорость и остановился на обочине, в тени деревьев.

— Здесь и поговорим, — заметил он, усаживаясь поудобнее.

Сидевший сзади Макартур подался вперёд и тяжело задышал мне в шею. По его поведению я понял, что он встревожен и нервничает.

Молча закурив, я выбросил спичку в открытое окно. Повисла долгая пауза, во время которой я искоса поглядывал на Исслингера. Парень задумчиво смотрел на деревья. В лунном свете он выглядел очень молодо: года двадцать три, не больше. И он тоже слегка нервничал.

— Нам больше не на кого надеяться, — внезапно прошептал он. — Поэтому мы к вам и пришли.

Я молчал.

Исслингер оглянулся на Макартура.

— Никому не рассказывайте о нашей встрече, Мак, — продолжил он. — Отец придёт в ярость, если узнает, что...

Макартур взволнованно засопел.

— Вы продолжайте, — перебил он. — Я буду нем как рыба.

Я молча смотрел, как они стращают друг друга. Облегчать им жизнь я не собирался. Сами ко мне явились, так что пусть выкладывают карты на стол.

Тед Исслингер повернулся ко мне лицом.

— Вы должны знать, что в этом деле я соблюдаю нейтралитет, — сказал он, поглаживая рулевое колесо. — Да, вы работаете на Вульфа, а это значит — против моего отца. Но тут я ничего не могу поделать. Уверен: никто, кроме вас, не сумеет найти пропавших девушек. А мне нужно только одно: чтобы их нашли.

— Почему это так важно для вас? — спросил я, с любопытством глядя на него.

— Мы с Льюс дружили. Я учился в одном классе с Верой. Каждую неделю встречался с Джой. Неплохо их знал, и они мне нравились. Хорошие девчонки. — Сделав глубокий вдох, Тед выпалил: — Нынешними темпами их никогда не найдут.

— Дружили, значит? — Хмыкнув, я выделил интонацией слово «дружили».

Лицо Теда напряглось.

— Знаю, о чем вы думаете, — слегка рассердившись, сказал он. — Но ничего такого не было. Это приличные девушки. Просто любили повеселиться, как и все. Мы, кранвильские ребята, тусовались с ними, но не более того.

Я взглянул на Макартура. На его костлявом желтом лице было написано отчаяние.

— Тед говорит правду, мистер, — подтвердил он. — Девочки вели себя как надо.

— Ладно, ладно. — Я пожал плечами. — С чего вы решили, что их не найдут?

Исслингер сжал баранку так, что побелели костяшки пальцев.

— Это политическое дело, — с горечью сказал он. — Всем плевать, что будет с девушками. Полиция сидит сложа руки. Для Мейси главное, чтобы их не нашел кто-то другой: тогда, считайте, дело в шляпе. Старки планирует надавить на горожан. Его банда возьмет под контроль избирательные участки. Сделать это несложно. Надо только...

— Знаю, — вмешался я. — Не будем тратить время. Чем я могу помочь?

— Но мне нужно ввести вас в курс дела, — возразил Тед. — Видите ли, Старки без разницы, найдут девушек или нет. Но для Вульфа и моего отца все иначе. Они гарантировали, что отыщут эту троицу. А Мейси заинтересован в том, чтобы этого не произошло.

— Представляете, насколько безнравственными бывают люди? — Макартур ударил кулаком в спинку моего сиденья.

— Значит, полиция сидит сложа руки. — Я надвинул шляпу на глаза. — А как насчет той дамы-детектива, что нанял ваш отец?

Тед нетерпеливо всплеснул руками.

— Одри? Ума не приложу, зачем отец это затеял. Он не в своем уме, если думает, что Одри Шеридан сможет что-то сделать. Она хорошая девушка. Я ее всю жизнь знаю. Но против Мейси и Старки она никто. Кроме того, у нее нет опыта в подобных делах.

Я выпустил дым через ноздри.

— У нее есть лицензия на частный сыск, верно? Если девушка ни на что не способна, зачем же ваш отец ее нанял?

— Понятия не имею. — Тед беспомощно пожал плечами. — Отец совершенно точно знает, что от Одри не будет никакого толку.

— Так дело не пойдет, Тед, — заметил Макартур. — Нужно сказать ему правду. — Он снова подался вперед, и я увидел его озабоченное лицо. — Одри всем нравится, — продолжил он, обращаясь ко мне. — Отец Теда нанял ее, чтобы воспользоваться ее популярностью. И если она не найдет девушек, его не будут так уж сильно винить.

— Меня от всего этого уже тошнит, — вспыхнул Тед. — Даже отец и тот не беспокоится о пропавших девушках. У него на уме только выборы. Представляете, каково мне? Я буквально с ума схожу. Отец и слушать меня не желает. Когда Мак сказал, что вы к нему заходили, я сразу понял: вот наша единственная надежда. Мне плевать, кто станет мэром, но девушек нужно найти!

— Если они еще здесь, найду, — пообещал я. — Но мне понадобится помощь. Ваш городок настроен против меня сильнее, чем хотелось бы. Как думаете, что случилось с этими девицами?

— Есть у меня одно предположение, — сказал Тед. — Мак со мной не согласен, но я почти уверен, что прав.

— Послушайте, — настойчиво произнес я. — Разве я не говорил, что устал? Если есть что сказать, выкладывайте. А если нет, мне пора спать.

— Думаю, все это затеяли, чтобы дискредитировать Вульфа и моего отца. Готов биться об заклад, что девушек похитил Старки. Для того чтобы отец с Вульфом недосчитались голосов.

— Догадки нам не помогут. Как насчет доказательств?

— Кое-что есть. Я рассказал все Одри, но без толку.

Я молчал, набрав полные легкие дыма.

— За день до исчезновения Льюс сказала, что уличный фотограф сделал ее фото. В день пропажи она собиралась забрать карточку. Фотоателье принадлежит Старки. Побочный бизнес.

Я задумался. На первый взгляд ничего особенного. Но мне стало интересно.

— Думаете, там ее и похитили?

— Именно так, — кивнул Тед.

— А двух других, часом, не фотографировали? Если да, то это уже кое-что. — Тут я вспомнил снимки, которые показывал мне Диксон, и подскочил на сиденье. Все фото были сделаны на улице: на переднем плане девушка (голова и плечи), а за нею здания. — Их снимал один и тот же фотограф! — взволнованно произнес я. — В редакции «Кранвиль газетт» мне показывали фото всех троих. Снимки сделаны на улице.

Макартур втянул воздух сквозь зубы.

— Я же говорил, что этот парень нам поможет. Понял это, как только его увидел.

Тед удивленно взглянул на меня.

РЕКВИЕМ БЛОНДИНКЕ

— Значит, за всем и правда стоит Старки, — мрачно произнес он. — И что будем делать?

— Разберусь, — сказал я. — Что-то еще?

Переглянувшись, они решили, что добавить нечего. Меня это вполне устраивало. Что ж, я не зря потратил время. Теперь есть над чем поработать.

— Мы хотим быть в курсе дела, мистер Спивак, — с тревогой заметил Тед. — Вы же не станете ничего от нас скрывать?

— Мой наниматель — Вульф, — напомнил я. — Но если хотите, чтобы девушек нашли, сообщайте мне обо всем, что узнаете. — Я взглянул на часы. Начало двенадцатого. — Вы знаете, где находится фотоателье?

— На Мюррей-стрит. Называется «Фото на бегу».

— О'кей. — Я снова закурил. — Едем обратно. Допускаю, что вы мне понадобитесь. Как с вами связаться?

Тед нацарапал телефонный номер на оборотной стороне старого конверта.

— Прошу вас, будьте осмотрительны, — сказал он. — Отец с ума сойдет...

— Не волнуйтесь, — ответил я. — Предоставьте все мне.

Тед завел двигатель.

— Надеюсь, вашей супруге не придется за вас тревожиться, — добавил он.

— Супруге? — с удивлением переспросил я. — У меня нет супруги.

— Простите, — смущенно сказал он. — Я думал, та дама, с которой вы пришли...

— Да ну, какая супруга, — рассмеялся я. — Мы познакомились сегодня вечером. Нам захотелось пообщаться, вот я и сводил ее поужинать.

— Понятно. — Тед все еще был смущен. — Кажется, раньше я ее не встречал. Красавица, верно?

Я хмыкнул.

— Заходите как-нибудь на днях. Я вас познакомлю. Компания ей не помешает.

— Обязательно зайду, — просветлел Тед. Переключил передачу, и мы пустились в обратный путь.

Вернувшись в гостиницу, я направился к стойке регистрации. Одинокая девушка за стойкой жевала жвачку и листала журнал про кино. Подняла взгляд, только когда я встал рядом.

— Добрый вечер, — сказал я.

С интересом взглянув на меня, девушка потянулась за ключом.

— Номер триста шестьдесят семь? — уточнила она.

— Угадали с первого раза. — Я забрал ключ.

Девушка была миниатюрная, смуглая. Отличная фигура, полные красные губы, огромные скучающие глаза.

— Работаете на полную ставку или у вас почасовая оплата? — Заглядевшись на ее формы, я облокотился о стойку.

— Вам-то какая разница? — Пухлыми пальчиками девушка поправила черные кудри и нахмурилась.

— Большая, — сообщил я. — Предпочитаю женщин с опытом.

Девушка задумчиво подвигала челюстью, а затем пожала плечами:

— Не тратьте время попусту. Я на мелочовку не размениваюсь.

Вынув из кармана рулон банкнот, я продемонстрировал его девушке и беззаботно сказал:

— Это чтобы прикуривать сигары. А карманные деньги я держу на банковском счете.

Девушка широко раскрыла глаза. Я понял, что завоевал ее расположение.

— Может, нам с вами как-нибудь стоит наведаться в ваш банк, — заметила она.

— Не вопрос. В любое время. — Пока интерес в ее глазах не угас, я продолжил: — Не подскажете, кто живет в номере триста шестьдесят девять?

— Никто, — ответила она. — Этот номер свободен. А что?

— Неужели я сказал «триста шестьдесят девять»? — Я помотал головой. — Третья оговорка за сегодня. Я имел в виду «триста шестьдесят пять».

Во взгляде девушки появился холодный огонек.

— Этого я вам сказать не могу, — заметила она, подперев щеку рукой. — У нас приличный отель.

— Приятно это слышать. — Отделив от рулона пятидолларовую банкноту, я положил ее на стойку, а остальные деньги убрал в карман. — Так кто, говорите, там живет?

Движение ее руки было молниеносным. Я даже не заметил, как пятерка исчезла. Ну, почти.

— Парень по имени Джефф Гордан.

— Джефф Гордан, — с улыбкой повторил я. — Один из ребят Старки?

Лицо девушки окаменело, взгляд снова сделался хмурым.

— А мне почем знать? — Она опять уткнулась в свой журнал.

Пожелав ей доброй ночи, я поднялся наверх.

В номере повесил шляпу на торчавший из двери крючок и подошел к письменному столу, топая изо всех сил. Пусть парень за стеной знает, что я вернулся. Плеснув себе неразбавленного виски, я уселся в кресло.

Первый день расследования прошел не так уж плохо. Похоже, девушек похитили. Если так, их участь незавидна: даже если они еще живы, то после выборов их, несомненно, убьют.

Старки совсем не нужно, чтобы девушки заговорили. Похищение? В наше время за это сажают надолго.

Судя по всему, дело вращается вокруг Старки. Макс Исслингер — всего лишь третьесортный политик, желающий добиться успеха на этом поприще. И ничем не отличается от других третьесортных политиков. Ему плевать на жертвы. Главное, выиграть выборы.

Вульф — дело другое. Он и правда хочет найти девушек. Но не потому, что его заботит их судьба. Для него это крупный козырь в борьбе с Исслингером и Старки.

Я отхлебнул немного виски. Итак, Тед Исслингер. Он, по крайней мере, действует от всего сердца, и это мне нравилось. Чтобы отыскать девушек, парень готов даже принести в жертву собственного отца.

Затем, ателье «Фото на бегу». Отличная ловушка для девушки, которую собираются похитить. Нужно с этим разобраться. Интересно, блондинок убили на месте или же вывели через заднюю дверь, затолкали в машину и увезли куда-то еще?

Тут я вспомнил, что в пустом доме нашли туфельку одной из жертв. Ее могли подложить, чтобы отвести любопытные взгляды от «Фото на бегу». Скорее всего, так и было. Или нет, но тогда смысл туфельки неясен.

Отпив еще виски, я взглянул на противоположную стену. Наверняка нас с Мэриан преследовал не кто иной, как этот Джефф Гордан.

Я встал, поставил стакан на стол и задумчиво уставился в стену. Не пора ли все прояснить? А что, неплохая мысль.

Я вышел в коридор и постучал в дверь номера 365.

— Кто там? — спросил мужской голос.

— Портье, — негромко ответил я.

Дверь приоткрылась на фут. Я налег на нее плечом. Крупный, похожий на обезьяну мужчина потерял равновесие, отступил и с недоумением посмотрел на меня.

Да, парень не из тех, кого хочется встретить в темном переулке. Ноги колесом, руки длинные, лицо плоское. Орангутан, да и только. Столкнувшись с ним нос к носу, я засомневался: действительно ли нас преследовал именно он?

Мужчина пристально смотрел на меня:

— В чем дело?

— Именно этот вопрос я и хотел задать. — Закрыв дверь, я прислонился к ней спиной.

— Чего тебе надо?

— Ты за мной следил, — сказал я. — Почему?

Он уставился на пол, затем перевел взгляд на меня и рявкнул:

— Ни за кем я не следил.

— Брехня. — Я улыбнулся. — А еще ты писал мне записки.

Мужчина медленно покачал головой. В его позе читалась угроза; я понял: стоит шевельнуться, и он бросится на меня.

— Проваливай, или позову кого надо, — пообещал он.

— Может, я ошибаюсь. — Я сделал вид, что он меня убедил. — Но за мной следил какой-то парень, и ты очень на него похож.

— Ничем не могу помочь. — Мужчина расслабился. — Следил? На кой черт ты мне сдался?

— Именно это я и хотел узнать, — сказал я. — Ну извини за беспокойство.

Я развернулся к двери. На комоде лежал телефонный справочник. Схватив его, я запустил им в собеседника — все одним движением.

Справочник угодил ему в висок. Мужчина попятился, и я прыгнул на него. Ударил кулаком в шею, и он повалился на пол. Я дождался, пока он сядет, и пнул его в лицо. Оглушенный, мужчина плашмя упал на спину и закатил глаза. Дыхание с хрипом вырывалось у него из горла.

Встав на колени, я стал шарить по его карманам. В брюках не нашлось ничего интересного. Я переключился на пиджак, и тут он пришел в себя.

Замахнулся, но я его опередил, обрушившись на него всем телом. Пару раз стукнул его в живот, а потом он меня стряхнул — так, что я отлетел к стене. Да, сил ему было не занимать. Не успел мужчина встать, как я снова прыгнул на него. Он встретил меня пинком: обе ноги угодили мне в живот. Я с грохотом рухнул на пол, чувствуя, как из легких вылетел почти весь воздух.

Мужчина с трудом поднялся на ноги. Теперь его плоское лицо пылало от ярости. Я не мог пошевелиться. Мышцы не слушались, и я понимал, что меня вот-вот вырвет.

Противник подошел ближе, и я наставил на него пистолет. Он замер, словно налетел на кирпичную стену.

Пристально глядя на него, не опуская пистолета, я пытался отдышаться и справиться с тошнотой.

Мужчина угрюмо смотрел на меня.

— Сядь на кровать, — наконец выдавил я.

Усевшись на кровать, он сложил руки на коленях и с ненавистью взглянул на меня.

Три или четыре минуты я провел на полу, собираясь с силами. Затем, не сводя глаз с мужчины, кое-как поднялся. Ноги дрожали, и мне пришлось прислониться к стене.

— Теперь поговорим, гад, — сказал я, направив дуло пистолета ему в лицо.

Мужчина что-то пробурчал.

— Ты из банды Старки, верно?

Он отвел взгляд. Значит, я угадал.

Не опуская пистолета, я показал мужчине записку, которую подсунули мне под дверь, и усмехнулся:

— Думаешь, меня можно напугать таким ребячеством?

Беспокойно поерзав, мужчина молча уставился на свои ботинки.

Я продолжил:

— Мне не нравится, когда за мной ходят по пятам. Я от этого нервничаю. А когда я нервничаю, моя пушка может и выстрелить. Передай это Старки. Заодно скажи, что завтра я к нему загляну. И еще скажи, что вряд ли он станет мэром.

Мужчина тупо смотрел на меня, в его глазках читалось удивление.

— Теперь проваливай. — Я кивнул на дверь. — Еще раз увижу — здесь или где-нибудь еще, — откатаю так, что неделю будешь мячиком скакать.

Он встал, забрал с кресла шляпу с широкими полями и нахлобучил ее на голову. Увидев его в этой шляпе, я понял: именно он шел за нами по пути в гостиницу.

— Вали, — сказал я.

Он шагнул к двери, открыл ее, обернулся и бросил на меня взгляд, полный ненависти.

— Бандитам вроде тебя — грош цена. За дюжину, — заметил я. — Пошел вон!

Он плюнул мне на ботинок, промахнулся и вышел. Я последовал за ним в коридор и проследил, как он, не оглядываясь, деревянной походкой направляется к лестнице.

Я вздрогнул и проснулся. На мгновение показалось, что я в Нью-Йорке, у себя в квартире. Но вид письменного стола, залитого белым лунным светом, напомнил, что это не так. Я все еще был в Кранвиле, в номере «Истерн-отеля».

В дверь воровато скреблись. Могло показаться, что крыса грызет деревяшку. Но я понимал, что дело не в крысе. Пошарив по столу, я включил лампу. Потом сел и пригладил волосы ладонью.

Самочувствие было отвратительное.

И в дверь все еще скреблись.

Я глянул на часы, стоящие на каминной полке. Было десять минут третьего. Казалось, веки мои весят целую тонну. В комнате было нечем дышать — хотя, прежде чем улечься, я отдернул занавески и распахнул окно.

Окончательно проснувшись, я выскользнул из кровати, схватил халат и сунул руку под подушку, где лежал мой «тридцать восьмой».

Скребущие звуки не прекращались. Кто бы то ни был, этот человек точно не хотел разбудить моих соседей.

Я подошел к двери и, не открывая, спросил:

— Кто там?

За дверью стало тихо.

— Это Исслингер.

Узнав голос, я повернул ключ и открыл дверь. Тед Исслингер быстро вошел в комнату. Лицо у него было измученное и бледное, а узел галстука — все еще в районе правого уха.

Сердито взглянув на него, я вернулся к кровати. Сунул пистолет под подушку, помассировал шею и спросил:

— Обязательно нужно было меня будить?

— Мэри Дрейк не вернулась домой, — сообщил Исслингер. Зубы его клацали от волнения.

Я зевнул, потянулся и продолжил массировать шею.

— Очередная ваша приятельница?

— Вы что, не понимаете? — спросил он тихим, напряженным голосом. — Сегодня утром она ушла на работу и не вернулась. Дрейк сейчас у моего отца.

— Ох, черт возьми. — Я прилег, опираясь на локти. — И чего вы от меня хотите? Круглосуточно я не работаю.

— С ней что-то случилось. — Расхаживая из угла в угол, Исслингер бил кулаком о ладонь. — Как только явился Дрейк, я ускользнул, чтобы поставить вас в известность. О пропаже девушки известно лишь Дрейку и моему отцу. Вы должны что-то предпринять.

Мне стало получше.

— Когда ее видели в последний раз? — спросил я, подавив зевок.

— В пять вечера ушла с работы. Собиралась на танцы. Ее парень, Роджер Керк, говорит, что она так и не объявилась. Он решил, что ей, видно, нездоровится, и пошел домой. Заподозрил неладное только в одиннадцать, когда ему позвонил Дрейк.

Порывшись в кармане пиджака, я выудил пачку «Лаки страйк» и вытряхнул пару сигарет на стеганое одеяло.

— Присаживайтесь, курите, — пригласил я и закурил сам.

Исслингер уселся, но курить не стал. Я на пару минут погрузился в размышления, а парень тем временем не сводил с меня тревожного взгляда. Затем я спросил:

— Дрейк сообщил в полицию?

— Пока нет. Пришел к отцу, потому что решил...

— Да-да, конечно, — перебил я. — И что сделал ваш отец?

— Пока ничего, — ответил Исслингер. — И до утра ничего не сделает. Потому-то я и пришел к вам. Мы опередим всех по меньшей мере на семь часов.

— Ага, — согласился я без особенного энтузиазма, — но вряд ли мы можем что-то предпринять. — Сбросив пепел на пол, я подавил очередной зевок и продолжил: — Вы знали эту девушку?

Исслингер кивнул:

— Она дружила с Льюс Макартур. Роджер Керк учился со мной в одной школе. Мы частенько гуляли вчетвером.

Я встал и подошел к креслу, на которое бросил свой костюм. Через три минуты, одевшись, я заглянул в ванную, умылся и привел в порядок волосы. Вернувшись в спальню, плеснул себе немного скотча.

— Выпьете? — Я помахал бутылкой перед носом Исслингера. Тот покачал головой.

— Что собираетесь делать? — Глаза его горели. Я видел, что он рвется в бой.

— Прислушаюсь к интуиции, — нравоучительно сообщил я. — Интуиция у меня не очень, но попробую. Это ателье, «Фото на бегу»... Оно далеко отсюда?

Исслингер резко втянул воздух.

— На Мюррей-стрит. Минут пять, если на машине.

— Есть машина?

— Стоит у входа.

— Ну, тогда поехали. — Я взял шляпу, зевнул еще разок и повернулся к двери. — Ну что за работа. Никакого сна, — заметил я, выходя в коридор. — Очень не советую заниматься сыском на профессиональной основе.

Исслингер вышел вслед за мной. Дверь напротив отворилась. За ней, прислонившись к косяку, стояла Мэриан Френч.

— Не спится? — осведомилась она с вполне уместным любопытством.

В зеленовато-голубом пеньюаре девушка выглядела весьма соблазнительно. Длинные светлые волосы покоились на плечах, на сонном лице играл румянец.

— И вам привет, — шепнул я. — Если внимательно прислушаетесь, через пару минут услышите скрип. Не пугайтесь: это я кручу рычаг той лебедки, что поднимает солнце над землей.

Мэриан взглянула на Теда Исслингера, а потом снова на меня.

— Это ваш помощник? — спросила она, стараясь не зевать.

— Мисс Френч, мистер Тед Исслингер, — представил их я, показывая руками, кто есть кто. — Теперь

РЕКВИЕМ БЛОНДИНКЕ **57**

будьте умницей и ложитесь спать. Мы с мистером Исслингером спешим на пробежку.

— Что-то случилось? — спросила она. Но сначала улыбнулась Исслингеру и лишь потом повернулась ко мне.

Я помотал головой:

— Каждый день так разминаюсь. Чтобы быть в форме. — Коснувшись шляпы, я взглянул на Исслингера и повел подбородком. — Нам пора.

Застенчиво улыбнувшись, он проследовал за мной к лестнице. Я слышал, как Мэриан сердито вздохнула и закрыла дверь.

— Милая, да? — заметил я, стараясь топать потише.

— Да, — сказал он, — но сейчас не время...

— Кого вы хотите обмануть? — спросил я, выходя в фойе. — С такой когда угодно в самый раз.

Ночной администратор, невысокий толстячок с огромными усами, удивленно посмотрел на нас, но я не остановился. Пересек фойе и террасу и забрался в припаркованный у тротуара «понтиак».

Исслингер обошел машину и скользнул за руль.

— Давайте по-быстрому, — велел я, развалившись на сиденье. — Хотелось бы еще и поспать.

Он рванул с места. Машин не было, и вся улица оказалась в нашем распоряжении.

— Что планируете искать? — спросил Исслингер, сворачивая на Мэйн-стрит.

— Не знаю. — Я закурил. — Вертится в голове одна мыслишка. Почти уверен, что пустая.

Он покосился на меня и пожал плечами. До самой Мюррей-стрит мы не произнесли ни слова.

Замедлив ход, Исслингер глянул в окно и пробормотал:

— Где-то здесь.

Я решил, что он обойдется без моей помощи. В конце концов, это его город. Пусть сам отыщет нужное место. Внезапно Исслингер повернул к тротуару и затормозил.

— Вот оно, — сказал он.

Выбравшись из автомобиля, я взглянул на небольшую витрину, заклеенную фотографиями. Отступил назад и прочитал вывеску. В лунном свете блестели тяжелые хромированные буквы: «Фото на бегу». Да, похоже, место то самое.

Вынув фонарик из заднего кармана брюк, я посветил в витрину. Тед встал рядом.

— Что вы задумали? — Он смотрел, как я вожу лучом фонарика по фотографиям открыточного размера. Они были везде: на стекле, откосах и даже на подоконнике.

— Видите знакомые лица? — спросил я, не переставая водить фонариком.

Теперь Исслингер все понял.

— Вы что, думаете... — начал он, но я жестом велел ему молчать.

Справа от центра располагалось фото блондинки. Девушка смеялась мне в лицо. Судя по зданиям за спиной, фотографию сделали на Мэйн-стрит. Карточка была в четыре раза крупнее остальных. Надпись под ней гласила: «Увеличение по запросу, 1 доллар 50 центов».

— Она? — спросил я.

— Да. — Исслингер схватил меня за руку.

— Интуиция меня не подвела. — Я выключил фонарик.

— Вы же понимаете, что это значит? — Голос Исслингера дрожал. — Их похитили, и похищение произошло здесь. Возможно, Мэри все еще внутри.

Оттолкнув его, я подошел к двери ателье, сделанной из хромированной стали и зеркального стекла. Проникнуть внутрь с улицы можно было только одним способом — разбив витрину. Но шуметь мне не хотелось.

— Здесь есть черный ход? — спросил я.

— Черный ход? — переспросил Исслингер. По его лицу я видел, что парень напуган. — Вы же не собираетесь...

— Собираюсь. Но вам идти со мной необязательно. Отправляйтесь домой.

Помолчав, он упрямо сказал:

— Раз уж вы надумали проникнуть внутрь, я с вами.

— Забудьте, — отрезал я. — Мне платят за риск. Если мы попадемся, ваш отец узнает, что вы мне помогаете. Это недопустимо. Вы мне полезны, но только в том случае, если никому не известно, чем вы заняты. К тому же вы уже очень мне помогли. Отправляйтесь домой и предоставьте все мне.

Помедлив, Исслингер кивнул и неохотно произнес:

— Пожалуй, вы правы. Все думают, что я дома. Оставить вам машину?

— Было бы неплохо, — сказал я, — но ее могут узнать. Нет. Забирайте ее и поезжайте домой.

— Не хочется вас бросать... — начал он, но я не собирался тратить остаток ночи на споры:

— Будьте человеком, проваливайте.

Оставив Теда у машины, я прошелся по улице. В сотне ярдов от ателье был переулок. Вглядевшись во тьму, я задумался, не ведет ли он к черному ходу. Взревел мотор, и мимо меня промчался «понтиак». Я подождал, пока габаритные огни растворятся в темноте, а потом свернул в переулок.

Хорошо, что Тед уехал. В такой игре новичку легко оступиться, а лишних неприятностей мне не нужно. Люблю работать в одиночку. Если что-то идет не так, пенять приходится только на себя.

Переулок был узенький, и пахло в нем скверно. В конце концов я добрался до дворового фасада ателье. Вокруг было темно. Дверь черного хода выглядела не особенно крепкой, и я налег на нее плечом. Она затрещала. Я снова налег на дверь, теперь посильнее. Что-то хрустнуло, и дверь распахнулась. Я отступил и прислушался. И в здании, и в переулке по-прежнему было тихо. Прикрыв фонарик ладонью, я заглянул в дверной проем, после чего шагнул в узкий коридор. Впереди была дверь, ведущая в торговый зал. Справа я заметил еще одну дверь. Эта была приоткрыта.

Пройдя по коридору, я открыл дверь торгового зала. Жалюзи на окне не было, и лунного света хватало, чтобы осмотреться. Повертев головой, я не заметил ничего интересного и снова вышел в коридор. Совсем необязательно попадаться на глаза полицейскому патрулю.

Вернувшись прежним путем, я распахнул вторую дверь и вошел в большую комнату, судя по всему — мастерскую. Пол был усыпан обрезками фотографий. В центре комнаты стояли два стола, заваленные фотокарточками и паспарту. Я поводил лучом фонарика по полу и стенам. Осмотрел камин, полный бумажного пепла, но не нашел никаких следов, способных связать это место с пропавшими девушками.

Сдвинув шляпу на затылок, я хмуро выглянул в окно. Бог весть, что я хотел там увидеть. Наверное, что-то поинтереснее этой комнаты.

Вернувшись к черному ходу, я окинул взглядом переулок. Заехать сюда на машине невозможно. Непонятно, как девушек вывезли из ателье. Если их, конечно, похитили здесь.

Размышляя на эту тему, я услышал, что к ателье быстро приближается автомобиль. Мгновением позже скрипнули тормоза: машина остановилась. Я тут же шагнул назад в коридор, метнулся ко входу в торговый зал и приоткрыл дверь на несколько дюймов.

Сквозь окно видна была улица. У здания стоял огромный туринг, из которого выбирались трое мужчин. Один, оставшись у машины, осматривал улицу.

Двое других подошли к двери ателье. В замочной скважине повернулся ключ, и дверь распахнулась.

Все произошло так стремительно, что я не успел отскочить от двери. Оставалось только прикрыть ее и ждать, схватившись за рукоятку пистолета.

Я слышал, как двое вошли в ателье.

— Давай поживее, — сказал один. — Через пять минут здесь будет патруль.

Голос у него был трескучий и неприятный. Кроме того, мужчину мучила одышка.

— Ладно, не суетись, — сипло сказал второй. — Давай сюда вон ту картинку.

Я услышал, как на пол шлепнулось что-то тяжелое. Приоткрыл дверь на пару дюймов, но все равно не видел, что происходит.

— Черт, никак не дотянусь, — сказал сиплый.

— Ты поаккуратней там, болван, — рыкнул трескучий. — Всю выставку поломаешь.

Оба еще немного побурчали, а потом трескучий сказал:

— Ладно. Пора валить.

Я услышал, как они идут к выходу. Затем открылась и закрылась дверь, повернулся ключ в замке. Я осторожно заглянул в торговый зал. В окно было видно, как мужчины усаживаются в туринг. Толком я их не рассмотрел, лишь заметил, что оба они крупные и широкоплечие. Вероятно, кто-то из них был Джеффом Горданом, но я не уверен.

Туринг быстро скрылся из виду.

Если через пять минут здесь будет полицейский патруль, самое время уходить. Я окинул взглядом помещение, но так и не понял, зачем приезжали эти люди. Вышел в коридор и направился к черному ходу.

Открывая дверь, я заметил какой-то предмет на полу и направил на него луч фонарика. Прямо у моих ног лежал смятый носовой платок. Я поднял его. Маленький, с кружевными краями, когда-то был белым. В уголке вышиты инициалы: «М. Д.».

Я вышел в переулок, прикрыл дверь черного хода и быстро направился в сторону улицы.

Инициалы означают только одно: это платок Мэри Дрейк! Итак, у меня есть платок и четыре фотокарточки пропавших девушек. Теперь можно подкатывать к Мейси. Если он откажется сотрудничать, я легко устрою ему неприятности. Похищение — дело федерального масштаба. Доказательств у меня хватит, чтобы подключить ФБР.

Сунув платок в карман, я вышел на улицу и внимательно посмотрел по сторонам. Никого не было. Я снова подошел к витрине ателье.

Луна висела прямо над головой, прекрасно освещая все фотографии. Но меня интересовала только одна: с подписью «Увеличение по запросу, 1 доллар 50 центов».

Мне хватило одного взгляда. Теперь я знал, зачем те мужчины приезжали в ателье и почему они так торопились уйти. Фотографию подменили. Блондинка, в которой Исслингер узнал Мэри Дрейк, больше не смеялась мне в лицо. Теперь на ее месте было фото девушки с крупными чертами лица, в мягкой белой шляпке.

Я беспомощно смотрел на фотографию, и улыбка девушки казалась мне презрительной.

Когда уличные часы пробили три, я был у здания «Кранвиль газетт».

Тротуар был залит лунным светом, и я чувствовал себя как нудист в метрополитене. Было очень душно. Я нервничал и весь вспотел.

Проходя мимо ветхого строения, я как бы невзначай бросил взгляд на двустворчатую дверь. Она была закрыта. Я не остановился, но ярдов через двадцать юркнул в подъезд.

РЕКВИЕМ БЛОНДИНКЕ

Очень мило. Придется вскрывать замок, а на улице светло как днем. Если из-за угла появится добросовестный коп, я окажусь в весьма неприятном положении. Я уже видел полицейских Кранвиля. Не удивлюсь, если они сперва стреляют, а потом задают вопросы.

Я стоял в подъезде и прислушивался. Было тихо, и я уж было решил приступить к делу, как услышал чьи-то шаги. Нырнул обратно в подъезд и похвалил себя за смекалку.

Судя по стуку деревянных каблучков, по мостовой шла женщина: сначала быстро, потом медленнее, а затем и вовсе остановилась.

Сняв шляпу, я выглянул за дверь. Стройная, среднего роста, одета в темный английский костюм. Вот и все, что мне удалось разглядеть.

Вдруг женщина воровато оглянулась. Я скрылся в подъезде, надеясь, что она меня не заметила.

Ничего не происходило, и через несколько секунд я выглянул снова. Женщина стояла прямо перед двустворчатой дверью. Я спросил себя, что она там делает, и вдруг услышал, как щелкнул замок. Мгновением позже женщина, открыв дверь, исчезла в здании редакции.

Я машинально сунул руку за сигаретой, но передумал и помассировал шею. Ситуация сбила меня с толку. Подождал пару минут, а потом подошел к двери и подергал. Она была закрыта.

Голова все еще работала неважно. Хотелось спать, да и в целом я был не свежее вяленой воблы. Что делать, непонятно. Я все еще глазел на дверь, когда снова услышал шаги. Мне хватило ума отойти от здания «Кранвиль газетт». Из ниоткуда появился патрульный и, остановившись, удивленно уставился на меня.

— Чем это вы занимаетесь? — осведомился он, помахивая дубинкой и выпятив челюсть, словно высеченную из камня.

Притворившись пьяным, я врезался в него, похлопал по плечу и сказал:

— Дружище, подождите немного. Скоро здесь появится здоровенный красавец-коп. Да-да, так и будет. Только если немного подождать.

— Я и в первый раз расслышал. — Патрульный оттолкнул меня. — Ступай, приятель, пока я не сломал дубинку о твою голову.

— Само собой, — я, шатаясь, отступил. — Но сначала женщины и эти... как их... детишки. Пора спускать шлюпку на воду. Или не шлюпку... Что же пора делать, черт возьми? — К тому времени я отошел достаточно далеко и зигзагом пустился прочь.

До переулка было довольно далеко. Я свернул за угол и выпрямился. Дал копу несколько минут, а потом выглянул на улицу. Он уже уходил и мгновением позже свернул на Мэйн-стрит.

Тихонько выругавшись, я бегом вернулся к зданию «Кранвиль газетт». Я потерял добрых восемь минут, и будет очень некстати, если коп объявится снова. Ну, для меня, конечно.

Одним из лезвий перочинного ножа я попытался открыть замок. С третьего раза получилось. Глянув вправо-влево и удостоверившись, что меня никто не видит, я толкнул дверь. В маленьком фойе пахло курятником. Осторожно прикрыв дверь, я прислушался, но ничего не услышал. Ощупью добрался до лестницы и пошел вверх.

До четвертого этажа я добирался довольно долго. Меня смущала полная тишина, царившая в здании. Женщина не могла уйти. Возможно, она на пятом или шестом этаже, но я все равно должен был что-то услышать.

Редакция «Кранвиль газетт» располагалась в самом конце длинного коридора. Дорогу я помнил, включать

РЕКВИЕМ БЛОНДИНКЕ

фонарик не хотелось. Поэтому я продолжал свое шествие в чернильной темноте.

На полпути я остановился. Впереди что-то маячило. Возможно, померещилось. Прижавшись к стене, я вгляделся во тьму. Волоски на шее встали дыбом. Прямо передо мной кто-то стоял. Одной рукой я потянулся за фонариком, а другой — за пистолетом.

Остальное произошло так быстро, что я просто растерялся. Кто-то стремительно пронесся мимо меня. Выставив ладонь, я ухватился за руку, определенно женскую. Потом началось черт знает что. Женщина вывернулась и налетела на меня. Руку мою дернули вперед, в бок мне врезалось маленькое, но очень твердое колено. А потом пол ушел у меня из-под ног. Я протаранил головой стену и на какое-то время потерял интерес к происходящему.

Когда красная дымка развеялась, оказалось, что голова моя пульсирует, а сам я лежу на полу; я попробовал подняться и чертыхнулся. В здании было тихо, и я понятия не имел, как долго был в отключке. Нашарив фонарик, я взглянул на часы. Три сорок. Должно быть, я провалялся минут пятнадцать. Свет резал глаза, и я его выключил. Вставать не решался: любое движение отзывалось болью в голове. Я снова выругался. Знал бы, что столкнусь с мастерицей по джиу-джитсу, спал бы себе дальше. Подумать только: девушка, и так меня отделала. Одно расстройство. Я-то считал, что знаю все японские штучки, но этот бросок был делом рук настоящего профессионала.

Я медленно сел, морщась от головной боли. Через некоторое время боль утихла, и мне удалось встать на ноги. Было такое чувство, словно меня прокрутили через валик для отжима белья. Я дохромал до лестницы и прислушался, но ничего не услышал. Женщина, наверное, была уже на полпути домой.

Я вернулся в редакцию «Кранвиль газетт». Дверь была открыта. Почему-то я совсем не удивился. Толкнув дверь, я щелкнул фонариком. В приемной было все так же убого. Я подошел к кабинету Диксона, прислушался и распахнул дверь.

Луч фонарика упал на потертый письменный стол. Я подошел поближе. Средний ящик стола был выдвинут. Это тоже меня не удивило. Поверхностный осмотр подтвердил: фотографии девушек, что показывал мне Диксон, исчезли.

Уставившись на ящик стола, я погрузился в раздумья. Разумеется, фотографии унесла женщина. Теперь все становится еще сложнее. Имея на руках эти фото, я мог бы вызвать федералов. Мог бы приручить шефа полиции. Но знала ли об этом ночная гостья?

Голова заныла, и мне захотелось лечь в постель. Торчать в редакции было бессмысленно. Вульф не обрадуется, если выяснит, что женщина стукнула меня головой о стену, а потом унесла единственное доказательство по делу. Я решил, что не стоит рассказывать ему об этом происшествии.

Повернувшись к двери, я застыл на месте. В кресле у окна кто-то сидел. Ну ладно, я не застыл, а подпрыгнул на фут-другой. Кто бы не подпрыгнул? Я даже выронил фонарик. Нагнувшись за ним, я почувствовал, как пот градом катит с лица, словно кто-то выжал на меня пропитанную водой губку.

— Кто здесь? — спросил я, положив ладонь на пистолет. Во рту пересохло, и я дрожал, как лист на ветру.

Тишина накрыла комнату влажным одеялом. Я направил луч фонарика на кресло и увидел Диксона. Тот смотрел на меня стеклянными глазами. На серо-фиолетовом лице его застыла гримаса ужаса. Изо рта сочилась кровь, а вывалившийся изо рта язык был похож на лоскут черного дермантина.

РЕКВИЕМ БЛОНДИНКЕ

Сделав шаг вперед, я присмотрелся и увидел на шее Диксона тонкий шнурок, наполовину скрытый под складками кожи.

Стиснув кулаки в агонии, старик бесформенным мешком развалился в кресле: совсем одинокий и бесконечно мертвый.

ГЛАВА ТРЕТЬЯ

Выйдя из ванной, я обнаружил у себя в комнате двоих мужчин. Один в ленивой позе стоял у двери, а другой расселся на кровати.

Тот, что у двери, был здоровяк с заметным брюшком, лет сорока, в черном костюме с белыми полосками. Под глазами у него, по щекам и переносице широкой дорожкой рассыпались веснушки. Губы были плотно сжаты, а уголки рта опущены.

Человек на кровати был толст и невысок. Плечи у него были широкие, а шеи не было вовсе. Казалось, его квадратную челюсть впопыхах приделали к одутловатой красной физиономии. На затылке у него покоилась плоская панама, а светло-серый костюм был ладно скроен и прекрасно сидел на его оплывшей фигуре.

Посмотрев на гостей, я сказал «здравствуйте» и подпер собою дверь ванной. Мне показалось, что я им не нравлюсь и нет ничего на свете, что заставило бы их поменять свое мнение.

Человек на кровати без интереса окинул меня взглядом. Сунул толстую белую руку в карман пиджака и достал сигару. Аккуратно раскурив ее, швырнул спичку на ковер.

— Кто же вас впустил? — спросил я. — Да, это гостиница. Но прошу не путать мою комнату с фойе.

— Вы Спивак? — Мужчина на кровати ткнул в мою сторону сигарой, чтобы я понял, что он обращается ко мне.

Я кивнул:

— Собирался зайти к вам с утра пораньше. Но проспал.

— Знаете, кто я? — Он раскрыл глаза чуть шире.

Я снова кивнул:

— Шеф полиции Мейси.

— Слыхал? — Мужчина глянул на человека у двери. — Он знает, кто я.

Даже слабоумное дитя расслышало бы в его голосе насмешку.

Человек у двери молча развернул упаковку жевательной резинки и сунул пластинку в рот.

— Значит, собирались ко мне зайти. С какой целью? — Выпятив челюсть, Мейси с угрозой уставился на меня.

— Я профессиональный детектив, — сообщил я. — Хочу объединить усилия.

— Ах вот как? — Не отводя взгляда, Мейси послюнявил сигару. — Что ж, мне такое неинтересно. Мы тут не любим частных шпиков. Верно, Бейфилд?

— Терпеть не можем, — согласился человек у двери. Казалось, голос его берет начало в пятках.

Пожав плечами, я направился к туалетному столику. Взял пачку «Лаки страйк», вытряхнул сигарету и посмотрел в зеркало.

Бейфилд не вынимал руки из кармана пиджака. То ли держал меня на мушке, то ли палец оттопырил.

— Жаль, конечно. Но я тем не менее намерен объединить наши с вами усилия. — Закурив, я развернулся и прислонился к стене.

Мейси поковырял в носу.

— Какого рода усилия? — Теперь он смотрел не на меня, а на собственные туфли. Я обратил внимание, что обувь у него из оленьей кожи, а носки зеленовато-голубые.

— В городе пропали четыре девушки, а никто и палец о палец не ударил, — сказал я. — Меня наняли их отыскать.

— Четыре девушки? — негромко переспросил Мейси. Его щеки покраснели. Покраснело и то место, где у нормальных людей бывает шея. — Откуда вы знаете?

— Не важно, — сказал я. — Люди болтают всякое. Если не начнете шевелиться, будет вам заноза в интересном месте.

Он стряхнул пепел, а потом спросил:

— Кто рассказал вам про Мэри Дрейк?

— Вас этот вопрос волновать не должен. — Я подошел к креслу и уселся. — Вы же не собираетесь держать это происшествие в секрете? Передайте-ка Старки, чтобы осадил коней. Он переигрывает.

Сжав губы, Мейси взглянул на Бейфилда и пошевелил бровями.

— Слыхал? — угрюмо произнес он.

— Может, побить этого парня? — спросил Бейфилд. — А то он, похоже, заговаривается.

— Только не начинайте. — Я посмотрел сначала на Бейфилда, а потом на Мейси. — У меня хватит доказательств, чтобы натравить на вашего Старки федералов. Ну как вам такое?

— Что за доказательства? — Похоже, Мейси не повелся.

— Полицейские так себя не ведут, — заметил я, покачав головой. — И я вам не доверяю. Все свои находки я передам только сотрудникам ФБР.

Выпустив себе под ноги клуб дыма, шеф полиции извлек из кармана автоматический пистолет с коротким стволом. Направил его на меня и велел Бейфилду:

— Осмотрись-ка тут.

Бейфилд принялся методично обыскивать комнату. Он ничего не пропускал и работал аккуратно: все ставил на свои места. Через десять минут обыск был закончен.

— Не забудьте про ванную, — напомнил я, внимательно глядя на него.

Хмыкнув, Бейфилд ушел в ванную.

— Умник, да? — Мейси пошел пятнами. — Я ведь могу забрать вас в участок и сделать так, что вы запоете.

— Вульфу такое не понравится, — заметил я. — Ну что вы как маленький. Нельзя изображать копа, одновременно покрывая Старки. Я не боюсь ни вас, ни ваших парней. В участок, говорите? Поехали. Посмотрим, что из этого выйдет. Вульф поднимет такой вой, что его услышит сам губернатор.

Из ванной явился Бейфилд, все еще безмятежно жующий жвачку.

— Ничего, — сказал он и снова встал у двери.

Мейси кивнул на кресло, где валялась моя одежда. Я вспомнил про платок Мэри Дрейк. Если его найдут, у меня будут большие неприятности. Возможно, меня даже обвинят в похищении.

— Мне все это надоело, — сердито сказал я. — Если вас интересуют мои личные вещи, предъявите ордер.

Мейси неторопливо поднял пистолет. Теперь его дуло смотрело мне прямо в лоб.

— Вы не представляете, как ловко я стреляю с такого расстояния. — Усмехнувшись, Мейси показал мне свои желтые зубы. — Если сомневаетесь, проверьте. Ну давайте, попробуйте дернуться.

Бейфилд умело прошелся по моим карманам. Я наблюдал за происходящим с деланым спокойствием, но чувствовал себя неважно. Когда он добрался до кармана с платком, я едва не дернулся. И чуть не выдал себя, когда в руках у Бейфилда ничего не оказалось.

— Закончили? — Мне хотелось лишь одного: самостоятельно проверить тот карман. Будь там платок, Бейфилд неминуемо нашел бы его. Значит, платок забрала мадам джиу-джитсу. Это меня взбесило.

Подвигав челюстями, Бейфилд произнес:

— Он блефует.

— Неужели вы думаете, что я стану держать свои находки в гостиничном номере? Я пока что не спятил, — сказал я. — Что бы там ни было, все хранится в безопасном месте. А теперь, раз уж вы закончили, предлагаю приступить к делу. Что собираетесь предпринять по поводу Мэри Дрейк?

Убрав пистолет, Мейси потянул себя за нижнюю губу и задумчиво уставился на меня. Я видел: он понятия не имеет, что со мной делать.

— Мы ее ищем, — наконец сообщил он. — И найдем. Всему свое время.

— Льюс Макартур пропала месяц назад, — напомнил я. — И вы до сих пор ее не нашли.

Бейфилд беспокойно переступил с ноги на ногу. Мейси хмуро глянул на него и сказал:

— Месяц — это не так уж много. Скоро все они найдутся.

— Прямо сегодня. У Старки.

— С чего вы так решили?

— Дело совершенно ясное, — сказал я. — Старки похитил девушек, чтобы поставить Исслингера и Вульфа в затруднительное положение.

— Ошибаетесь. — Мейси задумчиво пожевал сигару и добавил: — Старки не обрадовался бы, услышав такие слова.

— В любом случае он их услышит, — пообещал я. — Если только вы не предложите что-нибудь получше.

— Я? — Казалось, он обиделся. — Мы работаем над этим делом. Пока ясности нет. Эти девчонки — не самые важные птицы. Найдем, как руки дойдут.

— Диксон считает, что их убили. — Я внимательно смотрел на Мейси. — Серийные убийства не очень-то приятная штука.

— Да он рехнулся. И к тому же умер.

— Умер? — Я изобразил удивление. — То есть как это — умер?

— Ага. — Мейси покивал. — Так вот и умер. Мы с ним сто лет были знакомы. Он, конечно, псих был. Но я к нему привык.

— Мы же с ним буквально вчера разговаривали. — Поерзав, я сдвинулся на краешек кресла.

— Ну, вы же знаете, как оно бывает. Сегодня здесь, завтра там. С ним приключился какой-то приступ. Врач говорит, Диксон много лет жаловался на сердце. И вот скоропостижно скончался. Тело нашли сегодня утром.

— Кто нашел?

— Мы и нашли. Верно, Бейфилд?

Бейфилд что-то пробурчал.

— Секретарша не могла открыть дверь, а мы как раз оказались неподалеку. — Мейси снова сбросил пепел, тяжело вздохнул и помотал головой. — Он засиделся на работе. Лепила говорит, часа в два ночи дал дуба. Что ж, все там будем.

— Угу, — сказал я. — И не поспоришь. — Я уставился в пол. Пора отделаться от этих парней и все обдумать. — Ну, мне нужно заняться кое-какими делами, — продолжил я после долгой паузы. — Если мы с вами закончили...

— Да мы так, заглянули поздороваться. — Мейси поднялся на ноги. — Мы тут частных шпиков не любим, вот и решили сообщить об этом лично. Ну, чтоб вы знали, где ваше место.

— Понятно. — Я не шевелился.

— Вам бы уехать на первом же поезде. Это будет разумнее всего. Верно, Бейфилд?

Бейфилд снова что-то пробурчал.

— И еще одно. — Мейси остановился у двери. — Не лезьте к Старки. Он тоже недолюбливает вашу братию.

— Схожу к нему после обеда. — Я потушил сигарету. — Расскажу про Федеральное бюро расследований. Рассказчик из меня отменный, и ему будет интересно послушать.

— Старки не по душе такие рассказы. — Мейси оттопырил нижнюю губу. — На вашем месте я бы уматывал отсюда. Мое управление не может гарантировать безопасность частным шпикам. И без вас дел хватает.

Бейфилд откашлялся.

— А такому чучелу, как вы, гарантии не помешают, — добавил он своим утробным голосом. — Конечно, если надумаете здесь задержаться.

Они ушли, и я остался один.

Уважаемый полковник Форсберг,
вчера я встретился с Льюисом Вульфом. Если вкратце, дело обстоит так. Вульф, ушедший на покой промышленный магнат, от безделья надумал стать мэром города.

Его соперники — владелец похоронного бюро Макс Исслингер и профессиональный игрок по имени Старки. Горожане поддерживают Исслингера, но за Старки стоит шеф полиции и, полагаю, остальные влиятельные лица Кранвиля. К тому же Старки собирается выставить своих громил на избирательных участках. Так что у него неплохие шансы на победу.

Вульфу ничего не светит, но он отказывается это признать. Исчезли три девушки. Одна — дочь Макартура, он работает продавцом в драгсторе. Вторая —

дочь консьержа Денгейта. Третья — сирота по имени Джой Кунц. Это происшествие взбудоражило город: люди волнуются, паникуют, бьют окна, ну и все такое прочее.

Вульф, будучи человеком состоятельным, нанял нас для розыска этих девушек, чтобы заручиться поддержкой избирателей. Не желая уступать Вульфу, Исслингер подключил к поискам местное детективное агентство в лице некой Одри Шеридан. Полиция сидит сложа руки: копы поддерживают Старки и уверены, что мэром станет он. Исслингер и Вульф заявили, что найдут девушек. Если этого не произойдет, их шансы победить на выборах равны нулю.

Такова суть дела. Вульфа никто не любит, и ко мне относятся соответствующим образом: мешают изо всех сил. Если расслабиться, получу по голове камнем весом в тонну. Я навестил Макартура, но его жена меня выгнала. Один из парней Старки устроил за мной слежку и сунул мне под дверь записку с угрозами.

Тед Исслингер, сын Макса Исслингера, знаком с пропавшими девушками. Он хочет их найти, и вовсе не из-за выборов. Прошлым вечером он с Макартуром явился ко мне и предложил помощь. По его мнению, Старки похитил девушек, чтобы подставить Исслингера и Вульфа. Возможно, он прав, хотя не все так гладко. Кое-какие обстоятельства подтверждают его теорию, но пока я не готов считать ее единственно верной. Надо все как следует проверить. Если вкратце, всех троих сфотографировал уличный фотограф. Забирать карточки нужно было в ателье, принадлежащем Старки. Все три девушки отправились за фотографиями и исчезли.

В ателье девушек могли прикончить, но я не понимаю, как их оттуда вывезли. К тому же, если они убиты, куда делись тела?

Прошлой ночью события приняли крутой оборот. Пропала еще одна девушка. Об этом мне сообщил Тед Исслингер. Руководствуясь интуицией, я отправился в ателье «Фото на бегу» и увидел в витрине увеличенное фото Мэри Дрейк, той самой пропавшей девушки. Скажете, все слишком гладко? Именно так я и подумал.

Похоже на подлог. Я проник в ателье, осмотрелся, но ничего не нашел. Тут приехали трое: видимо, парни Старки, но полной уверенности нет. Подменив фотографию, они смылись, и я тоже решил удалиться. У двери черного хода мне на глаза попался платок с инициалами «М. Д.»; когда я входил, его там не было. Не думаю, что пропустил бы такую вещицу во время осмотра.

Платок могли подбросить, когда я был в ателье. Вся эта история с «Фото на бегу» видится мне чересчур гладкой. Допускаю, что с ее помощью конкуренты хотят дискредитировать Старки. Скорее всего, все подстроил Исслингер: ведь именно его сын дал мне наводку насчет этого ателье. Работает ли Тед на своего отца или на кого-то еще — не знаю. На первый взгляд он неплохой парень, но я с ним настороже. С другой стороны, Старки может и впрямь использовать ателье для похищений. Пока непонятно.

Диксон, редактор «Кранвиль газетт», показал мне три снимка девушек, сделанные фотографом из «Фото на бегу». Я отправился в редакцию, как только понял, с каким противодействием мне предстоит столкнуться. Во время разговора Диксону позвонили и велели помалкивать, но кое-что я успел выяснить. А именно: Исслингер не думает, что Одри Шеридан сумеет раскрыть это дело, и нанял ее для отвода глаз.

Обнаружив платок, я снова пошел в редакцию, но меня опередила неизвестная особа. Когда она уходила, мы столкнулись, и она вывела меня из строя каким-то японским приемом. Пока я был без сознания, женщина забрала у меня платок. Придя в себя, я обнаружил, что Диксон убит: минут десять назад кто-то удавил его шнурком. Все три фотографии исчезли. Возможно, это дело рук той женщины, хотя дамы обычно не душат своих жертв шнурками. С другой стороны, мастерское владение джиу-джитсу — тоже не дамский профиль. Так что фотографий и платка у меня больше нет. А ведь этих улик было достаточно, чтобы передать дело агентам ФБР. Что касается женщины, она определенно выставила меня дураком. Может быть, то была Одри Шеридан или же одна из приспешниц Старки. Пока не знаю, но выясню.

Сегодня утром ко мне заходил шеф полиции Мейси со своим подручным. Строил из себя крутого парня, но не очень успешно. Думал, я что-то прячу. Подручный обшарил мой номер так, словно искал что-то важное. Не знаю, что он хотел найти: то ли фотографии, то ли платок. Я дал понять, что у меня есть важные улики против Старки. Будет полезно продолжать в том же духе, иначе самочувствие мое может радикально ухудшиться.

Копы сказали, что Диксон скончался от сердечного приступа. Здесь одно из двух: или Старки убил Диксона из-за фотографий, а полиция его покрывает, или же копы не желают, чтобы в шумихе из-за убийства редактора городской газеты четвертое похищение осталось бы незамеченным. Старки и Мейси это невыгодно: они хотят хорошенько растревожить Кранвиль.

Городок уже закипает. У этой кастрюли вот-вот сорвет крышку, и тогда начнутся настоящие беспорядки. Насколько я понимаю, вы берете с Вульфа надбавку за вредность? Мне бы не хотелось рисковать жизнью по обычным расценкам. И по специальным тоже. О раз-

витии событий сообщу. Если у вас под рукой есть церковная свечка, самое время зажечь ее за мое здравие. Духовная поддержка мне не повредит.

Когда я подписывал письмо, раздался телефонный звонок. Звонил Тед Исслингер.

— Привет, — сказал я.

— Что-нибудь узнали? — Его голос казался тоненьким и очень далеким.

— Пока нет, но скоро узнаю. — Тут я подумал, что нас могут подслушивать, и продолжил: — Ничего не говорите. Сегодня я сам к вам заеду. Хотя стоп, один вопрос: в городе есть женщины, знающие джиу-джитсу?

— Что-что? — озадаченно переспросил он. — Прошу прощения?

Я повторил свой вопрос.

— Джиу-джитсу?

— Угу, — подтвердил я.

— Есть. Когда-то этим единоборством занималась Одри Шеридан. Ее учил отец. Может, и до сих пор занимается. Не знаю. А что такое?

— Ничего, — сказал я и повесил трубку.

Прошагав по ухоженной зеленой лужайке, я снова оказался у кирпичного портика с остроконечной крышей и позвонил в звонок.

Дверь открыл все тот же молчаливый слуга с пронзительным взглядом.

— Доброе утро, сэр, — сказал он. — Мистер Вульф у себя.

Я проследовал за ним в холл.

— Подождите минутку, пожалуйста. — Он скрылся в коридоре.

Я услышал «тук-тук-тук» и звонкое «дзынь»: мисс Уилсон что-то печатала на машинке у себя в кабинете.

В холле приятно пахло свежими цветами. Проход, ведущий в сад, заканчивался стеклянными дверями. Сейчас они были открыты.

Слуга вернулся.

— Сюда, пожалуйста, — пригласил он.

Я пошел за ним в кабинет Вульфа.

— Мистер Спивак, сэр, — негромко сказал слуга и закрыл дверь у меня за спиной.

Вульф сидел у открытого окна. Тонкие губы его сжимали сигару, испещренную зелеными пятнышками. Рядом стоял столик, заваленный документами, судя по виду — юридическими. Еще какие-то бумаги Вульф держал в толстых пальцах.

— Нашли? — рявкнул он, едва закрылась дверь.

— Давайте кое-что проясним. — Придвинув кресло, я уселся. — Хоть вы меня и наняли, бесцеремонности я не потерплю.

Вынув сигару изо рта, Вульф устремил на меня пылающий взгляд:

— Что вы имеете в виду?

— Ведите себя повежливее. — Я щелкнул ногтем большого пальца по пачке «Лаки страйк», поймал сигарету и закурил. — Если хотите, чтобы я и дальше на вас работал, не забывайте о приличиях.

— Чертовщина какая-то, — Вульф провел ладонью по стриженой голове, — еще одна девушка пропала. За что я вам, спрашивается, плачу? — На этот раз его тон был помягче.

— Вы платите, потому что хотите найти этих девушек. И я могу их найти, но остановить исчезновения не в силах.

— Я не настроен на болтовню, — проворчал он, положив бумаги на столик. — Вам уже было сказано: возвращайтесь, когда будет что доложить.

РЕКВИЕМ БЛОНДИНКЕ

— Насколько сильно вы хотите стать мэром? — спросил я.

— Я уже говорил, что получу эту должность. — Он жёстко на меня посмотрел. — А значит, так оно и будет.

— Если целыми днями просиживать на заднице, то вряд ли, — заметил я. — Ваши конкуренты времени даром не теряют. Так что не валяйте дурака. Без боя не обойтись.

— Что-то придумали? — энергично осведомился Вульф.

— Кому принадлежит «Кранвиль газетт»?

— Парню по имени Элмер Шэнкс. Почему спрашиваете?

— Кто он?

— Старый дуралей, вот кто он. Развалина бестолковая, — раздражённо сказал Вульф. — Газетой руководит Диксон. Такая же бестолочь.

— Шэнкс продаст газету?

— Продаст? — Вульф изумлённо посмотрел на меня. Пепел сигары упал ему на пиджак. — На кой чёрт ему продавать газету? Он с неё кормится, а вся головная боль достаётся Диксону. О чём вы вообще?

— Диксон мёртв.

Вульф изменился в лице.

— Мёртв? — тупо повторил он, внезапно сникнув.

— Вы что, не читаете газет? Он умер прошлой ночью. — Я безуспешно попытался сдержать зевок.

Похоже, Вульф не верил своим ушам. Он всё смотрел на меня и теребил свой клюв. Я дал ему время прийти в чувство и продолжил:

— Полиция утверждает, что он умер от сердечного приступа, но это не так. Его убили.

— Убили? — Вульф вздрогнул.

Я кивнул.

— А вы откуда знаете?

— Знать подобные вещи — моя работа.

Вульф пожевал сигару, понял, что она погасла, и смял ее в пепельнице. Рука его дрожала.

— Уверены?

— Угу. На сто процентов. Мейси скрывает это по каким-то причинам. По каким — не знаю. — Я подался вперед. — Теперь Диксон вам не помешает. Если поторопитесь, сможете выкупить «Газетт».

Вульф прокрутил эту мысль в голове. Когда он снова взглянул на меня, я увидел в его глазах сомнение пополам с интересом.

— Зачем мне выкупать «Газетт»? — спросил он.

Я нетерпеливо щелкнул пальцами.

— Вы же говорили, что с тех пор, как ушли из шахты, сходите с ума от скуки. «Газетт» нагрузит вас работой. С ее помощью вы сможете контролировать весь город. А если не сможете, не ждите успеха на другом поприще. Если верно гнуть редакционную линию, вы сумеете растоптать Старки, Мейси и любого, кто встанет у вас на пути.

Вульф прервал меня взмахом руки:

— Знаю. Уж мне-то не рассказывайте.

Встав с кресла, он походил по комнате. Лицо его раскраснелось, а глаза лихорадочно горели. Затем он вернулся к столу.

— Погодите, — сказал я, увидев, как его палец лег на кнопку звонка. — Что у вас на уме?

— Предоставьте все мне. — Вульф бросил на меня сердитый, озабоченный взгляд. — Нужно поговорить с юристом.

— Так поговорите. — Я указал на телефон. — Только наберите номер сами. Другим об этом знать необязательно.

— Что вы хотите сказать? — рявкнул он.

— Как давно у вас работает мисс Уилсон?

— Мисс Уилсон? Секретарша? Полгода. Почему вы про нее вспомнили?

— За эти полгода она сильно вас невзлюбила, — непринужденно заметил я. — Такие, как вы, девушкам не нравятся. Прекращайте уже себя обманывать. Хотите заполучить «Газетт»? Действуйте быстро и скрытно. Возможно, Старки собирается вас опередить.

— Вы или негодяй, или дурак, — злобно сказал Вульф. — Эдна Уилсон — свой человек.

— Звоните юристу сами, — повторил я. — Не нужно рисковать. Когда купите газетенку, поставьте меня в известность. Помогу с политикой редакции. — Я встал и направился к двери.

— Погодите, — сказал Вульф. — Я хочу знать, чем вы занимались. Вернитесь и расскажите.

— Я пока не готов что-либо рассказывать, — сообщил я. — Покупайте «Газетт» за любую цену. Тогда вы раскроете это дело и станете мэром. Да кем угодно станете. Если доживете.

Открыв дверь, я вышел в холл. Вульф что-то пробурчал мне в спину, а потом звякнул телефоном, снимая трубку.

Я же направился к кабинету мисс Уилсон, стараясь издавать шума не больше, чем птичье перышко, влипшее в свежий бетон. Положил ладонь на дверную ручку, нежно повернул ее и вошел.

Мисс Уилсон сидела за столом, прижав к уху трубку параллельного телефона. Девушка впитывала каждое слово, что Вульф говорил своему юристу.

Я посмотрел на нее, и она посмотрела на меня. Зрачки ее расширились, но в остальном мисс Уилсон оставалась совершенно спокойна.

— Доброе утро, — улыбнулся я. — А почему вы не в саду? Вам полезно побыть на солнышке.

Не переставая подслушивать, девушка нахмурилась и помотала головой. Я перегнулся через стол и забрал у нее трубку.

— Незачем его слушать. Лучше меня послушайте. Это гораздо интереснее.

Скрючив пальцы в подобие птичьей лапы, мисс Уилсон замахнулась, и я едва успел увернуться. Она потянулась к телефону, но я перехватил ее руку и дернул на себя. Девушка упиралась, но я не переставал тянуть ее к себе, пока не перетащил ее на свою сторону стола, устроив на столешнице изрядный беспорядок. Все это я проделал одной рукой, а другой вернул трубку на место. Девушка оказалась на полу, и я удерживал ее там до тех пор, пока она не утихомирилась.

Затем она оттолкнула меня и встала посреди вороха разбросанных документов. Глаза ее светились бешеной злобой.

— Да как вы смеете? — выдохнула она.

— Не хотел, чтобы вы слышали, о чем он говорит, — пояснил я, присев на стол. — А теперь самое время собрать вещички и уйти. Я не могу допустить, чтобы вы и дальше дурили Вульфа.

— Я не делала ничего предосудительного. — Злоба в ее глазах сменилась испугом, а губы дрожали. — Прошу, не говорите ему. Я не хочу потерять работу.

— Еще бы. — Я покачал головой. — На кого вы шпионите? На Старки? Исслингера? На кого-то еще?

Девушка закусила нижнюю губу. Широко раскрытые глаза ее чернели на бледном, напряженном лице. Я решил, что она сейчас снова бросится на меня, и приготовился отскочить. Но девушка взяла себя в руки.

— Не знаю, о чем вы, — ровно произнесла она. — Я работаю на мистера Вульфа уже шесть месяцев, и он ни разу не предъявлял мне претензий.

— Шесть месяцев? Это на полгода дольше, чем нужно. Собирайтесь и уматывайте. Смените обстановку. Вам это будет полезно. А Вульфу — вдвое полезнее.

— Я выполняю распоряжения мистера Вульфа, — холодно сказала девушка. — Если он велит мне уйти, я уйду.

— Так давайте спросим. — Я повернулся к двери.

Глаза мисс Уилсон снова широко распахнулись и почернели.

— Нет!

Миновав холл, я постучал в дверь и вошел. Вульф как раз вешал трубку на рычаг.

Я рассказал ему о мисс Уилсон и добавил:

— Избавьтесь от нее, если не хотите, чтобы конкуренты были в курсе каждого вашего шага.

— Я с ней поговорю. — Лицо Вульфа осунулось. — Пока что она мне нужна. Мы же не уверены, что она... То есть это всего лишь догадки...

— Но она подслушивала. — Я непонимающе смотрел на него.

— Знаю, знаю! — Он начинал сердиться. — Я этим займусь. Мне не нужны непрошеные советы касательно прислуги.

Я кивнул и вышел.

Эдна Уилсон стояла в дверях офиса, злорадно улыбаясь. Я тоже улыбнулся:

— Что же вы сразу не сказали, что он с вами спит? Тогда я не стал бы его беспокоить.

Ее улыбка исчезла, как исчезает разжатый кулак. Вернувшись к себе, девушка хлопнула дверью.

Повернув ручку, я снова вошел в узенькую комнатку с двумя окнами, обшарпанным столом с пишущей машинкой, парой шкафов-картотек и лысым ковром. За столом, подперев голову руками, сидела все та же тощая, неопрятная женщина. Глаза у нее были красные и опухшие.

Коснувшись шляпы, я спросил:

— Кто теперь за редактора?

— Он. — Махнув на дальнюю дверь, женщина снова положила голову на руки.

Я направился к двери, постучал и вошел в кабинет.

Юнец за столом Диксона вопросительно взглянул на меня. Невысокий, черты лица правильные и мелкие, под стать росту. Кожа очень светлая. Костюм на нем был ношеный, крой — заурядный, но парень выглядел в нем по-мужски подтянуто.

— Что вы хотели? — Голос у него был спокойный, а лицо невозмутимое.

Носком туфли я придвинул кресло, уселся и протянул юнцу свое удостоверение. Пока он изучал документ, я внимательно его рассмотрел. Парню не было и двадцати. Похоже, он еще ни разу не брился. Закончив с удостоверением, он вернул его и уставился мне в грудь. Глаза у него были большие и карие, а ресницы длинные и пушистые.

— Мне не раз хотелось заняться частным сыском, — доверительно сообщил юнец. — Это, наверное, очень увлекательно.

Я вынул пачку «Лаки страйк» и вытряхнул пару сигарет на стол. Щелчком отправил одну собеседнику, а вторую взял сам.

— Спасибо, — сказал юнец и поднес сигарету к пухлым губам. Пожалуй, слишком пухлым. Я дал ему прикурить, закурил сам и уселся поудобнее.

— Похоже, старушка очень переживает, — заметил я, кивнув в сторону приемной.

Юнец кивнул.

— Она работала с ним много лет, — пояснил он. — Неплохой был старик. — Парень поводил взглядом по кабинету, словно хотел что-то найти, а потом продолжил: — Но я не расслышал, что вы хотели.

— Это о вас мне рассказывал Диксон? Вы предложили идею с серийными убийствами?

— Именно, — с гордостью кивнул он. — Сказал старику, что это удвоит продажи. Вы в курсе?

— Ага. — Я вытянул ноги. — Значит, все дело в продажах?

— Так я ему сказал. Но сам склонен считать, что это правда.

— Как вас зовут? — спросил я.

— Редж Фиппс. Да, я молодо выгляжу. Но работаю в «Газетт» уже три года.

— Значит, вы думаете, что девушек убили?

— Уверен, — снова кивнул он. — Захватывающая история, разве нет? — Глаза его сверкнули. — Вот только не понимаю, куда он дел тела.

— Он? Кто?

— Убийца, разумеется, — нахмурился Фиппс.

— Это всего лишь догадки, верно? Вы не можете знать наверняка.

— Не могу, — согласился он. — Но готов поспорить, что девушки убиты.

— Ну ладно. — Я решил сменить тему. — Кто новый редактор?

— Не я, — с горечью сообщил юнец. Лицо его затуманилось. — Шэнкс не желает давать дорогу молодым. Найдет какого-нибудь старого бездельника.

— А вы бы справились?

— С этой газетенкой? — усмехнулся он. — Даже если бы мучился от абсцесса в ухе.

Я сказал ему, что необязательно дожидаться абсцесса.

— Неужели? — Взгляд его загорелся, а потом юнец покачал головой. — Вы, наверное, шутите.

— Я посоветовал Вульфу купить вашу газету. Если он так и сделает, вы будете самым подходящим кандидатом на пост редактора.

Потушив сигарету, парень осторожно положил окурок в жестянку, полную других окурков.

— Это для одного знакомого старика, — пояснил он, проследив за моим взглядом. Убрал жестянку, задумался и наконец сказал: — Работать на Вульфа может быть чертовски непросто.

— Я с ним разберусь. Но мне нужно знать, что вы и правда справитесь. Не на словах, а на деле.

— Я не шучу, — серьезно заметил юнец. — Все статьи писал я. Диксон занимался стратегическими вопросами. С этим я тоже справлюсь. Ну или пусть политику редакции устанавливает Вульф.

Я хмыкнул и кивнул на дверь:

— А как насчет нее?

— Она тут не задержится, — уверенно сообщил Фиппс. — Возьму на ее место кого-нибудь вроде Джинджер Роджерс. Или Риты Хейворт. — Подумав, он добавил: — Лучше всего, конечно, Бетти Грейбл. Но вряд ли она к нам пойдет.

Я заметил, что это «вряд ли» касается всех троих. Фиппс со мной согласился.

— Если Вульф купит газету, мы вывернем город наизнанку, — сказал я. — Растопчем и Мейси, и Старки. Как вам такое?

— Однажды я написал передовицу про Старки, — разволновался юнец. — Так и не напечатали. Диксона чуть удар не хватил. Скажу вам, что Мейси и Старки — два сапога пара. Подонки они.

— Но не сдадутся без боя.

— А что они могут сделать? — Фиппс провел ладонью по густой рыжеватой шевелюре. Пальцы у него были все в чернилах. — Совсем не обязательно их бо-

РЕКВИЕМ БЛОНДИНКЕ   **87**

яться. — Жестко глянув на меня, он спросил: — Или обязательно?

— Они пришили Диксона, — ласково сообщил я.

Фиппс выпучил глаза:

— А коп сказал, что старик умер от сердечного приступа.

— Вы же не станете верить всему, что вам говорят?

Подавшись вперед, Фиппс положил руки на стол, и мне стали видны потертые обшлага его пиджака.

— Вы меня не обманываете?

— Кто-то слишком туго завязал шнурок у него на шее. Да, его убили. А Мейси свалил все на больное сердце. Почему — не знаю, но говорю как есть.

Парнишка сделал глубокий вдох. Лицо его слегка побледнело, но глаза по-прежнему сверкали.

— Хотите сказать, меня тоже могут убить?

— Как и меня. И Вульфа. — Я поделился с ним еще одной сигаретой.

Фиппс задумался и наконец сказал:

— Если вас это не пугает, я тоже справлюсь.

— Отлично. — Я встал. — Как только Вульф сообщит мне, что купил газету, я вернусь, и мы поговорим снова. До тех пор сидите здесь и помалкивайте. О Диксоне — ни слова.

Он проводил меня к двери.

— Вы и правда думаете, что Вульф позволит мне...

— Я его уговорю, — пообещал я, а потом спросил: — Не подскажете, где найти Одри Шеридан?

— У нее офис на Синклер-стрит. Номер не помню, но здание большое, и по всему фасаду — театральная афиша с лампочками. Мимо не пройдете.

— А где она живет?

— В квартире на Лорел-стрит. Дом в середине улицы, по правую сторону. Там еще садик на крыше. — Фиппс вздохнул. — Я и сам не отказался бы туда переехать.

— Может, когда-нибудь и переедете, — утешил его я. — До встречи.

— Пока, — сказал он, и я вышел в приемную. А потом кое-что вспомнил и вернулся. — Вам знакома Эдна Уилсон?

— Что-то припоминаю. — Нахмурившись, Фиппс быстро взглянул на меня. — А что такое? Она ведь секретарша Вульфа, верно?

Я кивнул.

— С кем она встречается?

— Вы что, серьезно? Мне всегда казалось, что она предпочитает сидеть дома.

— Вульф бы с вами не согласился.

— В его возрасте выбирать не приходится.

— Значит, у нее больше никого нет?

— Разве что Блэкли. Я их как-то раз видел. Но он не лучше Вульфа: старый, лысый, морщинистый, ну и так далее.

— Что за Блэкли?

— Окружной прокурор. Но человек он неважный. Думаете, за этим что-то кроется?

— За этим? — Я крепко призадумался. — Что вы имеете в виду?

— Да вы и сами говорите загадками. — Он поморщился. — Далась вам эта Эдна Уилсон.

— Знаешь, сынок, — заметил я, хлопнув его по плечу, — все это дело — одна чертовски сложная загадка.

На улице я поймал такси и велел водителю отвезти меня на Лорел-стрит. Поездка заняла минут двадцать. Я попросил таксиста высадить меня на углу.

Фиппс не соврал: дом с садиком на крыше стоял в самой середине улицы, по правую сторону. Выглядел он очень мило, и я мысленно с парнем согласился: жить в таком, наверное, весьма приятно.

Я вошел в фойе, проследовал к столу консьержки и спросил мистера Селби.

— Здесь такой не живет, — нахмурилась девушка.

Я сказал, что мистер Селби мой старый друг, что ради встречи с ним я проделал путь в двести миль и что он живет именно здесь. И добавил: если консьержка не знает жильцов по именам, придется позвать управляющего.

Чтобы доказать мою неправоту, девушка выдала мне регистрационный журнал. Напротив номера 853 значилось имя Одри Шеридан. Я признал свою ошибку, рассыпался в извинениях и спросил, нельзя ли позвонить. Девушка показала мне, где стоят телефоны, и я сказал спасибо.

Позвонил в квартиру 853, но мне никто не ответил. Телефоны стояли в нише, скрытой от глаз консьержки. Справа от меня был лифт. Я поднялся на восьмой этаж, прошел по длинному безлюдному коридору и остановился у квартиры 853. Постучал, подождал и вынул из кармана перочинный нож. Через тридцать секунд я был внутри.

Гостиная была оформлена в приятных кремовых и красных тонах. Цветы в приземистых керамических вазах оживляли интерьер, а едва заметный аромат сирени напоминал о женском присутствии.

Бросив шляпу на канапе из красного дерева, я тщательно перерыл всю комнату. Открыл все выдвижные ящики, шкафы, коробки и чемоданы, осмотрел и прощупал каждую вещь. Проверил всю одежду на предмет подозрительных выпуклостей. Прислушался, не шелестит ли где бумага. Заглянул под мебель, приподнял коврики. Опустил жалюзи и убедился, что в них тоже ничего не спрятано. Осмотрел тарелки, кастрюли и жестянки с продуктами. Зашел в туалет и открыл сливной бачок. Выглянул в окна и убедился, что за ними ничего не подвешено. Короче говоря, разобрал квартиру по кирпичику, но не нашел ни фотографий, ни платка с инициалами Мэри Дрейк.

Особенного беспорядка я после себя не оставил, но и не очень-то церемонился. Встал посреди комнаты и осмотрелся, слегка усталый и приунывший. Хоть я и не нашел того, что искал, но по вещам сумел составить портрет Одри Шеридан. Взять, к примеру, гардероб. По женской одежде — особенно по белью — всегда можно понять, какой у хозяйки характер. У Одри Шеридан было суровое, спартанское белье: однотонное, заурядно скроенное, без рюшек и завязок. Одежда была изящной и тщательно подобранной: английские костюмы, три или четыре пары разноцветных фланелевых брюк, джемперы с высоким воротом и блузки ярких расцветок.

Из косметики у нее был кольдкрем, несколько тюбиков губной помады и духи с ароматом сирени. В квартире — даже на кухне и в ванной — было полно книг. На столике у окна стояла радиола, а в шкафчике у двери была целая коллекция граммофонных пластинок.

Взглянув на корешки книг и конверты пластинок, я понял, что Одри Шеридан — серьезная девушка. Такие всегда вызывают у меня подозрение. А серьезная девушка, владеющая джиу-джитсу и без колебаний похитившая доказательства у коллеги-сыщика, подозрительна вдвойне.

Я закурил сигарету, бросил спичку в камин, полной грудью вдохнул табачный дым и решил, что нам с Одри Шеридан пора перекинуться словечком. Окинул прощальным взглядом созданный мною бардак, вышел и закрыл дверь.

В конце светлого просторного холла была стеклянная дверь с золотыми буквами: «Детективное агентство „Караул"».

Повернув дверную ручку, я вошел в крошечную комнатку. Прямо передо мной были два окна, занавешенные светло-желтым тюлем.

У стен, выкрашенных в яблочно-зеленый цвет, стояли три кресла, а возле окон — дубовый стол, где в беспорядке валялись номера «Сатердей ивнинг пост», «Харперс» и «Нью-Йоркер». Повсюду стояли горшки с яркими цветами, а ворс турецкого ковра на полу доходил мне до лодыжек. В общем, эта комнатка меньше всего походила на приемную детективного агентства.

Не успел я оправиться от первого потрясения, как на меня обрушилось второе. Дверь кабинета распахнулась, и в приемной появился Джефф Гордан. Пистолет в его руке был направлен прямо на меня, а дуло показалось мне огромным и незыблемым, словно тоннель.

— Вот это да! — Джефф обнажил желтые зубы. — Вы гляньте, кто пришел.

— Ну и ну! — парировал я. — Джефф собственной персоной! А ты на месте не сидишь, верно?

— Подними руки, сукин сын. — Он дернул пистолетом. — И попридержи язык, пока его тебе не укоротили.

— Хватит корчить из себя Хамфри Богарта, — с чувством попросил я, подняв ладони на уровень плеч. — Не ровен час, «Уорнер бразерс» тебя по судам затаскает.

— Смотри, кого к нам ветром занесло, — сказал Джефф в открытую дверь.

— Кто там? — резко спросил мужской голос, высокий и отрывистый. Этот же человек угрожал Диксону по телефону.

— Шпик из Нью-Йорка, — сообщил Джефф, злобно ухмыляясь.

— Тащи его сюда, — велел голос.

— Давай, пошел. — Джефф кивнул на дверь.

— Минуточку, — торопливо сказал я. — Мне нужна мисс Шеридан. Если она занята, я зайду попозже.

— Еще как занята, — фыркнул Джефф, — но пусть тебя это не волнует. — Лицо его побагровело от злости. — Давай, мерзавец, пошел!

Не опуская рук, я пожал плечами и проследовал в главный офис. По сравнению с приемной он казался исполинским. От стены до стены простирался еще один турецкий ковер. У открытого окна стоял внушительный стол красного дерева. Обстановку довершали два кресла, несколько шкафов-картотек и прочая офисная мебель.

В приемной все стояло на своих местах, но здесь словно пронесся ураган. Ящики стола были выдвинуты, а бумаги вывалены на пол, содержимое шкафов разбросано по всему ковру.

В комнате было три человека: двое мужчин и девушка.

Девушка — разумеется, Одри Шеридан. Я не собирался ее разглядывать, но куда там... Рассмотрел как следует. Одри сидела в центре комнаты. Руки ее были связаны за спинкой стула, но тогда я не придал этому особенного значения. Сосредоточился на внешности. А внешность у Одри была весьма примечательная: широкие плечи, стройные бедра и в целом фигура из тех, какие любит рисовать Варгас[1]. Огромные голубые глаза с длинными блестящими ресницами. Алые полные губы. Золотисто-рыжие волосы густыми волнами ниспадают на плечи. Если этого описания недостаточно, представьте себе Джоан Кроуфорд. Не ошибетесь.

---

[1] *Альберто Варгас* (1896–1982) — американский художник, рисовавший полуобнаженных девушек в стиле пинап.

На Одри был элегантный белый жакет в синюю клетку, зеленовато-голубые брюки, коричневые туфли из оленьей кожи и голубой кашемировый свитер с высоким воротом.

На столе напротив сидел мужчина, поставив ногу на столешницу и обняв ладонями колено. За спиной у девушки, положив руки ей на плечи, стоял второй мужчина. Он не отрываясь смотрел на первого.

Я понял, что на столе сидит Руб Старки, и с интересом взглянул на него. Некрупный, узкая кость, но развитая мускулатура. Лицо рябое, глаза черные, взгляд тусклый, рот почти безгубый. Одет в белый фланелевый костюм. На голове — шляпа из мягкого фетра, задорно сдвинутая набекрень. Но лицо Старки было отнюдь не задорным.

Тот, что стоял за спиной у Одри Шеридан, ничем не отличался от Джеффа Гордана: такой же здоровенный и тупоголовый.

— Это Спивак, — сказал Джефф, обращаясь к Старки.

— Чего тебе надо? — спросил Старки, оценивающе глядя на меня.

— Что здесь творится? — осведомился я, не отводя взгляд. — Ты пока что не мэр, Старки. Так что заканчивай. Отпусти ее!

Джефф схватил меня за плечо и развернул к себе. Приметив его замах, идущий от самых лодыжек, я сдвинулся вправо. Кулак едва не угодил мне в ухо, обдав щеку ветерком. Я ударил Джеффа в живот, он шагнул ко мне, и я добавил ему в челюсть.

Из руки у него выпал пистолет. Я нагнулся, но Старки меня опередил. Он двигался стремительно, как ящерица: выхватил пистолет буквально у меня из рук. Хотел было развернуться, но я налетел на него и ударил в корпус. Одной рукой ухватился за ремень, другой — за плечо и швырнул Старки во второго громилу: тот как раз топал в мою сторону. Все, включая Одри Шеридан, завалились на пол.

Не успел я опомниться, как на меня бросился Джефф — с красным лицом и налитыми кровью глазами. Уклонившись от его размашистого удара, я врезал ему с левой, повторил с правой, а закончил ударом в ребра, от которого сам содрогнулся.

И вовремя отступил: второй громила уже поднимался на ноги. Оба кинулись на меня. Я загородился от Джеффа креслом, получил удар в плечо от второго бандита и стукнул его промеж глаз.

Тут Старки, вскочив с пола, отозвал своих бойцов, и мы молча уставились друг на друга. В руке Старки был плоский автоматический пистолет.

— Стой где стоишь, — разъяренно прошипел он.
— Ты же не станешь здесь стрелять, — заметил я. — Если я тебе так нужен, придется разбираться врукопашную. — Развернувшись, я схватил вазу с цветами и швырнул ее в Старки. Чтобы уклониться, ему пришлось рухнуть лицом вниз.

Остальные снова кинулись на меня. Перепрыгнув через стол, я схватил телефон и ударил им Джеффа по лицу. Взвыв от боли, он отшатнулся и влетел во второго громилу. Я схватил стул и встал у окна.

— Теперь слушайте сюда, бараны! — крикнул я. — Одно движение, и стул вылетит в окно. Здесь мигом окажется полиция, и я обвиню вас в нападении. И даже Мейси не сможет вас отмазать.

Испустив звериный рык, Джефф изготовился броситься на меня, но Старки рявкнул:
— Стоять!
Мы снова уставились друг на друга.
— Вели своим кретинам исчезнуть, — сказал я. — Нам нужно поговорить с глазу на глаз.

Его бледное рябое лицо было непроницаемым. Старки смотрел на меня целую минуту, а потом повернулся к своим и произнес:

— Сгиньте.

Когда они вышли, я опустил стул и сообщил:

— Кто-то шьет тебе убийство. И весьма успешно. Так что даже Мейси не сможет тебя выручить.

Старки молча расправил пиджак, снова надел шляпу, уселся и кивнул на девушку. Я подошел к ней и принялся развязывать узлы.

— За ним следите. Обо мне не беспокойтесь, — шепнула она, опоздав с советом на долю секунды.

Старки, словно змея, метнулся вперед. Его остроносый ботинок угодил мне в висок, и я распластался поверх Одри Шеридан.

Словно издалека донесся крик Старки:

— Взять его, лоботрясы!

Меня схватили и поставили на ноги. Не успел я прийти в себя, как получил удар в челюсть и отлетел к стене. Сползая на пол, я поднял взгляд и увидел перед собой грубую ухмылку Джеффа Гордана. Он собирался пнуть меня, но я блокировал удар рукой. Прежде чем он успел что-либо сообразить, я схватил его за ногу и хорошенько толкнул вперед. Он замахал руками и отступил, изрыгая проклятия. Я попытался встать, но тут на меня налетел второй громила. Его плечо пришлось мне в живот, а руками он обхватил мои бедра. Падая, я изо всех сил ударил его в лицо и увидел Старки: тот шел ко мне, перехватив пистолет за ствол. Я попробовал увернуться, но рукоять пистолета обрушилась мне на макушку. В глазах вспыхнуло, а потом я провалился во тьму.

Какое-то время я провалялся в отключке, а очнувшись, почувствовал, как по запястьям растекается жгучая боль: мне вязали руки.

Из тумана выплыла чья-то пятерня. Меня схватили за рубашку и подняли. Колени у меня подогнулись, но пятерня не дала мне упасть. Я потряс головой и разглядел лицо Джеффа Гордана. Он аккуратно меня встряхнул, а потом отвесил мне три пощечины, да такие, что из глаз у меня брызнули слезы.

Я промямлил какие-то ругательства, а Гордан стукнул меня еще пару раз и с силой усадил на стул, после чего скрылся из поля зрения.

Я обмяк. Перед глазами была красная пелена. Хотелось одного: добраться до Гордана и лупцевать, пока от него ничего не останется. Потом схватить Старки и бить его головой об угол стола, любуясь, как мозги белым месивом выплескиваются на ковер. Даже тогда, оглушенный и измученный болью, я понимал, что ненавижу этих людей больше всего на свете.

От этих размышлений меня отвлек пронзительный возглас. Я попытался сфокусировать взгляд. Сквозь красную пелену проступили фигуры, а потом туман внезапно рассеялся.

Одри Шеридан лежала на столе, уже без жакета. Гордон и второй бандит крепко держали ее — один за щиколотки, другой за запястья, — а Старки жег ей руку сигаретой. Спина девушки изогнулась, а тело содрогалось от боли.

Сделав глубокий вдох, я оттолкнулся от стула и, шатаясь, двинулся вперед. Ударился плечом в Старки, и тот отлетел в сторону. Развернувшись, он уклонился от моего пинка. Его костлявый кулак врезался мне в лицо, и я растянулся на ковре, но перед этим успел стиснуть его ноги своими. Упав рядом, Старки зашипел, словно рассерженная змея. Затем попытался достать кулаком до моего лица, но я был вне досягаемости. Я сжал ноги сильнее, и лицо Старки позеленело. Он принялся колотить по ковру и звать Джеффа на подмогу.

РЕКВИЕМ БЛОНДИНКЕ

Выпустив Одри, Джефф бросился к нам. Я надавил еще сильнее, и Старки охнул. Затем ботинок Джеффа обрушился мне на голову. Я пытался увернуться и смягчил удар на три четверти, но остального было достаточно, чтобы меня оглушить. И я безвольно распростерся на ковре.

Дальнейшее происходило словно во сне. Соображал я неважно, но в общих чертах понимал, что творится. Хотя оставался лишь зрителем.

Когда Гордан отпустил руки Одри, девушка села и произвела какие-то манипуляции со вторым громилой. Тот, схватившись за шею и поскуливая, рухнул на колени, а Одри спрыгнула со стола.

Я, уклонившись от удара Старки, швырнул в окно тяжелую пепельницу. Раздался звон разбитого стекла, и в комнате воцарилась тишина — густая, хоть ножом режь.

— Еще увидимся, — сказал Старки так злобно, что у меня мурашки по коже пошли, хоть сознание мое и было окутано туманом.

В ребра мне врезался чей-то ботинок, а потом хлопнула дверь. Я же, поудобнее устроившись на ковре, отключился от происходящего.

Так я пролежал минут десять, а потом меня снова потревожили. Кто-то аккуратно тряс меня за плечо. Я почувствовал аромат сирени, осторожно приоткрыл один глаз и увидел, что надо мной склонилась Одри Шеридан. Ее густые локоны почти касались моего лица.

Издав слабый стон, я зажмурился. Одри потрясла меня снова.

— Ну что вы как ребенок, — сказала она. — Все не так уж плохо. Просто вы слегка размякли и потеряли форму. Ну же, садитесь. Я их выдворила отсюда, и вам больше ничего не угрожает.

Я с раздражением открыл глаза и смерил Одри холодным взглядом:

— Ах вот как? Трое бандитов бьют меня руками и ногами. По голове и остальным частям тела. А теперь, оказывается, все не так уж плохо и я в безопасности.

— А я-то думала, нью-йоркских детективов штампуют из стали. — Одри опустилась на пол рядом со мной, положив руки на бедра, и улыбнулась.

Я осторожно потрогал голову, привстал на локте и поморщился от боли.

— Вы небось прочитали об этом в книжке. Сейчас перед вами не человек, а сплошной синяк с раздробленными костями. Спина у меня сломана, грыжевой бандаж скособочился, и больше я никогда не смогу ходить.

Одри смотрела на меня и насмешливо улыбалась. Вспомнив сигарету Старки, я недоверчиво окинул ее взглядом. Да, лицо у нее было бледное, но улыбка вполне искренняя.

— Раз уж разговор зашел о стали, — продолжил я, — вы очень неплохо справились.

— Было больно. — Глянув на синевато-багровый ожог, Одри поморщилась. — Но даже не столько больно, сколько обидно. — Фиалковые глаза ее сердито блеснули. — Среди мужчин встречаются грязные скоты!

Упершись локтями в колени и придерживая голову руками, я осмотрел перевернутый вверх дном офис и спросил:

— Не найдется ли здесь чего-нибудь крепкого? Мне бы не помешал стаканчик. Да и вы не отравитесь.

Одри достала из буфета бутылку скотча и пару стаканов. Вернулась и снова опустилась на пол. Я забрал у нее бутылку и наполнил стаканы.

— Ну, за вашу храбрость, — кивнул я, глядя на Одри.

— И за вашу. — Она кивнула в ответ, и мы выпили.

— Так-то лучше, — вздохнул я, втянув носом аромат виски. — А что было? Копы уже приходили?

Одри кивнула:

— Пока вы прохлаждались на полу, я с ними разбиралась. Черная работа всегда достается женщинам. Сказала, что пепельница выпала у меня из рук случайно. Они мне поверили. Еще я сказала, какие они большие и сильные и как я признательна им за отзывчивость. И они ушли очень довольные.

— Мне кажется, вы весьма циничный человек, — с укоризной заметил я. — А в нынешнем состоянии мне вредно общаться с циниками. Предлагаю разойтись по домам и подлечиться. Встретимся позже, когда я восстановлю силы. И тогда у нас будет долгий задушевный разговор.

— Договорились. — Одри отставила свой стакан. — Так и сделаем. Как думаете, вам хватит сил дойти до ванной? Или мне вас отнести?

— Сарказм в устах столь юной дамы есть признак искушенности, мне ненавистной. — Я с трудом поднялся.

— Вы всегда изъясняетесь, как Уолт Уитмен?[1] Или спиртное в голову ударило?

— Ударило. И это вы еще не слышали, что я способен наплести, когда выпью как следует.

Чтобы удержать равновесие, мне пришлось ухватиться за стол.

Одри проводила меня в ванную и стояла рядом, пока я смывал кровь с головы и лица. Покончив с умыванием, я почувствовал себя значительно лучше, хотя ребра все еще ныли.

— Хотите, я вас забинтую? — спросила Одри. — Будете выглядеть очень мило. Люди решат, что вы пользовались головой в качестве отбойного молотка.

— Не стоит. — Я посмотрелся в зеркало. Действительно, ничего особенного. Подумаешь, попал под гру-

---

[1] *Уолт Уитмен* (1819–1892) — американский поэт, один из основателей авангардизма в литературе.

ДЖЕЙМС ХЭДЛИ ЧЕЙЗ

зовик. — Но раз уж здесь есть бинты, могу перевязать вам руку.

— Нет, спасибо. — Она покачала головой. — Я привыкла сама о себе заботиться и не вижу причин что-то менять.

Пройдя по разоренному офису, мы оказались у двери. Я огляделся и сказал:

— Вы уж простите, но мне нездоровится. Я бы помог тут прибраться, но для меня это слишком.

— Ничего страшного. Миндальничать со мной необязательно. Я ведь тоже детектив.

— Хватит надо мной насмехаться. — Я тяжко вздохнул. — И займитесь своей рукой. Нам необходимо побеседовать. Как насчет сегодняшнего вечера? Пожалуй, я успею прийти в себя к этому времени. Поужинаем?

Покачав головой, Одри твердо сказала:

— Я не ужинаю с сыщиками. Стараюсь не путать дело с развлечением.

— Не умничайте, — заметил я. — Мы с вами прекрасно проведем время.

— Весьма вероятно. — Она смерила меня серьезным взглядом. — Но я тем не менее откажусь.

— Ну ладно. Не буду вас уговаривать. А что, если я зайду к вам домой? Нам многое нужно обсудить.

Помедлив, она кивнула:

— Я буду дома после девяти. Всего хорошего, и спасибо, что вмешались. Если станет дурно, понюхайте нашатырь.

Пообещав, что так и сделаю, я ушел.

ГЛАВА ЧЕТВЕРТАЯ

Часов в шесть меня разбудил стук в дверь. Я осторожно приподнял голову. Решил, что чувствую себя получше, и пошел открывать. Проходя мимо зеркала, мельком глянул на свое отражение и поежился. Вид у меня все еще был ужасный.

За дверью стояла Мэриан Френч.

— Что случилось? — Она изумленно уставилась на меня, вскинув руку к лицу, как и положено шокированной девушке.

— Повздорил с лилипутом, — сообщил я, криво улыбаясь. — Эти карлики на удивление сильные. Но вы входите. Чувствую себя я лучше, чем выгляжу.

— Ох, бедная ваша голова! — Мэриан вошла, бросила быстрый взгляд на смятую постель и продолжила: — Я вам, наверное, помешала.

— Ничего страшного. — Усевшись на кровать, я осторожно ощупал голову. — Мне все равно пора вставать.

На макушке у меня была шишка размером с дверную ручку, а ребра все еще ныли. Но могло быть и хуже.

Усевшись рядом, Мэриан прохладными пальцами ощупала мои синяки и сказала:

— Я все устрою. А вы ложитесь и ни о чем не думайте.

— Не стоит, — заметил я, всеми силами демонстрируя свою выдержку. — Одна злосчастная шишка — не повод для беспокойства.

— Так, перестаньте дурачиться и не упрямьтесь, — твердо сказала Мэриан. — Ложитесь и предоставьте все мне. — Она толкнула меня на кровать. Я подумал, что мне причитается немного заботы, и решил не возражать.

— Вернусь через минуту, — сказала Мэриан. — До моего прихода лежите смирно.

Когда она ушла, я закурил и расслабился. Вытертый ковер пестрел пятнами солнечного света, и в комнате было жарко, но меня это не смущало. Зазвонил телефон. Нахмурившись, я протянул руку и снял трубку.

— Я купил «Газетт», — проворчал Вульф. — И какого черта мне с ней делать?

— Купили? — рассеянно повторил я. — Быстро вы справились.

— Вы же знаете: если я что-то сказал, так и будет. — Вульф издал звук, почти похожий на человеческий смех. — Кстати, газетка обошлась мне недешево. Но плевать.

— Отлично, — одобрил я. — Сегодня я занят, но завтра утром устроим собрание в редакции. Теперь, когда «Газетт» на вашей стороне, от Мейси останутся рожки да ножки.

— Я ни черта не смыслю в газетных делах, — пробурчал Вульф. — Но, наверное, быстро научусь.

Я рассказал ему про Фиппса:

— Молодой, но храбрости не занимать. Ставьте его редактором, не ошибетесь.

— Пусть остается, — разрешил Вульф. — А секретарша?

— Кого-нибудь найду, — пообещал я. — Завтра все обсудим.

— Что-нибудь узнали? — осведомился он.

Об этом мне распространяться не хотелось.

— Работаю, — коротко ответил я и отсоединился.

Набрал номер редакции «Газетт», и тут вернулась Мэриан с тазиком колотого льда и другими полезными штуковинами. Я подмигнул ей. В этот момент к телефону подошел Фиппс.

— Все в порядке, — сообщил я. — Вульф купил газету. Вы в деле. Завтра мы с ним нагрянем в редакцию.

Пришлось убеждать его, что я не шучу. Наконец Фиппс мне поверил и, судя по голосу, очень обрадовался. Я посоветовал ему не суетиться и повесил трубку.

— Вам не следует разговаривать по телефону, — строго сказала Мэриан.

— Мой последний звонок, — простонал я и упал на кровать.

Соорудив изо льда и фланельки холодный компресс, Мэриан водрузила его мне на голову. Ощущения были непередаваемые.

— Ну разве так не лучше? — спросила она, усаживаясь на кровать рядом со мной. Я взял ее за руку:

— Просто великолепно. С такой сиделкой, как вы, пусть меня лупят хоть каждый день.

— По-моему, вам не так уж плохо. — Убрав руку, Мэриан отодвинулась и напустила на себя серьезный вид. — Скоро вы опять сможете бегать за девушками.

— Дайте мне пару часов, и увидите, на что я способен уже сейчас, — пошутил я. А потом спросил: — Как ваши бюстгальтеры и панталоны?

Лицо Мэриан омрачилось, но она изобразила улыбку и призналась:

— Я начинаю падать духом. Если ничего не изменится, придется переходить на хлеб и воду. В Кранвиле мой товар не очень-то жалуют.

Я задумчиво посмотрел на нее. Конечно, не Бетти Грейбл. Не Рита Хейворт, не Джинджер Роджерс. Но все равно красавица. Пожалуй, Редж Фиппс не откажется от такой секретарши.

— Умеете печатать на машинке? Стенографию знаете? — спросил я.

Мэриан задумалась, но ответила утвердительно.

— В «Кранвиль газетт» есть место. Раз уж вам наскучила торговля, оно ваше.

— Серьезно? — с воодушевлением спросила Мэриан.

— Разумеется. Если хотите.

— А зарплата стабильная? Я уже устала каждый день гадать, не останусь ли без обеда.

— Все так плохо?

— Хуже, чем кажется, — серьезно ответила она, меняя лед в компрессе.

— Значит, добро пожаловать в редакцию. Отправьте образцы белья назад в контору и пошлите своего босса куда подальше. — Я похлопал ее по руке. — Завтра придете в «Газетт» и скажете редактору, что вы его новая секретарша. Добавьте, что вы от меня. Редактора зовут Фиппс.

— Уверены, что все получится? — засомневалась Мэриан. — А вдруг я ему не понравлюсь?

— Фиппсу? — Я рассмеялся. — Вы бы видели его нынешнюю секретаршу. Он у вас будет как шелковый.

— Не представляете, как я признательна... — начала Мэриан, но я перебил:

— Эта работа не такой уж подарок. Может, вам не понравится. Может, все закончится, толком не начавшись. Но если вы готовы рискнуть — пожалуйста.

— Готова, — сказала Мэриан.

— Вот и славно.

Девушка взглянула на часы:

— Мне пора бежать. Только не подумайте, что я такая неблагодарная. Обещала поужинать с Тедом Исслингером, и мне нужно переодеться.

— С Исслингером? — Я приподнял брови. — Он времени даром не теряет, верно? Вы же познакомились только вчера вечером.

Мэриан залилась краской.

— Ну, вы знаете, как это бывает. Он позвонил, а дел у меня никаких...

— Шучу, шучу. — Мне не хотелось ее смущать. — Он хороший парень. Надеюсь, вы приятно проведете время.

— А вы постарайтесь не нагружать себя. Судя по всему, у вас сотрясение. — Мэриан направилась к двери. — И пока я здесь, подумайте: вам точно ничего не нужно?

— Нет, — сказал я и добавил: — Если объявится Исслингер, а вы будете еще не готовы, гоните его сюда. Я им займусь.

Кивнув, она выразила надежду, что утром мне станет лучше, и снова поблагодарила за место в редакции.

Когда Мэриан ушла, я закурил и подумал: хорошая девушка, приятно было бы ей помочь. Затем мои мысли переключились на Одри Шеридан. Вот это настоящий сюрприз. В дыре вроде Кранвиля встретить такую умницу да еще и красотку! Интересно, откуда у нее деньги? Судя по тому, что я слышал, детективное агентство Одри было чистой воды недоразумением. Но если судить по квартире и офису, деньги у девушки водились. Может, старик оставил ей наследство? Я пришел к выводу, что так и есть.

Она решилась выступить против Старки. Значит, мужества ей не занимать. В женщинах мне это нравилось, особенно в таких красивых. Жаль, что мы были по разные стороны баррикад. Работать бок о бок с ней было бы здорово. Интересно, что скажет полковник Форсберг, если я предложу взять ее в «Интернешнл инвестигейшнз»? Пожалуй, его хватит удар.

Потом я начал выдумывать способ поквитаться со Старки. И тут из-за двери показалась голова Теда Исслингера.

— Входите. — Я сел, ловко удерживая на голове холодный компресс.

— Ничего себе! — воскликнул он. — Ну и видок у вас!

— Присаживайтесь. — Я ткнул большим пальцем в кресло возле кровати. — Забудем про мой видок. Я хочу с вами поговорить.

— Что стряслось? — Не переставая озабоченно разглядывать меня, Исслингер уселся.

— Оступился и упал на перину, — коротко ответил я. — Есть новости про Мэри Дрейк?

— Никаких. — Он покачал головой. — В городе неспокойно. У полицейского управления собралась толпа. Была стрельба.

— Стрельба? — Настала моя очередь удивляться. — Кого-нибудь убили, ранили?

— Нет. Копы стреляли поверх голов. Люди в страхе разбежались. Знаете, мистер Спивак, если не положить этому конец, в Кранвиле случится серьезная заваруха.

— Только на это и надеюсь, — мрачно сказал я. — Если город выйдет из-под контроля, шефу полиции придется что-то предпринять.

— А что он может предпринять? — Исслингер с любопытством взглянул на меня. — По-моему, у вас возможностей побольше, чем у него.

— Это не так, — усмехнулся я. — Но опустим этот вопрос. Кто занимается похоронами Диксона?

— Диксона?

— Угу. Ваш отец?

— Нет. Отец предоставил гроб, но за похороны взялись городские власти.

— Нужно прояснить два момента, — терпеливо сказал я. — Во-первых, где тело Диксона? Во-вторых, кто будет укладывать его в гроб?

— Тело в городском морге, — озадаченно ответил Тед. — Гроб привезли сегодня утром. Укладывать будут работники морга, а потом гроб отправят в отцовский прощальный зал. На следующий день будут похороны.

— То есть тело не увидит никто, кроме работников морга?

— Пожалуй, нет, — ответил Тед еще более озадаченно. — Но в чем дело?

— Ни в чем, — сказал я. — Просто захотелось поспрашивать. И еще одно. Почему вы решили, что ателье «Фото на бегу» связано с похищениями?

— Ну я же говорил: Льюс Макартур сфотографировали на улице, она показывала мне талончик...

— Знаю. Но для связи с похищением этого мало. Слишком смелая догадка. — Я жестко взглянул на него. — Вы что-то недоговариваете.

Исслингер смутился. Начал было рассказывать, что я ошибаюсь, потом замолчал.

— Выкладывайте, — велел я. Непросто строить из себя крутого парня, когда на голове холодный компресс. Но Исслингер испугался, и я понял, что у меня получилось.

— Я... я не думал, что это важно... — Он покраснел. — Диксон кое-что мне рассказал...

— Диксон? Вы были знакомы с Диксоном?

— Ну конечно... с самого детства.

— Ваша автобиография мне не нужна, — отрезал я. — Что рассказал Диксон?

— Только одно: «Фото на бегу» связано с похищениями. Он не верил, что девушек убили. Думал...

— Знаю я, что он думал, — прервал его я. — Значит, это предположение не ваше, а Диксона?

— Да. — Исслингер сглотнул. — Я... я хотел, чтобы вы...

Усмехнувшись, я снова лег на кровать.

— Вы хотели, чтобы я решил: этот Тед сам до всего додумался. Верно? Не важно, забудьте. Диксон не рассказывал, почему он пришел к выводу, что ателье связано с похищениями?

Тед покачал головой:

— Я спросил, но он тут же сменил тему.

— Ну, теперь его спросить не получится, — с сожалением заметил я. — Вот бы узнать, что навело его на такие мысли.

— Он был прав, — сказал Тед. — Фото Мэри Дрейк — тому подтверждение. Что собираетесь предпринять?

В тот момент мне не хотелось отвечать на подобные вопросы. Я сказал, что работаю над этим и что у меня жутко болит голова. Начал расписывать, как именно, и тут вошла Мэриан. На ней было белое льняное платье и шляпка с красными опущенными полями. В общем, вид у нее был великолепный.

— Идите уже, бога ради, — сказал я, закрывая глаза. — Мне нужно поспать. Завтра буду в норме. У этого льда дивные терапевтические свойства.

Мэриан повозилась со мной еще минутку. «Неплохая пара», — подумал я. Может, Мэриан чуть старовата для такого мальца, как Исслингер, но зато рядом с ней он будет меньше суетиться. Да и смотрятся они так, словно созданы друг для друга.

Когда они ушли, я схватил телефон и снова позвонил в «Газетт». Фиппс снял трубку и сказал, что мне повезло, ведь он как раз собирался уходить домой.

— Отныне, Редж, вам придется забыть слово «дом», — проворчал я. — Знаете, где находится городской морг?

Он сказал, что знает, и спросил, зачем мне вдруг понадобился городской морг.

— Пока не будем об этом, — ответил я. — Ближе к полуночи жду вас у себя. Есть для вас работенка.

— О'кей. — В голосе Фиппса сквозило любопытство. — Это связано с моргом?

Я решил его не просвещать, а вместо этого спросил, умеет ли он обращаться с фотоаппаратом.

— Само собой. Хотите, чтобы я захватил свою камеру?

Я назвал его ясновидящим и добавил, что именно этого и хочу.

— Представьте, что вы грабитель. Наденьте черный костюм и кеды. И в полночь будьте у меня.

Он было принялся задавать новые вопросы, но я повесил трубку.

Открыв дверь своей квартиры, Одри Шеридан приподняла брови в шутливом удивлении и шагнула в сторонку, чтобы я мог войти. На ней был очень милый халат: белый, искусно вышитый красными цветами. Его дополняла белая шелковая пижама и красные сандалии. Я решил, что Одри очень похожа на девушку с картины Варгаса.

— Вот это сюрприз, — заметила она, закрыв дверь и провожая меня в свою сливочно-красную гостиную. — Вы все-таки явились, невзирая на самочувствие. Я-то думала, вы лежите в постели, а вокруг суетится хорошенькая медсестра.

— Почти угадали, — сказал я, обратив внимание, что в квартире прибрано. — Беда в том, что медсестра утомилась, а у меня еще остались силы. — Положив шляпу на стул, я спросил: — Как ваша рука?

Одри направилась к столику с бутылками, стаканами и колотым льдом.

— В норме, спасибо. — Она положила в стакан немного льда. — А ваша голова? Лучше, чем выглядит?

Я сказал, что с головой у меня все нормально. Несмотря на заботливые вопросы о здоровье, атмосфера в комнате была напряженная и даже враждебная.

— Вот и замечательно. — Взглянув на меня, Одри лукаво улыбнулась. — Уверена, вы не откажетесь от выпивки. Что вам предложить?

— К чему такая вежливость? — спросил я, подходя к столику. — В конце концов, мы всего лишь парочка частных шпиков.

— Очень лестно, — сказала Одри, — но я не более чем дилетант. Виски будете?

Я сказал, что буду, и добавил:

— Для дилетанта вы на удивление неплохо справляетесь со своей работой.

— Правда? Должно быть, вы шутите. Знаю я вас, мужчин. — Протянув мне стакан, Одри уселась на канапе.

— Когда к вам заходит клиент, его всегда встречают бандиты? — Я сел в кресло напротив.

— Ах вон оно что! — Девушка покачала головой. — Старки разволновался. Обычно он ведет себя гораздо тише.

— То есть вы не отдали ему платок?

— Вы, должно быть, не успели осмотреть наш город, — сказала Одри, уставившись на свои сандалии. — Он не очень-то привлекательный, но некоторые районы вполне сносные.

— Ну хватит про город, — перебил я. — Лучше расскажите, как вы выучили джиу-джитсу.

— Давайте не будем обо мне, — быстро произнесла Одри. — Расскажите о себе. Давно вы работаете детективом?

— Я бы очень хотел поведать вам историю своей жизни. Она такая волнующая. Но сейчас у меня нет на это времени, — сказал я. — Может, когда-нибудь мы с вами устроимся поудобнее, я послушаю вас, а вы — меня. Но, как вы уже заметили, не стоит путать дело с развлечением.

Одри подняла брови, но ничего не сказала.

— В городе пропали четыре девушки. Нас с вами наняли, чтобы их найти. С кем бы я ни говорил, всем плевать, что с ними стало. Все только и думают что о собственной выгоде, а время идет. Я занимаюсь делом всего сорок восемь часов, но и это уже слишком долго. Допускаю, что девушки в опасности. Может, поделимся друг с другом информацией?

— Может, и поделимся, — осторожно сказала Одри. — Если у вас есть что-то стоящее. Или же вы просто хотите выведать, что знаю я?

— Вы настроены самостоятельно раскрыть это дело. Верно?

— Отец, умирая, оставил агентство мне. — Глаза ее потемнели. — Только его и оставил. Он гордился своей работой. И неплохо справлялся, хотя был стар и болен.

Он ждал, что я продолжу начатое. Так и будет. В нашем городке никто не принимает меня всерьез, но, когда я раскрою это дело, все изменится. Сейчас надо мной смеются, считают меня сумасшедшей — только потому, что я взялась за эту работу. Но я планирую довести дело до конца, и никто не сможет мне помешать.

— Тем временем, — сухо сказал я, — четыре девушки числятся пропавшими, и вы их пока не нашли. Вам не кажется, что разумнее будет объединить усилия? Вместе у нас больше шансов на успех.

— С чего это вы решили, что у вас есть шансы на успех? — холодно спросила Одри и упрямо сжала губы.

— Прошлой ночью вы обвели меня вокруг пальца, — напомнил я. — Будь у меня те фотографии, да еще и платок, я сумел бы прищучить Мейси. Вот что я называю напрасной тратой времени. Теперь платок и фотографии у вас, и я начинаю подозревать, что мы с вами не заодно.

— Фотографий у меня нет, — тихо сказала Одри. — Кто-то меня опередил.

— Видели Диксона? — непринужденно спросил я.

— Диксона? — Она резко подняла взгляд. — Что вы имеете в виду?

— Он сидел в кресле у окна, мертвее мертвого. Видели его?

— Не было там никого... — Одри уставилась на меня. — Вы шутите, верно?

Она могла и не заметить тела, если была без фонарика, проверила ящик стола и тут же вышла.

— Не шучу. Разве непонятно, что вы подставляетесь? Повезло, что вас никто не видел. Иначе Мейси обвинил бы вас в убийстве.

— Но разве Диксон умер не от сердечного приступа?

— Ладно, ладно, проехали. — У меня не было желания начинать все с самого начала. — Пусть от приступа. Но с вашей стороны было глупо залезать к нему в кабинет.

— Вот это хладнокровие! — негодующе воскликнула Одри. — Вы ведь сделали то же самое!

— Может, и так, — усмехнулся я. — Но эта работа не для девушки. Это политическое дело с высокими ставками. Местные воротилы не допустят, чтобы вы совали им палки в колеса.

— Думаете, вам позволят это делать? — Одри подалась вперед.

— Это моя работа, и мне за нее платят, — терпеливо объяснил я. — Кроме того, я мужчина.

Откинувшись на спинку канапе, Одри смерила меня взглядом, сердитым и удивленным.

— Не убедили, — сказала она. — Попробуйте еще раз и старайтесь как следует.

— Ну ладно. Зайдем с другой стороны. Как вы думаете, девушек похитили или убили?

— А вы что скажете? — Одри выпустила струйку дыма, и он повис у меня над головой легким облачком.

— Все указывает на похищение. Если это убийство — где мотив? И где тела?

— Действительно, где они? — Одри согласно кивнула, но глаза ее смотрели насмешливо.

Я начал сердиться:

— Вы, должно быть, думаете, что не было ни похищений, ни убийств?

— А что остается? — осведомилась Одри, безучастно глянув в окно.

— Допустим, Старки заплатил девушкам, чтобы они скрылись до поры до времени. Это повредит репутации наших с вами клиентов, разве нет?

— Вы сами до этого додумались? — спросила она с преувеличенным удивлением.

— Послушайте, сестрица, — сказал я. — Такие пререкания до добра не доведут. Мы можем друг другу помочь. Вы знаете изнанку этого городка. А у меня за плечами изрядный опыт. Подыграете мне или как?

— Жаль вас разочаровывать, — спокойно произнесла Одри, — но это дело я веду самостоятельно.

— Значит, вы еще глупее, чем я думал. — Ее упрямство окончательно меня разозлило. — Исслингер нанял вас, потому что ему нужна марионетка. Ему плевать, найдут этих девушек или нет. Исслингер думает только о выборах. Потому-то и поручил вам это расследование. В глазах жителей Кранвиля вы эталонный детектив: отважная девушка, решившая перенять отцовский бизнес. Над вами, конечно, посмеиваются, но вы всем нравитесь. А Исслингер пользуется этим в собственных целях. Неужели вы так тупы, что ничего не понимаете?

Одри застыла. Гнев у нее в глазах сменился обидой. Вдруг она вскочила с канапе и заявила:

— Я все равно не откажусь от этой работы. И никто не сумеет мне помешать. В особенности самоуверенный ловкач из Нью-Йорка!

— Неужели? — сердито спросил я, тоже вставая. — Дура вы упрямая. Надо бы вас отшлепать. Может, хоть это добавило бы вам ума. Признаться, я намерен так и поступить.

— Один или на помощь кого-нибудь позовете? — пренебрежительно спросила Одри.

— Один, — мрачно ответил я, забирая шляпу. — Я укрощал девушек и покруче вашего.

— Рассказывайте эти сказки тому, кто в них поверит. — Одри распахнула дверь. — Если найдете такого простака, — с издевкой добавила она.

— Предупреждаю, — я погрозил ей пальцем, — эта работа вам не по зубам. Доиграетесь, и кто-нибудь свернет вам прелестную шейку. Не лезьте в это дело, займитесь лучше вязанием. Я даже шерсти вам куплю.

— Вот как! — с яростью воскликнула Одри. — Я вас ненавижу! И не смейте больше здесь появляться!

Шагнув вперед, я притянул ее к себе и поцеловал. Мгновение мы так и стояли: мои руки у нее на плечах, а губы прижаты к ее губам. Затем я отступил, внимательно посмотрел на нее и тихо произнес:

— Какого черта? Зачем я это сделал?

Прижав руку к губам, Одри изумленно уставилась на меня. Гнева в ее взгляде больше не было.

— Должно быть, вам этого захотелось, — негромко произнесла она и аккуратно закрыла дверь у меня перед носом.

Входя в фойе «Истерн-отеля», я заметил Фиппса. Он разговаривал с черноволосой девушкой угрюмого вида. Та сидела с киножурналом на коленях, жвачкой во рту и безучастным выражением на лице. Редж, облокотившись на стойку и лучась обаянием, разливался соловьем.

Услышав мои шаги, он глянул через плечо, и глаза его блеснули.

— Увидимся, — сказал он девушке. — Ты уж держись, не тоскуй по мне.

Смерив Фиппса уничижительным взглядом, девушка снова уткнулась в журнал.

— Привет, — поздоровался я, протягивая руку за ключом. И добавил, обращаясь к девушке: — Как дела, красавица? Вы, как я погляжу, пока еще в отличной форме.

— Слежу за тем, что досталось мне от природы, — холодно заметила она, разглядывая мои синяки. — А ваше лицо, как я вижу, не помешало бы и подлатать. Уверены, что вам это по карману?

— Боевые отметины. — Я постучал пальцем по синяку и тут же пожалел об этом. — Такой уж я человек. Но вы только скажите — и все, птичка в клетке, я ваш без остатка. Парень я крутой, люблю подраться, выпить...

— ...И помолоть языком, — подхватила она. — Знаю. Крутые у нас в городе по десять центов за дюжину идут.

Я похлопал девушку по плечу, улыбнулся и пообещал подарить ей чучело змеи, если такое мне попадется.

— Необязательно змеи. Сгодится и ваше, — заметила она едко и вернулась к чтению журнала.

Мы с Фиппсом поднялись наверх.

— Разве речь шла не про полночь? — спросил я, взглянув на часы. Было пол-одиннадцатого.

— Решил, что нет смысла возвращаться домой, — пояснил Фиппс. — Так что пришел пораньше и поболтал с Норой. Если вы не готовы, пойду еще поболтаю.

— Так, значит, ее зовут Нора? — уточнил я. — Ту черненькую, угрюмую, с красивой фигурой?

— Ага, так ее и зовут. — Фиппс косо глянул на меня, но это не произвело желаемого впечатления: слишком уж он был молод. — Ее отец управляет гостиницей. Я уже лет шесть как пытаюсь подкатить к этой девице. — Заметив мой озадаченный взгляд, он пояснил: — Мы учились в одной школе.

Я отомкнул дверь, и мы вошли в номер.

— Вы поосторожнее, — предупредил я. — Что-то мне подсказывает: эта малышка — чистый динамит.

— Так и есть, — мрачно сказал Фиппс. — Иначе зачем бы я ее обхаживал?

— Присаживайтесь. И прекращайте хвастать. — Я указал на кресло и угостил его сигаретой. — Фотоаппарат при вас?

— В машине, — сказал он, едва сдерживая волнение. — Что вы задумали?

— Сегодня ночью мы пойдем на дело. — Я сел на кровать. — Диксон в городском морге. Нужно сделать фотографию тела. А в следующем номере «Газетт» вы расскажете об убийстве Диксона и о том, что Мейси собирался все замять.

— Господи боже мой! — Редж выпучил глаза. — Вы же не думаете, что это сойдет нам с рук?

— Почему нет?

Удивленно глядя на меня, он откинулся на спинку кресла и начал:

— Да наш городок закипит, словно...

— Именно это мне и нужно, — перебил я. — Иначе дело не сдвинется. Поймите, Редж, я не найду девушек, пока горожане настроены против меня. А если они думают только о выборах, так и будет. Хочу, чтобы вы написали статью. — И я рассказал ему об ателье «Фото на бегу» и обо всем, что произошло с нашей встречи. — Теперь вы знаете, что к чему. Скажите, людям известно, что всех четырех девушек фотографировали? Что у Диксона были копии фотографий? Что карточки были украдены, а Диксона убили? То-то. Кто украл фотографии? Кто убил Диксона? Кому принадлежит «Фото на бегу»? Почему шеф полиции утверждает, что Диксон умер от сердечного приступа? Пусть все увидят фото мертвеца и решат, похож ли он на жертву сердечного приступа. Теперь поняли? Обнародуем факты, а дальше пусть люди сами думают.

— Это бомба, — сказал Фиппс, стукнув кулачком о ладонь. — Но, братишка, вы же представляете, какая заварушка тут начнется? Скажу прямо: мы нарываемся. Старки нас в порошок сотрет.

Я задумчиво взглянул на него и напомнил:

— Еще не поздно отказаться.

— Не смешите. — Глаза его сверкали. — Мне все это по душе. А Вульф не смеялся, когда согласился посадить меня в редакторское кресло?

— Не-а, — сказал я. — Зарплата — сто баксов в неделю, но это уже с надбавкой за риск.

— Все бы вам шутки шутить, — сказал Фиппс. — Я согласен и на половину.

— Сотня будет в самый раз. — Я ощупал голову. — Если сможем донести эту историю до горожан, дело сдвинется с мертвой точки. — Потушив сигарету, я закурил следующую. — Есть одна дамочка на смену вашей старушке. Думаю, с работой она справится.

Лицо Фиппса вытянулось.

— Вот те раз! — воскликнул он. — Я-то думал, сам выберу себе секретаршу. А что за дамочка?

— Нормальная, — сказал я. — Не делайте из мухи слона. Да, у нее плоскостопие и ноги колесом. Но какая разница? За столом будет незаметно, так что не переживайте.

— Что ж, похоже, выбора у меня нет, — мрачно произнес Фиппс. Выглядел он совершенно несчастным. — Сто баксов в неделю на дороге не валяются.

— Что вам известно про Одри Шеридан? — спросил я.

— Больше, чем другим. — Он оживился. — Не дамочка, а картинка. Видели ее?

Я кивнул.

— Похоже, ее агентство на ладан дышит.

— В этом нет ее вины, — сказал Фиппс. — Просто до недавнего времени в Кранвиле не было преступности. Уж не знаю, как ее старик сводил концы с концами.

— Откуда у нее деньги? Выглядит на миллион долларов, а квартирка у нее получше, чем фойе в «Ритц-Плаза».

— У нее на Западе был дядюшка. Сыграл в ящик и оставил ей свои сбережения, — объяснил Редж. —

Одри обставила контору, купила себе наряды. Думала, это будет полезно для бизнеса. А никакого бизнеса и нет.

— Должно быть, она не в своем уме, — хмыкнул я. — Это же все равно что выбрасывать деньги на помойку. Но выглядит она неплохо. Согласны?

— Вы, похоже, везде поспели, — заметил Фиппс, неодобрительно взглянув на меня. — На вашем месте я бы стер помаду с губ.

Я поспешил воспользоваться носовым платком, после чего пробормотал, не глядя на Фиппса:

— Надо же, совсем расслабился.

— Я тоже не прочь попробовать. — Он подмигнул. — И как на вкус, понравилось?

Не успел я ответить, как раздался стук в дверь и в комнату заглянула Мэриан Френч.

— О чем вы только думаете? — воскликнула она. — Почему вы не в постели?

Фиппс вытаращился на девушку, резко втянул воздух и тихонько присвистнул.

— Здравствуйте, Мэриан, — сказал я. — Не беспокойтесь, у меня все хорошо. Появились кое-какие дела. Надеюсь, вы славно провели время.

Девушка вошла в комнату и ворчливо заметила:

— Вы, наверное, спятили. Надо же, разгуливать с разбитой головой!

— Это лучше, чем разгуливать вовсе без головы, — отшутился я. — Знакомьтесь: Редж Фиппс, редактор «Кранвиль газетт». Редж, это Мэриан Френч, ваша новая секретарша.

Редж вскочил на ноги.

— Надеюсь, это не шутка? — недоверчиво спросил он, покраснев как свекла.

Я подмигнул девушке:

— Говорил же, он у вас будет как шелковый.

— Ну и ну, мисс Френч, — продолжал Редж, не обращая на меня внимания. — Потрясающе! Даже не верится! Уверен, мы с вами отлично сработаемся.

— Надеюсь, — сконфуженно произнесла Мэриан.

— Не смущайте девушку, — сказал я. — Необязательно смотреть на нее так, будто вы собираетесь ее съесть.

— Перестаньте, ладно? — Редж нахмурился. — Хватит меня дразнить. — Он повернулся к Мэриан. — Когда вы готовы приступить к работе? Завтра?

Кивнув, она призналась:

— Машинистка из меня неважная. Но если вы готовы потерпеть, я всему научусь.

— Еще как готов, — заверил ее Редж, сделав глубокий вдох. — Мне спешить некуда. Если что будет непонятно, даже не думайте — сразу обращайтесь.

— Ну, иной раз, может, стоит и подумать, — добавил я. — А где Исслингер?

— Проводил меня, а потом поехал домой, — ответила Мэриан, направляясь к двери. — Что ж, не буду мешать. Но по-моему, вам необходимо лечь в постель.

— Так и сделаю, — соврал я. — Рад, что вы развеялись. До завтра.

Редж открыл дверь.

— Доброй ночи, мисс Френч, — сказал он, бросив на нее выразительный взгляд. — Не представляете, как я рад, что вы будете у нас работать.

Мэриан радостно посмотрела на меня, поблагодарила Фиппса и ушла.

— Понравилась? — беззаботно спросил я.

— Понравилась? Да она мне сниться будет. — Редж зажмурился. — Где вы ее нашли?

Я рассказал.

— А что там насчет Исслингера? — с подозрением спросил он. — У них что, было свидание?

— Да, было.

— Вот это сюрприз! — раздраженно воскликнул Редж. — Этот Исслингер заарканил всех девушек Кранвиля. Понять не могу, что они в нем находят.

Он так расстроился, что я не сдержал улыбки.

— Что тут непонятного? Исслингер неглупый, симпатичный, при деньгах. Такому парню несложно найти подружку.

— Он мне не нравится, — заявил Редж. — Знаете, скольких девушек он у меня увел? Стоит ему только взглянуть на дамочку, как она тут же вешается ему на шею.

— В его возрасте я был таким же ловеласом. — Усмехнувшись, я отправился к письменному столу за бутылкой скотча. — Другие ребята, конечно, сердились, но меня это не особенно волновало.

— Исслингера это тоже не особенно волнует. — Редж печально шмыгнул носом.

Я плеснул себе немного виски.

— Вы, полагаю, откажетесь в силу юного возраста.

— Если угостите, не откажусь, — ответил Редж с таким рвением, что стало ясно: этому парню лучше не наливать.

— Давайте-ка я выпью, а вы посмотрите, — заметил я, снова усевшись и покручивая стакан с янтарной жидкостью. — Нельзя, чтобы у вас дрогнула рука. Нам нужно качественное фото. — Сделав долгий глоток, я вздохнул и прикрыл глаза.

Недовольно фыркнув, Редж вскочил на ноги и осведомился:

— Когда выезжаем?

— Пожалуй, прямо сейчас. — Я взглянул на него. — Но потихоньку, чтобы не потревожить Мэриан. Она только и думает, как бы укутать меня в ватное одеяло. — Допив виски, я закурил следующую сигарету и встал. — Ну, готовы?

РЕКВИЕМ БЛОНДИНКЕ

— Вполне. — Открыв дверь, Редж выглянул в коридор. — Никого, — сказал он, и мы спустились в фойе.

— Вы, вообще, когда-нибудь спите? — спросила Нора, оторвавшись от журнала.

— Иногда, как и положено крутым парням. — Я, не останавливаясь, помахал ей рукой.

Девушка презрительно усмехнулась:

— Видала я ребят и покруче. Ну и где они теперь?

— Поговорим об этом в другой раз, — предложил я, и мы с Фиппсом вышли на душную темную улицу. Забрались в старенький «форд-купе» и отъехали от гостиницы.

— Кто, по-вашему, симпатичнее — Нора или Мэриан Френч? — спросил Редж, стараясь перекричать рев мотора.

— Ну хватит уже про женщин, — крикнул я в ответ. — У нас и других тем хватает. До морга далеко?

— Четыре квартала, а потом направо, — сообщил Редж.

Когда мы проезжали мимо фонаря, я взглянул на часы. Половина двенадцатого.

— Кто там дежурит?

— Джонсон, ночной сторож. Кроме него, в морге вряд ли кто-то будет. Пойдем через черный ход, если только вы не хотите посвящать Джонсона в свои планы. Тем более что фотографировать трупы запрещено.

— Что за человек этот Джонсон?

— Старичок-одуванчик. Если что, справиться с ним будет нетрудно. — На светофоре Редж остановился, и мы закурили. — Честно говоря, не нравится мне ваша затея, — продолжил он, выбросив спичку в окно.

Я тоже был не в восторге от предстоящего дела, но промолчал. Рубашка моя пропотела насквозь, еще и голова разболелась.

Загорелся зеленый, и Редж нажал на педаль газа.

— Кстати, в морге очень холодно, — заметил он. — Не околеть бы.

— Очень надеюсь, что мы сможем войти без шума, — сказал я. — Не хочу неприятностей с этим Джонсоном. Старичок он или кто, но для драки сейчас жарковато.

— Никакой драки не будет, — рассмеялся Редж. — Плюньте ему в глаз, он и свалится.

На следующем перекрестке мы свернули направо. Редж остановился под фонарем.

— Осталась сотня ярдов. — Он вытащил из машины фотоаппарат и сунул его под мышку. — Думаю, лучше прогуляться.

Тротуар был горячий. Настолько, что жар проникал сквозь подошвы ботинок.

— Господи, какое пекло!

Мы медленно двинулись по дороге, не произнося ни слова. Через некоторое время Редж остановился, прошептал «здесь» и кивнул на переулок — достаточно широкий, чтобы проехать на автомобиле.

Я окинул взглядом пустынную улицу, и мы нырнули в переулок. Там было темно, а в воздухе витал специфический запах. Сладковатый, несвежий, тошнотворный запах разложения.

— Воздух такой, что хоть ложись на него, — шепнул я Фиппсу. — Теперь я знаю, где провести следующий отпуск.

— Последний в жизни? Его уж точно проведете здесь. — Парень нервно хихикнул.

Мы тихонько шли вперед, держась середины переулка. Вокруг было темно, как под одеялом. Даже неба, и того не было видно.

— Жутко, да? — спросил я. Мне и самому было как-то не по себе. — Не ровен час, кто-нибудь выскочит из темноты, и я штаны обмочу со страху.

— Плевать, — твердо произнес Редж. — Помолчали бы, а? Вы меня нервируете.

И тут в темноте кто-то пронзительно завизжал. Казалось, густой воздух рассекли взмахом косы. Визг сменился ужасным бульканьем и наконец стих.

Мы застыли на месте, вцепившись друг в друга.

— Что за чертовщина? — Волоски у меня на шее встали дыбом, сердце колотилось как бешеное, а Редж пыхтел, словно загнанная лошадь.

— В той стороне дурдом, — еле слышно произнес он. — Видать, какая-то чокнутая решила выпустить пар.

Сняв шляпу, я вытер лицо и шею влажным носовым платком и с чувством заметил:

— Надеюсь, одного раза ей хватит. А то я чуть было копыта не отбросил.

Мы постояли еще немного. Где-то далеко шумели машины, но в целом было тихо, и мы пошли дальше. Переулок сворачивал направо. За поворотом мы увидели тусклую красную лампочку, а под ней — двустворчатую дверь.

— Вот и вход, — прошептал Редж. — За дверью приемное отделение.

— Может, мне пойти первым и осмотреться? — сказал я. — Потом вернусь за вами.

— Хотите меня бросить? — спросил Редж. — Черта с два! Один я тут не останусь.

— Хорошо, — согласился я, прекрасно его понимая. — Только, ради всего святого, старайтесь не шуметь.

Мы подошли к двустворчатой двери. Вместо ступенек перед ней был цементный пандус, чтобы закатывать тележки с покойниками.

— Теперь спокойно, — сказал я и повернул ручку. Дверь оказалась заперта. Включив фонарик, я рассмотрел замок и сказал: — Ничего сложного. Подержите фонарик, а я открою.

Достав перочинный нож, я поковырял в замочной скважине одним из лезвий. Замок щелкнул, и я распахнул дверь.

— Неплохо, — похвалил Редж. — Кстати, у моей сестры есть копилка. Как надумаю ее вскрыть, обращусь к вам.

Я жестом велел ему молчать, заглянул в приоткрытую дверь и прислушался. Ничего не услышав, пошарил по комнате фонариком.

В помещении было довольно холодно и очень чисто. У стены рядком стояли больничные каталки. Интерьер довершали два белых шкафа.

Войдя, мы тихонько прикрыли дверь и направились к следующей, прямо напротив нас. Прислушались снова, и опять ничего не услышали. Вокруг царила гнетущая тишина, но после душного переулка прохлада казалась освежающей.

Открыв дверь, я заглянул внутрь. Там тоже было темно, стоял запах антисептика. Я поводил по комнате фонариком.

— Это секционная, — сказал Редж, с любопытством выглядывая у меня из-за плеча.

В комнате было пусто. В центре под множеством ламп стоял стол, а рядом — два ящика с инструментами из нержавеющей стали.

— Куда теперь? — спросил я, включив свет.

— Где-то здесь коридор, ведущий в морг. — Редж оглянулся. — Давненько я сюда не заходил. — Он пересек комнату и выглянул в еще одну дверь, а потом кивнул: — Нам туда.

Я проследовал за ним в коридор, освещенный тусклыми синими лампами. Здесь было гораздо холоднее, и я так разнервничался, что начал клацать зубами.

В конце коридора была лестница. Один пролет вел в подвал, другой — на второй этаж.

— Джонсон сидит в каморке наверху, — снизив голос до шепота, Редж показал пальцем на лестницу.

— Значит, нам вниз?

Он кивнул:

— Страшновато, да?

Мы спустились по лестнице. Влажный воздух внизу был пропитан запахом тления.

— Вонь, как из крокодиловой пасти, — прошептал Редж.

Я толкнул тяжелую стальную дверь, и та распахнулась. В горле запершило от острого, сладковатого запаха формальдегида. Пропотевшая рубашка задубела от холода. Я поочередно щелкнул всеми выключателями на бетонной стене. Стальная дверь захлопнулась с глухим щелчком.

— Итак, мы на месте. — Я уставился на два длинных ряда черных металлических ячеек для хранения мертвых тел.

Редж тоже осмотрелся. Лицо у него было совершенно белым, а колени заметно дрожали.

— Чем быстрее мы отсюда выберемся, тем лучше, — сказал он, положив камеру на скамейку. — Может, пора поискать нашего досточтимого Диксона?

Я взглянул на ряд ячеек и скорчил гримасу:

— Перебирать покойников? Для такой ночки занятие в самый раз.

— А вы его покличьте, — насмешливо посоветовал Редж. Он уселся на скамейку и обхватил колени руками. — Может, сам вылезет и помашет вам ручкой.

— По-моему, у вас истерика. — Я залез в карман и вынул полупинтовую фляжку виски.

Глаза Фиппса загорелись.

— Точно, — заявил он, протягивая руку за фляжкой.

— Секундочку. — Я открутил крышку и удивленно отметил, что рука моя дрожит. — Пожалуй, мне это нужнее, чем вам. — Когда я поднес фляжку к губам, раздался очередной визг, а за ним — булькающий звук. В помещении он казался еще более страшным, чем в переулке. Я подавился и расплескал немного виски.

— Решили освежить рубашку? — Лицо Фиппса сделалось пепельным, а глаза выкатились из орбит.

Я взял себя в руки, снова глотнул виски, а потом передал фляжку парню. Надо было видеть, как он присосался к горлышку.

Пока Редж разбирался с виски, я рассматривал ячейки. На каждой был ярлычок с именем. Спустя какое-то время я нашел имя Диксона.

— Вот нужная ячейка, — сказал я, поворачиваясь к Фиппсу.

— Ну-ну. — Он взмахнул пустой фляжкой. — Как там наш мертвячок? Давайте и ему нальем.

— Жаль, что я пьянею медленнее вашего. Мог бы неплохо сэкономить на спиртном, — заметил я, отбирая у него фляжку.

— Обо мне не беспокойтесь, — хихикнул Редж, нетвердо поднимаясь на ноги.

Открыв ячейку, я посмотрел на Диксона. Выглядел он по-прежнему ужасно.

— Идите взгляните, — позвал я. — Сразу протрезвеете.

Редж подошел, взглянул и протрезвел.

— Бедный старикан, — сказал он, закрыв глаза. — Один-одинешенек.

— Не время составлять некролог. Приступайте.

Редж вытащил камеру из футляра и закрепил лампу-вспышку, после чего перестал дышать и выпучил глаза, глядя мне за спину. Я в ужасе обернулся.

Стальная дверь медленно открывалась.

Мы оба прыгнули, но в разные стороны: Редж к телу Диксона, а я к двери. Я опоздал на долю секунды.

РЕКВИЕМ БЛОНДИНКЕ

В комнату скользнул Джефф Гордан — с пистолетом в руке и злобной гримасой на оторопелом лице. Остановиться я не мог, поэтому ударил наугад. Мне повезло: удар пришелся ему в правое запястье, и Джефф выронил пистолет. Пушечным ядром я влетел в тушу Гордана, и мы оба растянулись на полу.

— Фото! — крикнул я Фиппсу. — Я подержу этого борова.

На самом деле все было наоборот: меня держал Джефф, крепко обхватив лапищами за бока.

— Ну, давайте! — возбужденно вопил Редж. — Пора вышибить ему мозги!

Я старался изо всех сил, но толку было мало. Свободной была только левая рука — правую Джефф захватил в свои медвежьи объятия. Я пробил с левой в его обезьянье лицо, и Гордан навалился на меня, чуть не раздавив. Тогда я стал выкручивать ему ухо, а он тем временем пытался боднуть меня в подбородок.

По яркой вспышке я понял: Редж наконец-то сделал фотографию. Мгновением позже он подбежал к нам и нахлобучил футляр от камеры Джеффу на голову.

Гордан взревел и наугад ударил меня, но я сумел увернуться. Попытался встать, и тут он схватил меня за ногу. Я снова рухнул на пол, на сей раз — рядом с пистолетом.

— Бегите отсюда! — крикнул я Фиппсу. — Я с ним справлюсь, спасайте камеру!

Редж пулей вылетел за дверь. Он понимал, насколько важна эта фотография. И ему хватило ума, чтобы не тревожиться обо мне.

Я ударил Джеффа пистолетом по голове. Вспомнил, как громила обошелся с Одри Шеридан, как избил меня в гостинице. Вложил в этот удар все свои силы. Джефф обмяк.

Стащив у него с головы футляр, я перекатил громилу на спину и убедился, что он в отключке, после чего припустил по коридору. Там никого не было, и я ничего не слышал. Похоже, Старки решил, что такой здоровяк, как Джефф, в одиночку утрясет ситуацию в морге.

Я пронесся по секционной, приемной и наконец выскочил в темный переулок. После ледяного морга жаркий, душный воздух ударил мне в лицо, как в парной. И еще я почуял запах, которого тут раньше не было.

Легкий аромат сирени.

Я остановился. Да, однозначно сирень. Я позвал Фиппса. Он что-то пробормотал прямо у меня под ногами, и я включил фонарик. Фиппс с озадаченным лицом сидел у стены.

— Она забрала фотоаппарат, — сказал он, пытаясь приподняться.

Тут я наконец вышел из себя.

— Что? — зарычал я. — Кто забрал?

— Какая-то женщина... Я выскочил, и она меня сцапала...

— То есть вы позволили какой-то женщине забрать камеру? — спросил я, не веря своим ушам.

— Она врезала мне коленом, и я ударился в стену... — начал Фиппс. Этого было достаточно.

— Вот чертовка! — произнес я, вложив в эти слова всю душу. — Эта рыжая, Одри Шеридан, кранвильский шпик! Стащила все улики, что я нашел. Мне это надоело. Ну же, что вы расселись, как дохлый селезень. Пошли!

Фиппс с трудом встал на ноги и поплелся за мной, причитая:

— Может, это и правда была она... Да, ее прием застал меня врасплох.

— Меня тоже, — мрачно сказал я. — Но больше я не попадусь на эту удочку. Вот только дайте добраться до вашей Одри. Отделаю ее так, что неделю сидеть не сможет.

За этими разговорами мы дошли до «форда-купе» и забрались в салон.

— Куда теперь? — осведомился Редж, заводя мотор.

— А сами как думаете? К нашей чемпионке за фотоаппаратом!

Когда «форд» выруливал на дорогу, сумасшедшая завизжала снова.

— Разве это визг? — сердито произнес я. — Ну же, поживее! Сейчас приедем к этой выскочке, и вы услышите, как визжат по-настоящему.

— Думаю, мне это понравится, — заметил Редж, нажимая на педаль газа.

ГЛАВА ПЯТАЯ

Два драгоценных дня я потратил на безуспешную охоту за Одри Шеридан. Вломившись к ней в квартиру, я обнаружил, что там не хватает туалетных принадлежностей, какой-то одежды и большого чемодана. Похоже, девушка решила залечь на дно.

Пока я ее искал, Вульф самолично занимался газетой. Редж сообщил, что новый хозяин затеял большие перемены. Но без фотографии Диксона «Газетт» была для меня бесполезна. И я понимал, что вряд ли найду это фото.

Короче говоря, я был зол как черт. Хуже всего, что Старки думает, фотография у меня. И пойдет на что угодно, лишь бы я ее не опубликовал. Я чувствовал себя как воздушный гимнаст на истрепанном канате, который вот-вот лопнет.

Большую часть времени я следил за квартирой Одри и ее офисом.

Вечером второго дня я пришел к выводу, что Одри или уехала из города, или затаилась там, где ее никто не найдет. За последние сорок восемь часов я не раз говорил с Тедом Исслингером, но тот понятия не имел, где искать Одри.

Конечно, ее могли и похитить. Но судя по пропавшему чемодану и похищенному фото, разумно было предположить, что девушка сбежала. Ей известно, что эта фотография — чистый динамит, и я сделаю все, чтобы ее заполучить. Вряд ли Одри желает столкнуться со мной лицом к лицу.

Через два дня после нашего с Фиппсом визита в морг Старки сделал свой ход.

Всю прошлую ночь я следил за квартирой Одри, и настроение у меня было весьма подавленное. Вернувшись в «Истерн-отель», я немедленно плюхнулся в ванну. Через пару минут кто-то из бандитов Старки разворотил мне всю спальню, забросив в окно четырехдюймовый отрезок свинцовой трубы, набитый взрывчаткой. Окажись я в комнате, от меня осталось бы лишь неприглядное пятно на стене. Но мне повезло, и я отделался тем, что мне на голову обрушился почти весь потолок.

Я кое-как выбрался из ванны, подхватил засыпанное штукатуркой полотенце и выглянул в спальню.

В стене напротив образовалась огромная дыра, потолок рухнул на пол, а дверь, нетрезво пошатываясь, висела на одной петле. От мебели ничего не осталось.

Все, с меня хватит. Отделавшись от копов — те, в свою очередь, разогнали зевак, — я сложил остатки одежды в чемодан и потребовал счет.

Пока администратор разбирался с цифрами, в фойе спустилась Нора, поглядывая на меня с циничным весельем.

— Привет крутому парню, — сказала она, облокотившись на перила. — Решили дать деру?

— Еще бы, — ответил я, напустив на себя испуганный вид. — Ловить тут больше нечего.

— Только далеко не убегайте, — усмехнулась она. — Нам с вами еще предстоит потратить те денежки, что вы мне показывали.

— Когда в меня швыряют бомбу, я сразу же понимаю, что пора закругляться, — объяснил я. — Вернусь в Нью-Йорк, к мирной жизни в бродвейском болоте.

— Не смешите меня. — Девушка покачала головой. — Чтобы такой крутой здоровяк, как вы, да вдруг сбежал? Трудно в это поверить.

— И напрасно, — сказал я. — Видели, что стало с моим номером?

Переглянувшись с администратором, Нора сказала:

— Как будете в наших краях, заходите. Может, в следующий раз ваши друзья сработают получше.

— Угу. Именно это меня и смущает, — заметил я, оплачивая счет. — До скорого, милая. Поберегите горлышко, а то петь не сможете. — И я осторожно вышел из фойе на веранду.

У гостиницы стояли два копа, а за ними — кучка бездельников, глазеющих на дыру в стене. Решив не слоняться по улицам дольше необходимого, я выдал одному из копов доллар, чтобы он нашел для меня такси. Машина притормозила у тротуара, и я забрался на пассажирское сиденье.

— Куда едем, командир? — спросил водитель.

— На вокзал, — сказал я так, чтобы слышали полицейские. Вдруг им интересно. Оба заухмылялись.

Тот, у которого был мой доллар, сунул голову в окно и спросил:

— Что, разонравился наш городок?

— Не то слово. — Я повернулся к таксисту и добавил: — Поехали.

Когда мы добрались до середины Мэйн-стрит, я сказал, что передумал, и велел доставить меня в редакцию «Кранвиль газетт».

Через несколько минут я понял, что мы едем куда-то не туда — в сторону от делового центра.

— Что за чертовщина? Я же сказал: в редакцию «Кранвиль газетт».

— Приятель, я и в первый раз слышал, — успокоил меня таксист. — Сегодня утром газета переехала в новый офис.

Хмыкнув, я откинулся на сиденье. Мы с Фиппсом не виделись со вчерашнего утра, и я не знал, чем занимается Вульф. Должно быть, он решил перенести редакцию из старой развалюхи в более приличное место. Неплохая мысль. Если Вульф хочет, чтобы от газеты был толк, такие перемены не помешают.

Офис и правда оказался неплохой — на восьмом этаже современного здания у самой границы Кранвиля, подальше от грязи и дыма сталелитейных заводов.

На стеклянной двери мелом было выведено название газеты. Я рассеянно подумал, что золотые буквы на стекле, пожалуй, будут выглядеть получше.

Вульф, Редж и Мэриан были на месте. На уголке стола сидел тощий парень с худым, заостренным лицом и тоненькими усиками. Его я раньше не видел.

— Где вы, черт возьми, пропадали? — рявкнул Вульф, едва я вошел в кабинет.

— Работал. — Я поставил чемодан, упал в кресло, взглянул на Мэриан и улыбнулся. — Есть чего выпить?

Казалось, моего вопроса никто не услышал.

— Вы нашли Одри? — встревоженно спросил Редж.

— Черта с два! — Я закурил сигарету. — Она или сбежала, или где-то прячется. В вашем городке я только тем и занят, что ищу пропавших девушек.

— И до сих пор от вас никакого толку. — Вульф сердито посмотрел на меня. — Послушайте, молодой человек...

РЕКВИЕМ БЛОНДИНКЕ

— Бросьте. — Я ответил ему не менее сердитым взглядом. — Сегодня вечером я не намерен выслушивать нотации — от вас или кого-либо еще. Мне нужно поспать. Десять минут назад у меня в номере взорвалась бомба, и я до сих пор слегка на взводе.

Эта новость привлекла всеобщее внимание.

— Бомба? — разволновалась Мэриан. — Вы не ранены?

— То есть как это — бомба? — оживился тощий парень на столе. — Где?

Я рассказал. Не успел договорить, как Редж вскочил на ноги и схватил фотоаппарат.

— Погнали, — сказал он, обращаясь к тощему. — Это пойдет в хронику.

Оба выбежали из комнаты, едва ли не толкаясь. Проводив их безучастным взглядом, я повернулся к Мэриан:

— Что это за парень?

— Нед Латимер, — ответила она, с тревогой глядя на меня. — Работает в «Газетт». Уверены, что с вами все в порядке?

— Ага, уверен. — Я снова поудобнее уселся в кресле. — Но надолго ли? Вот в чем вопрос.

Все еще сердито поглядывая на меня, Вульф раскуривал сигару.

— Хотелось бы знать... — начал он, но я его перебил:

— Пора нам с вами перемолвиться. Подождите минутку. — Я повернулся к Мэриан. — Милая, уже поздно. Ступайте домой.

— Да-да, ухожу, — сказала она. — А как же вы? То есть где вы будете ночевать?

— Меня вполне устроит это кресло, — без особенного энтузиазма ответил я. — Завтра подыщу какое-нибудь жилье.

— В соседнем кабинете есть кровать. — Мэриан встала. — Я мигом все устрою.

Я заметил, что кровать — это шикарно. Взял чемодан и вышел в короткий коридорчик, который вел к трем другим комнатам. Мэриан шла впереди.

— Устроились с размахом, — сказал я, когда девушка открыла дверь и включила свет. Пока мы занимались установкой выдвижной кровати, я спросил, как ей должность секретарши. — Вульф вам не докучает?

Мэриан сказала, что все ведут себя мило, и работа ей очень нравится.

— Сегодня утром я съехала из «Истерн-отеля», — добавила она. — Сняла комнату в доме напротив. Дешевле, удобнее и не пахнет дымом.

Я рассказал, что Редж был доволен как слон, узнав, что Мэриан будет у него работать. Девушка подтвердила: да, так и есть.

— Он совсем ребенок, — добавила она, разглаживая складки на простынях, — но очень славный. Ну вот, теперь вы как следует выспитесь. Хотите, подыщу вам комнату в моем доме?

— Не спешите, — сказал я. — Все зависит от того, насколько серьезно настроен Старки. Может, мне стоит спрятаться — так же, как спряталась Одри. Не хочу, чтобы в меня снова швырялись бомбами.

Мы вернулись в кабинет к Вульфу. Тот все еще курил сигару и о чем-то размышлял.

— Я не намерен болтать с вами всю ночь, — заметил он. — И других дел хватает.

Мэриан надела шляпку, взяла сумочку, пожелала мне спокойной ночи, улыбнулась Вульфу и вышла из офиса. Вульф, причмокнув, посмотрел ей вслед и буркнул:

— Милая девушка. И работящая.

— Оставьте свои комплименты для миссис Уилсон, — холодно сказал я. — Она вам больше подходит. — Я уселся и закурил.

Вульф злобно глянул на меня:

— О чем вы хотели поговорить? В жизни не встречал такого болтуна. Когда вы уже хоть что-нибудь сделаете? Ну, для разнообразия?

— Вы просто не знаете, сколько уже сделано. — Я вытянул ноги и зевнул. — Позвольте вас просветить. — И я рассказал ему о событиях последних дней.

На словах все казалось гораздо лучше, чем на самом деле.

— Теперь вы понимаете, в какой обстановке приходится работать, — закончил я. — Каждый сам за себя. Неудивительно, что мы топчемся на месте. Даже будь у меня фотография Диксона, не уверен, что смог бы повесить это убийство на Старки. Максимум — усложнил бы жизнь шефу полиции. Хотя и это уже неплохо.

— Выходит, за всем стоит Старки. — Вульф потянул себя за нижнюю губу. — Если доказать, что он убил Диксона, шансов на победу у него не будет. Да, этим и займитесь. Забудьте о пропавших девушках. Возьмитесь за Старки. Верните фотографию и раздобудьте доказательства, нужно стереть его в порошок — так, чтобы остались только мы с Исслингером. Исслингера я не боюсь.

— А как же девушки? — спросил я, внимательно глядя на него.

— Когда Старки окажется за решеткой, они сами объявятся, — отрезал Вульф. — Совершенно ясно, что блондинки с ним заодно.

Я покачал головой:

— Не думаю. Их или похитили, или убили. И это дело рук Старки или кого-то еще.

— Да и черт с ними, — сказал Вульф. — Ваша забота — посадить Старки за убийство Диксона.

— Может, и так, — ответил я, — но нанимали меня не для этого. Мне платят за поиски девушек.

— Вам платят, чтобы вы работали на меня! — Глаза его гневно сверкнули. — Поэтому будете делать то, что я велю.

— Вы неправильно меня поняли. — Я снова покачал головой. — Если хотите, чтобы я занимался делом Старки, придется нанять меня еще раз.

— Ах вот оно что, — сказал Вульф, едва сдерживая гнев. Усевшись поглубже в кресло, он прищурился: — Это грабеж.

— Называйте как хотите. Я не собираюсь рисковать жизнью без соответствующей оплаты. Лучше уж вернуться в Нью-Йорк и взять другое дело. Хоть буду уверен, что утром, умываясь, не увижу в зеркале пару ангельских крыльев. Здесь же я в любой момент могу воспарить в небеса с лирой в руках. И если решусь взяться за Старки, любая ошибка может стоить мне жизни. И никто меня не спасет — ни вы, ни Мейси. А Исслингер будет только рад продать очередной гроб.

Обдумывая мои слова, Вульф пожевал сигару и наконец сказал:

— Можете катиться ко всем чертям. Попрошу полковника Форсберга прислать кого-нибудь еще.

— Вы же не маленький, — усмехнулся я. — Полковник Форсберг руководит детективным агентством. К делу вроде вашего он и близко не подойдет. Знай он, что тут происходит, мигом отозвал бы меня и вернул вам деньги. Если не верите, спросите его сами и посмотрите, что будет. — Потушив сигарету, я поднял палец. — Если вам нужен Старки, вы его получите. Но придется за это заплатить. А также дать мне свободу действий. Тогда я его достану.

РЕКВИЕМ БЛОНДИНКЕ

— Как? — спросил Вульф. По взгляду было видно, что мое предложение его заинтересовало.

— Не важно, — ответил я. — Вас это волновать не должно. Хотите прижать Старки — так и скажите. Я все устрою.

— Есть в вас что-то отталкивающее, — проворчал Вульф. — Уж слишком вы речистый. Что задумали?

Я усмехнулся:

— Может, я и речистый, но мысли предпочитаю держать при себе.

— Во сколько это обойдется? — Вульф стряхнул пепел в медную пепельницу.

— Пяти штук хватит, — сказал я. — За эти бабки я добуду вам Старки через неделю.

— Слишком много. — Он покачал круглой, коротко стриженной головой. — И половины слишком много.

— Все зависит от точки зрения, — указал я. — Такова цена моей жизни. Будет что написать в завещании на тот случай, если Старки меня одолеет.

— Две тысячи долларов и свобода действий, — сказал он. — Решение окончательное.

— О'кей. — Я понял, что спорить бессмысленно. — Вы меня, конечно, без ножа режете. Но я никогда не умел торговаться. Выписывайте чек, и я завтра же приступлю к делу.

— Выпишу, когда прижмете Старки, — коротко ответил Вульф.

— Нет. — Я покачал головой. — Деньги вперед, или я умываю руки. Нельзя получить и скидку, и отсрочку.

Внимательно посмотрев на меня, Вульф решил не пререкаться. Вынул чековую книжку, что-то черкнул размашистым, неряшливым почерком и бросил листок на стол. Я поднял его, прочитал, аккуратно убрал в карман и напомнил:

— Вы обещали мне свободу действий.

— Ну и что?

— Держитесь подальше от «Газетт». Есть лишь один способ выбить Старки из седла, и нельзя, чтобы при этом упоминалось ваше имя.

— Что у вас на уме? — Вульф забарабанил пальцами по столу, недоверчиво глядя на меня.

— Чем меньше будете знать, тем лучше. Отныне вам нельзя приходить в редакцию. Если через семь дней Старки не окажется за решеткой, получите свои деньги обратно. Так что вам не о чем беспокоиться. Как я разберусь со Старки — это уже мое дело. Но для этого мне понадобится «Газетт». Если не хотите, чтобы в вас швырнули бомбу, лучше не лезьте в эти дела.

— Семь дней, — сказал Вульф и поднялся на ноги. — Если через семь дней я не увижу результата, чтобы и духу вашего здесь не было. И вернете деньги. Ясно?

— Само собой. — Я зевнул. — А теперь, если позволите, я пойду спать.

Смерив меня долгим взглядом, Вульф вышел и закрыл за собой дверь.

В десять утра я сидел за внушительным столом, там же, где вчера был Вульф. На стуле рядом со мной расположилась Мэриан, чуть дальше устроился Редж, а Латимер прислонился к стене у окна.

— Нравится вам или нет, — сказал я, отодвинувшись и положив ноги на стол, — но следующую неделю я волен делать что пожелаю. И за это время намерен во всем разобраться. В ином случае придется признать поражение. Допускаю, что вы не захотите во всем этом участвовать. Но я предлагаю вам места в первом ряду. И сенсацию, после которой дела «Газетт» пойдут в гору. Да, реализовать мой замысел будет непросто. Но все, что мы сделаем, будет полезно для города. Теперь слово за вами.

Все выжидающе смотрели на меня.

— Что от нас требуется? — спросил Редж. — Говорите. И считайте, что я в деле.

— В первую очередь нужно, чтобы Кранвиль закипел, — сказал я. — Добиться этого несложно. Надо найти Одри Шеридан, забрать у нее фотографию и предъявить банде Старки обвинение в убийстве Диксона. К этому времени начнут проясняться разные вещи. Надеюсь, обнаружатся и пропавшие девушки. Я затаюсь на день-другой, но вы при желании можете мне помочь. К примеру, когда тело Диксона увезут из морга, мне нужно знать, доехало ли оно до конторы Исслингера. Надо выяснить, что полиция предпринимает по поводу Мэри Дрейк. — Я взглянул на Латимера. — Этим займетесь вы. Поезжайте к Мейси, возьмите у него интервью. Пусть думает, что вы на его стороне. Делайте что угодно, лишь бы Мейси разговорился. — Затем я повернулся к Мэриан. — Вам нужно встретиться с Тедом Исслингером. Он должен знать, связывалась ли Одри с его отцом. В конце концов, она не может вечно игнорировать человека, на которого работает. Мне необходимо ее найти. К тому же предстоит разобраться с Эдной Уилсон. Что-то с ней не так. — Замолчав, я закурил. — И еще я хочу знать, где был Джефф Гордан в ту ночь, когда убили Диксона.

— Ладно, все сделаем. — Редж взглянул на Латимера, и тот кивнул.

— Как насчет «Газетт»? — спросил я. — Чем бы вы ни занимались, нужно, чтобы газета выходила регулярно.

— Номер в основном состоит из покупных материалов, — объяснил Редж. — Сотрудники едут в типографию, и новостной редактор составляет выпуск на месте. Из собственных статей — только местные новости. Так что справимся.

— Ну, тогда за дело, — сказал я. — Мэриан займется Исслингером и Эдной Уилсон. Редж разберется с Одри и похоронами Диксона. А вы, — я повернулся к Латимеру, — поезжайте к Мейси. Попробуйте что-нибудь раскопать. В общем, действуйте. В семь вечера встречаемся здесь и смотрим, что удалось узнать.

Возражений не было.

— Возникнут проблемы, звоните мне. Я буду здесь весь день. Если увидите Одри, проследите за ней. Узнаете, где она скрывается, — тут же звоните. Эта дамочка нужна мне в первую очередь.

Когда все разошлись, я уселся за очередной рапорт для полковника Форсберга. Детективы агентства обязаны ежедневно отчитываться перед начальством. Это вполне разумное правило: сразу видно, как идут дела. К тому же работа над рапортом помогает разложить все по полочкам.

Перечитав письмо, я с удивлением понял, что версия с «Фото на бегу» никуда не годится. Закурил и погрузился в размышления. Чем больше думал, тем яснее становилось, что я пошел по ложному следу. Я понятия не имел, как Старки выбирает девушек, и при этом считал, что за похищениями стоит именно он. Если так, в теории получается стройная цепочка: подручный Старки фотографирует девушку, дает ей адрес ателье, девушка приходит туда, ее похищают. Но только в теории. А если девушка не потрудится зайти за фотографией? Что тогда? Если же она придет и ее похитят, как вывезти ее из здания? Почему в день похищения в витрине выставили фото Мэри Дрейк? Что-то не сходилось, но я не понимал, что именно.

В конце концов я сдался и провел остаток утренних часов, просто валяясь в постели. Решил, что нет смысла высовывать нос на улицу. Пока Мейси и Старки думают, что я уехал из города, я сумею подготовить для них сюрприз. Какой — пока непонятно. Сойдет любой, подумал я сквозь дрему.

Приоткрыв глаза, я увидел недовольное лицо Фиппса. Потянулся, зевнул и уселся.

— Только не подумайте, что я спал. — Свесив ноги с кровати, я пригладил волосы. — Просто привык размышлять лежа. И много чего придумал, пока вас не было.

— Уверен, так и есть, — с сарказмом заметил Фиппс. — А я тем временем себе все ноги стоптал.

Часы показывали начало четвертого.

— Черт возьми! — удивленно произнес я. — Не знал, что уже так поздно. А я ведь даже не обедал.

— Забудьте про обед, — сказал Редж. — У меня новости.

— Так сядьте и расскажите. — Я взял телефон и набрал номер соседнего драгстора.

— Одри Шеридан все еще в городе, — сообщил парень. — Я только что ее видел.

— В таком случае что вы здесь делаете? — Я резко взглянул на него. — Почему вы не следите за ней? — Не успел он ответить, как меня соединили с драгстором. Я заказал бутерброды и полпинты бурбона. — Продолжайте, — велел я, повесив трубку.

— Возможности не было, — недовольно ответил он. — Она пронеслась мимо меня в такси. Выглянула в окно, и я ее заметил. Когда поймал машину, Одри уже и след простыл. Я поездил по городу, но без толку. Слишком уж быстро она умчалась.

Закурив, я подошел к столу.

— Ну, это уже что-то. Теперь нам известно, что мисс Шеридан где-то поблизости. Если Старки известно, что у нее фотография Диксона, ее жизнь и гроша ломаного не стоит.

— К вам это тоже относится. — Усевшись в кресло, Редж положил ноги на кровать.

— Угу. Вот только я оцениваю свою жизнь гораздо дороже, — напомнил я. — Что-нибудь еще? Есть новости по Диксону?

— Попробуйте угадать, — сказал Редж. — Старая песня. Исслингер прислал за ним катафалк, тот загорелся, от Диксона осталась кучка пепла да несколько обугленных костей. Я бы вернулся раньше, да только пришлось сбегать в типографию, чтобы подправить новости на первой полосе. Никто не знает, почему произошло возгорание. Катафалк вспыхнул мгновенно, как дрова в камине. Водитель едва успел выскочить.

— Неглупо, — хмыкнул я. — Да, очень неглупо. Теперь фотография становится еще важнее — и для меня, и для Старки. Если ее уничтожат, Старки выйдет сухим из воды.

— Мы же решили, что Старки, может, и непричастен к убийству Диксона, — напомнил Редж.

— Не факт, — сказал я. — Или он, или Джефф. Но я никак не могу понять, при чем здесь ателье «Фото на бегу». Вполне возможно, кто-то хочет подставить Старки: мол, похищения устроил он. Не забывайте про фотографии в столе у Диксона. А что, если он решил надавить на Старки?

— Надавить? Как это? — озадаченно спросил Редж.

— Не знаю. Знал бы, это многое прояснило бы. Что, если Диксон шантажировал Старки? Разве это не мотив для убийства? А прикончить его мог или сам Старки, или один из его бандитов.

— Ага, ну допустим, — с сомнением сказал Редж. — Направление, может, и верное, но что-то здесь не сходится.

— Знаю. — Я поскреб затылок. — Но я во всем разберусь. Может, съездите к Исслингеру, перехватите Мэриан? Расскажете, что видели Одри. Вдруг Мэриан тоже ее встретит.

Сказав, что так и сделает, Редж удалился.

Через несколько минут из драгстора принесли бутерброды и бурбон. Я сел перекусить.

Остаток дня прошел вполне мирно, если не считать телефонных звонков от незнакомых мне людей. Я курил и попивал бурбон — короче говоря, убивал время и понятия не имел, чем займусь, когда стемнеет. Это зависело от того, что мне расскажут.

Ближе к семи вернулись Редж и Латимер. Когда они вошли в офис, я сидел за столом.

— Ого! — сказал Редж. — Я думал, вы опять спите.

— Нет, не сплю. И только потому, что обязан подавать вам пример. — Я указал на кресла. — Где Мэриан?

— Скоро будет, — сказал Латимер, закинув ногу на подлокотник кресла и закурив сигарету. — Эта ваша Мэриан очень милая. Будь у нас чуть больше общего, я бы за ней приударил.

Редж нахмурился и сердито буркнул:

— Помалкивай, болван. Я не потерплю, чтобы к моей секретарше клеились всякие бездельники.

— Да хватит вам, прекратите, — перебил я. — Давайте-ка послушаем Латимера.

— Мне и сказать-то нечего. — Он покачал головой. — Мейси крутит старую шарманку, обещает вот-вот найти блондинок. Понятно, что врет. Зато теперь он настаивает на версии про похищение: мол, это Вульф все затеял, чтобы подкинуть проблем полиции.

— Да что вы? Так и сказал?

— Угу. — Латимер кивнул. — Решил, что я на его стороне. Иначе держал бы свои мысли при себе.

— Завтра же на первой полосе будет заголовок: «Шеф полиции обвиняет магната-промышленника в похищении». И еще один: «Пропавших девушек обещают найти сегодня», — сказал я, взглянув на Фиппса. —

А ниже — то, что Мейси сказал Латимеру. Если после такого вброса ничего не случится, я сдаюсь.

— Даже не знаю, что он со мной сделает, — угрюмо сказал Латимер, почесав затылок. — Но если вы считаете, что так надо, я не против.

Я повернулся к Фиппсу:

— Вы, братец, состряпайте статейку, да поживее. Посмотрим, что получится.

Редж вышел в приемную. Мгновением позже я услышал, как защелкали клавиши пишущей машинки.

— Есть что-нибудь по Джеффу Гордану? — спросил я у Латимера.

— До часу играл в покер в заведении «У Левши», а потом отправился домой. С ним никого не было, а путь его лежал мимо старого офиса редакции.

— Н-да, алиби у него так себе. Диксона убили около двух ночи. Не знаете, где в тот момент был Старки?

Латимер покачал головой:

— Пока нет. Но, пожалуй, стоит выяснить.

— Да, займитесь. — Я взглянул на часы. Половина восьмого. — Куда же запропастилась Мэриан?

— Может, у нее что-то неотложное. — Латимер поднялся на ноги. — Ну, если я вам больше не нужен, то пойду. У меня свидание с женщиной. Накормлю ее ужином, а потом снова загляну к «Левше». Попробую узнать что-нибудь про Старки.

— Только не вздумайте выдать наши планы, — сказал я. — Хочу преподнести сюрприз этому подонку.

— Буду осторожен, — ответил Латимер и ушел.

Я отправился в приемную и прочитал статью Фиппса. Мы посидели над ней еще какое-то время, а потом я с довольным видом откинулся на спинку кресла и сказал:

— Похоже, то, что надо. Шефу полиции обеспечена головная боль, а кроме того, Вульф может засудить его за клевету.

— Мейси будет все отрицать, — заметил Редж. — Не нравится мне эта мысль, приятель. Если против нас встанут Вульф и Мейси, придется закрыть газету.

— Вы же не в детском саду, — усмехнулся я. — Газета принадлежит Вульфу. Денег у него предостаточно. Даже если Мейси подаст в суд на редакцию, Вульф ничего не потеряет. Зато статья принесет огромную пользу.

— Ага. — Редж расплылся в улыбке. — Вполне может быть. Что ж, вы тут за главного. Если считаете, что так и надо, я готов ехать в типографию.

— Само собой, так и надо, — сказал я. — Поезжайте.

Он начал было складывать бумаги в конверт, но поднял взгляд и спросил:

— А где Мэриан? Уже девятый час.

Переглянувшись, мы поняли, что думаем об одном и том же.

— Объявится, — сказал я, не скрывая волнения. — Наверно, зашла домой переодеться. Девушки, они такие.

— Вполне возможно, — неуверенно согласился Фиппс.

Я взглянул на телефон:

— Можете ей позвонить?

Редж набрал номер. Мы послушали гудки, а потом он повесил трубку и сказал:

— Никого.

— Наверное, уже вышла. — Я подошел к окну и выглянул на улицу. — Она живет в доме на углу, верно?

— Ага. — Редж присоединился ко мне. — Что-то ее не видно. — Лицо его было испуганным. — Думаете...

— Нет, не думаю, — отрезал я. — Значит, так, Редж. Везите статью в типографию. Я схожу к Мэриан и выясню, заходила ли она домой. Не задерживайтесь, я буду вас ждать.

Помедлив, он взял конверт.

— Постараюсь побыстрее. Но без личного контроля не обойтись, а это никак не меньше часа.

— В таком случае я вам позвоню, — сказал я. — Запишите номер на бумажке, и я свяжусь с вами, как только разыщу Мэриан.

Фиппс оставил мне номер и неохотно ушел. Я тоже направился к двери, и тут зазвонил телефон. Вернувшись к столу, я снял трубку.

— Мисс Френч на месте? — спросил Тед Исслингер.

— Нет, — ответил я. — Как раз ее дожидаюсь. Что вы хотите?

— Это мистер Спивак? — Судя по голосу, Исслингер удивился. — Говорят, вы уехали из города.

— Не стоит верить слухам, — коротко ответил я. — Зачем вам Мэриан?

— Мы договорились встретиться в восемь пятнадцать, — сказал он. — Хотел узнать, почему она задерживается.

— Сожалею, приятель, но я ее не видел, — отрезал я и положил трубку. Мне стало не по себе.

Через четыре минуты я был у дома Мэриан. Дверь открыла миниатюрная женщина с птичьим лицом и вопросительно уставилась на меня.

— Я к мисс Френч, — сказал я.

Лицо хозяйки смягчилось. Должно быть, Мэриан была ей по душе.

— Ее нет дома, — сообщила женщина. — Но скоро должна вернуться. Подождете?

Я представился и добавил, что Мэриан, возможно, упоминала мое имя.

— Я миссис Синклер, — с улыбкой сказала женщина. — Да, мисс Френч о вас рассказывала. Прошу, входите.

Я проследовал за ней в большую комнату с удобной мебелью.

— Очаровательная девушка! — продолжала миссис Синклер. — Такая милая, благовоспитанная. И умница.

Говорит только о работе. Надо же, мистер Вульф купил «Газетт». Думаете, теперь она изменится? Я так к ней привыкла, а перемены не всегда...

— Простите, миссис Синклер, но я немного беспокоюсь. Видите ли, мы с мисс Френч договорились встретиться в семь, а она так и не пришла. Она не оставляла записки или сообщения?

— Нет, не оставляла. — Миссис Синклер удивленно взглянула на меня. — Она вернулась около пяти. Через несколько минут я услышала телефонный звонок, и она снова ушла. Куда направляется, не сказала.

— Вы не против, если я поднимусь к ней в комнату? — спросил я. — Я бы не стал об этом просить, но дело важное.

— Вряд ли... — озадаченно начала она.

— В городе уже пропали четыре девушки, — сказал я так строго, что даже сам удивился. — Не хочется, чтобы Мэриан оказалась пятой.

Миссис Синклер побелела.

— Не шутите так. — Она положила ладонь мне на руку. — Неужели вы...

— Проводите меня к ней в комнату, — сказал я. — Не знаю, что случилось, но обязательно выясню.

Мы поднялись наверх. Миссис Синклер отперла дверь в дальнем конце коридора. Я вошел в просторную светлую комнату с пестрыми ковриками, яркими занавесками и букетом цветов на столе.

Оглядевшись, я подошел к столу и взял в руки блокнот, лежавший рядом с телефоном. Верхний листок был чист. Покрутив блокнот в руках, я рассмотрел след от надписи на предыдущем листке — очевидно, Мэриан оторвала его, сделав какие-то пометки. Вырвав листок, я поднес его к свету и прочел: «Виктория-драйв, 37».

— Знаете, где Виктория-драйв? — обратился я к миссис Синклер, встревоженно следившей за моими действиями.

— На другом конце города, прямо перед сталелитейным заводом. Поезжайте по Мэйн-стрит, на последнем светофоре свернете направо. В конце улицы будет поворот налево, на Виктория-драйв.

— Спасибо. — Я сунул листок в карман. — Пожалуй, у меня все.

— Я так волнуюсь, — начала миссис Синклер. — Не лучше ли вызвать полицию?

— Нет, не лучше, — сказал я. — В прошлом от полиции не было никакого толку, не будет и в этот раз. Я сам найду Мэриан.

Повернувшись к выходу, я снова окинул комнату взглядом и остановился.

— Это ее сумка? — Я подошел к креслу и вытащил из-под подушечки изящную черно-белую сумочку.

— Интересно, почему она не взяла ее с собой, — произнесла миссис Синклер в тот момент, когда я справился с застежкой. Остальных ее слов я не расслышал, потому что увидел в сумочке синий талончик. Еще не взяв его в руки, я все понял.

На талончике было напечатано следующее:

Вас только что сфотографировали.
Зайдите за бесплатным образцом
во второй половине дня.
Шесть фотографий — 50 центов.
Увеличенная карточка в рамке для отправки почтой:
1 доллар 50 центов.
АТЕЛЬЕ «ФОТО НА БЕГУ»
Кранвиль, Уэст-Синклер-стрит, 1655.

Когда я приехал на Виктория-драйв, уже темнело. На углу я расплатился с таксистом и зашагал по улице, делая вид, что прогуливаюсь, и посматривая на номера домов. Вдалеке горел одинокий фонарь. Справа и слева стояли здания, по шесть штук в квартале. Окна светились теплым желтым светом.

Двадцать девять, тридцать один, тридцать три, тридцать пять... Наконец я оказался перед домом, наполовину скрытым за неухоженной живой изгородью. Было темно, но не настолько, чтобы не увидеть на стойке ворот цифры: 3 и 7. Ко второй стойке была прибита белая табличка. Присмотревшись, я прочитал: «Продается или сдается в аренду».

С трудом открыв ворота, я прошел по бетонной дорожке к дому. Какое-то время постоял у ступеней крыльца. Сердце тревожно билось, и меня слегка мутило — так бывает, когда ждешь, что тебе вот-вот вырвут зуб. Из дома не доносилось ни звука. На двери белела еще одна табличка.

Я тихонько поднялся на крыльцо, прислушался и ничего не услышал. Подошел к одному окну, ко второму, потом к двери. Везде было заперто.

Я стоял и думал, что делать дальше. Допустим, Мэриан оказалась у этого заброшенного дома. Увидела, что здесь никто не живет, и ушла? Или же проникла внутрь? Гадать бессмысленно. Нужно забраться в дом и все проверить.

Повозившись с окном, я отодвинул шпингалет и осторожно, почти бесшумно поднял раму. Вгляделся в темноту и вдохнул запах сырости и плесени — типичный запах помещения, в котором уже давно никто не живет.

Зажав в правой руке пистолет, я перебрался через подоконник и очутился в комнате. Ковра на полу не было, доски скрипнули под моим весом. Внутри было душно.

Затаив дыхание, я целую минуту вслушивался во тьму, но так ничего и не услышал. Выставив перед собой пистолет, я двинулся вперед, левой рукой пытаясь хоть что-нибудь нащупать. Наконец моя ладонь коснулась стены. Под пальцами зашуршали рваные обои. Судя по всему, я прошел всю комнату, и в ней было пусто.

Сделав полдюжины шагов вдоль стены, я нашел дверь. Прижал ухо к панели, прислушался и ничего не услышал.

Нащупав ручку, я осторожно повернул ее и приоткрыл дверь. Прищурился, чтобы глаза привыкли к темноте, и тут услышал на улице шум автомобильного мотора. Машина медленно подъехала к дому и остановилась.

Сделав четыре быстрых шага, я оказался у окна. В темноте мне удалось разглядеть очертания такси. Хлопнула дверца, на бетонной дорожке мелькнула человеческая фигура. Мгновением позже в замке повернулся ключ, и входная дверь открылась.

Я метнулся вперед и встал за дверью, ведущей в прихожую. Раздались шаги, на полу появилась полоска света. Скрипнула ручка, дверь отворилась, и я почувствовал аромат сирени.

Не сказать, чтобы я был удивлен. Едва заметив фигуру на бетонной дорожке, я догадался, что передо мной Одри Шеридан. Прижавшись к стене, я сунул пистолет в задний карман брюк и ждал, пока девушка войдет в комнату.

По обшарпанным стенам скользнул луч фонарика, спугнув огромного паука с чудовищно длинными ножками. Не удержавшись на стене, он шмякнулся на пол.

Я услышал, как Одри охнула от ужаса, и беззвучно усмехнулся. Сейчас я испугаю ее по-настоящему.

Девушка вошла в комнату. В свете фонарика я четко видел ее силуэт. Одри была в брюках, а волосы собрала в хвост и подвязала шелковым платком.

Не дожидаясь, пока девушка осмотрится, я схватил ее за ноги. Она тихонько пискнула, и мы оба упали на пол. Следующую минуту мы провели, сцепившись в клубок, стараясь ударить или лягнуть друг друга. Я до смерти боялся, что Одри примется демонстрировать свои навыки джиу-джитсу. Всякий раз, когда она пыталась вырваться, я наваливался на нее, прижимая ей руки к полу.

Наконец я сказал:

— Сестрица, если будешь лежать смирно, пострадаешь гораздо меньше.

Вместо этого Одри укусила меня за грудь. Я ойкнул и отдернулся. Высвободив руку, девушка хотела ударить меня, но промахнулась: ладонь со свистом рассекла воздух прямо у меня перед лицом. Она ударила снова, но я перехватил запястье и заломил ей руку за спину. Потом перевернул лицом вниз и прижал к полу, наступив коленом ей на спину:

— Ведите себя прилично. Или хуже будет.

Одри отдышалась, обмякла и пожаловалась, что я делаю ей больно, но я не повелся.

— Не все же мне страдать, — заметил я, усевшись ей на ноги и завернув руку под правую лопатку. — В прошлый раз, когда мы затеяли любовные игры, вы швырнули меня в кирпичную стену.

— И сделаю это снова! — крикнула она в бешенстве. — Пустите меня, животное!

— Да-да, сделаете, — непринужденно сказал я, чуть сильнее надавив ей на спину.

Одри вскрикнула.

— Хватит! Мне больно! — попросила она.

— Вам давно пора было встретиться с достойным противником, — сказал я. — А то привыкли, что все всегда по-вашему. Теперь рассказывайте, или я вам руку оторву.

— Сами или кто поможет? — Одри усмехнулась.

И я тоже.

— Отпущу, если пообещаете сидеть смирно и вести себя, как и положено воспитанной девушке.

— Сяду, как пожелаю, и буду вести себя так, как захочу, — с вызовом произнесла Одри. — И здоровенный болван вроде вас мне не помешает.

— Полегче. — Я положил ладонь ей на затылок и надавил так, что нос девушки уперся в пол. — А не то вытру вами пыль во всей комнате.

Потом случилось нечто невообразимое. Одри внезапно извернулась, и в следующую секунду я лежал на спине, а девушка сжимала мою шею лодыжками, да так, что я едва мог дышать.

В свое время я немного занимался борьбой без правил, поэтому знал, как действовать в подобной ситуации. Я стащил туфлю с ноги у Одри и вцепился в пальцы, прежде чем девушка успела что-либо сообразить. Выпустив меня из захвата, она отскочила и растворилась во тьме.

Тяжело дыша, я сел и навострил уши. Откуда ждать нападения в этот раз? Вдруг Одри рассмеялась и сказала:

— Устроим перемирие? Ну пожалуйста.

— Конечно, — согласился я. — Наши с вами поединки сильно укорачивают мне жизнь. Впервые встречаю такую драчливую девицу. Идите сюда, сядьте рядом. И не распускайте руки, иначе мне придется позвать копов.

Я услышал, как Одри подошла ко мне. Зажегся фонарик. Я обернулся и увидел, что девушка стоит у меня за спиной. Оказалось, что пол покрыт слоем пыли толщиной в несколько дюймов. Обнаружив это, я тут же вскочил на ноги.

В свете фонарика мы с Одри смотрели друг на друга. Одежда наша была вся в пыли, а лицо девушки перепачкано грязью.

— Мы с вами похожи на парочку бродяг, — заметил я. — И что, позвольте узнать, вы здесь делаете?

— Могу задать вам такой же вопрос, — ответила она, — но любопытство мне несвойственно. Так что давайте поздороваемся и тут же, без разговоров, попрощаемся.

— Нет, — сказал я. — Хватит с меня этой бессмыслицы. Никуда вы не пойдете, пока не пообещаете вернуть фото Диксона — то самое, что вы у меня украли. Я не могу раскрыть это дело по одной-единственной причине: вы мне постоянно мешаете. Будь у меня эта фотография, я уже нашел бы пропавших девушек.

— О нет, вы заблуждаетесь, — возразила Одри, держась от меня подальше. — Думаете, что Старки раскололся бы, увидев фото? Что ж, у меня это не сработало.

— Не сработало? — воскликнул я. — То есть вы рассказали Старки, что фотография у вас? Совсем с ума сошли?

— Увы, я поступила именно так, — с сожалением призналась Одри. — Потому-то мне и пришлось скрываться. Не думала, что Старки объявит на меня охоту.

— И сильно ошибались, — мрачно заметил я. — Не понимаю, почему вы до сих пор живы.

— Я знаю, что он похитил девушек, — убежденно сказала Одри. — И думала, что он отпустит их, если пригрозить ему фотографией Диксона.

— Это не так, — произнес я. — Старки не имеет отношения к похищениям. Я в этом уверен. Вы добились лишь одного: поставили себя в чертовски затруднительное положение.

— Говорю же, похищения организовал Старки. — Похоже, Одри рассердилась. — Такое как раз в его духе. И не спорьте.

— Хорошо. Давайте на минутку отложим этот вопрос. — Я нетерпеливо щелкнул пальцами. — Расскажите, как вы здесь оказались. Сам я пришел сюда в поисках Мэриан Френч. Но вы ее, разумеется, не знаете.

— Знаю, — быстро ответила Одри. — Это новая сотрудница «Газетт»?

— Она самая. — Я бросил на девушку сердитый взгляд. — Теперь рассказывайте, зачем вы здесь.

— Сегодня я видела ее фотографию в витрине «Фото на бегу». Решила прийти сюда и убедиться, что похищения — дело рук Старки.

— Но почему именно сюда? — Я ничего не понимал. — Да, Мэриан действительно отправилась в этот дом. Я нашел адрес у нее в комнате. Но вы-то как узнали, где искать?

— Здесь обнаружили туфельку одной из девушек. — Одри взволнованно посмотрела на меня. — Я время от времени проверяла этот дом. Когда в витрине появилось фото Мэриан Френч, интуиция подсказала: нужно бежать сюда. Я взяла у риелтора ключ... Вот, собственно, и все.

— Мы и так уже потеряли много времени, — проворчал я. Внезапно мне стало страшно. — Пошли, нужно осмотреть дом. Дайте фонарик.

Вместе мы вышли в темную прихожую. Прямо перед нами оказалась лестница. Стены были в пятнах плесени, обои свисали клочьями.

Вытащив пистолет, я осторожно направился вверх по скрипучей лестнице. Одри шла следом. На втором этаже было три комнаты. В одной из них мы нашли Мэриан Френч, распростертую на грязном полу. Глаза ее остекленели, а пальцы все еще цеплялись за шнурок, затянутый на горле. На багровом лице застыла гримаса боли. Бело-голубое клетчатое платье было перепачкано пылью, на рукаве зияла прореха. Девушка была мертва. Я нисколько в этом не сомневался.

Вот и все. Ничего не поделаешь. Мэриан Френч умерла.

Одри едва слышно вскрикнула. Я взял ее за руку, но не сумел ничего сказать. Я был потрясен и совершенно ничего не понимал.

Мы несколько минут простояли над телом Мэриан, жалким и жутким. Потом Одри прижала ладони к лицу и стала тихонько визжать от ужаса. Я покрепче сжал ее ладонь и негромко произнес:

— Спокойно. Возьмите себя в руки. Мы на работе.

— Я в норме, — сквозь зубы сказала Одри, отвернувшись. — Просто... просто это какой-то кошмар.

Кашлянув, я подошел к телу Мэриан. Не глядя на перекошенное лицо, дотронулся до плеча. На ощупь холодное, словно восковое. Я отступил и негромко выругался.

— Кто бы это ни сделал, он заплатит, — произнес я, словно говоря сам с собой. — Я уже потратил достаточно времени впустую. Пора наконец взяться за дело как следует. — Развернувшись, я снова схватил Одри за руку и гневно спросил: — Вы же понимаете, что это значит? Та же схема, что и с остальными девушками, совершенно та же. Поможете мне найти этого подонка? Или вам важнее репутация вашего драгоценного агентства?

Одри выдержала мой свирепый взгляд.

— Я заслужила такие слова, — тихо сказала она. — Но я и правда думала, что за всем стоит Старки. Думала, что раскрою это дело самостоятельно. Я готова вам помогать, если вы этого хотите.

— Вот и славно. — Я подтолкнул ее к двери. — Пошли, нужно вызвать копов.

— А толку-то? — спросила Одри.

— Пусть Мейси сам все увидит. Теперь не отвертится. Мы вывернем ваш городок наизнанку. Идем, нужно найти телефон.

Захлопнув дверь, мы побежали в дом напротив. Я нажал на кнопку звонка и не отпускал палец, пока нам не открыли. Невысокий толстяк в домашней одежде рывком распахнул дверь и пронзил меня пламенеющим взглядом.

— Где пожар? — осведомился он, поглаживая взъерошенные усы и неодобрительно рассматривая перепачканное лицо Одри.

— Убийство в доме тридцать семь, — сказал я. — Это напротив. Мне нужно от вас позвонить.

— Убийство? — переспросил толстяк, выкатив глаза. — В тридцать седьмом? А кого убили? Там же никто не живет.

— Мне нужно вызвать полицию. — Оттолкнув его, я прошел в дом. — Где телефон?

Толстяк показал где. Когда я набирал номер, из гостиной вышла женщина. Она удивленно посмотрела на Одри, потом на меня.

— Говорят, в тридцать седьмом кого-то убили, — пояснил толстяк. Казалось, происходящее доставляет ему удовольствие.

Женщина — пятидесятилетняя, седовласая, чопорная — внимательно посмотрела на Одри и сказала:

— Чушь. Пусть они уйдут. — После чего снова скрылась в гостиной.

— Вам придется уйти, — расстроенно сообщил толстяк. — Жена решила, что вы пьяны. Уж я-то знаю. Видели, как она на вас посмотрела?

— Черта с два мы уйдем, — сказал я, и тут голос в трубке проворчал:

— Полицейское управление.

Я спросил Бейфилда. Через секунду он подошел к телефону.

— Берите фургон и срочно приезжайте на Виктория-драйв, — произнес я. — В доме тридцать семь произошло убийство.

— Кто говорит? — осведомился Бейфилд своим раскатистым голосом.

— Дина Дурбин, — ответил я и повесил трубку.

Толстяк стоял у двери и все ждал, когда мы уйдем, но я не обращал на него внимания. Набрал номер Фиппса и, услышав его голос, сообщил новости — так спокойно, как только мог. Было понятно, что парень потрясен. Но, будучи газетчиком до мозга костей, он не стал тратить время на пустые слова. Сказал только:

— Мы эту сволочь из-под земли достанем. Не вы, так я.

— Обязательно, — подтвердил я. — Приезжайте сюда, и постарайтесь взять с собой Латимера. Он должен был выяснить, есть ли у Старки алиби. Если повезет, найдете его в заведении «У Левши». Нужно, чтобы он отвез мисс Шеридан в гостиницу и побыл с ней, пока все не закончится.

— Хорошо, — сказал он и повесил трубку.

Одри неодобрительно смотрела на меня, но ничего не говорила, пока мы не вышли на улицу.

— Что за чепуха про гостиницу? — спросила она. — Вы что, хотите отодвинуть меня в сторону?

— Хочу, — твердо ответил я. — Мейси и Старки — одна компания. Если Мейси вас увидит, он сообщит об этом Старки, и с вами случится что-нибудь нехорошее. Не забывайте, что Старки за вами охотится. Пока мы с ним не разберемся, вы в опасности.

— Придется рискнуть, — сказала она. — Раз уж все завертелось, нужно приниматься за работу. Я не могу допустить...

— Мы работаем вместе, — напомнил я. — Сейчас вам необходимо скрыться из виду. Прошу, не усложняйте все. — Я выдал ей ключ от редакции. — Поезжайте в «Газетт» и дождитесь Латимера. Он вас заберет. Отвезет в гостиницу, снимет номер на ночь. Я закончу с полицией и сразу приеду. Нам нужно многое обсудить. В одиночку я не разберусь.

Я остановил желтое такси, как раз проезжавшее мимо. Одри не прекращала возмущаться, но все же уселась в машину.

— Буду у вас через пару часов, — пообещал я. — Откроете дверь, только если услышите особый тройной стук: два подряд, а потом еще один. Это будет Латимер. Можете ему доверять. Уж простите, милая, но отныне рисковать нам не с руки.

Одри хотела что-то сказать, но вдалеке раздался вой сирены.

— Давайте потом, — произнес я. — Увидимся. — Захлопнув дверцу такси, я поторопил водителя.

На перекрестке такси разъехалось с полицейским автомобилем. Тот, скрипнув тормозами, остановился у дома 37. Из машины выбрались трое мужчин. Я перешел дорогу и присоединился к ним.

Бейфилда я узнал, но других раньше не видел. Водитель в полицейской форме тоже вышел на тротуар и смерил меня подозрительным взглядом.

— Так и знал, что это вы, — недовольно произнес Бейфилд. — Если вздумали шутки шутить, пожалеете, и чертовски сильно.

— Мне не до шуток, — холодно ответил я. — Внутри девушка. Ее задушили.

— Да ну? — Бейфилд с сомнением посмотрел на дом. — Откуда знаете?

— Я ее видел, — сказал я, открывая ворота. — Вы сперва взгляните, а потом поговорим.

— Оставайтесь здесь, — велел Бейфилд водителю и детективу в штатском. — А ты, Гаррис, следи, чтобы Спивак никуда не делся.

Гаррис, плотный коротышка с блестящим красным лицом, встал рядом со мной и заметил, едва шевеля губами:

— Я про вас слыхал. Ведите себя, как мамаша учила, а не то отшлепаю.

Я был не в настроении обмениваться шутками, поэтому молча пошел вперед по бетонной дорожке. Выходя, мы с Одри захлопнули дверь. Ключа у меня не было, и пришлось влезть в дом через окно.

— Интересно бы послушать, как вы здесь оказались, — сказал Бейфилд, перебираясь через подоконник.

Я буркнул что-то неопределенное.

Гаррис, скользнув вслед за нами, включил мощный фонарик.

— По-моему, здесь мы и нашли туфлю той дамочки, Кунц, — просипел он, обращаясь к Бейфилду.

Тот согласился и добавил:

— Если тело здесь, его мог подложить этот болван.

Мы поднялись на второй этаж. Я распахнул дверь, за которой обнаружил Мэриан, и мрачно сказал:

— Смотрите.

Луч фонарика осветил противоположную стену, а потом опустился на пол.

— Смотрю, — произнес Бейфилд с неожиданной резкостью в голосе.

Пыль на полу, драные обои, кучка пепла в камине. Больше в комнате ничего не было.

— Сядьте. — Мейси указал на кресло напротив. Сам он расположился за огромным столом в своем кабинете на третьем этаже полицейского управления. Я сел.

Прислонившись к двери, Бейфилд вынул из кармана пачку жевательной резинки, сорвал обертку и сунул пластинку жвачки себе в рот. Зацепился большими пальцами за ремень и окинул меня каменным взглядом.

Мейси принялся не спеша раскуривать сигару. Он не произнес ни слова, пока не удостоверился, что сигара горит как надо. Потом положил локти на стол и сердито взглянул на меня.

— Не люблю частных шпиков, — начал он. Его жирные щеки покраснели. — Но если частный шпик начинает дурковать, я знаю, как с ним поступить. Ведь знаю, Бейфилд?

Бейфилд хмыкнул.

— После таких слов почти любой шпик перепугался бы до чертиков, — спокойно сказал я, закурив сигарету. — Но мне не страшно, Мейси. Слишком много мне известно о ваших делишках, так что вам меня не запугать.

Мейси невесело осклабился.

— Это вам только кажется, — сказал он, ткнув в мою сторону кончиком сигары, мокрым от слюны. — На самом деле ничего вы не знаете. Сейчас вы в наших руках. Если не заговорите, придется вас задержать. — Откинувшись назад, он какое-то время смотрел на меня, а потом добавил: — Никто ведь не знает, что вы здесь.

Я решил, что в его словах есть разумное зерно. Если эти парни решат меня прикончить, я не сумею им помешать. Исчезну без следа. Поэтому нужно действовать очень аккуратно.

— Значит, вы нашли тело в доме тридцать семь, — сказал Мейси. — Но когда прибыли мои ребята, его там не оказалось. Потрудитесь объяснить.

— Нечего объяснять, — сказал я. — Тело было в доме. Но, пока я звонил в полицию, кто-то его стащил.

Мейси и Бейфилд переглянулись.

— Ну хорошо, кто-то его стащил, — согласился Мейси. — Но давайте с самого начала. Как вышло, что вы обнаружили тело?

Я рассказал, что Мэриан Френч не пришла в назначенное время, что я побывал у нее в комнате и нашел адрес дома.

— Она лежала на полу, а на шее у нее был шнурок. Была мертва уже часа четыре. Хозяйка квартиры сказала, что в пять вечера Мэриан позвонили и она сразу же ушла. На встречу со своим убийцей.

— Вы же не думаете, что мы поверим в эти россказни? — Мейси стряхнул пепел в корзину для бумаг.

— Мне плевать, поверите вы или нет, — ответил я. — И я не думаю, что вы найдете убийцу. Я сам это сделаю. Просто я хотел, чтобы вы знали, что произошло с пропавшими девушками.

В кабинете повисла тяжелая пауза.

— Как эта Френч связана с остальными четырьмя? — спросил Мейси.

— Давайте-ка выложим карты на стол. — Я придвинулся поближе. — Вас волнуют только выборы. Вы хотите, чтобы мэром стал Старки, а вы и дальше бы набивали свой кошелек.

Оторвавшись от стены, Бейфилд быстро шагнул ко мне и замахнулся, целя в голову. Я уклонился от удара, рухнув на четвереньки. Пока Бейфилд восстанавливал равновесие, я отполз в сторону, вскочил и схватил стул. Выставил его так, чтобы отбиться, если Бейфилд вздумает на меня броситься. Мы с ненавистью уставились друг на друга.

— Хватит! — взорвался Мейси. Вскочив, он хлопнул ладонью по столу. — Уймись и помалкивай! — рявкнул он, обращаясь к Бейфилду. Тот тяжело дышал, а лицо его побелело от ярости.

Я поставил стул и взглянул на Бейфилда.

— Если хотите драки, будет вам драка. И долгий отпуск на больничной койке.

— Я что, непонятно выразился? — снова рявкнул Мейси. — Хватит!

Бейфилд вернулся к двери и встал там, двигая челюстями и гневно зыркая в мою сторону. Я, пожав плечами, вернулся в кресло и с расстановкой произнес:

— Давайте вести себя разумно. Я сказал, карты на стол. Но если вас это пугает, можем забыть про наш разговор.

— Продолжайте. — Мейси поднял с пола упавшую сигару, уселся за стол и хмуро посмотрел на меня. — Трепитесь дальше, раз уж есть такое желание.

— Почему вы не ищете пропавших девушек? Потому что боитесь, что след выведет на Старки. Вы думаете, что похищения — его рук дело и, если копать слишком глубоко, придется взять его под стражу. Ну, вы и не суетесь в это дело, потому что хотите, чтобы Старки стал мэром Кранвиля.

Глазки у Мейси забегали, но он ничего не сказал.

— Но Старки не убивал Мэриан Френч и не имеет отношения к похищениям, — продолжал я. — Да, улики указывают на него. Почему? Потому что его хотят подставить.

— Продолжайте. — Теперь на лице у Мейси проявился интерес. — С какой стати вы так решили?

— Может, мозгов у вас и немного, — сказал я, — но про ателье «Фото на бегу» вам известно. Вы знаете, что перед каждым похищением в витрине выкладывали фотографии. Знаете, что ателье принадлежит Старки. Думаете, что эти фото — приманка для девушек. Но это не так. Кто-то в этом городе хочет свалить все на Старки. И вот как он действует. По какой-то причине — мне она пока неизвестна — этот человек решил похитить и убить несколько девушек. Может, таким образом он планировал избавиться от Старки или же у него был иной замысел. Не знаю, но собираюсь это выяснить. Как бы то ни было, сперва он идет в ателье «Фото на бегу» и смотрит, чья фотография выставлена в витрине. Фото меняют раз в четыре дня. Возможно, похититель приходит туда несколько раз, пока наконец не видит в витрине фотографию знакомой девушки. Затем он выходит с этой девушкой на связь, похищает ее, убивает, прячет тело. Делает так трижды, а потом посылает фотографии Диксону, намекая, что Старки использует свое ателье как приманку для девушек. В расчете на то, что эта история будет опубликована в «Газетт» и это расстроит планы Старки. То есть, как я уже и говорил, этот человек хочет подставить вашего кандидата.

Мейси задумался. Да, ему стало интересно. У него даже потухла сигара.

— Как же этот человек заполучил фотографии, которые прислал Диксону? — спросил он, но не для того, чтобы найти огрехи в моей теории, а просто чтобы не молчать.

— Это несложно. У каждой похищенной девушки был талончик из «Фото на бегу». С ним можно прийти в ателье и забрать фотографию. Вот, собственно, и все, что ему нужно было сделать. Дела в ателье идут бойко, и кто там вспомнит, что он туда заходил.

Подумав еще немного, Мейси собрался что-то сказать, но тут зазвонил телефон. Схватив трубку, Мейси рявкнул: «Полиция!» — и начал слушать. Глаза его сверкнули, он посмотрел на меня и отвел взгляд. Потом сказал: «Отлично» — и повесил трубку.

— Может, отчасти вы и правы, — произнес он рассеянно. Я видел, что мысли его заняты чем-то еще. — Допустим, так все и было. И кто же стоит за похищениями?

— Именно это я и собираюсь выяснить, — ответил я, пожав плечами. — Но теперь, когда мы с вами знаем, что это не Старки, можно заглянуть под крышку кастрюли без риска ошпариться.

— Угу. — Придвинув к себе листок бумаги, Мейси что-то на нем нацарапал. — Но что, если это Вульф? Вы вряд ли захотите выступить против него. Ведь он вам платит. Верно?

— Это не Вульф, — сказал я. — А будь это он, меня бы это не остановило.

— Передай записку Джо. — Мейси протянул листок Бейфилду. — Пусть выдвигается.

Внутренний голос подсказывал, что прямо у меня под носом творится что-то нехорошее. То, что мне не понравится. Единственный способ узнать, что происходит, — выхватить бумажку у Мейси, но делать этого не стоило.

Бейфилд забрал записку и вышел из кабинета. Я проводил его взглядом.

— Один из наших выследил парня, за которым мы давно охотимся, — пояснил Мейси, не глядя на меня. — Извините, что перебил. Работа есть работа.

— Конечно. — Я видел, что он врет.

— Итак, если окажется, что за всем стоит Вульф, вы не станете ерепениться?

— Мэриан Френч мне нравилась, — ответил я, покачав головой. — Она приехала в ваш город недавно, и я вроде как ее опекал. Кто бы ее ни убил, этот человек заплатит сполна. И не важно, кто он.

— Допустим, вы правы и девушек действительно убили. — Мейси сложил руки на столе. — В таком случае где тела?

— А где вы их искали? — спросил я, закуривая очередную сигарету.

На мгновение Мейси опешил. Он понимал: я прекрасно знаю, что никаких поисков не было.

— И где же, по-вашему, следует искать? — наконец осведомился он.

— Не знаю, — ответил я. — Где угодно. Правильнее всего собрать людей и прочесать весь город. Возьмите карту, расчертите ее на квадраты. Поставьте по десять человек на каждый квадрат, и пусть работают. Тело не так-то просто спрятать. Да, этот способ нельзя назвать легким. Но ничего лучше я предложить не могу.

Мейси фыркнул:

— Как, по-вашему, тело этой девицы, Френч, вынесли из дома?

— Через черный ход. Физически сильный человек запросто справится с такой задачей. Все, что нужно, — взять тело, спуститься по лестнице, выйти на задний двор и перебросить тело через ограду, в переулок. Должно быть, там стояла машина убийцы. Было темно, и если он не шумел, никто его и не заметил.

— Нужно поискать в переулке следы колес, — заметил Мейси. — Ладно, Спивак. Я этим займусь. Если что-то выяснится, дам знать.

— Но вы понимаете теперь, что Старки к этому непричастен?

— Не будем об этом, — коротко сказал он. — Поверю вам на слово и поищу тела. В том, что найду, уверенности нет.

— Смотря как будете искать. — Я встал. — Думаю, Старки следует знать, что отныне он меня не интересует. Мне почему-то кажется, что этот парень меня недолюбливает.

— Я ему сообщу, — пообещал Мейси, улыбнувшись. Его улыбка была холодной и хитрой. Мне она не понравилась.

Спустившись, я обнаружил, что меня дожидается Редж Фиппс.

— Как вы узнали, что я здесь? — спросил я, когда мы шли по коридору с желтыми стенами, ведущему на улицу.

— Приехал на Виктория-драйв, увидел, что вас там нет, и догадался, что вы в полиции, — сказал он. — Что случилось?

Я вкратце ввел его в курс дела и спросил, удалось ли найти Латимера.

— Да, он сидит в машине на парковке. Мы не знали, где искать Одри Шеридан, поэтому решили сперва найти вас.

— Девушку нужно спрятать, — сказал я, ускоряя шаг. — Если Старки узнает, где она, начнутся проблемы.

— Думаете, он непричастен к похищениям, но убийство Диксона — дело другое. Верно?

— Угу. И Мейси об этом знает. Мы этот вопрос не затрагивали. Получив фото Диксона, Старки будет чист перед законом.

Латимер был за рулем. Мы разместились на сиденьях.

— В «Газетт», — сказал я. — И поживее.

— Значит, все же убийство, а не похищение? — спросил Редж, когда автомобиль выруливал на улицу.

— Именно так. Убийство. — С тяжелым чувством я вспомнил о Мэриан. — Высадим вас у типографии. Снимете с публикации предыдущий материал, вместо него на первую полосу пойдет рассказ об убийстве. А статья о Мейси пусть пока полежит. Напечатаем, если он нам не подыграет.

— Газетчик из вас никудышный, — вздохнул Редж. — Вы хоть определитесь, что вам нужно.

— Уже определился. — Я злобно усмехнулся, глядя в темноту. — После всего, что случилось, мне нужно найти убийцу. И я его найду, чего бы мне это ни стоило.

— Знаете, я поверить не могу, что Мэриан мертва, — произнес Редж после минутного молчания. — Хорошая была девушка.

— Была, — согласился я. — Потому-то я так и завелся. Теперь это личное дело.

Латимер остановился у типографии, и Редж вышел из машины.

— Как закончите, — сказал я, — вам не мешало бы и поспать. Увидимся утром. — Потом перебрался на пассажирское сиденье рядом с Латимером. — Нужна тихая гостиница. Есть такая?

РЕКВИЕМ БЛОНДИНКЕ   167

Он посоветовал «Палас-отель»: неплохой вариант и недалеко от редакции.

Когда мы проезжали мимо гостиницы, я решил, что выглядит она вполне прилично. У редакции «Газетт» я сказал Латимеру, что он может отправляться домой.

— Уверены, что я вам не понадоблюсь? — спросил он.

Я кивнул:

— Заберу Одри, и мы вместе пойдем в гостиницу. На сегодня все. Но завтра приезжайте в редакцию пораньше.

Я выбрался из машины и направился ко входу в здание. Латимер окликнул меня:

— Замотался и совсем забыл рассказать: я проверил Старки. На два часа ночи у него железное алиби. Повесить на него убийство Диксона не получится.

— Я и не думал, что получится. Но если удастся предъявить обвинение кому-то из его банды, на карьере Старки можно будет ставить крест. По крайней мере, в Кранвиле, — ответил я. — В любом случае спасибо за информацию.

— И еще одно, — продолжил Латимер. — Не знаю, насколько это будет вам полезно, но Эдна Уилсон — его дочь.

— Чего-чего? — Я замер.

— Рассказал один знакомый. Восемнадцать лет назад Старки женился. Жене надоел его образ жизни, она ушла. В прошлом году скончалась. Ее дочь — дочь Старки — вернулась в Кранвиль. Надеялась, что папаша о ней позаботится. Старки устроил ее секретаршей, и с тех пор он в курсе всего, что творится у Вульфа. Тот парень, мой знакомый, жил в одном городе с женой Старки и узнал Эдну.

— Я сразу понял, что она обманщица. Интересно, что скажет Старки, когда ему станет известно, в каких отношениях с Вульфом его дочурка. Спит с мужиком и при этом стучит на него. Просто прелесть.

— Женщины все одинаковые, — цинично заметил Латимер, пожимая плечами. — Вроде и любит, но в случае чего шею тебе свернет, а своего не упустит.

Поблагодарив его за информацию, я вошел в здание.

За стеклянной дверью редакции «Газетт» было темно. Я с тревогой подумал, может, Одри уже легла спать. Дернул за ручку и обнаружил, что дверь не заперта.

Включив свет, я окинул взглядом комнату. Мои худшие опасения подтвердились: казалось, здесь пронесся ураган. Кресла перевернуты, стол сдвинут к стене, по углам — смятые коврики.

В комнате было тихо, но по беспорядку я понял, что здесь произошло. Одри приняла бой, но Старки ее одолел.

ГЛАВА ШЕСТАЯ

В сотне ярдов от резиденции Вульфа я расплатился с таксистом и пошел по тротуару, держась в тени. Было начало первого. Я надеялся, что все в доме уже улеглись спать.

В двух окнах второго этажа горел свет, но внизу было темно. Я пересек лужайку и оказался за гаражом. Несколько минут ушло на то, чтобы взломать замок, и еще пять — чтобы выкатить машину. К счастью, дорожка была наклонной, и мне не пришлось заводить двигатель. Я поставил машину так, чтобы можно было мгновенно смотаться, и побежал к входной двери. Одного взгляда на замок оказалось достаточно: справиться с ним будет непросто. Я переключился на окно; мне удалось сдвинуть щеколду, и, подняв раму, я очутился в кабинете Эдны Уилсон. Тихонько вышел в фойе и прислушался. Ни звука. Пошел вверх по лестнице. Добравшись до второго этажа, задумался, что делать дальше. В дальнем конце коридора открылась дверь, и я спрятался за лестницу.

По коридору шел Вульф. На нем был синий шелковый халат, надетый поверх смокинга. В зубах у Вульфа была сигара, и ступал он тяжело, словно устал или о чем-то задумался. На секунду мне показалось, что он направляется на первый этаж. Я стал выдумывать объяснение, с какой стати я рыскаю по чужому дому. Но Вульф на полпути остановился и постучал в дверь. Мгновением позже в коридор вышла Эдна Уилсон в зеленом шелковом пеньюаре. Она тихо что-то сказала, и Вульф нахмурился. Его тяжелое лицо покраснело.

— Ну ладно, — проворчал он, — раз уж у тебя такое настроение.

— Да, такое, — резко бросила Эдна и захлопнула дверь у него перед носом.

Вульф пару секунд стоял на месте, потом что-то пробормотал и пошел к себе в комнату.

Подождав несколько секунд, я подошел к двери Эдны Уилсон и повернул ручку. К моему удивлению, дверь оказалась не заперта. Я вошел в большую, роскошно обставленную спальню, выдержанную в зеленых и серебристых тонах.

Быстренько оглядевшись, я понял, что в комнате никого нет. Дверь слева была открыта. Я тихо направился к ней, и мне навстречу вышла Эдна. В разрезе пеньюара мелькнуло ее обнаженное бедро, а потом девушка заметила меня, прижала ладони к щекам и округлила губы так, что они стали похожи на букву «О».

Левой рукой я оторвал ее ладони от лица, а правой ударил в челюсть. Подхватил сникшее тело и аккуратно опустил на пол. На секунду задержался, чтобы взглянуть на нее. Без очков ей был присущ какой-то странный невротический шарм. Легкий умелый макияж, и ее лицо выглядело бы потрясающе. Удивительно, как эту девушку портили очки.

Оглядевшись по сторонам, я схватил пару шелковых чулок, перевернул Эдну на живот и связал ей руки. На спинке кресла висел шелковый шарфик — он пригодился, чтобы связать ноги. Я перекатил Эдну обратно на спину, завязал узлом носовой платок и этим импровизированным кляпом заткнул девушке рот. Потом взял ее на руки и быстро пошел к двери. Эдна была совсем легкая, и я ощущал каждую ее косточку.

Пройдя по коридору, я спустился вниз и направился к входной двери. Чтобы отодвинуть засов и открыть замок, пришлось положить девушку на пол. Оставив дверь открытой, я поднял Эдну и побежал к машине. Сгрузил ее на переднее сиденье, уселся за руль и завел мотор.

Через двенадцать минут бешеной гонки я был у типографии. Остановился, скрипнув тормозами, и внимательно посмотрел на Эдну. Убедившись, что она все еще без сознания, я пробежал по тротуару и принялся колотить в дверь. Повезло, что мне открыл сам Фиппс.

— Пошли. — Я схватил его за руку. — Одри Шеридан у Старки. — Не дожидаясь, пока он что-нибудь скажет, я потащил его к машине. — Садитесь за руль, — сказал я, забираясь на заднее сиденье.

Фиппс удивленно посмотрел на Эдну Уилсон, но промолчал. Автомобиль отъехал от тротуара и помчался вперед.

— Куда? — спросил Фиппс.

— Значит, так, Редж, — сказал я, подавшись вперед. — Эта девушка — дочь Старки. Она работает на Вульфа и, кроме того, шпионит за ним. Может, Старки ею дорожит и согласится обменять ее на Одри. В любом случае я на это надеюсь. У вас есть где ее спрятать, пока я не поговорю со Старки?

— У меня? — выдохнул Редж. — Черт возьми, братишка, это же похищение! За такое светит серьезный срок. А то и на электрическом стуле поджарят.

— Не дурите, — отрезал я. — С бандитами можно говорить только на том языке, который они понимают. Вы же хотите вытащить Одри из их лап?

— Ладно, ладно, — согласился он. — Я всегда был доверчивым простаком. Да, я могу ее спрятать. Надолго?

— Может, всего лишь на пару часов, — сказал я. — Может, на день-другой.

— Я знаком с хозяином одной маленькой гостиницы на Норт-стрит, — сообщил Редж. — Он сдаст мне комнату и не станет задавать вопросов.

— Сойдет. Как называется гостиница?

— «Фернбанк». Номер есть в справочнике.

— Высадите меня у штаб-квартиры Старки и поезжайте в гостиницу. Спрячьте девушку, пока она не пришла в себя. И бога ради, смотрите, чтоб она не сбежала. Когда Эдна мне понадобится, я позвоню. Привезете ее, если скажу, что на линии помехи. Вдруг Старки будет держать меня на мушке. У нас нет права на ошибку.

— Вы же не станете бодаться с ним в одиночку?

— На другие варианты нет времени. Когда приедете в гостиницу, позвоните Латимеру и введите в курс дела. Если он захочет в этом участвовать, я найду, чем его нагрузить.

— Давайте я поеду с вами, — настоятельно произнес Редж. — Свяжем эту дамочку и...

— Нет, — ответил я. — Будьте рядом с ней. Она — наш козырь.

— Старки живет в квартале отсюда. — Редж замедлил ход. — На первом этаже бильярдная, на втором его квартира. Сзади пожарная лестница. По ней и заберетесь. — Он остановился у бордюра, и я вышел из машины.

— Большое спасибо, Редж. — Я похлопал его по руке. — Присматривайте за этой малышкой.

Пройдя квартал, я свернул в темный переулок. Шел, пока не уперся в пятифутовый дощатый забор. Перелез на другую сторону и зашагал по заросшему сорняками пустырю, направляясь к заднему фасаду бильярдной.

Трехэтажное здание было темным и выглядело зловеще. Я бесшумно подошел поближе, сжимая в руке пистолет. Поднял взгляд и увидел на фоне неба очертания пожарной лестницы.

Я на ощупь пошел вдоль стены, пока не оказался под лестницей — та раскачивалась футах в четырех надо мной. Сделав шаг назад, я подпрыгнул. Со второй попытки мне повезло ухватиться за ступеньку. С негромким скрипом лестница поехала вниз.

Одолев часть пути, я подтянул выдвижной участок на место, стараясь не шуметь, и двинулся дальше. Наконец я оказался на плоской крыше. В центре был застекленный смотровой люк, из которого наружу лился яркий свет.

Бесшумно ступая, я подошел ближе и заглянул в люк. За столом с газетой в руках сидел Джефф Гордан: стул придвинут к стене, шляпа на затылке, во рту с крупными, грубо очерченными губами сигарета. У другой стены лежала Одри Шеридан: руки вывернуты за голову, запястья привязаны к спинке кровати, а лодыжки — к изножью. Казалось, что девушка спит.

Я задался вопросом, сколько в здании бандитов и есть ли шанс не угробить Одри во время побега. Опустившись на колени, я осторожно нажал на поперечину люка большим пальцем. Похоже, сломать ее будет нетрудно. Пока я решал, что делать, дверь отворилась и в комнату вошел Старки.

Джефф бросил газету и встал. С ухмылкой взглянул на босса, и оба направились к Одри. Джефф потряс девушку, она подняла на них безучастный взгляд. Попыталась привстать, но веревки держали ее крепко.

Усевшись на кровать рядом с Одри, Старки закурил сигарету и начал что-то говорить. Слов я не слышал, но по выражению лица Гордана понял, о чем речь.

Одри помотала головой.

Старки продолжал говорить, но мне было ясно: она не собирается сдаваться. Наконец Старки умолк и просто смотрел на девушку горящим взглядом.

Потом он встал и пожал плечами. Сказал что-то Джеффу, и тот кивнул своей огромной головой. Старки вышел, закрыв за собой дверь, а Одри и Джефф продолжали смотреть друг на друга.

Джефф навис над ней, разминая толстые пальцы. Одри не сводила с него упрямого взгляда. Лицо ее побелело.

Я сделал глубокий вдох. Когда Джефф потянулся к Одри, я осторожно поставил ногу на центр поперечины, а потом навалился на нее всем весом и с грохотом рухнул вниз в сопровождении осколков стекла и обломков рамы. Приземлился на ноги, зашатался, поймал равновесие и наставил на Джеффа пистолет. Гордан был напуган, озадачен и взбешен одновременно.

— Подними руки, или будешь собирать свои внутренности с пола, — сказал я.

Его ладони взметнулись вверх.

— Лицом к стене, — продолжил я, услышав на лестнице шаги.

Гордан отошел к стене и повернулся к ней лицом. Я же попятился к двери и запер ее на ключ. Дверь была хорошая, крепкая. Должна выдержать. Затем я подбежал к Одри, разрезал веревки и рывком поставил девушку на ноги. Она пошатнулась, мне пришлось ее поддержать.

— Встаньте вон там, возле двери, — сказал я. — Через минуту начнется стрельба.

В дверь заколотили.

— Что там у вас творится? — крикнул чей-то голос.

Я разок выстрелил в дверь. Человек изумленно вскрикнул, а потом я услышал стремительный топот.

— Это их задержит, хоть и ненадолго, — сказал я. — Как вы?

— Могло быть и хуже. — Одри печально улыбнулась. — Вы... Спасибо, что пришли.

— Ерунда. — Я подошел к Джеффу. — Глянь на меня, недотепа. Хочу тебе кое-что рассказать.

Он повернулся и что-то пробурчал.

— Тебя подставили, — быстро заговорил я. — Даю тебе наводку, потому что мне не нравится Мейси и еще мне не нравится твой босс. На тебя хотят повесить убийство Диксона. Сегодня я был у Мейси. Он объявил на тебя охоту. У него ордер на твой арест, и Старки ему подыграет.

— Ты спятил. — Джефф угрюмо смотрел на меня. Сейчас он был особенно похож на обезьяну. — Не понимаю, о чем ты говоришь.

— Ты убил Диксона, чтобы забрать те фотографии. Убил по приказу Старки. Думал, что он тебя прикроет. И он прикрыл бы, да вот только у «Газетт» появилось фото, на котором видно, что Диксона задушили. Мейси может спасти свою шкуру только одним способом: взять убийцу. Старки согласился тебя выдать. Не хочешь, не верь. Но копы тебя уже ищут.

Когда я договаривал, в дверь выстрелили. Пуля вошла в стену, из отверстия ручейком посыпалась штукатурка. Мы держались в стороне от линии огня, и у противника не было шансов в нас попасть. Я выстрелил в ответ. Человек за дверью чертыхнулся и убежал.

Джефф с яростью смотрел на меня, рот его скривился то ли от гнева, то ли от страха. В его глазках читалось сомнение.

— Врешь, — прорычал он.

Я усмехнулся:

— Сам посуди: зачем твоему боссу нужен такой болван, как ты? Зачем ты вообще кому-то нужен? Если Старки сдаст тебя копам, считай, что выборы у него в кармане. Ты же не думаешь, что ради тебя он откажется от возможности стать мэром?

— Фотография у нее. — Джефф кивнул на Одри, сжимая и разжимая здоровенные кулаки. — Тебе меня не обмануть, ты, сопляк.

— Мы сделали две фотографии, — усмехнулся я. — Одна у нее, одна у меня. Не хочу, чтобы копы тебя поймали. Это было бы слишком легко. Хочу посмотреть на Мейси и Старки, когда эту историю опубликуют в «Газетт». Потому-то и позволю тебе сбежать. — Я показал на световой люк. — Как думаешь, сможешь туда залезть?

Дверь прошили три пули, но мы не обратили на это внимания.

— Так к чему ты клонишь? — сказал Джефф, пытаясь осмыслить происходящее своим хилым умишком.

— Проклятье! — воскликнул я. — Что еще нужно объяснять? Проваливай, пока тебя не взяли копы. Уматывай из города. Если будешь осторожен и не сглупишь, вырвешься из того невода, что на тебя набросили.

— Невода? — тупо повторил он. Похоже, мой блеф сработал.

— Слушай, ты, тупица, — произнес я, отчетливо выговаривая каждое слово. — Старки тебя продал. За тобой охотятся копы. Я даю тебе шанс спастись. Теперь понятно?

Джефф взглянул на дверь и побагровел.

— Вот ведь гнилье трусливос, проборматал он. — Значит, так он решил поступить.

— Ну же, мерзавец, проваливай, — сказал я. — Мне нужно поговорить со Старки.

— И мне, — негромко сказал он, после чего подпрыгнул, ухватился за край люка и выбрался на крышу. В этот момент вдалеке завыла полицейская сирена. Идеальный момент, лучше не придумаешь.

— Давай, давай. А то уже едут! — крикнул я ему вслед.

Джефф выругался, и я услышал, как он топает по крыше, а мгновением позже — по ступенькам пожарной лестницы.

Одри озадаченно смотрела на меня своими огромными глазами. Я подошел к девушке, взял ее за руку и улыбнулся.

— Ну, приходите в себя. Мы все еще на работе.

— Но что будем делать? — спросила она. — Нас отсюда не выпустят.

— Если расскажу, не поверите. — Оставив ее, я вжался в стену и приблизился к линии огня. Повернул ключ в замке, распахнул дверь и крикнул: — Пусть сюда поднимется Старки! У меня к нему разговор.

В узком коридоре загрохотали выстрелы. От противоположной стены отвалилось еще немного штукатурки.

— Эй! — снова крикнул я. — Хватит! Мне нужно поговорить со Старки.

На секунду стало тихо, а потом я услышал негромкие мужские голоса. Сирена завывала все ближе. Кто-то сказал:

— Бросай пушку в коридор и выходи с поднятыми руками.

— Нет, — произнесла Одри.

Я улыбнулся ей, выбросил пистолет за дверь и услышал, как он покатился по полу. Поднял руки и вышел сам.

В спину мне уперся ствол. В конце коридора стояли четверо мужчин, один из них — Старки. На мушке меня держал низкорослый юнец с недоброй физиономией, одетый в поношенный черный костюм. Когда я обернулся, чтобы взглянуть на него, он выругался.

Старки вышел вперед. На его худом, бледном лице было написано недоумение.

— Обыщи его, — скомандовал он высоким голосом, и я понял, что Старки волнуется.

Пробежавшись руками по моей одежде, юнец покачал головой и отступил в сторону, но пистолет не убрал.

— Ничего.

— Хочу с тобой поговорить, — сказал я, глядя на Старки. — Но только с глазу на глаз. Ты, я и девушка.

Может, он расслышал что-то в моем голосе. Может, ему просто стало любопытно. В любом случае он вошел в комнату, и я последовал за ним. Вынув ключ, Старки передал его юнцу со словами:

— Будь рядом. Если он начнет дурить, тут же входите.

Дверь закрылась. Мы стояли посреди комнаты и смотрели друг на друга. Одри ждала у кровати. Она была напряжена, но я видел: ей любопытно, что будет дальше.

— Слушай, — сказал я. — Предлагаю сделку. У нас твоя дочка, Эдна.

Старки изменился в лице. Казалось, его лягнула лошадь. Лучшей реакции и желать нельзя. Какое-то время мы смотрели друг на друга. Старки пожелтел, а глаза его потухли и увеличились в размерах. Затем он подошел к кровати и сел.

— Зря ты мне это сказал, — заметил он, глядя себе под ноги. — Сейчас ты попал в самую скверную ситуацию в своей жизни.

— Проснись, — негромко сказал я. Нашел сигарету и закурил. — Проблемы не у меня, а у тебя. Отпусти эту девушку, или твоей дочке не поздоровится.

— Где ты ее спрятал? — Старки поднял на меня пылающий взгляд.

— В безопасном месте. — Присев на стол, я пустил в его сторону струйку дыма.

— Ты у меня заговоришь, — злобно сказал Старки, — причем быстро. Я умею раскалывать крыс вроде тебя.

— За кого ты меня принимаешь? — спросил я. — Через десять минут я должен сделать телефонный звонок. Если не позвоню, двое моих ребят разберут Эдну на части. Поверь, устроить такую мелочь совсем несложно.

Старки посмотрел на меня и отвел взгляд. Я понял, что выразился вполне доходчиво, и быстро продолжил:

— Теперь послушай. Отвертеться не получится. Мне нужен человек, на которого я смогу повесить убийство Диксона. Пусть это будет Джефф. Подыграешь — и внакладе не останешься. Откажешься — я все равно скормлю его волкам. И тебя за компанию.

— Диксон умер от сердечного приступа, — неуверенно сказал Старки.

— Ты так ничего и не понял. — Соскользнув со стола, я подошел к нему. — Я парень мирный, но только пока меня не достанут. Мне до смерти надоел Кранвиль, и я собираюсь взорвать этот городок. Если тебе это не по душе, твоя голова покатится вместе с остальными. Мне плевать. Диксона убил твой бандит. По твоему приказу. Я не готов забирать тебя прямо сейчас. Сперва нужно кое-что сделать, а потом можно накидывать веревку тебе на шею. Я предлагаю сделать Джеффа козлом отпущения. Отдай его Мейси, и твои акции взлетят в цене. Если не хочешь, я сам это сделаю. Но так, что все узнают: это ты приказал убить Диксона. Не думай, что в вашем городке власть есть только у Мейси. Стоит мне позвонить в Вашингтон, и сюда нагрянут федералы. Если ты мне не подыграешь, именно так и будет. Думаешь меня убить? Подумай еще раз. Твоя Эдна у моих ребят, а костлявые девицы им не по душе. Рыпнешься на меня, и они разрежут ее на куски, а потом пришлют тебе почтой. Таково реальное положение дел, и тебе придется с этим смириться.

Я внимательно смотрел на Старки. Казалось, он вот-вот бросится на меня, но этого не произошло. Через мгновение он сник и произнес:

— Ты рехнулся. Со мной этот номер не прокатит.

— Похоже, пора звонить ребятам, — задумчиво произнес я, взглянув на часы. — Десять минут уже прошло. Не хочется, чтобы они приступали к делу раньше времени.

Я направился к телефону, и Старки меня не остановил. На верхней губе у него проступили бусинки пота, да и в целом он выглядел так, будто ему нездоровится.

Я набрал номер. На звонок ответил Редж.

— Сейчас я у Старки. Он нам подыграет. Не трогайте дамочку еще пятнадцать минут, пока я не позвоню снова. Если звонка не будет, отрежьте ей уши к чертовой матери. И пришлите этому простофиле.

Закончив свою тираду, я повесил трубку. Мы переглянулись, и я понял, что Старки у меня в кармане.

— Ну же, — сказал я. — Мы втроем — ты, я и девушка — поедем к Мейси. Ты расскажешь ему, как Джефф убил Диксона, а я передам ему фотографию. — Повернувшись к Одри, я добавил: — Поехали, милая. Скоро мы будем дома. — Я подошел к двери, открыл ее и посмотрел на Старки. — Ну, живее.

Он встал, надвинул шляпу на глаза и направился к выходу.

— Шагай первым, приятель, — сказал я. — На всякий случай. Вдруг твои парни полезут без очереди.

Мы прошли мимо четверых мужчин, с любопытством смотревших на Старки, и спустились по лестнице. Старки молчал, пока не вышел в фойе бильярдной. Там он остановился, повернулся ко мне и сказал:

— Может, договоримся?

— Уже договорились, — напомнил я, прожигая его взглядом.

— Забираешь деваху и две штуки сверху. Отдаешь мне Эдну и забываешь про Диксона, — предложил Старки.

Я покачал головой.

— Пять штук, — коротко сказал он.

— Будем придерживаться изначального плана, — произнес я, снова покачав головой. — Ситуацию с Диксоном нужно утрясти. Он был неплохой старик.

Старки подумал, а потом пожал плечами.

— Ты об этом пожалеешь, — вполголоса сказал он, когда мы подошли к выходу.

— Подождем здесь. — Я положил руку на плечо Одри. — А ты поймаешь нам такси.

Ничего не подозревая, Старки открыл дверь. Когда он вышел на улицу, я толкнул Одри вправо, подальше от выхода. В темноте защелкали выстрелы, ночь расцвела желтыми вспышками.

Рядом была дверь. Я открыл ее и впихнул Одри в пустую комнату.

На улице снова заговорили пистолеты. В здании закричали и затопали.

— Что происходит? — Одри испугалась и побледнела.

— Похоже, наш дружок приказал долго жить, — сказал я и направился к другой двери. Открыл ее и осторожно выглянул в пустой бильярдный зал. — Пойдем. Пора выбираться отсюда.

Я схватил Одри за руку, и мы побежали по большому прокуренному помещению. Обогнув ярко освещенные бильярдные столы, мы оказались у окна, выходящего на пустырь за домом. Подняв раму, я выскочил на пустырь. Одри последовала за мной.

С улицы доносились новые выстрелы, полицейские свистки и вой сирен.

Промчавшись по пустырю, поросшему сорной травой, мы перебрались через пятифутовый забор и снова бежали, пока не оказались у выхода на улицу. Сбавив ход, мы осторожно вышли из переулка. У входа в бильярдную собралась толпа. Сквозь нее, толкаясь, пробирались копы, а на другой стороне улицы стояли полицейские машины.

Из-за угла бильярдной вынырнуло такси и направилось в нашу сторону. Я сошел с тротуара, остановил машину взмахом руки, открыл дверь и сказал:

— «Палас-отель». Что там за шум, дружище?

Водитель оглянулся на толпу, скривил губы и равнодушно ответил:

— Подстрелили парочку ребят. Ума не приложу, что сталось с нашим городишком.

— С городишком все в порядке, — заметил я, усаживая Одри в машину. — Все вопросы к горожанам.

— Вопросы? — Водитель переключил передачу и рванул с места. — Нет у меня вопросов. Я в чужие дела нос не сую.

— Знаете, в его словах что-то есть. — Я взглянул на Одри и усмехнулся. — Если бы вы не совали нос в чужие дела, не было бы у нас с вами таких неприятностей.

— Ну конечно, — сказала она, стараясь скрыть дрожь в голосе. — Теперь, значит, я во всем виновата.

Комната оказалась большой и мило обставленной. Между двумя односпальными кроватями стоял столик с телефоном, кроме того, там были два громадных кресла, трюмо, два стенных шкафа и ворсистый коврик.

На одной кровати лежала Одри: в губах сигарета, руки заложены за голову. Я же сидел в кресле. На полу, в пределах досягаемости, стояла бутылка, а на подлокотнике кресла — полупустой стакан скотча с содовой.

— Разве непонятно, что вы порочите мое доброе имя? — лениво сказала Одри.

— То есть репутация для вас важнее жизни? — хмыкнул я.

Девушка задумалась, лукаво взглянула на меня и ответила:

— О нет. Но вы уверены, что в отдельном номере я неминуемо погибла бы?

Отхлебнув скотча, я со вздохом поставил стакан на подлокотник.

— Это рискованно. Пока я не буду уверен, что Старки мертв, придется вам потерпеть мое общество.

— Никак не пойму, что там произошло, — призналась Одри. — Зачем вы сказали тому чудовищу, что Старки собирается его подставить? Это была правда?

Я покачал головой:

— Дело слишком уж запуталось. Слишком много народу, и все мешают мне работать. Вот я и решил убрать с дороги парочку человек, чтобы упростить себе жизнь. — С улыбкой взглянув на Одри, я подумал, что она очень красивая. — Итак, я сказал Джеффу, что Старки собирается назначить его козлом отпущения. Джефф — идиот, а идиоты предсказуемы. Око за око, зуб за зуб — они понимают только такой язык. Соответственно, Джефф спускается по пожарной лестнице, обходит здание и ждет, пока в дверях не появится Старки. Потому-то я и остался внутри, когда Старки отправился искать такси. Снаружи его поджидал Джефф, и мне не хотелось нарваться на шальную пулю. Остается выяснить, убит ли Старки или только ранен. Надеюсь, что убит.

— То есть вы отправили его на смерть? — Одри привстала, опираясь на локоть. — Знали, что его встретит Джефф?

Я развел руками:

— Не знал, но надеялся.

— Так нельзя!

— Видите ли, милая, — терпеливо произнес я, — такая работа не для девушки. В ней нет места сентиментальности, и ее не делают в перчатках. Здесь каждый думает только о себе, и горе побежденным. Тот финт не сошел бы нам с рук. Старки подстрелил бы нас, как куропаток, в самый неподходящий момент. На это я не согласен. Ему следовало умереть. Остается лишь надеяться, что Джефф нас не подвел. — Я допил виски и смешал себе еще одну порцию. — Скоро позвонит Латимер и прояснит ситуацию.

— Не нравится мне все это. — Одри снова откинулась на подушку. Лицо ее было озабоченным. — Противно.

— Не противнее, чем если бы Джефф поговорил с вами на своем языке. Это опасные люди, милая. С ними нужно играть по их правилам.

Одри ничего не сказала, лишь покачала головой.

— Как только Латимер сообщит, что Старки мертв, я вас оставлю, — продолжил я чуть холоднее. — Сможете выспаться.

— Вы думаете, я неблагодарная, — вдруг сказала Одри. — Это не так. Я знаю, что случилось бы, если бы вы не пришли мне на помощь. Это был отважный поступок, и я вам очень признательна, вот только...

— Забудьте, — сказал я. — Эта игра не для женщин. Куда вы дели фотографию Диксона?

Одри посмотрела на меня и тут же отвела взгляд.

— Я пыталась вынуть ее из фотоаппарата, но его заклинило. Я... я сломала пластинку.

— Сломали пластинку? — беспомощно повторил я, уставившись на Одри.

— Да. Вот почему я так испугалась. Я... мне нечего было отдать Старки, как бы он надо мной ни издевался. И я знала: если расскажу, как все было, он не поверит.

— В таком случае нам с вами нужно молиться, чтобы Старки оказался мертв. — Я ослабил галстук и даже притопнул ногой от волнения. — Если он выжил, мы окажемся в чертовски сложном положении. Знаете, милая, временами мне очень хочется устроить вам взбучку. Еще один такой номер, и считайте, что напросились. Клянусь, так и будет.

— Не будет, — уныло сказала Одри. — Отныне я не стану вам мешать.

— Отлично, — произнес я. — Не хочу критиковать ваши умственные способности, но уничтожить фотографию было весьма глупо.

— А вы, мистер Спивак, за словом в карман не лезете. — Одри повернулась так, чтобы видеть меня. — Только ваши слова расходятся с делами. Вспомните об этом в следующий раз, когда почувствуете себя суперменом.

Я согласно кивнул и серьезно добавил:

— Скоро будут и дела. Успеете насмотреться. Начну, как только позвонит Латимер. Вы не поверите, сколько всего случится в ближайшее время.

— Не хвастайтесь, — сказала Одри. — И кстати, я бы не прочь перекусить. Как думаете, долго еще ждать?

— Не знаю, — ответил я, пожимая плечами. — Но я вам что-нибудь закажу. Раз уж на то пошло, я и сам бы поел. Как насчет бутербродов с курятиной и тыквенного пирога?

РЕКВИЕМ БЛОНДИНКЕ

— Хватит разглагольствовать. Заказывайте. — Одри уселась на кровати. — Я умираю от голода.

Я набрал номер ресторана и продиктовал заказ. Положил трубку, и тут в дверь постучали.

— Кто там? — встревоженно спросил я.

— Я, — сказал Редж из-за двери. — Впустите.

Я открыл дверь. У Фиппса был безумный вид, а глаза его лихорадочно блестели.

— Какие новости? — спросил я, с любопытством глядя на него.

— Новости? — Он саркастически усмехнулся. — Братишка, вы даже не представляете, какие у меня новости. Лихо вы меня подставили.

— Подставил? — Я нахмурился. — Ну-ка, выпейте. Похоже, вам не повредит.

Редж схватил мой стакан и осушил его одним глотком.

— Я разве не говорил, что похищать эту Эдну — чистой воды глупость? — отдышавшись, спросил он. — Теперь-то вы поймете, что я был прав. Там ужас что было.

— Вы же отпустили ее, как я велел? — Я внимательно смотрел на него. — Теперь-то что не так?

— Не так? — Редж запустил пальцы в копну волос. — В ваших устах это звучит особенно забавно. Она совсем чокнутая, сама себя боится. Мечется по комнате, словно ей шершень в подштанники залетел. Я такое впервые вижу. Уж лучше выгуливать тигра с абсцессом в ухе, чем караулить эту дамочку.

Я непонимающе взглянул на Одри, пожал плечами и совершенно серьезно сказал:

— Вообще ничего не понимаю. Почему она взбесилась?

— Нет, ну вы слышали? — взмолился Редж, повернувшись к Одри. — Может, вы не знаете, что он натворил? Так я расскажу. Он вломился в дом крупнейшего кранвильского политикана. Стукнул его подругу по ребрам, выволок ее из дома — полуголую, заметьте, — и сбагрил ее мне. А я что? А я, как первостатейный дурачок, поверил байкам этого негодяя, отвез дамочку в гостиницу и уложил лицом в подушку, чтобы она своими воплями не переполошила всю округу. Потом он говорит: «Ладно, отпускайте ее». Я пытаюсь все объяснить, а она голосит как резаная. Я понимаю, что, если ее развязать, она порвет меня на лоскуты. Говорю хозяину гостиницы, что сперва я уйду, а уж потом пусть он ее развязывает. А теперь этот тупица спрашивает, что не так.

— И зачем, скажите на милость, вы это сделали? — хихикнув, спросила Одри.

— Пришлось. Эдна — дочь Старки. Иначе он не стал бы прислушиваться к голосу рассудка. Ну и черт с ней. Что мне теперь, бояться Эдны Уилсон?

— Подобные фразочки часто бывают последними в жизни, — горько заметил Редж. — Я еще недоговорил. Эдна наорала на Вульфа, а тот наорал на копов. Вас, братишка, ищут за похищение. И меня, кстати, тоже.

— Ищут? — воскликнул я. — Что вы имеете в виду?

— Вульф обвинил вас в похищении, — терпеливо объяснил Редж. — Мейси с радостью упрячет вас за решетку. Вас разыскивают.

В этот момент зазвонил телефон. Я схватил трубку, услышал голос Латимера и рявкнул:

— Что там?

— Старки мертв, — сообщил Латимер. — Джефф его застрелил. А копы застрелили Джеффа, когда он пытался сбежать.

— Вот и славно, — произнес я, глубоко вздохнув. — Таких хороших новостей я не слышал уже много лет.

— Приятно это знать, — ответил Латимер, — но на вашем месте я бы так не радовался. Что вы натворили? Мейси выдал ордер на ваш арест.

— Да ну? — взвился я. — Ну что ж, посмотрим. Если эти мерзавцы думают, что мной можно помыкать... — Положив трубку, я повернулся. Редж и Одри с интересом смотрели на меня. — Вы побудьте здесь, — сказал я, — а мне нужно встретиться с Вульфом.

— Минуточку, — торопливо произнес Редж. — Сейчас вам нельзя высовываться. Город кишит полицейскими, вас повсюду ищут.

— Мне нужно встретиться с Вульфом, — сердито повторил я. — Ни один кранвильский фараон меня не остановит. — И вышел из комнаты, захлопнув за собой дверь.

От резиденции Вульфа как раз отъезжал полицейский автомобиль. Я подождал несколько минут, чтобы копы уехали подальше, а потом в очередной раз прошагал по лужайке и ткнул пальцем в кнопку звонка. Было начало второго, но во всех окнах горел свет, и дверь открылась почти мгновенно. Оттолкнув слугу, я прошел в фойе и спросил:

— Где Вульф?

Сонный слуга был совершенно сбит с толку. По лицу было ясно: уж меня-то он точно не ожидал увидеть.

— Советую отложить вашу встречу, — негромко сказал он. — Сейчас мистер Вульф очень... э-э-э... раздражен и...

— Не трудитесь, — оборвал его я. — Где он?

На втором этаже, у самой лестницы, раздался голос Вульфа:

— Кто там? Джексон, с кем вы говорите?

Я подошел к лестнице, чтобы Вульф меня увидел. Сказал «добрый вечер» и пошел вверх по ступеням.

— Убирайтесь из моего дома! — рявкнул Вульф. — Джексон, вызывайте полицию. Слышите? Вызывайте полицию!

Я развернулся, выхватил пистолет и направил его на слугу. Тот побледнел и чуть было не рухнул на пол.

— Давайте-ка наверх, — приказал я, держа его на мушке. Как только слуга прошел мимо меня, я направил пистолет на разъяренного Вульфа. Тот даже рот раскрыл — то ли от удивления, то ли от испуга.

— Мы навестим малышку Эдну, — невозмутимо сказал я. — Пойдем все вместе.

— Вы за это заплатите, — проворчал Вульф, но направился в комнату Эдны.

Мы со слугой последовали за ним. Эдна лежала в постели. Увидев меня, она села и сдавленно вскрикнула.

— Не волнуйтесь, дорогуша. — Я подумал, что синяк на подбородке добавляет оригинальности ее лицу. — Расслабьтесь. Больше я вас бить не буду.

Потом я затолкал слугу в ванную, велел ему сидеть тихо, пока не позову, и закрыл дверь.

— Если вы думаете, что вам это сойдет с рук... — начал Вульф. Его лицо стало пурпурно-серым.

Я показал пистолетом на кресло и произнес:

— Сядьте. Нам втроем нужно перемолвиться словечком.

Вдруг Эдна, отшвырнув одеяло, выскочила из постели. На ней была пижама цвета сомон. Казалось, передо мной девочка-переросток, ограбившая магазин нижнего белья.

— Я звоню в полицию, — сказала она. Голос ее дрожал от ярости. — Этому гнусному шпику меня не запугать. Будь мужчиной, вышвырни его отсюда.

Лицо Вульфа слегка осунулось, но он не двинулся с места, понимая, что пистолет, нацеленный ему в живот, — это серьезный аргумент.

Дождавшись, пока Эдна подойдет к телефону, я сделал два быстрых шага, перехватил ее запястье, уклонился от размашистого удара, направленного мне в лицо, и швырнул ее на кровать. Она снова вскочила, и я, не жалея сил, шлепнул ее по заду. Звук был такой, словно лопнул бумажный пакет. Тоненько взвыв от боли, испуга и гнева, Эдна юркнула под одеяло.

— Попробуйте еще что-нибудь выкинуть, — тихо предупредил я, — и я с вас шкуру спущу. Живьем.

Эдна гневно смотрела на меня, широко раскрыв глаза, но не двигалась.

Я сел так, чтобы видеть обоих, закурил сигарету, взглянул на Вульфа и сказал:

— Теперь поговорим. Пора нам с вами раскрыть карты.

— Вы уволены, — произнес он сквозь зубы. — Больше вы на меня не работаете. Я засужу и вас, и ваше начальство. И обеспечу вам тюремный срок!

— Ну ладно. — Я рассмеялся. — Значит, я уволен. Меня это вполне устраивает. Но, прежде чем уйти, я вам кое-что скажу. Старки мертв. Его убили полчаса назад. Как вам такое?

Во взгляде Вульфа мелькнул интерес, но он ничего не сказал. Эдна негромко застонала. Лицо ее словно распалось на части. Девушка перевернулась на живот, уткнулась лицом в подушку и глухо зарыдала.

Вульф беспокойно взглянул на нее.

— Она дочь Старки, — объяснил я. — Он подсадил ее, чтобы быть в курсе ваших дел.

Повисло долгое молчание. Тишину нарушали только рыдания Эдны. Вульф смотрел себе под ноги, лицо его осунулось.

— Вы лжете, — наконец сказал он.

— Спросите у нее, — предложил я. — Под ее надзором у вас не было ни единого шанса выиграть выборы.

Чтобы дискредитировать вас или даже вышвырнуть из города, Старки и этой пташке не пришлось бы сильно напрягаться. Все это время вы играли с огнем.

— Убирайтесь. — Вульф показал на дверь. Голос его дрожал от ярости.

— Уже ухожу, — сказал я. — Только прежде позвоните Мейси и велите ему оставить меня в покое. Скажите, что снимаете обвинение в похищении. Или я поведаю всему Кранвилю про ваше любовное гнездышко.

— Я хочу, чтобы вы исчезли, — сказал Вульф. — С меня хватит. Я сниму обвинение, если вы уедете и не вернетесь.

— Вы снимете обвинение без каких-либо условий, — усмехнулся я. — Сейчас я хозяин положения. У меня есть история для первой полосы «Газетт», и вы не сможете мне помешать. Я буду сидеть в этой комнате, пока газета не попадет к читателям. Как только Кранвиль узнает, что Эдна — дочь мелкого афериста и ваша любовница, вашему положению не позавидуешь.

Он все еще сомневался. Я снял телефонную трубку и набрал номер полиции. Мне ответил Бейфилд, и я передал трубку Вульфу:

— Скажите, что ошиблись. Девчонка впала в истерику и хотела меня подставить. Говорите.

Начался долгий и бессвязный разговор с Бейфилдом, а потом к телефону подошел Мейси, и Вульф повторил все снова. Он снял обвинение. По разговору я понял, что Мейси вне себя от ярости. В конце концов Вульф сказал все, что нужно. Стукнул трубкой о рычаг и гневно посмотрел на меня.

— Отлично. — Я встал. — Теперь расхлебывайте эту кашу, а я вас оставлю. — Я взглянул на Эдну. Она все еще пряталась под одеялом. — Советую вам прогнать ее. Что касается меня, отныне я работаю самостоятельно. Я приехал в Кранвиль, чтобы найти пропавших девушек. Этим и займусь. Любой, кто встанет у меня на пути, рискует здоровьем. Не лезьте в это дело, и, быть может, станете мэром. А может, и нет. Мне плевать, кто выиграет выборы. Теперь, когда Старки мертв, у вас остался лишь один конкурент, Исслингер. И что-то я не слышу слов благодарности. Я разобрался со Старки и разберусь со всеми, кто будет вставлять мне палки в колеса. Это и вас касается.

Не дожидаясь ответа, я вышел из комнаты. Спустился по лестнице, открыл входную дверь, прошел по лужайке и сел в машину.

Часы на приборной панели показывали половину второго. Я был вымотан, но не унывал. Теперь можно сосредоточиться на поисках убийцы Мэриан Френч.

Да, это будет непросто, но я все равно его найду. Кранвиль — небольшой городок, и убийца живет здесь. Главное — понять его мотивы, и тогда я без труда его вычислю.

Вернувшись в «Палас-отель», я поднялся в номер и обнаружил, что Одри и Редж крепко спят, даже не сняв одежды. Пришлось их растолкать, чтобы они поняли, что я вернулся.

— Я так устала, — тихонько простонала Одри, поднимая голову. — Что случилось? Вы были у Вульфа?

— Был, — мрачно сказал я. — Отдыхайте. Встретимся завтра. Нам нужно кое-что обсудить. Пошли, Редж. Снимем еще одну комнату и немного поспим. Мы остались без работы. Вульф уволил меня, и к вам это тоже относится. Как насчет того, чтобы поработать детективом?

— Отлично. — Редж сонно посмотрел на меня и скатился с кровати. — Всю жизнь об этом мечтал. Честно говоря, я знал, что недолго пробуду редактором «Газетт».

— Редактор из вас был так себе, — усмехнулся я, — но детектив получится шикарный. Пошли.

Редж неторопливо направился к двери.

— Хотите, я сам схожу к администратору? А вы тем временем споете ей колыбельную? — спросил он, глядя на Одри с юношеским задором.

— Снимите номер на двоих. — Я вытолкнул его в коридор. — Нам нужно экономить.

— Только не задерживайтесь с пожеланиями доброй ночи, — сказал он. — Мне, в отличие от вас, нужно выспаться.

Когда он удалился, я подошел к кровати и посмотрел на Одри. Мы улыбнулись друг другу.

— Вы в порядке? — спросил я. — Может, что-нибудь нужно?

— Я в порядке. Просто устала, вот и все. Насчет похищения все утряслось?

— На Вульфа пришлось немного надавить. — Усевшись на кровать, я взял Одри за руку. — Сейчас ему не с руки со мной ссориться.

— Наверное, так и есть, — сказала Одри, бросив взгляд на наши руки. — Но вы ведь будете осторожны?

— Обо мне не беспокойтесь. Я человек бывалый. Престарелый толстяк вроде Вульфа ничего мне не сделает. — Я рассеянно погладил девушку по руке и подумал: «Ну и красавица». — Теперь мы с вами партнеры. Но я — старший партнер. Как скажу, так и будет.

— Пожалуй, придется согласиться, — протянула Одри. — Дело я провалила. Так что мне тоже не пристало с вами ссориться.

— Вот и умница, — сказал я. — Не только ссориться, но и отказывать ни в чем нельзя.

— Ни в чем? — Одри изобразила притворное волнение.

— Ни в чем, — повторил я, просунул ладонь ей под голову и приподнял так, что лицо ее оказалось прямо напротив моего. — Это вас не тревожит?

— Похоже, что нет, — серьезно ответила девушка.

Я поцеловал ее.

— Уверены?

— Мне нравится. — Она притянула мое лицо к своему. — Давайте повторим.

На следующее утро в одиннадцать часов мы отправились в офис Одри, чтобы составить план действий.

— Давайте подумаем, что нужно сделать, — сказал я, когда все расселись по местам. — Готов поспорить, что Вульф даст команду остановить расследование. Не знаю, как поведет себя Форсберг. Возможно, он меня отзовет. Если так, я уволюсь из агентства. Я вырвал у Вульфа две штуки, на первое время этого нам хватит. Наша задача — найти убийцу Мэриан, и мы его найдем. Я разделю деньги на три части, чтобы у каждого из нас было что-то на расходы, но придется работать быстро. Нужно раскрыть дело, пока не кончатся финансы. Вас это устраивает?

— Не глупо ли отказываться от места в «Интернешнл инвестигейшнз»? — озабоченно спросила Одри. — Такая работа под ногами не валяется. Вдруг вы захотите...

— Этот вопрос решится сам собой, — перебил я. — Возможно, Форсберг велит продолжить расследование. Вульф заплатил агентству авансом. Допускаю, что полковник предоставит мне свободу действий. В любом случае дождусь от него известий. Так или иначе, мне плевать. Я все равно буду заниматься этим делом. Втроем мы справимся. Но пока не будем об этом. Давайте пробежимся по фактам и посмотрим, что у нас есть.

— Почти ничего, — уныло заметил Редж. — Непохоже, чтобы мы как-то продвинулись.

— И я объясню почему, — сказал я. — До сих пор мы рассматривали это дело через призму выборов. Но что, если пропажа девушек не имеет к выборам никакого отношения?

— Этого не может быть, — возразила Одри.

— Почему? — Я покачал головой. — А что, если забыть о выборах? Не думайте про Вульфа, Исслингера и Мейси. Начнем с самого начала. Исчезли четыре девушки. Единственная улика — туфелька, найденная в пустом доме. Затем исчезает пятая девушка — так же, как и те четыре. На этот раз убийца не успевает спрятать тело, и мы его находим. Не окажись мы в нужное время в нужном месте, никогда не узнали бы, что Мэриан убита. Она просто исчезла бы, так же как и остальные. Будет разумно предположить, что других девушек тоже задушили. Возможно, в одном и том же доме. Для начала неплохо, согласны?

— Ну, наверное, — с сомнением сказала Одри. — Но даже если нам известен способ убийства, не понимаю, какой от этого толк.

— Теперь перенесем все на бумагу. — Я подошел к ее столу, уселся и взял карандаш. — Сначала девушки. Что нам про них известно?

— Обычные девчонки, — сказал Редж. — Ничего особенного. Зачем кому-то их убивать?

— Все они — блондинки. — Я записал первый пункт. — Может, это не имеет отношения к делу, но отметить стоит. Все они молоды и, за исключением Мэриан, из одной компании. — Я посмотрел на лист бумаги и добавил: — Однако эта информация нам не особенно полезна.

— Интересно, как убийца заманил их в пустой дом? Девушка, если она в своем уме, не пойдет в такое жуткое место. Разве что рядом с ней человек, которому она доверяет, — сказала Одри.

Я какое-то время задумчиво смотрел на нее, а потом согласился:

— Угу. Верно подмечено, в этом что-то есть. Кто-то позвонил Мэриан и договорился встретиться в этом доме: нам известно, что она говорила по телефону и записала адрес. Почему она пошла туда без моего ведома? Мэриан знала, где меня искать, и должна была хотя бы позвонить.

— Пошла, потому что знала человека, который ей звонил, и решила, что ему можно доверять, — сказала Одри, бледнея.

— Тед Исслингер, — тихо произнес я. — В этом городе Мэриан знала только его, меня, Фиппса и Вульфа.

— Другие девушки тоже водили знакомство с Исслингером, — добавил Редж. Глаза его сверкали от возбуждения. — Все они хорошо его знали и пошли бы с ним в пустой дом, если бы Исслингер выдумал убедительную историю.

— Но это безумие. — Одри, вскочив, принялась расхаживать по комнате. — Я не верю, что девушек убил Исслингер. С какой стати? Нет, не может быть. Чушь какая-то.

— Спокойно. — Я прикурил и глубоко затянулся. — Мы еще не знаем, что Исслингер — убийца. Просто на него падает подозрение.

— Этот парень всегда крутился рядом с девчонками, — произнес Редж с легкой горечью в голосе. — Но зачем их убивать — ума не приложу. Где мотив?

— Поверить не могу, — сказала Одри. — Я же его с детства знаю. Тед — никакой не убийца.

Задумавшись, я почувствовал прилив волнения.

— Минутку. Забудем про Теда. Поставьте себя на место убийцы, которому нужно избавиться от тела. Как бы вы это сделали?

— Закопал бы в извести, — тут же сказал Редж.

— Где-нибудь, где его не найдут. В абсолютно безопасном месте, — добавил я. — Закапывать в извести не так уж безопасно.

— На сталелитейном заводе есть большая печь. — Одри едва заметно вздрогнула. — Но не представляю, как можно привезти тело с Виктория-драйв и сжечь его в печи. Кто-нибудь обязательно заметит.

— Верно, — согласился я. — Это слишком опасно. Я скажу вам, где спрятать тело так, чтобы его никогда не нашли. На кладбище.

— Место отличное, — заметил Редж, — но везти тело с Виктория-драйв на кладбище так же опасно, как и на завод.

— Ничего подобного, если это проделает владелец похоронного бюро, — тихо сказал я.

Одри изумленно взглянула на меня, а Редж вскочил на ноги.

— Именно! — воскликнул он. — Все сходится! Тед Исслингер убивает девушек, а его папаша избавляется от трупов. Ему нужно лишь погрузить тело в катафалк, а ночью вывезти на кладбище. Если кто-то его и увидит, ничего не заподозрит. У старшего Исслингера есть ключи от кладбищенских ворот, и он может спрятать тело в чьей-нибудь могиле.

— Поверить не могу, — повторила Одри. — Ты не знаешь Макса Исслингера. Он на такое не способен.

— Но все сходится, — сказал Редж. — Наша версия все объясняет.

— Ничего подобного, — указал я. — Мы не знаем, зачем Тед убивает этих девушек. Каков его мотив?

— Нет никакого мотива, — произнесла Одри. — У вас воображение разыгралось.

— Ну ладно, давайте по новой. Допустим, убийца — Тед Исслингер. Какой может быть мотив? Зачем ему убивать пять девушек, да еще с разбросом в несколько недель? Ответ напрашивается сам собой: Тед Исслингер — маньяк.

Одри помотала головой:

— Я его всю жизнь знаю. Мы вместе ходили в школу. Он такой же нормальный, как и вы.

— Ну, полной уверенности быть не может, — заметил я. — Вдруг он потерял контроль над собой? Каким он был ребенком? Вспыльчивый, угрюмый, что-то в этом роде?

— Совершенно нормальный, — настаивала Одри. — Да, ему всегда нравились девушки. Но это не повод считать его сумасшедшим.

— Верно... Хорошо, хватит про сумасшедших. Что еще могло заставить его пойти на убийство?

— Может, у девушек появились известные проблемы, и чтобы спасти свою шкуру... — начал Редж, но осекся.

— Что, у всех пяти? — сказал я. — Нет, это исключено. Кроме того, зная Мэриан, можно быть уверенным, что их отношения не зашли так далеко.

Мы еще несколько минут поразмышляли, и я спросил:

— Насколько он привязан к своему отцу?

— Они очень дружны, — серьезно произнесла Одри. — Один ради другого пойдет на что угодно. Но с матерью Тед не особенно ладит.

— Он хочет, чтобы отец стал мэром? То есть действительно видит его на этой должности?

— Думаю, да, но полностью не уверена.

— Вот вам идея. Странная, но допустимая, — взволнованно сказал я. — Предположим, Тед решил помочь отцу с выборами. Если Старки сходит с дистанции, шансы старшего Исслингера заметно увеличиваются, верно?

— Ну и что? — спросил Редж. — Вы же не хотите сказать, что Тед убивал девушек, чтобы его отца избрали мэром? По-моему, чертовски неудачная мысль.

— Я не об этом. Допустим, Тед — человек со странностями. Может, он религиозный фанатик или сексуальный маньяк. Да кто угодно. Представьте, что он нашел способ устранить Старки и одновременно удовлетворить свои тайные потребности.

— Я слишком хорошо его знаю, — сказала Одри. — Нет у него никаких тайных потребностей.

— Знаете, если бы у меня были тайные потребности, я не стал бы вам о них рассказывать. Держал бы эту информацию при себе, — отрезал я.

— А что, они у вас есть? — с ухмылкой спросил Редж.

— Не будем об этом. Мы говорим про Исслингера. Допустим, он псих. Помните ателье «Фото на бегу»? Возможно, он отправил фото Диксону. Если уж на то пошло, он мог и Диксона убить. Хотя нет, это наверняка был Джефф. Ведь Старки хотел вернуть фотографии... — Я запустил пальцы в шевелюру. — Черт! Я сейчас рехнусь! Хотя погодите. Ведь именно Тед Исслингер рассказал мне про ателье. Направил мои мысли в нужное русло. Допустим, он решил повесить свои убийства на Старки. Ему оставалось только следить за витриной «Фото на бегу». Когда в витрине выставляют фото знакомой девушки, Тед заманивает ее в пустой дом, душит и отвозит в бюро похоронных услуг. Крадет у девушек талончики и забирает фото с витрины. Говорит Диксону, что Старки пользуется своим ателье в качестве наживки для похищения, чтобы навредить Исслингеру и Вульфу, ведь те обещали найти девушек. Диксон не ведется, поэтому Тед скармливает эту байку мне. Разумно? Или опять получается чушь?

Редж и Одри непонимающе смотрели на меня.

— Нет. Слишком уж все причудливо, — наконец сказала Одри.

Я подумал и решил, что она права.

— В любом случае все неплохо стыкуется, — с сомнением продолжил я. — Наверняка похоронное бюро Исслингера каким-то образом связано с этими убийствами.

— Вы же не знаете, что этих девушек убили. Да, Мэриан мертва, но это не значит... — начал Редж.

— Так, оставим критику, — сказал я. — Думаю, все произошло именно так. Ведь все сходится... Уверен, что сходится! В общем, начинаем работу и копаем, пока не докопаемся до истины. Сперва нужно сходить в ателье и выяснить, не появлялся ли там Тед. Постарайтесь узнать, кто забрал фотографии трех девушек: Льюс Макартур, Веры Денгейт и Джой Кунц. Для начала будет неплохо. Ну, вперед.

— Хорошо, — произнес Редж. — Посмотрим, что смогу выяснить.

Когда он ушел, я повернулся к Одри:

— А тебе, милая, нужно заняться Тедом Исслингером. Узнай, где он был в те ночи, когда исчезли девушки. Выясни, есть ли у него алиби. Подружись с ним. Не отходи от него ни на шаг. Посмотри, нет ли за ним каких-нибудь странностей. Если мы ничего не упустили, объяснение может быть только одно: Тед — сумасшедший. Узнай, так ли это.

— Узнаю, — кивнула Одри. — А ты чем займешься?

— Мне пора познакомиться с Максом Исслингером. Загляну в похоронное бюро. Может, что-то придет в голову.

— Тебе он понравится, — заметила Одри, забирая перчатки и сумочку. — Уверена, он не имеет отношения к нашему делу. Да ты и сам это поймешь, когда его увидишь.

Я притянул ее к себе.

— В тебе нет этой гадкой подозрительности, в отличие от меня, — сказал я и поцеловал ее.

Одри оттолкнула меня:

— Давай не будем развивать эту тему. Убери руки.

— Минуточку, — возмутился я, снова заключив ее в объятия. — Ты что, забыла? Я старший партнер. Мое слово — закон.

— Всегда? — с улыбкой спросила она.

— Всегда, — ответил я, и на какое-то время в комнате стало тихо.

ГЛАВА СЕДЬМАЯ

Я остановил машину у двухэтажного здания из серого камня. Второй этаж был украшен золотыми буквами, которые складывались в надпись «Прощальный зал Кранвиля». В витрине стоял дубовый гроб на подставках, а рядом с ним — черно-белая ваза с искусственными лилиями.

Стеклянные двери раскрылись от легкого нажатия руки. В устланной пурпурным ковром приемной стоял тошнотворно-сладкий аромат бальзамирующего состава. Запах смерти. Закрыв дверь, я беспокойно огляделся по сторонам. У противоположной стены был муляж гроба из черного дерева с серебристыми ручками. От его вида мне стало не по себе.

В дальней части комнаты я увидел медный карниз с черной бархатной шторой. Очевидно, за ней была дверь. Я застыл в ожидании. Штора отъехала в сторону, и в приемной появился человек. Он выглядел так, словно сбежал из паноптикума: тощий как скелет, а в лице ни кровинки. Жиденькие волосы соломенного цвета набриолинены и прилизаны. Впалые глаза горят, словно угли.

Мужчина с подозрением посмотрел на меня и тихо, невыразительно спросил, чем он может помочь. Он был так похож на вурдалака, что на несколько секунд я лишился дара речи.

— Мистер Исслингер у себя? — наконец выдавил я. Эта фраза далась мне непросто.

— Как вас представить? — уточнил зловещий тип. Лицо его оставалось неподвижным, словно маска.

— Передайте, что с ним хочет побеседовать оперуполномоченный агентства «Интернешнл инвестигейшнз». — Глядя прямо на него, я вынул из кармана пачку «Лаки страйк».

— Передам. — Он отвел взгляд, но я успел заметить, что в глазах его мелькнул страх. — Сейчас мистер Исслингер занят.

— Я никуда не спешу. — Щелчком пальцев я отправил спичку в полет по комнате. — Просто скажите ему, кто пришел, а я подожду здесь.

Смерив меня долгим тяжелым взглядом, мужчина удалился. Я вдохнул дым полной грудью и стал ждать. Через некоторое время я подошел к муляжу гроба и рассмотрел его получше. Он был искусно сделан, и я рассеянно подумал, подойдет ли такой мне. На вид узковат, зато по длине — самое то. Проторчав над гробом несколько минут, я потерял к нему интерес и перешел к висевшей на стене табличке, вставленной в рамку. Ознакомился с ценами на гробы различных видов и с удивлением понял, что переезд под землю не такое уж дорогое удовольствие.

— Вы хотели меня видеть? — раздался тихий голос у меня за спиной. От неожиданности я едва не подпрыгнул.

Макс Исслингер был очень похож на сына — с поправкой на возраст. На лице его было больше морщин, а взгляд был более задумчивым, чем у Теда, но в остальном сходство было поразительным.

— Вероятно, вы обо мне слышали, — сказал я. — До сегодняшнего дня я работал на Вульфа.

— Да, разумеется. — Исслингер с улыбкой протянул мне руку. У него был приятный баритон. — Вы детектив из Нью-Йорка, верно? Рад знакомству. Значит, вы больше не выполняете указания мистера Вульфа?

Слегка озадачившись, я пожал ему руку, усмехнулся и сказал:

— Мы разошлись во взглядах, и я уволился.

— К сожалению, общаться с Вульфом бывает непросто. — Исслингер покачал головой. — Я уже давно с ним знаком. Прошу ко мне в кабинет. Там нашему разговору никто не помешает.

Я прошел за ним в дверь, прикрытую черной бархатной шторой. За ней был коридор и еще пара дверей. Наконец мы оказались в приятной, хорошо обставленной комнате. Исслингер указал на кресло, а сам уселся за громадный письменный стол.

— Итак, мистер Спивак, чем могу помочь? — Открыв ящик стола, он достал коробку сигар.

— Нет, спасибо, — отказался я, закуривая сигарету. — Повторю, что я больше не работаю на Вульфа. Уволился сегодня утром. Однако дело меня заинтересовало, и я хотел узнать, не возражаете ли вы, чтобы мы с мисс Шеридан объединили усилия. Доплачивать мне не придется: Вульф уже позаботился о финансовой стороне дела, и своих денег он назад не получит. Мне бы хотелось все-таки разобраться с этой историей, а уже потом возвращаться в Нью-Йорк.

— Это очень благородно с вашей стороны, мистер Спивак. — Я с удивлением заметил, что Исслингер обрадовался. — Признаюсь, я весьма обеспокоен тем, что расследование до сих пор не сдвинулось с мертвой точки. Мне и самому очень хотелось бы разобраться с этим делом.

Искренность в его голосе была неподдельной. Я вспомнил слова Одри: не может быть, что Исслингер как-то связан с пропажей девушек. Познакомившись с ним, я более или менее уверился, что Одри права.

— Отлично, — сказал я. — Честно говоря, я не думал, что вы так легко согласитесь. Слышал, вы хотели, чтобы мисс Шеридан действовала самостоятельно.

— Нет, что вы. — Исслингер удивленно посмотрел на меня. — Я, разумеется, знал, что Вульф нанял специалиста и надеется сколотить политический капитал на этом ужасном происшествии. Но уверяю вас, мистер Спивак, я не успокоюсь, пока девушек не найдут. Или, если они мертвы, убийца не предстанет перед законом.

— Речь идет именно об убийстве, — неторопливо произнес я, задумчиво глядя на Исслингера. — Ошибки быть не может. — И я рассказал ему про Мэриан Френч.

Когда я закончил, Исслингер отложил сигару. Он был потрясен.

— Кто же совершил такое жуткое преступление? — спросил он. — Неужели в Кранвиле есть человек, умышленно убивающий невинных девушек без какого-либо мотива? Это просто невероятно.

— Мотив, может, и есть. — Я стряхнул пепел на красивый ворсистый ковер. — Над этим мне еще предстоит поработать. Если же мотива нет, значит убийца сумасшедший. Или сексуальный маньяк.

— Говорите, тело той бедняжки исчезло? — спросил Исслингер. — Но как? Куда его увезли?

— Не знаю, — ответил я, покачав головой. — Это также предстоит выяснить. — Помолчав, я выпалил: — Но зачем вы вообще наняли Одри Шеридан? Насколько мне известно, весь Кранвиль уверен, что она не способна раскрыть это дело.

— Не совсем понимаю, что вы хотите сказать, — произнес Исслингер чуть холоднее прежнего. Взгляд его сделался напряженным, но лишь на мгновение.

— Думаю, вы все прекрасно понимаете. Одри Шеридан — прелестное дитя. Она мне нравится. Очень нравится. Но как детектив Одри совсем неопытная. Должен сказать, она сбила несколько наводок, с которыми я работал, и все потому, что очень хотела раскрыть дело самостоятельно. Такая задача женщине не по зубам. Слишком уж все сложно. Так зачем вы ее наняли?

Лицо Исслингера слегка порозовело. Взяв сигару, он осмотрел ее, увидел, что она потухла, и раскурил снова.

— Я был уверен, что мисс Шеридан сумеет найти пропавших девушек, — наконец сказал он. — Не забывайте, мистер Спивак, никто не думал, что девушек убили.

Я внимательно посмотрел на Исслингера. Он отвел взгляд.

— Вздор! — коротко сказал я. — Но если не хотите говорить начистоту, я не смогу вас заставить.

— Послушайте... — начал он.

— Стоп. — Я поднял руку. — Увидев вас, я решил, что вы честный человек. Но теперь я уже не так в этом уверен. Вы наняли на это дело Одри Шеридан не для того, чтобы она нашла девушек. Причина была иной. Возможно, вы вовсе не хотели, чтобы девушек нашли, и наняли Одри, чтобы преступление уж точно не было раскрыто!

Исслингер выпрямился и сердито произнес:

— Как вы можете так говорить! У Одри Шеридан единственное детективное агентство в Кранвиле. Вполне естественно, что я обратился к ней.

— Да ну! — воскликнул я. — В округе полно агентств с хорошей репутацией, и любое из них с радостью взялось бы за ваше дело. Услуги другого детектива обошлись бы вам не дороже того, что вы платите Одри Шеридан. А толку было бы гораздо больше. Ваш ответ неубедителен, мистер Исслингер.

РЕКВИЕМ БЛОНДИНКЕ

С трудом взяв себя в руки, Исслингер снова откинулся на спинку кресла и с притворным спокойствием произнес:

— Вы преувеличиваете. Моя совесть чиста. Я сделал все, что мог, исходя из доступных мне вариантов. Я очень хочу, чтобы вы продолжали работать над этим делом. Более того, я готов при необходимости оплатить ваши услуги.

— Договорились. — Я потушил сигарету. — И все же ваши разъяснения меня не удовлетворили, но дело я не брошу. Каковы ваши шансы стать мэром?

Исслингер внимательно посмотрел на меня. Я видел, что он перестал нервничать и насторожился.

— Я не считаю Вульфа серьезным конкурентом, — ответил он, поджав губы. — Он не очень-то популярен среди горожан. И теперь, когда вы отказались на него работать, он вряд ли найдет девушек.

— Теперь, когда Старки выбыл из игры, не выдвинет ли Мейси нового кандидата? Как считаете?

— Может быть. — Исслингер пожал плечами. — Не знаю.

— Что за парень встретил меня в приемной? Тощий такой?

— Вы про Элмера? — Его лицо померкло. — Это мой шурин, Элмер Хенч. Он ведет мои дела. Сейчас мне некогда заниматься конторой. Все время уходит на политику.

— Что ж, пожалуй, все, мистер Исслингер. — Я встал. — Отныне я намерен заняться делом как следует. И мы увидимся снова.

— Я уверен в вашем успехе. — Исслингер, не шевелясь, смотрел на белоснежную промокашку. — Думаю, вы сделаете все, что в ваших силах.

— Уж в этом не сомневайтесь, — лаконично ответил я и повернулся было к выходу, но остановился.

В дверях стояла женщина. Понятия не имею, когда она там появилась. Высокая, седовласая, а слезящиеся глаза как мокрые камушки. Черное шелковое платье висело на ней как на вешалке, в ушах были серьги-пусеты из черного янтаря. Женщина заговорила, и по жестким ноткам в ее голосе я понял: его обладательница шутить не любит.

— Кто это? — спросила она у Макса Исслингера.

— Мистер Спивак... Детектив из Нью-Йорка. — Исслингер устало и встревоженно смотрел на женщину. Повернувшись ко мне, он добавил: — Это моя жена.

Голос его прозвучал безрадостно, и гордости я в нем тоже не услышал. Вялый тон и взгляд Исслингера говорил о скрытом отчаянии.

Миссис Исслингер взглянула на меня и провела по губам кончиком бледно-розового языка. В этом языке было что-то отвратительное. Он напоминал слизня.

— Что вам нужно? — спросила женщина.

— Все в порядке, — тут же вмешался Исслингер. — Мистер Спивак хочет помочь мисс Шеридан. Вульф больше не желает иметь с ним дел.

Миссис Исслингер сложила бескровные руки на груди, обхватив правой ладонью левую.

— Одри не требуется помощь, — произнесла она. — Вели ему уйти.

— Уже ухожу, — сказал я, направляясь мимо нее к выходу.

В этой крупной, злобного вида женщине было что-то пугающее. Она очень походила на своего брата: оба костлявые, остроносые, с одинаковыми бледными, плотно сжатыми губами.

— Не люблю шпионов, — сказала она, когда я был у двери. — Больше здесь не показывайтесь.

Я дошел до конца коридора, отодвинул черную штору и оказался в приемной. Элмер Хенч стоял перед муляжом гроба из черного дерева, прижав к груди длинные руки и склонив голову набок, словно к чему-то прислушиваясь. Он проводил меня взглядом, но никто из нас не произнес ни слова.

Я открыл входную дверь, сделал глубокий вдох и вышел в мир, полный солнечного света и уличного шума.

На стойке администратора я оставил сообщение для Фиппса и Одри: встретимся в баре «У Джо», в паре кварталов от гостиницы.

В начале восьмого, когда я добрался до бара, там было всего несколько посетителей, а в ресторанчике — вообще никого. Я сказал бармену, что пойду в ресторан, и, если меня будут спрашивать, пусть направляет всех туда.

— Договорились, — кивнул бармен.

Я прошел в обеденный зал и сел за столик в углу подальше от входа. Ко мне тут же подбежала официантка в синем комбинезоне. Она спросила, не желаю ли я заказать их фирменное блюдо.

— Я жду друзей, — объяснил я. — Если можно, принесите мне выпить.

Девушка улыбнулась, блеснув ровными зубами. Присмотревшись, я заметил, что у нее отличная фигура — из-за таких водители грузовиков попадают в аварии.

— Чего бы вы хотели? — спросила официантка, наклонившись ко мне. От ее парфюма у меня закружилась голова.

Я сказал, что хотел бы большой стакан неразбавленного виски. Покачивая бедрами, девушка ушла к бару, и я проводил ее взглядом.

Явился Редж. Увидев меня, он усмехнулся, плюхнулся на стул и заявил:

— Умираю с голоду. Сыскная работа из меня все соки высосала.

— Не будем о ваших соках, — предложил я. — Что-нибудь узнали?

Прежде чем он ответил, вернулась официантка. Поставила передо мной стакан виски, взглянула на Фиппса и сказала:

— Привет, Филипок.

Редж покраснел. Я вопросительно посмотрел на него:

— Что будете пить?

— Вы его не балуйте. — Девушка одарила Фиппса материнской улыбкой. — Принесу ему колу.

Я с интересом смотрел ей вслед, пока она не скрылась из виду, а потом спросил:

— Подруга?

Редж хмыкнул.

— Живет в нашем доме, — сказал он и нахмурился. — Думает, я от нее без ума. Только потому, что у нее красивые зубы.

— Зубы — это не главное, — заметил я, а потом спросил: — Как успехи?

— В ателье «Фото на бегу» Тед — человек известный. — Редж запустил пятерню в непослушные волосы. — Был там много раз и покупал кое-какие фотографии. С пропавшими девушками или какие-то еще — продавщица не помнит.

— Вы не пробовали освежить ей память?

— Да она дура набитая, — с отвращением сказал Редж. — Знаете, из тех, кто не помнит, что ел на обед.

— Как же вышло, что она запомнила Теда?

— Он ее очаровал, — ответил Редж. — Дамочки от него без ума. Эта решила, что он покупает фотографии, чтобы лишний раз ее проведать.

— Подробности выяснили? — Я бросил на скатерть сигарету и щелчком переправил ее Фиппсу.

— Он начал заходить в ателье с месяц назад. Подружился с этой дамочкой — она в нем души не чает —

РЕКВИЕМ БЛОНДИНКЕ

и время от времени покупал одну-две фотографии с девушками из тех, что лежали на витрине. Перешучивался с продавщицей, платил за карточки и уходил. Она была в таком восторге, что не обращала внимания, какие именно фото он выбирал.

— То есть он не забирал их по талончику?

— Нет. — Редж покачал головой. — Думаю, для этого он слишком умен. Но я узнал, что фото, сделанные накануне, всегда выставляли в витрине. Похоже, он тот, кого мы ищем. Но доказать его вину будет непросто.

— То есть мы толком не продвинулись, — хмыкнул я. — Что еще вы узнали?

— Зашел к его дружку. — Редж выпустил дым через ноздри. — Парня зовут Роджер Керк. Они с Тедом неразлейвода. Керк меня знает, но откровенничать не стал. Может, вам стоит с ним поговорить?

— К чему вы клоните? — Я внимательно смотрел на него.

— Этот Керк может знать, насколько плотно Тед общался с пропавшими девушками. Если запугаете его и сумеете разговорить, в деле могут появиться зацепки.

— А это мысль, — сказал я. — Но нужно действовать аккуратно. Если Керк скажет Теду, что мы его в чем-то подозреваем, вся работа пойдет насмарку. В конце концов, если я не ошибаюсь, Исслингер скоро станет большой шишкой в этом городке, так что нужно поостеречься. С другой стороны, надо использовать все шансы. Посмотрим, что можно сделать с этим Керком.

— Оставлю его вам. — Редж беспокойно поерзал на стуле. — Так когда мы будем ужинать? Я умираю с голоду.

— Когда объявится Одри. — Я допил виски. — Элмер Хенч... Что вам про него известно?

— Этот-то? — Редж скривился. — Жуткий тип. Таких еще поискать. Его нужно в кино показывать.

— Что вы можете о нем сказать?

— Ничего особенного. Он ведет дела похоронного бюро вместо Исслингера. Слышал, что специализируется на бальзамировании, причем весьма успешно. После его работы труп не отличить от живого человека. Сам я не видел и не горю желанием. Но люди говорят, у него неплохо получается.

— Он брат миссис Исслингер, верно?

Кивнув, Редж заметил:

— Милая парочка. Миссис Исслингер устроила Элмеру место в конторе, когда муж ушел в политику. С тех пор он там и обретается. Представляю, каково Исслингеру рядом с таким упырем.

— Правда ли, что миссис Исслингер пьет? — спросил я. — Так сказал Диксон, но мне не показалось, что она похожа на пьянчужку.

— Не знаю. — Редж пожал плечами. — Она со странностями. Исслингер ее боится.

— То есть?

— Он у нее на коротком поводке, его делами тоже она заправляет. Говорят, именно она велела Исслингеру идти в политику. И еще она без ума от Теда. Но вы, наверное, об этом знаете.

— Судя по ее виду, вряд ли она от кого-то без ума. Мне она не понравилась. От нее меня в дрожь бросило.

— Еще не готовы ужинать? — спросила официантка, поставив на стол колу.

— Ну и ну! — воскликнул Редж, когда я покачал головой. — Где, черт побери, эта Одри? Напоминаю еще раз: я умираю с голоду!

— Ну ладно, — сказал я. — Несите два фирменных блюда. — Официантка ушла, и я продолжил: — Неужели Одри снова в какую-нибудь историю вляпалась?

— Не в этот раз. — Редж с ухмылкой смотрел мимо меня. — Вон она идет.

Не вставая со стула, я повернулся. К нам приближалась Одри. В желто-зеленом платье и большой белой шляпке она выглядела очень мило, а глаза ее горели от возбуждения. Я понял: что-то случилось.

— В чем дело? — спросил я, вскочив со стула.

— Мне только что дали вот это. — Одри положила на белую скатерть голубой талончик, придвинула стул и уселась.

Одного взгляда на талончик мне хватило. Не пришлось даже читать заголовок: «Вас только что сфотографировали». Не отводя глаз от Одри, я почувствовал, как кровь отхлынула от лица, и медленно сел.

— Ну ладно, не теряйте самообладания, — улыбнулась она. — Я-то думала, вы обрадуетесь. Разве это не тот шанс, которого мы ждали?

— То есть? — резко спросил я, пытаясь оправиться от шока. — Вы в своем уме? Это вам не игрушки.

Одри, вздохнув, взглянула на Фиппса в поисках поддержки:

— Ну что с ним такое? У нас в руках ниточка, ведущая прямо к убийце. А он спрашивает, в своем ли я уме.

— Послушайте, сестрица, — сказал Редж, и было видно, что он тоже взволнован. — Этот парень вас любит.

На этот раз удивилась Одри.

— Я думала, это секрет, — произнесла она с неловким смешком.

— Я тоже так думал, — мрачно заметил я.

— Ну здрасте. Даже слепец тугоухий и тот заметит, что наш растяпа от вас без ума, — насмешливо сообщил Редж. — Откуда у вас талончик? — Он взял карточку в руки, чтобы рассмотреть получше.

— Сегодня, ближе к вечеру, меня сфотографировал какой-то человек. — Одри поставила сумочку на стол и закурила сигарету. — Я была с Тедом Исслингером. Его тоже сфотографировали.

Официантка принесла тарелки и с легкой завистью взглянула на Одри:

— Вам то же самое?

— Это тебе. — Я пододвинул к Одри свою тарелку. — У меня пропал аппетит.

— Тебе нужно поесть, — заметила Одри. — Обо мне не волнуйся.

— Я в норме, — коротко ответил я и повернулся к официантке: — Еще один скотч.

— Гляньте, что любовь с парнем делает. — Редж покачал головой. — Если я когда-нибудь откажусь от еды, будет понятно, в чем дело.

— Замолчите, — раздраженно сказал я. — Мне нужно подумать.

— Ну да, конечно, — согласился Редж, поглощая свой ужин так, словно весь день у него во рту не было ни крошки. — Вы тоже ешьте, — сказал он, обращаясь к Одри. — Очень вкусно.

— Не нравится мне все это. — Я постучал пальцем по талончику. — Отныне, Редж, не выпускайте Одри из виду.

Редж поднял взгляд, беззвучно присвистнул и ухмыльнулся:

— Меня это устраивает. В котором часу вы принимаете ванну? — продолжил он, бросив на Одри масленый взгляд.

— О нет, — твердо сказала она. — Этого не будет. То есть мистер Спивак считает, что я не смогу о себе позаботиться?

— Такие слова нередко бывают последними в жизни, — ответил я. — Говорю же, Одри, не нравится мне все это. Отныне у тебя будет телохранитель.

— И еще какой! — тихо пробормотал Редж. — В самый раз для такого тела!

— Если не перестанете паясничать, я вам к чертовой матери шею сверну, — сказал я. — Будете присматривать за Одри, ясно? Если с ней что-нибудь случится, вам конец.

— Вы что, и правда думаете, что нашей цыпочке грозит опасность? — От изумления Редж даже выронил вилку.

— Я вам не цыпочка! — взвилась Одри. — Придержите-ка язык!

— Да, грозит, — серьезно сказал я. — Отныне нам нельзя рисковать. Вспомните, что случилось с Мэриан. — Я повернулся к Одри. — Когда тебя фотографировали, Тед что-нибудь сказал?

— По-моему, он слегка испугался, — ответила девушка. — И предупредил меня, чтобы я была поосторожнее.

— Ну еще бы, — фыркнул я. — Теперь нам всем нужно быть поосторожнее. Что еще ты из него выудила?

— Ничего особенного, — понурилась Одри. — По правде говоря, вообще ничего.

— Удивительно, но вы оба не стоите тех денег, что я вам выдал. — Я перевел взгляд на Фиппса. — Ты не выяснила, есть ли у него алиби на тот вечер, когда произошло убийство?

— Знаешь, мистер Спивак, — жарко сказала Одри, оторвавшись от еды, — если ты надумал играть в начальника, я все брошу и снова буду работать одна.

— И добьешься ошеломительных успехов, — усмехнулся я. — Серьезно, ты даже этого не узнала?

— Нет, — ответила девушка. — Он ничего не рассказал. Я пыталась перевести разговор в это русло, но он закрылся, как ракушка. Зато пригласил меня на свидание. Завтра вечером.

Официантка принесла виски. Я поблагодарил ее, а Редж и Одри заказали мороженое. Когда официантка ушла, я уточнил:

— То есть завтра вечером у вас встреча?

Одри кивнула:

— Детектив из меня неважный, но привлекательность я пока не утратила.

— Теперь давай помедленнее, — попросил я. — Вы с Тедом друзья детства, верно?

— Это ничего не значит, — с издевкой заметил Редж. — Бывает, мальчик сидит с девочкой за одной партой, дергает ее за косички и обливает чернилами. А потом у него внезапно начинает звенеть в ушах, и эта девочка становится ему милее всех на свете. Со мной такое случалось.

— Вы когда-нибудь угомонитесь? — спросил я. — Когда мне понадобится узнать о ваших любовных приключениях, я дам вам знать.

— Ну-ка не ссорьтесь, — торопливо вмешалась Одри. — Мы с Тедом не общались много лет. Но теперь я работаю на его отца, вот ему и стало интересно.

— Смех, да и только! — с горечью сказал Редж. — «Интересно»? Ну и слово. А в обычной ситуации он на девушку и смотреть бы не стал.

Официантка принесла мороженое. Я допил скотч и заказал еще одну порцию.

— Жажда замучила? — Редж с любопытством уставился на меня.

— Закладываю фундамент, — объяснил я. — Сегодня вечером нам предстоит работенка не из приятных.

— Потому-то и заливаете спиртного на троих? — недовольно осведомился Редж, отодвигая колу.

— Именно, — подтвердил я. — Но сперва нужно разобраться с Одри. — Я повернулся к ней. — Что планируешь делать?

— Разве непонятно? Если убийца — Тед, это единственный способ заманить его в ловушку. Когда меня сфотографировали, я сразу поняла, что делать. Принялась обрабатывать Теда, и он повелся. В прошлом такие же ситуации заканчивались убийством. Я новая подружка Теда. Меня сфотографировали. Мою карточку выставят в витрине «Фото на бегу». Теперь для завершения цикла я должна исчезнуть. Вот только я не собираюсь исчезать.

Я задумался.

— Скорее всего, пока фото не появится в витрине, тебе ничего не грозит. Его могут и не выставить. А если выставят, нам нельзя расставаться ни на секунду.

— Выставят, — сказала Одри. — Я позвонила туда и обо всем договорилась. Они собрались делать увеличенную копию и пообещали, что фото будет на витрине.

— А вы храбрая. — Редж с восхищением посмотрел на нее. — На сей раз мы, возможно, что-нибудь да выясним.

Мне все это не нравилось, но протестовать не было смысла.

— Ладно, милая, — сказал я. — Мы будем рядом. Когда ты встречаешься с Тедом?

— Он зайдет за мной. Говорил что-то насчет ужина и танцев, но ничего определенного.

— Когда стемнеет, мы втроем, — я взглянул на Фиппса, — отправимся на кранвильское кладбище. Хочу осмотреться. Затем отвезете Одри в гостиницу. Не отходите от нее ни на шаг. А я наведаюсь в похоронное бюро Исслингера.

— Слушай. — Одри подалась вперед. — Не стоит ли заодно взглянуть на спальню Теда? Он сказал, что сегодня вернется поздно. Можем отправиться туда прямо сейчас.

— Так нельзя, — вмешался Редж. — Если попадемся, Исслингер сдаст нас в полицию.

— Ты знаешь, где его комната? — Я решил, что это неплохая мысль. — Я смогу туда пробраться?

Одри кивнула:

— Окно выходит во двор. Попасть в нее легко. Ну пошли, я вас подвезу.

— О'кей, — сказал я, отодвигая стул. — Пошли.

— Вы лезете на рожон, — простонал Редж. — Дома будут Хенч и миссис И. Вы же не думаете, что все это сойдет вам с рук?

— Не будь таким малодушным, Филипок, — усмехнулся я и вышел из ресторана.

Исслингер жил в скромном двухэтажном доме на выезде из города. Небольшой участок земли, на котором стоял дом, был скрыт от посторонних глаз высокой живой изгородью.

Быстро смеркалось. Одри свернула на заброшенную узкую дорожку и остановилась у заднего фасада. Было начало одиннадцатого. На втором этаже было темно, но на первом в одной из комнат горел яркий свет.

Одри остановила машину, и мы вышли.

— Вон там его комната, — прошептала девушка, показывая на маленькое слуховое окно на скате крыши. — Нужно пройти по садовой тропинке, подняться по водосточной трубе, и ты окажешься на крыше. Оттуда будет легко добраться до окна.

— Он что, похож на Тарзана? — пробормотал Редж.

— Ладно, — сказал я. — Ждите здесь. Заметите движение — погудите клаксоном.

— Будь осторожен, хорошо? — Ладонь Одри скользнула в мою. — В смысле шею не сломай.

— За меня не беспокойся. — Взглянув на нее, я пожалел, что мы взяли с собой Фиппса. — Все будет нормально.

— Желаете пообщаться поближе? Можете не обращать на меня внимания, — с издевкой сказал Редж. — Если вас это устроит, то меня и подавно.

Я положил ладонь ему на лоб и хорошенько толкнул. С улыбкой глянул на Одри, перепрыгнул через изгородь и приземлился на рыхлую клумбу. Держась в тени, беззвучно пошел по саду. Свет из окна гостиной падал на лужайку. Стало ясно: чтобы подойти к дому, придется миновать освещенный участок. Подобравшись ближе, я замедлил шаг и наконец остановился у самого края светового пятна, заглянул в гостиную.

В большом кресле лицом к окну сидела миссис Исслингер, увлеченная вязанием. Спицы в ее пальцах мелькали с невероятной скоростью — по крайней мере, мне так показалось, — но холодный, неподвижный взгляд был устремлен в окно, прямо на меня. Мне стало жутковато, и я инстинктивно отпрянул во тьму. Подождал секунду, задаваясь вопросом, видела она меня или нет. Ничего не происходило, и я снова заглянул в комнату.

Женщина все еще смотрела в окно, но теперь я был уверен, что в темноте меня не видно. Однако нужно будет осторожнее проходить через освещенный участок.

Опустившись на четвереньки, я медленно выполз из сумрака. Несколько секунд я пробирался на другую сторону светового квадрата, чувствуя себя как блоха на тарелке.

Приблизившись к дому, я выпрямился и прислушался. Тишина. Разве что по улице промчался автомобиль. Но я не шевелился. Стоял, прислонившись к деревянным перилам веранды, и ждал.

Целую минуту ничего не происходило, а потом на ухоженную лужайку рядом со мной упала длинная тень: миссис Исслингер подошла к окну. Сердце мое гулко застучало, а во рту стало сухо.

Я прижался к перилам. У веранды было достаточно темно, но я все равно испугался. Времени разбираться с этим страхом у меня не было, но в глубине души я изумился, насколько скверно миссис Исслингер влияет на мою нервную систему.

Я ждал, едва дыша и покрываясь холодной испариной. Внезапно тень шевельнулась, и я увидел голову миссис Исслингер. Женщина пристально вглядывалась в сад. Я понимал, что она еще и прислушивается.

Она была так близко, что я, сделав три шага вперед, мог бы ее коснуться. Уверен: если бы миссис Исслингер повернулась в мою сторону, она бы меня заметила. То были худшие несколько секунд, что мне довелось пережить.

Наконец, решив, что возле дома никого нет, женщина отошла от окна, резко задернула шторы, и в саду стало совершенно темно. Несколько секунд я ничего не видел. Постепенно глаза привыкли к темноте, и я снова разглядел очертания дома.

Входить я не спешил. Необходимо было выяснить, ушла ли миссис Исслингер наверх и где сейчас Хенч.

Осторожно ступая, я приблизился к окну. Шторы были плотно задернуты, но окно оставалось открытым. Я подался вперед и прислушался. Сердце мое чуть не выпрыгивало из груди. Мне казалось, что миссис Исслингер притаилась за шторами и вот-вот кинется на меня. От этой мысли у меня едва не стучали зубы. Тут я услышал тихое клацанье вязальных спиц и поскорее отошел от окна.

Если я хочу проникнуть в дом, нужно действовать быстро. В других окнах света не было, и я надеялся, что ни Исслингера, ни Хенча нет дома.

На другом конце стены, довольно далеко от комнаты миссис Исслингер, я нашел водосточную трубу, о которой говорила Одри. Подергал ее и решил, что она выдержит мой вес. Сняв обувь, я обхватил трубу обеими руками и потихоньку полез наверх.

Через несколько секунд я добрался до пологой крыши. Зацепился пальцами за водосточный желоб, подтянулся и встал на черепицу. От этого упражнения я весь взмок и вдруг понял, что ночь стала жаркой и душной. Ярко светила луна, но у горизонта показалась черная облачная гряда. Похоже, будет гроза.

Стоя на крыше, я видел сад и дорогу, очертания нашего автомобиля и смутные силуэты Одри и Фиппса. Они смотрели на меня. Помахав им рукой, я повернулся и осторожно направился по скату крыши к окну спальни Теда.

Штор на окне не оказалось, в комнате было темно. Сунув пальцы под раму, я потянул вверх. Окно бесшумно открылось, и я вгляделся в комнату. Лунного света хватало, чтобы увидеть, что там никого нет. Обстановка была спартанской: полированный дощатый пол, пара ковриков с индийским орнаментом, два стула с прямой спинкой и письменный стол из шероховатого черного дерева. На столе — зеркало, расческа и черные свечи в высоких медных подсвечниках. Кровать узкая, на вид жесткая, с темно-зеленым покрывалом. Казалось, что в комнате холодно.

Соскользнув с подоконника, я подошел к двери. Приоткрыл ее на пару дюймов, прислушался и ничего не услышал. Закрыл дверь и подсунул под нее деревянный клинышек — такой всегда есть у меня в кармане. Нельзя, чтобы кто-то вошел в комнату и застал меня врасплох.

Потом я подошел к столу и проверил выдвижные ящики. В последнем нашел, что искал: в углу, под стопкой шелковых рубашек, были спрятаны фотографии. Я подошел к окну и в свете луны разглядел на карточках лица пропавших девушек. При виде спокойного, приятного лица Мэриан Френч кровь застучала у меня в висках.

Я сунул фотографии в карман, повернулся к столу и застыл. Волоски у меня на шее встали дыбом.

Теперь луна светила прямо на дверь, выкрашенную в белый цвет. Я отчетливо видел, как поворачивается ручка. Дверь начала открываться и тут же уперлась в клинышек.

Ну все, с меня хватит. Я тихонько шагнул к окну, перебросил ногу через подоконник и выбрался на крышу. Снова помахал Фиппсу, и тот помахал мне в ответ. Затем я скользнул к краю крыши; ноги оказались в воздухе, а руками я ухватился за водосточный желоб. Секунду повисел на пальцах, чувствуя, как в груди колотится сердце, а желудок сжимается от страха. Потом я бесшумно спрыгнул в сад, пошатнулся, восстановил равновесие и выпрямился. Сунул ноги в туфли и, не завязывая шнурков, побежал по садовой тропинке.

Внезапно в воздухе что-то просвистело. Пригнувшись, я почувствовал удар в плечо и с ужасом заметил, как на землю упала веревка с петлей на конце. Я развернулся на пятках и, спотыкаясь, помчался прочь. Перепрыгнул через ограду, приземлился у ног Фиппса и выдохнул:

— Быстрее! Уматываем отсюда!

Одри уже завела двигатель. Я забрался на сиденье рядом с ней, а Редж уселся сзади.

— Уходим! — скомандовал я, повернувшись к Одри. — Нас заметили.

Следующие несколько минут мы молчали. Одри ехала быстро, не сводя взгляда с дороги, а я безвольно сидел рядом с ней, пытаясь прийти в себя.

— Ну ладно, — наконец сказал я. — Тормози. Мы уже далеко.

Одри сбавила скорость и остановилась у фонаря.

— Похоже, ты очень торопился уйти, — сказала она, внимательно глядя на меня. — Господи боже мой, наш бедняга и правда перепугался до чертиков.

— До чертиков? — Я сделал глубокий вдох. — Это еще мягко сказано. Со мной чуть инфаркт не приключился.

— Настоящие детективы ничего не боятся. — Подавшись вперед, Редж тяжело задышал мне в затылок. Подумав, он сухо добавил: — Особенно детективы из Нью-Йорка.

— Заткнитесь, вы, оба, — отрезал я. — Дело серьезное. Меня поджидали в саду. И чуть не задушили.

— Вам померещилось. — Редж сдавленно хихикнул. — Просто признайте, что испугались тени и сбежали.

— Не нужно его дразнить, Редж, — тихо попросила Одри. — Видно же, что он и правда до смерти напуган.

Я вынул из кармана фотографии, бросил их Одри на колени и мрачно произнес:

— Как насчет этой мелочи? Может, вы, двое тупиц, хоть на секунду перестанете надо мной подшучивать?

— Откуда они у тебя? — спросила Одри, рассмотрев карточки.

— Нашел в комнате Теда. В бюро, под стопкой рубашек, — все так же мрачно сообщил я. — Первые настоящие улики. Здесь все девушки, даже Мэриан. Исслингеру будет очень непросто отбрехаться.

— Тебя что, и правда хотели задушить? — Одри встревоженно смотрела на меня, широко раскрыв глаза.

— Еще как хотели. — Я порылся в кармане, выудил пачку сигарет и предложил одну девушке. — Кто-то пытался накинуть на меня лассо. Хорошо, я успел пригнуться, иначе веревка оказалась бы прямо на шее. Это был настоящий цирковой трюк. — Я повернулся к Фиппсу. — Тед, случайно, не специалист по метанию лассо? Не знаете?

— Для меня это что-то новенькое, — ответил он, непонимающе покачав головой.

— Ну, именно так и убили пропавших девушек, — продолжал я. — Хорошо, что я с этим столкнулся. Теперь буду знать, чего остерегаться.

— Насколько я понимаю, ты никого не видел? — спросила Одри.

Я покачал головой и уточнил:

— Тед не говорил, куда собирается сегодня вечером? Если он убийца, то именно он и поджидал меня с веревкой.

— Сказал, что будет в «Сайро-клабе». Проверим?

— Обязательно проверим, — ответил я. — Заедем в драгстор, позвоним, а потом отправимся на кладбище. Знаешь, у меня такое чувство, что мы близки к разгадке.

— Ты и правда думаешь, что Тед — убийца? — Одри переключила передачу и медленно поехала по тускло освещенной улице.

— Похоже на то. Этих фотографий достаточно, чтобы его поджарить, если правильно выстроить обвинение. Сегодняшние события тоже наводят на определенные мысли. Осталось найти тела, и тогда у него не будет шансов отвертеться.

Через несколько минут мы подъехали к драгстору. Я велел Фиппсу позвонить в «Сайро-клаб» и узнать, там ли Тед. Мы с Одри остались в машине.

— Ты не думала, чем займешься, когда все закончится? — спросил я.

— Честно говоря, нет. — Она отвернулась. — Скорее всего, закрою агентство. Детектив из меня не получился.

— Со мной, — пообещал я, накрывая ее ладонь своей, — у тебя все получится. Почему бы нам не остаться партнерами?

— Я подумаю, — осторожно сказала Одри. — Но ты ужасный деспот.

— Если поженимся, увидишь, что никакой я не деспот, — беспечно произнес я. — Не поверишь, какой я на самом деле нежный. Знаешь, я один из величайших любовников на свете.

— Подозревала, что ты о себе именно такого мнения. — Одри хихикнула. — Даже если его никто с тобой не разделяет.

— Ну же, милая. — Я приобнял ее и притянул к себе. — Ты ведь не сможешь жить без меня. Скажи «да».

— Бога ради! — взорвался Редж, просунув голову в окно. — Вы не могли бы сосредоточиться на деле? Стоит только отойти, и вы тут же начинаете обжиматься.

— Рано или поздно вы огребете по полной, — свирепо заметил я, отдернув руку от Одри. — Что это вы так быстро вернулись?

Редж открыл дверцу, забрался в машину и хитро произнес:

— Одна нога здесь, другая там. Не хотел, чтобы все веселье досталось только вам.

— Ну же, тупица, — перебил я. — Он все еще там?

— Нет. Более того, он там и не показывался. Что скажете?

Мы с Одри переглянулись.

— Хорошо, — сказал я. — Похоже, мы на верном пути. Поехали. Следующая остановка — кранвильское кладбище.

Когда мы подъезжали к кладбищенской ограде, где-то вдалеке часы пробили полночь. Луна скрылась за черными рваными облаками. Зловеще грохотал далекий гром.

— Для полного комплекта не хватает только Белы Лугоши, — сказал Редж.

— Заткнитесь, — буркнул я, выглядывая из окна машины. — Здесь не место для таких разговоров. Уважайте покойников.

Одри нажала на педаль тормоза, и автомобиль остановился.

— Что теперь? — спросила она, с опаской глядя на высокие угрюмые стены, окружающие кладбище.

Я открыл дверцу и вышел из машины. Духота стала гнетущей, в неподвижном воздухе пахло дождем. На востоке я увидел едва заметные вспышки молний.

— Вот-вот начнется гроза, — предупредил я, оглядывая пустынную дорогу.

— К черту грозу. — Редж выбрался из машины и встал рядом со мной. — Меня пугает не погода, а это место!

— Хватит, — бросил я резко, хоть мне и самому было жутковато. — Что вы, кладбища не видели?

Прежде чем он успел выдумать подходящий ответ, я толкнул массивные стальные ворота. Они оказались не заперты и распахнулись с резким, скрипящим звуком, от которого первы мои дрогнули.

— Эй! — позвал я, обращаясь к Одри. — Сможешь зарулить?

Автомобиль впритирку проехал сквозь ворота и остановился на середине главной аллеи. Я закрыл створки и велел Одри погасить фары.

В воздухе висел тяжелый аромат кладбищенских цветов. Под ногами шуршал гравий — так громко, словно взрывались шутихи. Над могилами висел легкий туман. В тени ивовых деревьев и надгробий он выглядел как дым.

Одри и Редж встали рядом. Им здесь нравилось не больше, чем мне.

— Какого черта вы нас сюда притащили? — прошептал Редж, украдкой поглядывая по сторонам. — Что мы будем тут делать?

— Нужно проверить регистрационный журнал. — Я указал на белую сторожку у ворот. — Хочу узнать, кого в последнее время хоронили.

— Блестящая идея, — вздохнул Редж. — Что, нельзя было сделать это при свете дня? Зачем лезть сюда в полночь?

— Сами подумайте, — резко сказал я. — Заявиться сюда днем — значит предупредить убийцу, что его замысел раскрыт.

— Ты и впрямь надеешься что-нибудь найти? — удивленно спросила Одри.

— Или я очень сильно ошибаюсь, — ответил я, — или сегодня ночью мы обнаружим пропавших девушек.

Сделав глубокий вдох, Редж выдавил из себя:

— Мне страшно. Полагаю, никто не захватил с собой спиртного?

— В машине есть фляжка, там полпинты виски, — сказала Одри. — Я принесу.

Мы выпили, но нам это не особенно помогло. Снова загрохотал гром, на этот раз ближе. Тусклая желтая молния осветила кладбище.

— Ну, пора за дело, — сказал я и направился к сторожке.

Чтобы проникнуть внутрь, пришлось разбить стекло в одном из окон. Вслед за мной в сторожку забрались Редж и Одри. После недолгих поисков я наткнулся на журнал в кожаном переплете.

— Вот оно. — Я положил журнал на стол. — Посветите мне, Редж.

Прямо над нами разразился гром. Редж и Одри прильнули ко мне. Я открыл последнюю страницу журнала и углубился в чтение записей. Факты нам известны, а доказательства должны быть на этой странице.

За последние десять недель похоронили всего лишь двоих человек. Но под заголовком «Частные склепы» я нашел, что искал:

СКЛЕП № 12
Гарри Макклей
Мэри Уоррен
Эдвард Кук
Шейла Росс
Гвен Херст

— Что бы это значило? — прошептал Редж, озадаченно глядя на имена.

— Знаете этих людей? — Я посмотрел на него, потом на Одри. Оба покачали головой.

— Теперь понятно, как все было? — спросил я. — Эти имена выдумали, чтобы одурачить кладбищенского сторожа. Пойдемте. Пора взглянуть на склеп номер двенадцать.

Внезапно Одри взвизгнула, и тут же раздался оглушительный раскат грома. Девушка вцепилась в меня, и сердце мое запрыгало как сумасшедшее.

— Кто-то смотрел в окно, — дрожащим голосом произнесла Одри. — Там было лицо, прижатое к стеклу.

Оттолкнув ее в сторону, я метнулся к окну. Было темно, хоть глаз выколи. Я высунул голову и прислушался, но не услышал ничего, кроме завываний ветра и скрипа деревьев. Эти звуки заглушил очередной раскат грома.

— Уверена, что там кто-то был? — спросил я, вернувшись к столу.

— Я вроде бы видела человеческое лицо. — Одри вздрогнула. — Заметила краем глаза. Было очень похоже, что за нами наблюдают.

РЕКВИЕМ БЛОНДИНКЕ **227**

— Давайте-ка сматывать удочки, — сдавленно произнес Редж. Физиономия его сделалась бледно-серой, словно рыбье подбрюшье. — Мне все это совсем не нравится.

— Сначала осмотрим склеп номер двенадцать, — упрямо сказал я. — Ключ должен быть где-то здесь.

Редж и Одри беспомощно стояли посреди комнаты, то и дело испуганно поглядывая на окно, а я тем временем искал ключ. Он оказался там же, где и остальные ключи: висел на доске за дверью.

— Вот он, — сказал я, проверив номер, выжженный на деревянном брелоке. — Пошли.

— Ненавижу прогулки в темноте, — заметил Редж, нервно выглядывая в окно.

— Если хотите, можете оставаться здесь. — Я перебросил ногу через подоконник. — Но я собираюсь наведаться в этот склеп.

— Мы пойдем с тобой, — быстро сказала Одри. — Одна я здесь не останусь.

Подсвечивая путь фонариком, я шагал вперед, а Редж с Одри держались за мной. Я понятия не имел, где искать склеп номер двенадцать, но твердо намеревался его найти.

Через некоторое время мы добрались до первого склепа, помеченного цифрой «7». Похоже, в нумерации не было никакой системы. На следующем склепе был номер «23», за ним стоял номер «15».

Небо разрезал ослепительный зигзаг молнии. Мы пригнулись, но гром грянул лишь через несколько секунд — и Одри, вздрогнув, прижалась ко мне.

— Ох, не нравится мне все это! — причитала она, вцепившись в мой пиджак.

— Ты уж соберись, — сказал я, обняв ее. — Прорвемся. Других вариантов у нас нет.

И мы пошли дальше: по недавно подстриженным газонам вокруг надгробных плит, по гравийным дорожкам и поросшим травой склонам, наступая на клумбы и пробираясь через полоски свежескопанной земли.

Это было кошмарное путешествие. Так ищут иголку в стогу сена. И гром исполнял для нас марш мертвецов.

Наконец мы нашли то, что искали, — когда я уже собирался все бросить.

Нам было жарко. Мы устали и были напуганы. Внезапно из темноты проступило светлое пятно: перед нами за стальной оградой высился огромный мраморный склеп. Луч фонарика высветил номер «12».

— Слава тебе господи, — сказал я. — Вот он.

Тут ослепительно сверкнула длинная зазубренная молния, и вокруг на мгновение стало светло. Я увидел рядом с собой Фиппса и Одри — бледных, с широко раскрытыми глазами. Чуть правее был белый склеп, а шагах в пятидесяти от него стоял Элмер Хенч.

Секунду спустя кладбище снова утонуло во тьме. Я, не задумываясь, выхватил пистолет, крикнул Реджу, чтобы тот стоял на месте, и бросился вперед.

От фонарика было мало толку: словно отрез черного бархата прокололи булавкой и поднесли к лампе. Я не видел Элмера Хенча, но знал, что он где-то здесь: долговязый, костлявый, жуткий, словно заблудшая душа, что восстала из могилы, чтобы наказать нас за вторжение.

Я весь покрылся холодным липким потом. Рубашка прилипла к спине. Теперь мне стало по-настоящему страшно. Во рту было сухо, меня трясло, и ноги были как ватные.

Искать Хенча бесполезно. Он может быть где угодно: у меня за спиной, впереди, справа или слева. Возможно, он вообще исчез.

Я вернулся к склепу. Там меня ждали встревоженные Редж и Одри.

— Что за выходки? — спросил Редж, стуча зубами.

— На кладбище Хенч, — произнес я, стараясь говорить ровно. — Я его видел.

— Этот упырь! — выдохнул Редж, вглядываясь в темноту. — Ну, пора уходить. С меня хватит.

— Мы пойдем в склеп. — Я сунул ему в руку пистолет. — А ваша задача — следить, чтобы Хенч нам не помешал.

— Не думаю, что из меня выйдет детектив, — дрожащим голосом ответил Редж. — Пожалуй, подам в отставку.

Не слушая его, я дрожащими пальцами повернул ключ в замке на железной калитке и направился к склепу. Одри шла за мной по пятам. Тем же ключом я отомкнул массивную мраморную дверь. Толкнул ее, и она медленно открылась. Мы спустились на пару ступеней. В склепе стоял удушливый аромат сухих цветов. Пахло смертью.

— Мне так страшно. — Одри сжала мою руку холодной ладонью.

— Тише! — шепнул я, прислушиваясь.

Прямо над нами громыхнул гром, затих и повторился где-то вдалеке. Я слышал рядом тяжелое дыхание Одри. Лучом фонарика я провел по стенам квадратного помещения и увидел полки с гробами. Всего их было пять.

— Где Редж? — нервно спросил я, уставившись на гробы. Волновался так, что не мог шевельнуться.

— У двери, — ответила Одри неестественно высоким голосом.

— Успокойся, милая. — Я коснулся ее плеча. — Через секунду мы уйдем отсюда. — Повернувшись к двери, я увидел, как Редж напряженно всматривается во тьму, и прошептал: — Смотрите в оба. Если что-то не понравится, стреляйте.

— Бога ради, давайте быстрее, — взмолился он. — А то я тут рехнусь от страха.

Я понимал, каково ему. Мне было не лучше. Мысль о том, что на кладбище нас поджидает Элмер Хенч, плохо сказывалась на моей нервной системе. Ладно бы я мог его видеть, но темнота, гром и Элмер Хенч — это уже перебор.

— Стой здесь и свети так, чтобы мне было видно, — сказал я, передавая фонарик Одри. — Пойду открою какой-нибудь гроб.

— Нет! Не нужно! — Она судорожно сглотнула. — Марк, прошу! Это какой-то ужас. Так нельзя.

— Придется, милая. — Я вынул из заднего кармана длинную узкую отвертку. Хорошо, что захватил ее из машины. — Другого пути нет.

Оставив Одри, я подошел к широкой полке напротив. На ней покоились два гроба из красного дерева. Серебряные ручки сверкнули в ярком луче фонарика. Когда попытался прочитать гравировку на медной табличке, прикрученной к крышке гроба, свет сдвинулся вверх, потом вниз. Обернувшись, я взглянул на Одри. Она была совсем бледная. Казалось, девушка вот-вот лишится чувств. Я подбежал к ней, обнял и нежно произнес:

— Зря я тебя сюда притащил. Ты уж прости. Иди к Реджу, постой с ним рядом.

Одри покачала головой.

— Я в норме, — сказала она, прижавшись ко мне. — Просто здесь такой воздух. И еще... мне страшно. Присяду. Через минутку все пройдет.

Я забрал у нее фонарик и усадил на нижнюю мраморную ступеньку у двери.

— Что там у вас? — крикнул Редж.

— Это не ваша забота, — сказал я. — Высматривайте Хенча.

— Высматриваю, — ответил он. — Здесь черным-черно. Раньше хоть молнии были. Черт, давайте там побыстрее. Я домой хочу.

— Продержишься? — спросил я у Одри. — Минут пять, не больше.

— Конечно, — кивнула она.

Взяв фонарик, я ушел обратно вглубь склепа. Страх страхом, но, если я хочу раскрыть преступление, пора приступать к делу.

Я прочел табличку на первом гробе. Надпись была простой: «Гарри Макклей, 1900–1945». Откручивать крышку было крайне неприятно. Ладони мои были скользкими от пота, а руки дрожали. Отвертка постоянно соскакивала с винта, один раз так неудачно, что я процарапал полированную крышку гроба. Вдалеке гремел гром, скрипели винты, я тяжело дышал. Если не считать этих звуков, в сыром затхлом склепе было тихо.

Выкрутив все винты, я отступил. Луч фонарика упал на противоположную стену, и я увидел на ней свою тень. Положил отвертку на полку и вытер руки носовым платком.

— Что такое? — тихо спросила Одри.

Я оглянулся. Девушка встала, сделала несколько шагов ко мне и остановилась.

— Все в порядке, — сказал я. — Почти закончил.

Ухватившись за крышку гроба, я потянул вверх. В этот момент склеп осветила яркая молния. Из гроба на меня смотрело испуганное восковое лицо Мэриан Френч.

Одри завизжала.

Бросив крышку гроба, я обернулся.

Одри пятилась, сгорбившись и прижав ладони к лицу. Я взглянул на дверь. Редж отчаянно цеплялся за горло. Я смотрел на него, не в силах двинуться с места. Внезапно парня уволокли во тьму, а мгновением позже гулко стукнула, закрывшись, тяжелая дверь склепа. Раскат грома стих. Я услышал, как в замочной скважине поворачивается ключ, и язычок замка встает на место в каменной стене.

ГЛАВА ВОСЬМАЯ

Лишь спустя минуту я понял, что мы в ловушке. Я бросился к двери и с размаху толкнул ее всем телом. Дверь была из цельного куска мрамора, и я попросту ушиб об нее плечо. Я обежал склеп с фонариком, но других дверей не было. Пол был каменный, и без специальных инструментов поднять его было невозможно.

Мы уставились друг на друга. Испуганное лицо Одри блестело в желтом свете фонарика.

— Ты видел? — выдохнула девушка, подбежав ко мне. — Редж... Он убьет его! Ты должен что-нибудь сделать... должен ему помочь!

Я обнял ее, схватил за руки и произнес:

— Бога ради, Одри, не теряй голову. Тут ничего не поделать. Милая, ты так ничего и не поняла? Нас похоронили заживо!

Прижавшись ко мне, она застыла, но ничего не сказала. Подождав секунду, я продолжил:

— Ну и дураки же мы, что приехали сюда, никого не предупредив! Вот, попались. И что, черт возьми, теперь делать?

— Выберемся... — Одри старалась говорить ровно. — Но Редж... у него на шее была веревка... — Она всхлипнула, но сдержала слезы.

Теперь у меня не было даже пистолета — только тоненькая отвертка, но ею дверь не откроешь. Мягко отодвинув Одри в сторонку, я осмотрел замок и увидел, что надеяться не на что. С ним не справилась бы и динамитная шашка.

Что еще хуже, у фонарика садилась батарейка. Я выключил его, и мы оказались погружены в густую тьму. Прислушавшись, я ничего не услышал: толстые стены склепа не пропускали звук.

Из-за спертого, затхлого воздуха, темноты и незримого присутствия смерти нервы мои напряглись до предела.

— Теперь уже не так страшно, — вдруг сказала Одри. — Давай сядем, Марк. Уверена, нас кто-нибудь выручит.

Я нащупал ее руку, и мы вместе уселись на нижнюю ступеньку лестницы. Хотел бы я верить в спасение...

— Значит, во всем виноват Хенч, — сказала Одри, прильнув ко мне. — Вот выберемся отсюда, и он за все заплатит.

— Не думаю, что Хенч. Возможно, там был и Тед. Знаешь, что я думаю? Хенч тоже в этом замешан, но интуиция подсказывает, что девушек он не убивал. Он избавлялся от тел. — Я обнял Одри за плечи. — Однако это не поможет нам выбраться отсюда.

— Не думай об этом, — сказала Одри, и я почувствовал, что она слегка дрожит. — А то с ума сойдем. Мне часто снилось, что меня похоронили заживо... А тебе?

— Так, прекрати! — резко сказал я. — К чему эти разговоры? Лишь бы фонарик не подвел. — Я включил его снова, и тусклый желтый свет меня вовсе не обрадовал. — Погоди-ка секунду. — Я встал и подошел к открытому гробу. Поднял крышку и убедился, что мне не померещилось. Да, там действительно была Мэриан Френч. Если бы я только мог выбраться из склепа, дело было бы раскрыто.

Тишина была всепоглощающей, кроме того, становилось трудно дышать. Я мрачно подумал, что через несколько часов мы умрем от нехватки воздуха.

Вернувшись к Одри, я снова включил фонарик, обнял ее и сказал:

— Если выберемся отсюда, выйдешь за меня?

— Хм... — Она положила голову мне на плечо. — Ты и правда хочешь на мне жениться?

— Хочу. Больше всего на свете. — И это была правда.

— Будет что рассказать детям. Как ты сделал мне предложение в склепе. — Голос Одри дрожал, но она очень старалась говорить беспечно. Я поцеловал ее.

— Мы обязательно спасемся. — В тот же миг я почувствовал на лице дуновение ветерка. Замер, а потом помог Одри встать и повернулся к двери склепа. — Ни звука, — шепнул я ей на ухо. — Кто-то открывает дверь.

Несколько секунд мы стояли как вкопанные. Затем я загородил Одри спиной и включил фонарик.

Дверь склепа распахнулась в тот момент, когда на нее упал луч света.

Я приготовился к худшему. Должно быть, Элмер Хенч вернулся, чтобы нас прикончить. Но в дверях, щурясь в желтом свете фонарика, стоял Редж.

— Все, с меня хватит, — сдавленно произнес он. — Братишка, это была последняя капля!

Я прыгнул вперед, схватил его за ворот пиджака и крикнул «Редж!», а Одри, оттолкнув меня, обняла его за шею и поцеловала.

Через несколько секунд я оттащил Одри от Фиппса, хорошенько встряхнул его и осведомился:

— Что случилось?

— Правильно, давайте все испортим, — едко сказал он. — А ведь было так здорово! Скажите ей, пусть поцелует меня еще разок.

РЕКВИЕМ БЛОНДИНКЕ **235**

— Не скажу, тупица. — Признаться, я был рад его видеть. — Черт! Я думал, вас убили.

Оглянувшись, Редж посмотрел на темное кладбище и с чувством произнес:

— Я тоже так думал. Если бы те двое не струсили, сейчас я бы с вами не разговаривал.

— Двое? — резко спросил я. — Их было двое?

— Именно. Хенч и еще кто-то. Он-то и проделал фокус с веревкой. Я стоял у двери, смотрел в оба. Вдруг сверкнула молния, все вокруг залило светом. В тот момент я увидел Хенча — он стоял в добрых пятидесяти ярдах от меня, но я хорошо его разглядел. Хотел крикнуть вам, но тут что-то упало мне на голову. На шее затянулась веревка, меня потащили...

— Я видел, как все было, — перебил я. — Перепугался до смерти.

— Сами понимаете, каково мне пришлось, — продолжил Редж, осторожно ощупывая горло. — Не включи я мозги, сейчас уже остывал бы. Кто-то промчался мимо — наверное, Хенч, — и я услышал, как дверь захлопнулась. И понял, что если меня убьют, то и вам конец. К тому времени петля уже затянулась как следует, дышать было невозможно. Но я устоял на ногах и начал двигаться к тому парню, что держал лассо, чтобы ослабить натяжение. Получилось, но не очень. Я уже стал отключаться, но тут вспомнил — а почему не вспомнил раньше, не знаю, — что у меня в руке ваш пистолет. Начал стрелять. Вот, собственно, и все. Этим ребятам не понравилось, когда жертва палит из пушки во все стороны. Вот они и смылись. Когда тот парень бросил веревку, я окончательно пришел в себя. Стрельнул еще пару раз, чтобы им бежалось быстрее, и отправился посмотреть, как у вас дела. Дверь оказалась заперта, ключа у меня не было, но через какое-то время я нашел его в траве. Должно быть, Хенч обронил. Я поднял его, пришел сюда и всех спас.

Сделав глубокий вдох, я спросил:

— Вы рассмотрели второго человека?

— Нет. — Редж покачал головой. — Знаю только, что их было двое. Хенч и еще кто-то.

— Не пора ли уходить? — Одри взяла меня за руку. — Они могут вернуться.

— Один момент. — Я сжал ее ладонь. — Кое-что проверю, и уматываем. У вас есть чем посветить, Редж? Моя батарейка почти сдохла.

— Что вы задумали? — встревоженно спросил парень, протягивая мне крошечный карманный фонарик. — Мне это место уже поперек горла стоит.

— Ключ от склепа у вас?

— Ага. — Он показал мне ключ.

— Закройте дверь и встаньте к ней спиной. Мне нужно открыть еще один гроб.

— Ох, да вы спятили, — сказал он, но сделал, как я велел.

Одри сидела на ступеньке, откинув голову к стене. Лицо ее было напряженным и, казалось, осунулось, но возражать она не стала.

Я снова подошел к полке с двумя гробами. В один я уже заглядывал, теперь нужно было проверить второй. Минут через пять я выкрутил все винты и поднял крышку. Одного взгляда было достаточно.

— Редж, — позвал я. — Идите сюда. Узнаете?

Парень пересек склеп и встал рядом со мной.

— О господи, — тихо сказал он и отвернулся. — Это Льюс Макартур.

Я опустил крышку и вытер руки носовым платком. Все тело мое покрылось каплями ледяного пота.

— Этого достаточно. Другие проверять не будем. Уверен, в них остальные девушки. Ну, теперь пора по домам. Но нужно выставить у склепа полицейскую охрану — на случай, если убийца попытается перепрятать тела.

Редж открыл дверь склепа и вгляделся в темноту. Начинался дождь. Мы с Одри тоже подошли к выходу и прислушались. В воздухе висел густой запах тубероз, гвоздик, лилий, фиалок и жасмина. Вдали еле слышно погромыхивало, на землю падали крупные капли дождя. Казалось, кто-то стучит по отсыревшему барабану.

— Что-нибудь видите? — шепотом спросил я.

— Совершенно ничего. Но мне не очень-то улыбается ночная прогулка, когда из-за любого надгробия может выскочить пара убийц, — с беспокойством сказал Редж. — Может, заночуем здесь?

Я обдумал его предложение, но решил, что Одри не сможет провести в склепе еще шесть часов, и помотал головой:

— Уходим. Если будем держаться вместе, нас не тронут. Возможно, они уже далеко отсюда.

Мы вышли под проливной дождь. Я закрыл склеп. Мы поднялись по ступеням и вышли за ограду. Заперев калитку, я положил ключ в карман, взял Одри за руку и сказал:

— Пойдем.

В свете фонарика дождь, поливающий гравийную дорожку, казался черным. С ив зловеще капала вода. У горизонта сверкала молния, освещая серые грозовые тучи.

Мы шагали по дорожке, навострив уши. Сердца наши тяжело колотились. Было тихо, лишь хрустел гравий под ногами, и капли дождя мерно стучали по листьям.

Из темноты выплыла белая сторожка, и я понял, что мы почти пришли.

— Нужно забрать журнал, — шепнул я Фиппсу. — Вы двое подождите у окна.

— Нет, пойдем вместе. — Одри вцепилась в меня. — Нельзя расставаться ни на секунду.

— Ну ладно. — Я остановился у окна и поднял раму.

Через пять минут мы, усевшись в машину Одри, мчались в сторону гостиницы. На коленях у меня лежал регистрационный журнал. Сзади сидел Редж. Он вытирался носовым платком и что-то бормотал.

— Завтра все закончится, — пообещал я. — И конец истории зависит от тебя, милая.

— Скажешь, что нужно делать, — тихо произнесла Одри, — и я все сделаю. Только, пожалуйста, больше никаких кладбищ.

— Никаких кладбищ, — согласился я, похлопав ее по руке. — Но тебе все равно придется несладко.

Произнося эти слова, я заметил круглосуточный драгстор и остановился у входа.

— Нужно позвонить Бейфилду. Пусть выставит охрану у склепа.

Мне повезло застать Бейфилда, когда он уходил. Услышав мое имя, он не проявил особенного энтузиазма.

— Завтра вечером дело будет раскрыто, — сказал я. — Если хотите поучаствовать, можете мне помочь. Если же не хотите, вся слава достанется мне, а вам перемоют косточки в прессе.

— Что случилось? — осведомился он. — Если вам что-то известно, приезжайте в управление. Или я арестую вас как соучастника.

— Не будьте ослом. Я расскажу все завтра вечером, но не раньше, — осадил его я. — Мне нужно, чтобы вы прислали двоих людей на кранвильское кладбище, к склепу номер двенадцать. Прямо сейчас. Им надо будет лишь следить, чтобы туда никто не забрался. Ключ у меня, но допускаю, что есть дубликат. В склепе достаточно улик, чтобы раскрыть дело.

— Там девушки, верно? — взволнованно спросил Бейфилд.

РЕКВИЕМ БЛОНДИНКЕ

— Угу. Но до завтрашнего вечера нельзя поднимать шум, иначе преступник скроется. Не исключено, что он уже и так слишком напуган и не решится на следующее убийство. Ну что, договорились?

— Хорошо, Спивак, — наконец произнес он. — Я все устрою, но завтра вечером мы возьмем все под свой контроль.

— Конечно. — Я ухмыльнулся в телефонную трубку. — Разумеется, возьмете.

Закончив разговор, я вышел под дождь.

Следующим утром я встал пораньше, когда Одри и Редж еще спали. Нужно было сходить на почту, отправить длинную телеграмму полковнику Форсбергу. Затем я заглянул в магазин медицинского оборудования и разместил там срочный заказ.

В гостиницу я вернулся в начале двенадцатого и сразу же постучал в дверь Одри.

— Войдите! — крикнула она.

Одри сидела в постели. Рядом с ней на столе стоял поднос с завтраком. Отложив утреннюю газету, девушка улыбнулась, протянула мне руку и спросила:

— Где ты был?

Я сел на кровать и взял ее за руку. Подумал, что Одри прекрасно выглядит.

— Решал организационные вопросы, — ответил я. — Помимо прочего, разузнал насчет венчания.

— Вот как? — Одри рассмеялась.

— Именно, — кивнул я. — Неужели ты думаешь, что я упущу такой шанс? В склепе ты сказала, что, если мы выберемся, ты выйдешь за меня. Так и будет.

— Я не против. — Одри притянула меня к себе. — Быть женой детектива непросто, но ты, по крайней мере, найдешь ответ на любой мой вопрос.

Мы приятно провели следующие пять минут, а потом Одри оттолкнула меня и сказала:

— Пора сосредоточиться на деле. Что будет дальше?

Я закурил, пригладил волосы и усмехнулся:

— Много чего. Во-первых, тебе предстоит в последний раз сходить на свидание в качестве незамужней девушки. После этого свидания у тебя будут только со мной. Так что нужно подготовиться.

— Свидание? Имеешь в виду, с Тедом?

— Угу. Нужно с этим разобраться. Возможно, мы спугнули Теда, и он пойдет на попятную. Но если нет, мы его возьмем.

— Ты правда думаешь, что он убийца? — спросила Одри. — У меня это до сих пор в голове не укладывается.

— Похоже, что да. Все сходится. Думаю, он сексуальный маньяк. А Хенч прячет тела, чтобы его прикрыть, — серьезно сказал я. — Очень не хочется использовать тебя как приманку, но, если мы не возьмем Теда с поличным, он может отвертеться от обвинения.

— Что мне нужно сделать?

— Ты договорилась с ним о встрече, верно? Значит, тебе осталось только явиться на свидание. Остальное — насколько я понимаю — сделает он. Тебе не о чем беспокоиться. Мы с Фиппсом тебя подстрахуем.

— На словах все просто, — заметила Одри. — Главное, будь осторожен.

— Буду, — пообещал я и поцеловал девушку. — Не волнуйся и не спеши вставать. До вечера ты совершенно свободна. Позже я загляну снова.

Потом я навестил Реджа. Тот расхаживал из угла в угол, но тут же поднял взгляд и спросил:

— Какие новости? Откуда вы?

— Надо было утрясти кое-какие дела, — ответил я. — До вечера заняться нам особенно нечем. Теперь все зависит от Теда. Если он придет на свидание и попытается убить Одри, мы его задержим. В ином случае все будет гораздо сложнее.

— То есть Одри будет приманкой?

— Отважная девушка, — кивнув, произнес я. — Жаль, что пришлось ее об этом просить.

В этот момент зазвонил телефон. Администратор сообщил, что меня хочет видеть Бейфилд. Я скривился и сказал, чтобы он поднимался к нам. Повесил трубку, взглянул на Реджа и сообщил:

— Сейчас придет Бейфилд. Надеюсь, он не добавит нам проблем.

Спустя несколько минут в номер вошел Бейфилд, одетый все в тот же черный костюм в белую полоску. На мясистом лице было кислое, недоверчивое выражение.

Я указал ему на единственное кресло. Редж присел на подоконник, а я встал у пустого камина.

Не снимая шляпы, Бейфилд тяжело уселся, посмотрел на Фиппса и перевел взгляд на меня.

— Надеюсь, вы понимаете, что затеяли, — сказал он, разворачивая жевательную резинку. — Я ничего не говорил шефу, и мне это не по душе. — Он отправил пластинку в рот и принялся жевать.

— Дело почти раскрыто, — сообщил я, задумчиво глядя на него, — но ситуация щекотливая.

— Лучше бы без «почти», — недовольно сказал Бейфилд. — Если вы не справитесь, Мейси будет вне себя от ярости.

— Вы поставили охрану у склепа?

Он кивнул:

— Отличное задание. Парни были в восторге. Проторчали всю ночь под проливным дождем, слушая, как покойники ворочаются в могилах. Хочется верить, что там и правда спрятаны тела девушек.

— Все так, — мрачно сказал я. — Видел их собственными глазами.

— Значит, Исслингер? — Бейфилд резко взглянул на меня.

— Не Макс, — ответил я, покачав головой.

Бейфилд ждал, но я не стал договаривать. Часы отсчитывали время, а мы все смотрели друг на друга.

— Мальчишка, да? — наконец спросил Бейфилд.

— Возможно. Сегодня вечером будет ясно.

Он пожевал еще какое-то время, а потом заметил:

— Вы не дурак. Знаете, почему я решил пойти вам навстречу? Макартур — мой друг.

Я сказал спасибо.

— Мейси повел бы себя иначе, — продолжил Бейфилд. — Он бы взломал склеп. Понимаете, в этой ситуации я подставляюсь. Так что лучше бы вам раскрыть дело.

— По крайней мере, я хотя бы тела нашел. Этот результат уже получше вашего, — напомнил я.

— Ага, — согласился он. — Кранвиль насквозь прогнил. — Немного подумав, Бейфилд добавил: — Скорее всего, Мейси теперь придется уйти в отставку. И это тоже к лучшему.

— Кранвиль мне больше неинтересен, — сказал я. — Поймаю убийцу, а потом свалю.

— А мне здесь жить, — пояснил Бейфилд, вытянув длинные ноги. — Не хочу, чтобы городом управлял Вульф. А если Исслингер выйдет из игры, так и будет.

— Никаких «если», — сказал я. — Теперь ему ничего не светит. Его шурин замешан в убийствах, и этого уже достаточно.

— Еще бы, — понуро подтвердил Бейфилд. — Может, найдем кого-нибудь еще на пост мэра. Вульф мне совсем не нравится.

— Думаю, с Вульфом мы разберемся. — И я рассказал ему про Эдну Уилсон.

Бейфилд задумчиво выслушал мой рассказ, а потом искоса глянул на меня:

— Вы, похоже, почти ничего не упускаете. Если это правда, Вульфа мы сможем прижать.

— Правда и ничего, кроме правды, — сказал я.

— О'кей. Я этим займусь. — Бейфилд поднялся на ноги.

— Побеседуйте с Латимером, — посоветовал я. — Он все устроит. Одна статья на первой полосе «Кранвиль газетт», и город закипит. Если правильно разыграете свои карты, сможете занять место шефа полиции.

— Об этом я уже подумал. — На лице его мелькнула кислая улыбка. — Да, побеседую с Латимером.

— Хотите с нами? — спросил я.

Бейфилд вопросительно взглянул на меня.

— Ну, сегодня вечером, — объяснил я. — Лавры мне не нужны. Хватит того, что полковник Форсберг будет знать: я сделал свою работу.

— Конечно хочу, — оживился Бейфилд.

— Вот и славно. Приходите сюда к семи. Думаю, втроем мы справимся.

— Приду, — сказал он. Направился было к двери, но остановился и продолжил, глядя в стену поверх моей головы: — Не люблю частных шпиков. Но вы — исключение.

— Обо мне не беспокойтесь, — рассмеялся я. — Лучше гляньте, какие бабки я заколачиваю.

— Ну да, ну да, — кивнул он и вышел, закрыв за собой дверь.

— Ишь, какая важная шишка, — фыркнул Редж. — Вечно лезет куда не просят. Что это вы с ним так ласково?

Закурив сигарету, я уселся в кресло, нагретое грузным Бейфилдом, и сказал:

— Почему бы и нет? В конце концов, мы свое дело сделали. Дальше начинается работа полиции. Если Бейфилд разберется с Мейси и Вульфом, нам это только на руку. — Затянувшись, я выпустил длинную струйку дыма в потолок. — Хотите поехать в Нью-Йорк, Редж? Думаю, полковник Форсберг подыщет вам занятие.

— Шутите? — Редж изумленно уставился на меня.

— В этом городке вам делать нечего, — заметил я. — Мы с Одри собираемся пожениться. — Выслушав его поздравления, я повторил: — Ну так что, хотите поехать?

— А то, — кивнул Редж. — Еще как хочу.

— Отлично. Что ж, до вечера можете быть свободны. Но далеко не уходите. — Я встал и направился к двери.

— Куда вы? — спросил он.

— Куда? — с усмешкой переспросил я. — Ну что вы как ребенок? Я иду к своей супруге.

В начале седьмого я вошел в комнату Одри. Под мышкой у меня была квадратная коробка. Одри причесывалась у туалетного столика. На ней был пеньюар огненного цвета.

— Где ты пропадал? — Одри, развернувшись, протянула ко мне руки.

Я поцеловал ее, поставил коробку, уселся в стоящее рядом кресло и сказал:

— Занят был. Тед давал о себе знать?

Одри кивнула:

— Звонил час назад. Пригласил в «Сайро-клаб», к восьми.

— Значит, все в силе, — произнес я, едва сдерживая волнение. — Что еще он сказал?

— Ничего особенного. Разговаривал дружелюбно. Кажется, он очень рад, что мы встретимся. Много шутил — вот, пожалуй, и все. Знаешь, мне до сих пор не верится...

— Скоро мы все узнаем, — сказал я. — Как планируешь одеться?

— Думала, платье... — Одри озадаченно смотрела на меня. — А что? Хочешь, чтобы я надела что-то особенное?

— Да. Белый костюм и водолазку. Или даже легкий свитер с высоким воротником.

— Не слишком ли жарко для такого наряда? — возразила Одри, но тут же осеклась, встретившись со мной взглядом. — Хочешь сказать, это важно?

— Еще как важно, — подтвердил я. — Белый костюм — чтобы я видел тебя в темноте. А высокий ворот — чтобы спрятать вот это. — Я открыл коробку.

— Это еще что такое? — воскликнула Одри.

— Так, пришла в голову одна мыслишка. — Я вынул из коробки гипсовый слепок шеи и плеч Одри — из двух половинок, крепкий и мастерски сделанный. — Теперь сиди смирно. Мы его примерим.

— Но зачем? Почему мне нужно надевать эту мерзость?

— Если у тебя на шее будет эта штуковина, — тихо сказал я, — как бы убийца ни старался, он не сможет тебя задушить. Ты же не думаешь, что я намерен рисковать?

Одри испуганно взглянула на меня, но ничего не сказала. Раскрыв пеньюар, она примерила одну половинку слепка. Подошло отлично. Я установил вторую половинку на другом плече и затянул ремешки. Теперь шея Одри была полностью защищена. Открытым оставался лишь дюймовый участок под ушами. Слепок не касался кожи и не стеснял движений. Я очень им гордился.

— Но я не смогу просидеть в нем весь вечер! — выдохнула Одри. — Тед заметит.

— Тебе и не придется. Это просто примерка. Перед выходом из клуба зайдешь в дамскую комнату и наденешь эту штуку. Она будет у меня, и в нужный момент я ее тебе передам. В темноте Тед ничего не заметит.

— Какой ты умный! — сказала Одри. — Сам все придумал?

— Хватит шутить. — Я усмехнулся. — Тебе грозит опасность, и я не хочу, чтобы что-то случилось. Этот слепок тебя защитит.

— Надеюсь, ничего страшного не произойдет, — ответила Одри. — Теперь беги, мне нужно переодеться. И шею эту забери.

Я расстегнул ремешки, поцеловал Одри и вернулся к себе в номер. Редж лежал на кровати и курил.

— Что-то я нервничаю, — сказал он, усевшись. — Где вы были и что это у вас?

Я рассказал ему про слепок.

— Святые угодники! — воскликнул он. — Хорошая мысль. Но вы же не думаете, что ее и правда будут душить?

— Скорее всего, так и будет, — сказал я, закуривая. — Рисковать я не собираюсь.

— Что у вас там еще? — Редж с подозрением взглянул на меня. — Рассказывайте, чем вы занимались?

— Успеется, — с ухмылкой ответил я. — Я обещал Бейфилду, что раскрою это дело. Если повезет, так и будет. Но пока еще рано посвящать вас во все подробности.

— Ну ладно, раз уж вы такой загадочный... — Редж нахмурился. — Подумали бы о моей нервной системе.

— Подумаю, — пообещал я и взглянул на часы. Без четверти семь. До чего же медленно тянется время! Оставалось лишь ждать. Я сел, прокрутил в голове свой план и не нашел в нем изъянов. Больше я ничего не мог сделать.

В семь часов приехал Бейфилд. Выглядел он живенько и даже улыбнулся нам, входя в комнату.

— Ну, началось, — сказал он, присев на край кровати. — Я встретился с Латимером. Вульф у нас в кармане.

— Во сколько это обошлось? — спросил я, зная, что Латимер не пойдет против Вульфа бесплатно.

РЕКВИЕМ БЛОНДИНКЕ

— У меня есть друзья. — Бейфилд подмигнул. — Один парень хочет купить «Кранвиль газетт», а завтра вечером Вульф будет рад от нее избавиться.

— Может, вы и нового мэра нашли? — спросил я, пристально глядя на него.

— Может, и нашел, — ответил Бейфилд, — но все зависит от вас. Если ваш вечерний трюк провалится, я попаду в чертовски неприятную ситуацию.

— Не провалится, — пообещал я. — Выпьете?

— Вот только собирался попросить, — кивнув, сказал Бейфилд. — Введите-ка меня в курс дела.

Для начала я позвонил администратору и заказал напитки, а затем рассказал, что Одри и Тед Исслингер встречаются в «Сайро-клабе». А что будет потом, зависит от Исслингера.

— Значит, это Тед Исслингер? — Бейфилд покачал головой. — Старик будет в шоке. Сам он мне нравится, но парнишка — дело другое. Слишком уж любит бегать за девицами. В свое время нам даже жаловались. Вы в курсе?

Я покачал головой:

— Слыхал, что парень шальной, но не знал, что он еще и распутник. Этот его приятель, Роджер Керк... Его можно привлечь свидетелем обвинения.

— Он не лучше, — проворчал Бейфилд. — Оба давно напрашиваются на неприятности. В городке вроде Кранвиля нелегко что-либо скрыть, но пока что им это удавалось. Думаю, выбирали девушек, которые побоятся жаловаться. Пару раз на них заявляли, но Исслингер улаживал все с Мейси. — На лице его мелькнуло отвращение. — С Мейси можно уладить что угодно, были бы деньги.

Принесли напитки, и я соорудил три виски с содовой. Когда мы уже почти все допили, в комнату вошла

Одри — в белом жакете, белой юбке и бело-голубом кашемировом свитере. Выглядела она сногсшибательно, и Бейфилд смотрел на нее, не скрывая восхищения.

— Ну и ну! — воскликнула она. — Вы, значит, накачиваетесь спиртным, а про меня и не подумали? Между прочим, душить будут не вас, а меня.

— Не говори так, — возразил я. — Я не хочу, чтобы моя жена пила виски. В клубе куплю тебе джина.

Печально покачав головой, Одри плеснула немного виски в мой стакан и добавила содовой.

— Пока я свободна, буду делать что хочу. А как стану замужней женщиной, буду слушаться тебя. Возможно. Если ты не потребуешь лишнего.

— Готов поспорить, ваша жена себе такого не позволяет, — сказал я, повернувшись к Бейфилду.

— Моя-то? — фыркнул он. — Я не видел ее уже шесть лет и не горю желанием встречаться.

— Уверена, что миссис Бейфилд сказала бы то же самое, — улыбнулась Одри. — Значит, вы оба нашли свое счастье.

— Пожалуй, нам пора. — Я взглянул на часы и продолжил, обращаясь к Одри: — Возьми такси и поезжай в клуб. Мы все время будем рядом. Если Тед куда-то тебя позовет, пойдешь с ним. Но перед выходом из клуба наденешь слепок.

— Хорошо, — пообещала она и, повернувшись к остальным, сказала: — Если позволите, я бы хотела остаться наедине с будущим мужем. Думаю, ему есть что сказать мне с глазу на глаз.

С неловкой улыбкой Бейфилд направился к двери. Редж пошел за ним.

Через пять минут мы спустились в фойе, и Одри уехала на такси. Мы втроем взяли еще одну машину и отправились за ней.

— Отважная девушка, — вдруг сказал Бейфилд так, словно не мог больше сдерживаться. — Повезло вам с ней.

— А то я не знаю, — сдержанно ответил я, нисколько не шутя.

«Сайро-клаб» был единственным приличным заведением в Кранвиле. Мы приехали в самом начале девятого и как раз успели увидеть, как Одри поднимается по широким ступеням и идет к бару.

— Редж, — сказал я, — побудьте снаружи. Если там много народу, есть шанс, что мы ее упустим. Смотрите в оба и не отпускайте такси. Понятно?

Редж кивнул, и мы ушли.

В баре было полно людей, и мы с Бейфилдом едва протолкались сквозь толпу. Я заказал два больших виски и глянул поверх голов, пока бармен возился с напитками. Одри сидела за столиком у двери. Она была одна.

— Тед пока не объявился, — тихо сказал я, обращаясь к Бейфилду. — Может, струсил?

Бармен принес виски, кивнул Бейфилду (оказалось, они знакомы) и занялся другими клиентами. Мы отошли от стойки и устроились в дальнем углу зала — так, чтобы незаметно следить за Одри. Через пять минут я увидел, как к Одри подбежал посыльный и что-то ей сказал.

— Что-то намечается, — сказал я Бейфилду. — Ждите здесь, а я схожу к ней узнаю.

Когда я подошел к Одри, посыльный уже удалился.

— Он оставил сообщение. — Одри встала. По глазам было видно, что она слегка испугана. — Хочет, чтобы я немедленно приехала на Мэддокс-авеню, в дом сорок девять. У его друзей там вечеринка.

— Теперь понятно, как он заманивал девушек в дом на Виктория-драйв. — Я помахал Бейфилду, и тот быстро подошел к нам.

— Где Мэддокс-авеню? — спросил я.

— Сразу за Виктория-драйв, — ответил Бейфилд, удивленно глядя на меня. — А что?

— Тед оставил сообщение для Одри. Хочет, чтобы она туда приехала. Говорит, у его друзей там вечеринка. В доме номер сорок девять.

— Минуточку. — Бейфилд, громко топая, ушел к телефону и через пять минут вернулся. На его мясистом лице читалось волнение.

— В этом доме никто не живет, — сказал он. — Я сказал парням, чтобы были готовы взять его в оцепление, как только мы войдем. Похоже, вы и правда на верном пути.

Я протянул Одри коробку, которую носил с собой.

— Надевай, милая, и поехали.

— Страшнее, чем зуб вырвать. — Глубоко вздохнув, Одри попробовала улыбнуться, но у нее не очень-то получилось. — Как же я буду рада, когда все закончится!

С этими словами она ушла в дамскую комнату. Мы же, проводив ее взглядом, спустились на улицу и сели в такси.

Мэддокс-авеню оказалась тускло освещенной улицей. По одну сторону были дома, по другую — огромный пустырь, а за пустырем — сталелитейный завод. Дома стояли редко, как зубы в старческом рту, и были покрыты многолетним слоем сажи и копоти. Других унылых подробностей я не разглядел, поскольку было темно.

Мы подошли к такси Одри, чтобы еще раз проговорить план.

— Сначала пойдем мы с Бейфилдом. Спрячемся в саду, — сказал я. — Редж, вы догоните нас, когда машина Одри подъедет к дому.

Высунувшись из окошка такси, Одри встревоженно спросила:

— А что делать мне?

— Подойдешь к дому, позвонишь и подождешь. Если дверь откроет Тед, зайдешь с ним внутрь. Мы будем рядом, — пояснил я. — У тебя есть пистолет?

— Да... В сумочке.

— Возьми его в руку, но держи так, чтобы не было заметно. Если дело примет крутой оборот и мы не успеем вовремя, стреляй. Бейфилд не против.

Водитель такси слушал наш разговор с открытым ртом. Наконец он не сдержался:

— Похоже, у вас намечается вечеринка. Ну и ну! Будет что рассказать моей старушке.

Бейфилд резким тоном предложил ему заткнуться.

— Всем все ясно? — спросил я, и мне ответили утвердительными кивками. Я стиснул руку Одри. — Не бойся. — И добавил, понизив голос так, чтобы меня слышала только она: — Я очень тебя люблю.

После этого мы с Бейфилдом пошли по Мэддокс-авеню, держась в тени. Сорок девятый оказался последним домом на улице. Посреди большого сада он выглядел темным и заброшенным. Мы осторожно подошли поближе, и я заметил, что в холле горит свет.

— Видите? — шепнул я Бейфилду. — Он там, поджидает жертву.

— Может, ворвемся и схватим его? — спросил Бейфилд. — Не хочется, чтобы девушка шла туда одна.

— И мне не хочется, — коротко ответил я. — Но другого выхода нет. Его нужно взять с поличным.

Остановившись, мы стали смотреть сквозь живую изгородь, окружавшую сад. Свет горел только в холле.

— Проверим заднюю дверь. Может, сумеем забраться внутрь, — пробормотал я.

— Мои ребята уже должны быть на месте, — шепнул Бейфилд. Он взглянул на часы. На светящемся циферблате было восемь пятнадцать. — Вы поосторожнее, а не то схлопочете дубинкой по голове.

— Тогда вы идите первым, — сказал я, делая шаг назад. — Ваша голова выглядит покрепче моей.

Что-то пробурчав, Бейфилд пошел вперед, я — за ним. Мы обошли дом, и тут из темноты выросла человеческая фигура. Я заметил блеск серебряных пуговиц, а Бейфилд спросил:

— Есть что доложить, сержант?

Сержант покачал головой:

— Мы приехали пару минут назад. В доме кто-то есть, но мы никого не спугнули.

— Сколько с вами человек?

— Шестеро. Стоят по всему саду. Я велел всех впускать, никого не выпускать. Верно?

— Да. — Бейфилд повернулся ко мне. — Лучше бы взять сержанта с собой. Как считаете?

— Согласен. Только давайте потише.

По неровной земле мы прокрались на задний двор. К двери черного хода вела бетонная дорожка. Мы тихонько пошли вперед, и тут с улицы донесся шум подъезжающего такси.

Я нервничал, руки мои дрожали. Внезапно мне захотелось отозвать Одри, не дать ей подойти к дому. Лишь чудовищным усилием воли я совладал с паникой.

Бейфилд подергал дверь черного хода и сказал мне на ухо:

— Заперто.

Отодвинув его в сторонку, я осмотрел замок. Он оказался несложным. Я вынул перочинный нож, секунду повозился с замком и распахнул дверь.

В этот момент такси остановилось у ворот. Чуть позже где-то в доме прозвенел звонок.

Я вошел в кухню, включил фонарик и шепнул Бейфилду:

— Она у входной двери. Дайте мне пару минут, а потом идите за мной. Сержант пусть охраняет черный ход.

Бейфилд сжал мою руку, показывая, что все понял. Я пошел вперед. Сунул руку под пиджак и расстегнул кобуру с полицейским пистолетом 38-го калибра.

Звонок прозвенел снова. Я выключил фонарик, открыл дверь кухни и услышал, как кто-то спускается по лестнице.

Встав в узком темном коридоре, я ждал: пистолет выставлен вперед, а сердце выпрыгивает из груди. Холл освещала масляная лампа с абажуром, висевшая у самой лестницы.

На стене появилась тень — костлявая, сутулая фигура с длинными тощими руками и нелепыми, похожими на когти пальцами. Тень быстро и бесшумно двигалась к входной двери. Через мгновение я увидел Элмера Хенча. Тот остановился, прислушался, а затем рывком распахнул дверь.

Я слышал, как у Одри перехватило дыхание. Она едва не вскрикнула. Костлявые пальцы сомкнулись у нее на руке, и Хенч втащил ее в дом. Одри вырвалась, но он успел закрыть дверь, встал к ней спиной и с улыбкой произнес:

— Добрый вечер, мисс Шеридан.

В мерцающем свете масляной лампы его вытянутое бледное лицо внушало ужас, и Одри отшатнулась. Она была совсем рядом со мной. Я слышал ее быстрое, неровное дыхание.

— Не бойтесь, мисс Шеридан, — сказал Хенч. — Тед вас ждет. Он наверху, с друзьями. Не хватает только вас. Поднимайтесь к ним.

Одри стояла, словно парализованная. Хенч нахмурился, а потом его лицо расплылось в жуткой ухмылке.

— Что вы стоите? — спросил он. Протянул к девушке костлявые пальцы и тут же отдернул руку. — Идите к Теду. Он вас уже заждался. — Хенч сдавленно хихикнул. — Вы ему очень нужны.

Одри медленно направилась к лестнице, не сводя глаз с Хенча. Тот неподвижно стоял у двери. Поставив ногу на первую ступеньку, Одри застыла. Я чувствовал, как Бейфилд дышит мне в затылок, но не оборачивался, сосредоточив все внимание на Одри.

И тут началось. Что-то со свистом рассекло воздух. Одри, взвизгнув, схватилась за веревку, что обвила ей шею. Девушку начали медленно поднимать вверх. Когда ее ноги оторвались от пола, Хенч испустил тихий животный рык, бросился вперед и повис у Одри на коленях. Тут у моего уха грохнул пистолет, и я чуть не ослеп от вспышки.

Хенч тихо свернулся на полу, а я бросился вперед, ухватил Одри за талию и приподнял, ослабив натяжение веревки. Тело девушки обмякло, и я с ужасом подумал, что опоздал.

Стрелявший в Хенча Бейфилд сдернул петлю у Одри с шеи, и она сказала: «Все в порядке, Марк», а потом начала всхлипывать. Тут в дом ворвался сержант полиции, за ним бежал Редж. Я передал ему Одри, велел присмотреть за ней, а сам бросился вслед за Бейфилдом. Он ждал меня наверху, у лестницы.

— Теперь он наш, — сказал Бейфилд сквозь зубы. — И легко он не отделается.

— Увидите, что будет, когда этот дьявол окажется у меня в руках, — свирепо сказал я.

Мы пошли по темному коридору. Лучи наших фонариков шарили по стенам. В одной был ряд дверей, и я заходил в каждую комнату по порядку. Бейфилд стоял в коридоре с пистолетом наготове — на случай, если преступник надумает сбежать.

Мы открывали дверь за дверью, подбираясь к убийце, — а тот таился во тьме и слушал, как мы медленно приближаемся.

Наконец осталась только одна комната.

— Считайте, что мы его взяли, — шепнул мне Бейфилд. Шагнул вперед и крикнул: — Выходи! Слышишь? Поднимай руки и выходи!

Из комнаты донесся какой-то звук.

— Выходи! — снова крикнул Бейфилд.

Сержант и два копа поднялись на второй этаж и остановились у лестницы. Их мощные фонарики осветили источенную червями дверь.

В комнате послышались шаги. Медленные, легкие и нетвердые.

Мы подняли пистолеты.

Дверь начала открываться и вдруг распахнулась. За ней стояла миссис Исслингер: губы плотно сжаты, каменный взгляд устремлен вперед.

На ней было все то же дурно скроенное черное платье, а на голове — плоская черная шляпка, усыпанная черными блестками. Она все смотрела на нас, а потом внезапно расхохоталась, громко и безудержно.

Мы сидели в фойе гостиницы, курили и выпивали. Это был наш последний вечер в Кранвиле, и все мы были слегка навеселе.

Бейфилд сиял. Дела у него пошли в гору, и он уже видел себя в кресле шефа полиции. Как только эта история получит огласку, губернатор штата потребует провести расследование и Мейси вылетит с должности.

— Вы отличный парень. — Подвыпивший Бейфилд гордо поднял свой стакан и кивнул мне. — Просто золотой, хоть и частный шпик.

Я сказал спасибо. Одри, положив голову мне на плечо, смотрела в потолок и загадочно улыбалась.

— Это везение, — тихо произнесла она. — Счастливая случайность. Теперь я знаю, как стать звездой частного сыска. Нужно прицепиться к невиновному и ждать, когда тебе улыбнется удача. Милый, признайся: ты и правда считал, что преступник — Тед.

— Ну, какое-то время, — усмехнулся я. — Но потом я изменил свое мнение. — Заметив, что Одри начинает сердиться, я добавил: — Ладно, ладно, я подозревал Теда, но также решил проверить миссис И. и ее брата. Эта парочка меня озадачила. В любом случае откуда мне было знать, что они сумасшедшие? Я, в отличие от некоторых, не прожил всю жизнь в этом городке. Так что не нужно меня критиковать.

Латимер выпрямился и посмотрел на меня мутными глазами.

— Не ссорьтесь. Я хочу написать об этом статью. И как прикажете ее писать, если я ни черта не знаю?

— Да ты пьяный! — обрадовался Редж, хлопнув Латимера по плечу. — Забудь про статью. Давай еще выпьем.

Латимер нахмурился и пробурчал:

— Отстань. Пьяный я или трезвый, а работа есть работа. — Он взглянул на меня. — Рассказывайте. Да, старушка оказалась чокнутой, но это объясняет далеко не все.

— Если хорошенько подумать, то всему найдется объяснение, — заметил я, перебирая локоны Одри. — Полковник Форсберг прислал мне досье миссис И. Она мне сразу не понравилась, и я решил, что стоит ее проверить. И оказался прав. В молодости она выступала в передвижном цирке-родео. Управляется с лассо не хуже любого ковбоя. Отец ее умер в психиатрической больнице — он был маньяк-убийца. Дочь пошла по его стопам. В двадцать лет ее упекли в психушку, но брат ее вытащил. Вдвоем они отправились на Восток. Здесь она вышла замуж за Исслингера. Он ничего не знал о прошлом жены. Брат следил за ней, а когда у нее началось обострение, переехал в дом Исслингера — тот был вынужден взять его на должность управляющего. К тому времени Исслингеру было уже все известно, но ему не хватило мужества сдать жену в лечебницу.

— Откуда ты все знаешь? — удивилась Одри.

— Это одно из преимуществ сотрудника организации вроде «Интернешнл инвестигейшнз». Форсберг все для меня выяснил. Миссис Исслингер была одержима своим сыном. Страшно его ревновала. И стала смертельно опасной, когда Тед начал бегать по девушкам. Хенч — тоже псих. Но, в отличие от сестры, он не убивал людей. Его мания — бальзамировать тела. Когда миссис И. принялась душить подружек Теда, Хенч с радостью занимался бальзамированием. Додумался прятать трупы в семейном склепе Исслингеров. Но это вам уже известно.

— Само собой, — кивнул Латимер. — Значит, с ателье «Фото на бегу» все чисто?

— Я бы так не сказал. Миссис И., даром что сумасшедшая, твердо решила, что ее муж должен стать мэром. Поняла, что с помощью ателье можно подложить свинью Старки, и сосредоточилась на девушках, чьи фото были выставлены в витрине. Помните, я нашел там платок Мэри Дрейк? Готов поспорить, его подбросил Хенч. Надеялся, что мы с Тедом его найдем. Тед искренне верил, что Старки имеет отношение к этим убийствам. Почему? Потому что мама так сказала.

— А девушки? Почему все они — блондинки?

— Ровно по одной причине: Теду нравились девушки со светлыми волосами. — Я притянул Одри к себе. — Нет ничего лучше красавицы-блондинки.

— Подпишусь, — улыбнулся Бейфилд. — Жду не дождусь завтрашнего дня. Как приятно будет видеть лицо Мейси! Я с этого жирного борова шкуру спущу.

— Не понимаю, почему миссис Исслингер с братом пытались меня убить. Ведь они уже знали, что мы нашли тела, — сказала Одри. — Им было бы разумнее угомониться на какое-то время.

— Психи. Что брат, что сестра, — заметил я. — Мы расставили ловушку, и они не справились с искушением.

— Но где все это время был Тед? — спросила Одри. — Почему он не пришел на свидание?

— Об этом позаботилась миссис И. Тед сказал, что вы планируете встретиться, и она ухватилась за эту возможность. Хенч позвонил в «Сайро-клаб» и оставил сообщение: мол, Тед зовет тебя на Мэддокс-авеню. Миссис И. устроила так, что Тед задержался. Когда он приехал в клуб, тебя уже там не было. Наверняка этот же фокус она провернула и с другими девушками.

— Это все? — Латимер потушил сигарету.

— Похоже на то. Вот вам отличный материал для статьи. Не забудьте приписать все заслуги Бейфилду.

Бейфилд широко улыбнулся.

— Если понадобится помощь, — сказал Редж, — не стесняйся обращаться.

— Тогда пошли. — Латимер встал. — Напишем статью, а потом отпразднуем.

— Увидимся завтра утром, Редж! — крикнул я вдогонку. — Я уезжаю первым поездом.

Бейфилд допил виски и встал.

— Что ж, время позднее. Не буду вас задерживать. — Он протянул мне руку. — Пожалуй, мне даже жаль, что

РЕКВИЕМ БЛОНДИНКЕ

вы уезжаете. Если приедете в Кранвиль снова, вы его не узнаете. Без Вульфа и Мейси дела у нас снова пойдут на лад. — Оглянувшись, он прошептал: — Судя по ситуации, не удивлюсь, если в кресло мэра сядет Макартур. У меня есть человек, который обеспечит ему поддержку. Этот засранец парень неглупый, ему бы только от жены подальше держаться. — Подмигнув нам, Бейфилд слегка покачнулся и с лучезарной улыбкой закончил: — Ну, до скорого. Увидимся в церкви.

И он нетвердым шагом двинулся через фойе, а мы с Одри остались одни.

— Он очень милый, правда? — заметила Одри, взяв меня за руку.

— Копы всегда очень милые, если им от тебя что-нибудь нужно, — ответил я. — Дорогая, пойдем-ка спать.

Одри взглянула на меня.

— Если верить твоим словам, Макс Исслингер думал, что я не смогу раскрыть это дело, — сказала она. — Понимаю, ты надо мной подшучивал. Но если Макс действительно был такого мнения, зачем он меня нанял?

— Миссис И. убедила его пойти наперекор здравому смыслу, — усмехнулся я, обняв ее за плечи. — Думала, что ты...

— Хватит, — перебила Одри. — И не вздумай смеяться.

Я притянул ее к себе и поцеловал.

ВОТ ВАМ ВЕНОК, ЛЕДИ

ГЛАВА ПЕРВАЯ

Парни, собравшиеся посмотреть, как умрет Весси, сгрудились у стойки бара. Они делали вид, что им все нипочем, но им явно было не по себе.

Я вошел в бар как раз в тот момент, когда спиртное уже ударило им в голову. Увидев меня, они подняли возмущенный ор.

— Боже ты мой, вы только гляньте, кто к нам пожаловал, — крикнул Барри, — мистер Злоба дня.

Барри Хьюсон был неплохим парнем, но в мозгах у него царил кавардак. Я заказал виски и улыбнулся.

— Привет, ребята, — сказал я, помахав им рукой. — Держу пари, что у кого-то сегодня испортится настроение.

Их не устроила такая шутка, и они угрюмо меня окружили. Хьюсон ткнул меня в грудь указательным пальцем. Просто обожаю, когда меня тычут в грудь. Барри был пьяный, и я решил с ним не связываться.

— Послушай, приятель, — сказал он, прищурившись, чтобы получше меня разглядеть, — на такое дело только по приглашению. Ты тут в пролете. Будь паинькой и проваливай.

Я проглотил виски и показал ему свою пресс-карту.

— Ребята, вы там не единственные, — сказал я. — Куда вы, туда и я.

Хакеншмидт из «Глобуса» сдвинул свою шляпу на затылок.

— Как это ты всегда в выигрыше? — спросил он, его жирное лицо блестело как масленый блин. — Тебя тут вроде не стояло, а ты первый на раздаче.

Я кивнул:

— Знаю, это непросто, но так получается... Лучше рано, чем поздно, как сказала стюардесса одному пассажиру.

Хьюсон наполнил свой стакан и посмотрел на часы.

— Крайний срок — двенадцать ноль одна, — сказал он.

Хакеншмидт схватил пригоршню соломинок для питья и разделил их на два пучка; отложив один в сторону, он тщательно пересчитал оставшиеся соломинки. Я внимательно наблюдал за ним.

— Ты меня не учел, — заметил я, когда он закончил счет.

Этот тип приподнял свою толстую губу. Так он изображал насмешку.

— Неужели? — сказал он. — Думаю, ты тут ни при чем.

Я наклонился к стойке, выбрал одну соломинку и протянул ему:

— Положи ее в пучок и не дури.

Он посмотрел на меня, а я на него. Затем он взял у меня соломинку. Некоторые из этих сопляков думают, что они крутые парни. Но Хакеншмидт был просто придурком.

Одна из соломинок была намного короче остальных. Тот, кто вытянет короткую, услышит последние слова Весси. Я очень хотел, чтобы этот шанс выпал мне.

Хьюсон тянул первым, но короткая соломинка ему не досталась. Я пропустил перед собой еще троих, потом аккуратно протиснулся вперед, и все расступились. Я знал, какая из соломинок короткая, так что ее и заполучил.

Остальные стояли вокруг, пялясь на меня.

— Твой первый ход, — произнес Хьюсон. — Только не вздумай нарушить правила.

Я отбросил соломинку.

— Ты свое получишь, — сказал я. — Не волнуйся.

На часах было 11:20. Самое время опрокинуть еще пару стаканчиков. Эти парни глушили виски так, будто ожидали собственной смерти.

Выйдя на улицу, мы погрузились в три автомобиля, которые должны были отвезти нас к тюрьме. Хьюсон, Хакеншмидт и я с двумя другими парнями забрались в первую машину. Хьюсон сел за руль, а я занял место рядом с ним.

Когда автомобиль тронулся, Хьюсон спросил:

— С чего бы у тебя такой интерес, Ник?

Я усмехнулся. Хьюсон был стреляный воробей, но от меня он ничего не добьется.

— А почему бы и нет? — сказал я. — Весси поднял большой хай, разве не так? Я подумал — посмотрю, как его отправят на тот свет. В любом случае эти газовые штучки-дрючки для меня в новинку.

— Тебе что, этого не хватает? — спросил Хьюсон, обогнав тяжело груженный фургон.

Я пожал плечами:

— Вроде как.

— Думаешь, это сделал Весси?

Я снова усмехнулся:

— А ты думаешь — нет?

Хьюсон тихо ругнулся:

— Слушай, ты, задница, если за этим что-то стоит, то поделись. Я кое-что сделал для тебя и полагаю...

— Брось ты! — коротко сказал я. — Откуда мне знать, он или не он? Присяжные повесили на него, верно?

— Меня не интересует мнение присяжных. Я спрашиваю, что ты об этом думаешь.

— Я никогда не думаю, коллега, — поспешил я ответить. — Просто жду, когда что-нибудь произойдет.

Хьюсон хмыкнул.

— Ладно, умник, — сказал он. — Жди у моря погоды.

Мы добрались до тюрьмы в 11:40. Когда мы подъехали, за воротами нас ждали еще несколько наблюдателей. В тусклом свете все они выглядели напряженными и слегка потеснились, когда мы вывалились из машин. Так мы и стояли там кучкой, делая вид, что не знаем, зачем мы здесь, пока в 11:45 не открылись ворота.

Два надзирателя проверили нашу аккредитацию и быстро нас обыскали. После казни Снайдер[1] власти до смерти боялись, что кто-нибудь протащит сюда фотокамеру. Парни знали, что это бесполезно, и полицейские знали, что те это знают, так что шмон был просто для проформы. Затем мы двинулись через лабиринт ворот, которые запирались за нами еще до того, как мы проходили в следующие.

Мы шли гуськом и, полагаю, выглядели как славная компания профессиональных плакальщиков. Мы миновали большие тюремные корпуса, и наши шаги гулко повторяло эхо. В камерах было темно и тихо. Здание, где исполнялись смертные приговоры, находилось в дальнем углу огромного тюремного двора.

Мы обошли катафалк, припаркованный перед ним. Некоторые из нас просто мельком глянули на этот фургон и поджали хвосты.

---

[1] *Рут Браун Снайдер* (1895–1928) была казнена на электрическом стуле в тюрьме Синг-Синг за убийство своего мужа, Альберта Снайдера. Репортер «Нью-Йорк дейли ньюс» Том Ховард тайно сделал фотографию этой казни, и снимок появился во всех газетах. Это была первая фотография, на которой запечатлена казнь на электрическом стуле.

В «доме смерти» было два входа. Один вел в узкий проход между «камерой смерти» и наружной стеной здания. Другой — в маленькую камеру, где находился Весси, в нескольких футах от входной двери.

Рядом с этим строением не было никаких других зданий. Оно единственное занимало угол двора, где заключенные играли в мяч. Когда мы шли по двору, на наши ботинки осела пыль, и мы внесли ее в помещение, где исполнялись смертные приговоры.

Охранник остановился у входа:

— Кто тут из вас на «последнее слово»?

Я вышел из цепочки и указал на себя большим пальцем.

— О'кей, — сказал он. — Подождите здесь.

Остальные прошли по коридору и сгрудились перед стеклянными окнами газовой камеры. Хьюсон был последним, кто занял свое место. Проходя мимо, он сказал мне:

— Осторожней там, приятель.

Я был удивлен тем, что улыбка далась мне с трудом. Это мероприятие заставляло меня немного нервничать.

Газовая камера восьмиугольной формы была сделана из стали, с окнами со всех сторон. Узкий проход, по которому проследовали дальше все остальные, был устроен так, что между наружной стеной и камерой оставалось четыре фута пустого пространства. Из газовой камеры вверх тянулась очень высокая стальная труба, через которую выводился наружу газ по окончании казни.

На моей стороне места было немного больше. Я заглянул в камеру. Она была около пяти футов шириной и пуста, если не считать стального стула в центре, с ремнями. Под стулом были подвешены капсулы с цианидом. Мне не понравилась камера. У меня даже мурашки побежали по спине, когда я представил, что сижу там.

С того места, где я стоял, сквозь стекло камеры я мог видеть парней на противоположной стороне, смотрящих на меня в свое окно. Они помахали мне, и я изобразил, что опрокидываю в себя две порции вискаря. Эти парни выглядели в точности как кучка обезьян, собравшихся за стеклом.

Я приехал ради того, чтобы встретиться с Весси, поэтому решил, что могу взглянуть на него. Он сидел в своей камере и курил сигарету. На нем не было никакой одежды, кроме трусов.

Я посмотрел на охранника:

— Какой смысл в таком его виде?

Охранник заглянул в камеру:

— Мы всегда раздеваем их, насколько возможно. Газ пропитывает одежду, и потом ее трудно снять.

— Когда туда посадят даму, будет большой ажиотаж из-за пропусков, — сказал я.

Охранник поморщился. Наверное, он чувствовал себя не очень здорово.

— Да, — сказал он, — но тогда вас, зевак, сюда и близко не подпустят.

Весси был крупным парнем с угрюмым, тяжелым лицом. На мой взгляд, он довольно спокойно относился к тому, что его ожидало. Его глаза остекленели, и он был мрачен, но в нем не замечалось никакой паники.

Капеллан, беспокойный толстый коротышка, опустив голову, сидел рядом с ним на стуле и читал молитву. Весси то и дело поглядывал на него и облизывал губы. Я видел, что ему хотелось, чтобы капеллан прекратил молиться.

Я почувствовал, как меня внезапно охватила дрожь, будто стало холодно. Но это было не так. Я, наоборот, вспотел. По коридору быстро прошел начальник тюрьмы. Его лицо было зеленовато-бледным, и он не смотрел на меня.

Он просто сказал «о'кей» охраннику.

Они отперли дверь в маленькую камеру. Лицо Весси напряглось, и он посмотрел на меня поверх охранников. Меня не вдохновляло встречаться взглядом с этим парнем, но я подумал, что, может быть, мне лучше немного подбодрить его. Я подмигнул ему. Наверно, ничего хуже придумать я не мог, но мне просто хотелось выразить ему свое сочувствие.

Охранник похлопал его по плечу, и Весси встал. На ногах он стоял более твердо, чем я. Капеллан продолжал бубнить свое. Но похоже, от этих молитв толку было мало.

Весси вышел из камеры. На нем были наручники, и он продолжал вращать кистями рук, так что браслеты позвякивали.

Начальник тюрьмы мрачно зачитал смертный приговор, и голос его звучал как-то странно. Я видел, что у него за ухом стекает струйка пота. Закончив, он сказал:

— Последнее слово будет?

Именно этого я и ждал. Я подался вперед, чтобы быть ближе к Весси. Краем глаза я видел, как остальные прижались к стеклу, следя за происходящим и пристально наблюдая за мной. Весси в упор посмотрел на меня.

— Вы взяли не того парня, — сказал он не совсем ровным голосом. — Я этого не делал.

Охранники сомкнулись вокруг него, но Весси внезапно напрягся. Он продолжал смотреть на меня.

— Раскрой это дело, Мейсон, — пробормотал он. — Тут замешан Лу Спенсер. Ты должен взять его, это был Лу, слышишь?

Стражники засуетились и втолкнули его в газовую камеру. Я сделал запись, чтобы порадовать парней, но последние слова Весси я опустил.

Весси усадили на стальной стул с гранулами под ним. Затянули ремни. Пока все это продолжалось — не больше сорока пяти секунд, — он не сводил с меня глаз. Я кивнул ему, давая понять, что займусь этим. Он увидел, что я не оставил его слова без внимания, и облегченно вздохнул.

Охранник притащил керамическую посудину с серной кислотой и поставил ее под стул — прямо под гранулы. Затем он быстро вышел. Начальник тюрьмы осмотрел ремни — один на груди Весси, по два на каждой руке и по одному на каждой ноге. Потом положил руку на плечо Весси.

— Ты уйдешь быстро, мальчик, — сказал он. — Сделай глубокий вдох, ты ничего не почувствуешь.

Затем он вышел из камеры.

Весси остался один.

Охранник захлопнул тяжелую стальную дверь и задвинул засовы. Мы с начальником тюрьмы стояли и смотрели в газовую камеру через маленькое окошко у двери. Десять секунд ожидания, и эти десять секунд показались мне десятью годами. Я почувствовал, как колотится сердце.

Весси медленно повернул голову, оглядев лица, наблюдавшие за ним. Он начал осознавать, что его ждет.

Начальник тюрьмы смотрел на часы. Он протянул руку и положил ее на рычаг, который опускал гранулы в кислоту. Было заметно, каких усилий ему стоило потянуть этот рычаг, — какое счастье, что это должен был сделать он, а не я. Я больше не мог смотреть на Весси. Оказалось, что я не свожу взгляда с руки начальника тюрьмы. Я видел, как постепенно напрягаются его мышцы. Затем, с легким присвистом выдохнув сквозь стиснутые зубы, он дернул рычаг вниз. Отчетливый шлепок означал, что гранулы упали в посудину. При этом звуке Весси замер на стуле. Из кислоты начал струиться вверх белый газ. Весси натянул ремни, и мышцы на его руках внезапно вздулись.

Газ быстро поднимался. Мне показалось, что я чувствую вкус горького миндаля, — но я знал, что это безумие. Мое воображение было сильнее доводов разума.

Весси почувствовал этот газ. Он откинул голову назад и замотал ею, пытаясь увернуться от испарений. Стальной стул ограничивал его движения. Я видел, как он старался не дышать. Этот парень делал себе только хуже. Наконец он не смог больше удерживаться и вдохнул. И в тот же момент получил большую дозу газа.

Он вдруг закричал:

— Нет! Нет!

Его крик разнесся по камере и дошел до нас, приглушенный и жуткий.

Я поймал себя на том, что вцепился в стальной засов двери. Мне стало тошно.

Весси задыхался, глотал ртом воздух и рвался из оков. Мне хотелось вытащить пистолет и поскорее его прикончить.

Доктор, стоявший рядом со мной, одним глазом следил за секундомером. Тридцать секунд, тридцать пять — Весси продолжал биться. Сорок пять секунд — и его голова откинулась назад. Доктор нацарапал время на чистом листе бумаги, который держал перед собой. Весси, казалось, потерял сознание.

Его голова была запрокинута, и он перестал кашлять. Испарения наполнили камеру. Очень медленно его голова стала клониться вперед. Постепенно она опустилась на грудь, длинные черные волосы, упав на глаза, закрыли лицо. Я видел, что мышцы его живота все еще сокращаются. Прошло уже три минуты. Голова его шевельнулась и чуть приподнялась.

— Он мертв, — сказал доктор тихим усталым голосом.

Я отошел от окна. С противоположной стороны газовой камеры, сопровождаемый всеми, кто там был, выскочил Хьюсон. Все с вытаращенными глазами, и всем явно было нехорошо. Я и сам чувствовал то же самое. Чтобы умереть, Весси потребовалось больше четырех минут.

— Что он сказал? — спросил Хьюсон.

Я пожал плечами:

— Он сказал: «Вы взяли не того парня, я этого не делал».

— Вот как? — усмехнулся Хакеншмидт. — Так же он тявкал и во время суда.

Хьюсон с недоверием смотрел на меня.

— Он сказал что-нибудь еще?

Я покачал головой:

— Нет... только это.

Журналисты бросились к выходу. Тут же началась схватка за телефоны и телеграф. Я пропустил всех вперед.

Начальник тюрьмы коснулся моей руки.

— Я бы не стал придавать большого значения словам о Спенсере, — сказал он как можно небрежней.

Я остановился и посмотрел на него, но лицо его было непроницаемым.

— У вас ведь иное мнение? — с надеждой спросил я.

Он покачал головой:

— Мне лучше забыть об этом.

Я слегка надвинул шляпу на глаза:

— Вы слышали анекдот про парня с деревянной ногой, который играл в пинг-понг?

Начальник тюрьмы кивнул.

— Да, — сказал он, — приходилось.

Я направился к выходу.

— Считаю, что это, видимо, тот самый случай, — сказал я и вышел.

ГЛАВА ВТОРАЯ

Я отправился в пресс-центр Главного управления полиции. Там был один парень, с которым мне хотелось поговорить, и я надеялся, что он окажется на месте. Так оно и случилось.

Я толчком открыл дверь и мельком оглядел прокуренное помещение. Четверо из обычных завсегдатаев за маленьким столом в центре играли в карты. В углу на потрепанной кушетке спал Экки.

Никого уродливей, чем Экки, мне еще видеть не доводилось. Он был коротышкой; жесткие волосы торчали у него из ушей, из носа, а также из-под воротника. Его лицо, должно быть, вызвало у акушерки ужас, когда он родился, но я знал, что он был здесь одним из самых толковых журналистов.

Я подошел к нему и придвинул стул. Затем потормошил его, чтобы разбудить.

Он сел и сердито вытаращился на меня.

— Дорогой мой, — сказал он, — можно, я немножко посплю?

— Забудь об этом, Мо, — ответил я. — Сиди, я хочу с тобой поговорить.

Экки с силой потер лицо рукой, поворачивая свой резиновый нос под самыми неожиданными углами.

Я достал пачку «Кэмел», дал ему сигарету и закурил сам.

— В чем дело, бродяга? — спросил он. — Держу пари, ты снова хочешь поковыряться в моих мозгах.

Я отрицательно покачал головой.

— У тебя нет мозгов, — сказал я. — Тебе просто кажется, что они у тебя есть.

Экки закрыл глаза.

— Сегодня ночью они разделались с Весси, — произнес он.

— Да? — удивленно сказал я.

— Почему это тебя так напрягло? — поинтересовался он, не открывая глаз.

— С чего ты, черт возьми, решил, что меня это напрягло? — спросил я.

Когда Экки улыбался, он выглядел ужасно. Я отвел взгляд.

— Как будто я не слышу, — ответил он. — Почему это тебя так напрягло?

— Послушай, Мо, — терпеливо сказал я, — я пришел спросить тебя кое о чем, а не отвечать на твои вопросы.

Он поднял одно прикрытое веко и прищурился.

— Что случилось, коллега? Что-то не так?

Все эти жадные до новостей стервятники были одинаковы. Я глубоко затянулся и задержал дым на секунду, а потом выпустил его из ноздрей.

— Не думаю, что это сделал Весси, — сказал я, понизив голос.

Экки тяжело вздохнул и закрыл глаз.

— Теперь он мертв, верно?

— Этот парень, Ричмонд, — проговорил я, подбирая слова, — полагаю, у него было больше врагов, не один лишь Весси?

— Да, у него было больше врагов, чем у большинства парней. Ричмонд был сволочью. Он получил поделом.

— Там была женщина, причастная к убийству, верно? Ее так и не нашли.

Экки пожал плечами.

— Там были сотни женщин, — равнодушно сказал он. — У этого парня в башке только женщины и были.

— Кто она? — тихо спросил я.

Экки поднял голову.

— Поздно спохватился, — заметил он. — Ричмонд мертв, и Весси мертв; оба эти парня были крысами. Все кончено... забудь об этом.

— Почему, черт возьми, все хотят замять это дело?

Экки усмехнулся:

— Неужели?

— А теперь послушай, Мо, — сказал я. — Есть кое-что, что ты знаешь, и кое-что, что знаю я. Что, если мы заскочим ко мне и потолкуем?

Экки покачал головой.

— Как только ты выйдешь отсюда, я сразу же усну, — твердо заявил он.

Я пожал плечами:

— Нас там ждет целая бутылка вискаря.

Экки поспешно встал:

— Что же ты сразу об этом не сказал? Где, черт возьми, моя шляпа?

По дороге ко мне Экки болтал о бейсболе. Он мало что понимал в этой игре, но ему нравилось высказывать свои взгляды. Я не мешал ему говорить. У меня было о чем подумать.

Усадив его в кресло и вручив ему большой стакан виски, приправленного имбирем, я приступил к делу.

— Дальше меня это не пойдет, Мо, — начал я, положив ноги на стол, — но похоже, что я не могу раскрыть карты, пока ты не протянешь мне руку. Мне нужна помощь, Мо, и я хочу получить ее от тебя.

Экки хмыкнул, но ничего не ответил.

— Я могу получить десять тысяч баксов, если подниму хай из-за казни Весси, — сказал я.

Экки резко поднял голову:

— Кто тебе отвалит такие бабки?

Я покачал головой:

— Это секрет. Десять тысяч — хорошие деньги, и из того, что я уже узнал, выходит, что дело Весси —

сплошная туфта. Похоже, оно с самого начала было сфабриковано.

Экки с тревогой посмотрел на меня.

— Тебе лучше оставить это, Ник, — серьезно сказал он. — Ты можешь столкнуться с кучей неприятностей.

— Ну же, — коротко сказал я, — давай. Что все это значит?

Я видел, что он принимает решение. Минуту спустя я понял, что моя взяла.

— Ларри Ричмонд был президентом «Маккензи текстиль корпорейшн», — медленно произнес он, глядя куда-то поверх моей головы. — Очень многие ребята являются акционерами в этом бизнесе. Эти ребята — большие шишки в торговле и промышленности. Люди, которые занимают государственные посты.

Я снова наполнил его стакан. С легкой гримасой Экки взял его.

— Не стоит лезть в это дерьмо, — предупредил он. — Оно у меня уже в печенках сидит.

— Продолжай, — сказал я.

— Может, ты думаешь, что тут нет ничего необычного, но это не так. Ричмонд лично договаривался с этими людьми обо всех акциях. Их никогда не выбрасывали на открытый рынок. Ты же знаешь, как Ричмонд держался в обществе. Ему стоило только появиться и парочку раз намекнуть, и все — партия ценных бумаг выпускалась по подписке. — Он замолчал, чтобы сделать большой глоток. — Если сейчас возобновится расследование обстоятельств смерти Ричмонда и что-нибудь всплывет, у этих акционеров будут большие проблемы.

Я не торопил его. Все это было для меня новостью, и я не знал, куда оно меня приведет.

— Как это? — спросил я.

Экки перевел взгляд на меня.

— Даже у моего босса есть акции в этом бизнесе, — сказал он. — Он велел нашим ребятам не совать нос, куда не надо. Точно неизвестно, но у нас есть подозрение, что «Маккензи текстиль корпорейшн» — это ширма, на самом деле это жульническое предприятие, и оно приносит большие барыши. Парни, у которых там бабки, ничего не хотят знать — они до смерти боятся, что какая-нибудь умная обезьяна вроде тебя придет и все это разнюхает.

Я встал:

— Так что там?

Экки пожал плечами:

— Бог его знает. Ясно только, что в этом бизнесе замешано много важных персон, поэтому туда соваться крайне опасно.

— Весси подставили?

Экки кивнул:

— Конечно, Весси подставили. Кого-то не устроили собственные дивиденды, поэтому он пристукнул Ричмонда. Этот человек был связан с фирмой. Они не могли преследовать его судебным порядком, чтобы не выплыло все наружу, поэтому нашли козла отпущения — повесили убийство на Весси. Вот и вся история, приятель, а теперь забудь об этом, ладно?

— Кто такой Лу Спенсер? — спросил я.

Экки бросил на меня быстрый взгляд:

— Спенсер был правой рукой Ричмонда. Он тот самый парень, который захватил власть теперь, когда Ричмонд мертв.

— Лу Спенсер был тем парнем, который убил Ричмонда, да?

Экки побледнел.

— Я этого не знаю, — ответил он настороженно.

— О'кей, Мо, — сказал я. — Ты дал мне информацию. Большое спасибо.

Экки встал.

— Ты ведь не собираешься влезать в это дело? — с надеждой спросил он.

— Что бы ни случилось, я буду действовать осторожно, — ответил я. — А помнишь, говорили, что Ричмонд обхаживал девушку Весси и именно поэтому Весси прикончил его?

Экки кивнул.

— Да, — сказал он, — помню.

— Кем она была, Мо?

Экки нахмурился.

— Она была французской шалавой, — медленно произнес он. — Они прикрыли ее на суде. Анри или как-то так... Они называют ее крутой Блонди.

Я почесал в затылке.

— Она профессионалка? — удивленно спросил я.

— Знаешь, Весси любил таких, которые сами о себе заботятся.

— Думаю, мне надо встретиться с этой дамой, — сказал я. — Может, что-нибудь выведаю.

— Точно не знаю, но вроде она ходит по вечерам в «Хоча-клаб».

Я похлопал его по спине и повернулся к столу:

— Вот твой вискарь, старина. Думаю, ты заслужил.

— Это точно, приятель, — усмехнулся он. — Интересно, кто тот парень, готовый отвалить десять тысяч за то, чтобы раздуть эту историю?

Я подтолкнул его к двери.

— Моя дорогая тетя Красава, — сказал я, выпроваживая его в темный коридор.

— Да? — сказал он. — То есть твоя дорогая тетя Задница, верно?

Я закрыл за ним дверь.

Убедившись, что он ушел, я достал из буфета вторую бутылку виски, снял с нее обертку и вытащил пробку. С бутылкой я пошел в другую комнату и сел на кровать. Я медленно разделся, пытаясь собраться с мыслями. Затем взял стакан, сельтерскую с имбирем и лег.

Все это следовало обдумать. Похоже, еще та работенка. Она не вызывала у меня беспокойства, но хотелось бы понять, куда я держу курс.

В настоящем дела мои шли неплохо. Я продавал статьи куда хотел и когда мне это было нужно. Редакторам нравились мои материалы, и мне платили по высокой ставке. У меня была отличная маленькая квартирка и достаточно выпивки, чтобы круглосуточно смачивать горло.

Я сел и смешал виски в стакане.

Допустим, я что-то предприму и начнется расследование. Если выяснится, что «Маккензи», или как они там называются, — это чистое жульничество, вокруг поднимется вой, и причиной буду я. Возможно, газеты после этого перестанут иметь со мной дело. Возможно, за десять тысяч я потеряю все, что имею. С такой точки зрения все это выглядело совсем непривлекательно.

Я поставил стакан на ночной столик возле кровати и закурил сигарету. Когда я ложусь в постель, обремененный подобными тяжкими заботами, я всегда представляю, как было бы здорово, если бы рядом со мной была какая-нибудь симпатичная деваха, готовая выслушать мое нытье и дать совет, который стоило бы обдумать.

Женщины еще как умеют утешать, и чем больше я об этом думал, тем больше мрачнел. Когда я уже пребывал в довольно жалком состоянии, телефонный звонок прервал мои размышления. Подняв трубку, я взглянул на часы. Было начало третьего.

— Да? — спросил я, удивляясь, кому это так приспичило.

— Ник Мейсон?

Услышав металлический голос, я сел. Моя рука дрогнула — стакан выскользнул из пальцев и разбился. Но даже утрата доброй порции виски не отвлекла моего внимания от этого голоса.

Четыре дня назад она впервые позвонила мне. Не называя себя, сказала, что я получу пропуск на казнь Весси и что я должен постараться узнать его последнее слово. Чтобы я не думал, что это розыгрыш, она пообещала заплатить мне десять тысяч долларов. Я не успел ничего ответить, как она повесила трубку.

Черт! Вот это интрига! Я был готов заниматься подобного рода вещами от зари да зари. И стимулом тут были не только деньги — от самой этой истории у меня сносило башню.

И вот она снова звонит. Невозможно было не узнать этот голос — ясный, звонкий и твердый.

Я снова опустил голову на подушку, крепко сжимая трубку.

— Да, это я, сестрица, — сказал я.
— Вы ходили?
— Да.
— И что там было?
— Он мертв. Я слышал его последнее слово. Он сказал, что здесь замешан Лу Спенсер.

В трубке раздался ее вздох.

— Он так и сказал? — требовательно спросила она.
— Да... Послушайте! В чем тут дело? Зачем вам все это?
— Я собираюсь отправить вам пять тысяч долларов, чтобы вы занялись этим. Когда узнаете всю правду и напишете об этом, я пошлю остальные пять тысяч.

Я испугался, что она повесит трубку, и поспешно сказал:

— Знаете, я прикинул, подумал... Слишком много головной боли.

В трубке воцарилось долгое молчание.

— Вы здесь? — запаниковал я.

— Да, — ответила она. — Я полагала, что вы будете рады заняться этим. Вижу, я ошиблась.

— А что, если мы встретимся и все обсудим? — сказал я. — Там огромная организация, золотко. Замешаны большие шишки... Это надо обговорить.

— Думаю, вы справитесь, — сказала она и, прежде чем я успел ответить, повесила трубку.

Я лежал, ругая ее на чем свет стоит. Но это мне ничего не дало. Она была права насчет того, что меня это заинтересует. Мне нравилось совать свой нос туда, где запросто было обжечься. В этом деле было много такого, что могло оказаться любопытным. Я положил трубку и выключил свет. В темноте думалось гораздо лучше.

Я тщательно обмозговал эту тему. У меня было несколько зацепок, которые нужно было проверить. Во-первых, я бы взглянул на акционеров «Маккензи текстиль корпорейшн». Затем я мог бы заглянуть в фирму и поразнюхать, что там к чему. Придется покопаться насчет Лу Спенсера. Экки был хорошим парнем, и я чувствовал, что он готов помочь мне, если я не стану впутывать его в это. Потом была Блонди. Возможно, я немного развлекусь с блондиночкой. Во всяком случае, к блондинкам я питал слабость. На первый взгляд такой план казался привлекательным.

На этом я позволил себе расслабиться и заснул.

ГЛАВА ТРЕТЬЯ

Меня разбудил звонок в дверь. Обожаю это: кто-нибудь обязательно меня будит, едва только во сне мне является блондинка. Какая-нибудь хорошенькая маленькая козочка.

Я вылез из постели и прошел через две комнаты к входной двери.

За дверью стоял специальный посыльный и напевал что-то из Коула Портера[1]. Он посмотрел на меня, потом на конверт, который держал в руке.

— Ник Мейсон? — спросил он.

— Да, — сказал я. — Давай уже, паршивец.

Он протянул мне конверт, и я расписался. Он остался на месте, ожидая подачки, — он на нее рассчитывал. Если он думал, что я ему что-то дам, то он был просто психом. Я лишь надеялся, что на обратном пути он свалится с лестницы и сломает себе шею. Я начал закрывать дверь.

— В такой пижаме ты далеко не уедешь, — сказал он и рванул прочь по коридору. Может, думал, что я пну его в задницу.

Я вернулся в спальню и посмотрел в большое зеркало. Парень был прав. Эта пижама выглядела ужасно. Я сел на кровать и вскрыл конверт. На колени мне упали пять хрустящих тысячедолларовых купюр. Никакого письма — только бабло. Несколько минут я сидел и смотрел на них. Это единственное, что я всегда готов делать, — сидеть и смотреть на деньги. Затем я сунул их обратно в конверт и положил конверт на стол.

Это, конечно, была ловушка. Я должен был начать прямо сейчас и отработать эти деньги. Я побрел в ванную и снял пижаму. Холодное покалывание водяных струй взбодрило меня. Как только я заканчивал с этой частью утренних процедур, я всегда пробовал что-нибудь спеть. Может, не каждый бы это оценил, но глотка у меня была что надо. Я обернул полотенце вокруг талии и побрился, затем направился в спальню

---

[1] *Коул Портер* (1891–1964) — американский композитор, автор музыки легкого жанра.

с мыслью выпить, дабы выполнить последний пункт — одеться.

Две вещи поразили меня, как только я вошел в спальню. В ней стоял тяжелый запах духов, которого, конечно же, не было, когда я выходил из комнаты, а конверт *исчез*.

Я отшвырнул полотенце, схватил халат и, с трудом напялив его, выскочил в гостиную. Входная дверь была приотворена. Я подбежал к окну и открыл его. Улица была пустынна. Мне показалось, что за углом мелькнуло что-то вроде желтого такси, впрочем, я не был в этом уверен. Если это было такси, то неслось оно чертовски быстро.

Я вернулся в спальню и принюхался. Я не из тех парней, которые могут быстро классифицировать запах, но этот был мне хорошо знаком. Это был один из тех запахов, с помощью которых горячие телочки заставляют сосунков бегать кругами.

В тот момент по кругу бежал и я. И сходил с ума, как слепой на стриптизе. Я схватил трубку телефона, чтобы вызвать полицию, но тут меня осенило, и я сел, чтобы поразмыслить.

Эти долларовые банкноты выглядели так славно, а теперь какая-то дамочка их сперла. Я чувствовал себя препаршиво.

После нескольких торопливых глотков из бутылки мне стало лучше, и я оделся. Все это время я гадал, что же мне теперь делать. Чем раньше я начну, тем лучше. Я запер квартиру и спустился позавтракать.

Заказал два яйца всмятку, тост и кофе. Только я собирался приступить к завтраку, как вошел парень, снимавший квартиру напротив. Этот парень вызывал у меня головную боль. Есть такие парни, которые просто не могут не вызывать головной боли. Вы не знаете почему... Они лезут из кожи вон, чтобы казаться правильными, при этом липнут к тебе, как банный лист.

Я попытался спрятаться за газетой, но было слишком поздно. Он подошел со странным выражением на лице и сел.

— Тебе не следует пускать к себе девиц, Мейсон, — с расстановкой сказал он. — Это создает дому дурную репутацию.

— Заблуждаешься, — возразил я. — У этого дома была дурная репутация задолго до того, как я сюда переехал. Кроме того, я не знаю, о чем ты говоришь. Какие еще девицы?

В этот момент подошла официантка и приняла у него заказ — томатный сок и тосты. Когда она ушла, он налег грудью на стол и подался ко мне.

— Я заметил ее, когда доставал газету, — сказал он. — Она выскочила с такой скоростью, будто ее гнали кнутом.

Я подумал, что, если бы заметить ее довелось мне, она высочила бы еще быстрее.

— Ты спятил, — ответил я. — Как только я увидел тебя, то сразу подумал, что до белой горячки тебе недалеко.

На его лице промелькнуло сомнение, затем он снова заладил свое.

— Ты меня не проведешь, — сказал он, пытаясь ухмыльнуться. — Этакая штучка... я ее видел... горячая телочка.

Я допил кофе и закурил сигарету.

— С тобой часто такое? — с тревогой спросил я. — Держу пари, ты даже сможешь описать ее.

— Конечно смогу, — сказал он. — Высокая блондинка, с макияжем, который меня просто убил. На ней было черное платье, большая черная фетровая шляпа и что-то золотое на шее. Она очень спешила, но я бы узнал ее в любое время.

Я встал, отодвинув ногами стул назад, и с беспокойством посмотрел на него.

— Ты должен что-то с этим сделать, — сказал я. — Сходи к лекарю... у тебя уже бывали глюки?

Я вышел из столовой, а он все сидел и ухмылялся. Оказавшись на улице, я медленно двинулся сквозь толпу людей, спешащих на работу.

Итак, она блондинка, высокая и одета в черное. Хорошая работенка — искать даму с такими приметами. Тем не менее она хапнула мои пять тысяч, и оставалось либо ее найти, либо развести руками.

Может быть, Экки знает, где ее искать. Я зашел в аптеку и позвонил в пресс-центр, но его там не было. Сказали, что, возможно, он в бильярдной Хэнка, но не факт.

Я взял такси до Хэнка — Экки там тоже не оказалось, но вроде как он должен был появиться, поэтому я потратил немного времени на одном из бильярдных столов, чтобы попрактиковаться в прицельных ударах.

Мне никогда не удавалось овладеть искусством этой игры, но она меня притягивала, и всякий раз, подходя к столу, я просто гонял шары. Я так увлекся пушечным выстрелом, который, казалось, стал у меня получаться, что потерял счет времени. Разогнав наконец по лузам свою пирамиду, я подумал, что лучше оставить Экки в покое и выйти на свежий воздух. Только я собрался уходить, в помещение вошел длинный, худой охламон, одетый как пародия на представителя сливок общества, и остановился, уставившись на меня.

— А как насчет партийки, доллар на кону или что-то вроде того, на интерес? — неожиданно предложил он.

Я и раньше встречал подобных охламонов. Они выглядят такими тупыми, что стыдно брать их деньги, но как только они поднимают ставку до двадцати пяти баксов, то заставляют шар чуть ли не степ танцевать.

Я положил кий на стол и покачал головой.

— Я закончил, — сказал я. — А вы давайте — попрактикуйтесь.

Он взял кий и начал с того, что забил прицельный шар в лузу. И после этого выдал одну из лучших демонстраций стрельбы по шарам, которую я когда-либо видел. Он забивал шары в лузы под любым углом, а я просто вынимал их и выкатывал ему обратно. Он придавал шару такое вращение, что тот курсировал по периметру стола. Затем он закончил, сотворив нечто невообразимое, отправив три шара по лузам одним щелчком.

— Вижу, что новичком вы были в далеком прошлом, — сказал я, подумав, как мне повезло, что я не играл с этим парнем.

Он наклонился над столом, чтобы достать шар, и его пальто распахнулось на бедре. Я увидел рукоятку пистолета, торчащую из его заднего кармана.

— Я? Да нет, — ответил он, — мне просто нравится гонять шары.

Я внимательно посмотрел на него. Он действительно выглядел охламоном, но стоило к нему приглядеться — и его выдавали глаза. Крутой парень. Оттопыренная нижняя губа смягчала выражение лица, но взгляд был подозрительный и жесткий.

Он тут же заметил, что я его разглядываю, прислонился к столу и принялся чистить ногти перочинным ножом.

— Не видел вас здесь раньше? — спросил он.

Я отрицательно покачал головой.

— Просто заглянул в поисках приятеля, — ответил я.

Мне было интересно, кто он такой, и я подумал, что немного безобидной болтовни не будет пустой тратой времени.

— Похоже, я где-то вас все-таки видел, — сказал он, не поднимая глаз.

— Вот как? Возможно.

— Вы не Мейсон, журналист?

Он перестарался. Он знал, кто я такой.

— Верно, — подтвердил я. — Наверно, вам где-то моя фотография попадалась.

— Да. — Он сложил нож и сунул его в карман жилета. — Да, наверное, попадалась.

Он окинул меня долгим, пристальным взглядом, потом бросил кий на стол и вышел.

Я задумчиво смотрел ему вслед. Я не совсем понял эту ситуацию. Я подошел к бару. Хэнк начищал стаканы. Это был крупный парень с рыжими вьющимися волосами и огромными руками.

— А кто этот охламон? — поинтересовался я, мотнув головой в сторону двери.

Хэнк пожал плечами.

— Понятия не имею, — сказал он. — Что будете пить?

— Разве раньше вы его не видели?

— Не помню.

В этот момент вошел Экки. Увидев меня, он усмехнулся.

— Какого черта ты здесь делаешь? — спросил он, подходя к бару. — Два виски и имбирный эль, — сказал он Хэнку.

— Хотел тебя видеть, — ответил я, — поэтому заглянул на всякий случай.

Хэнк поставил перед нами виски и лучезарно улыбнулся Экки.

— У вас все в порядке, мистер? — спросил он.

Экки похлопал Хэнка по руке:

— У меня? Я чувствую себя прекрасно, лучше и не бывает.

Похоже, эти двое знали друг друга, поэтому я снова закинул удочку:

— Тот парень, который играл за тем столом... кто он?

Хэнк перестал смеяться. Его маленькие глазки блеснули, как ртуть.

— Говорю вам, я его не знаю, — повторил он.

Экки посмотрел на меня, потом на Хэнка. Экки был умным парнем. Он понял все и так.

— Выкладывай, Хэнк... это мой приятель, — сказал он.

— Говорю же, что не знаю, — начал злиться Хэнк. — Я не могу тратить все свое время на вас, джентльмены... работа ждет.

Он отошел к дальнему концу бара и начал протирать стаканы.

Экки задумчиво посмотрел в его сторону и налил себе еще виски.

— О чем речь? — спросил он.

Я пожал плечами:

— Может, и ни о чем. Я гонял шары, и какой-то парень предложил мне сыграть с ним. Я отказался, и пока он устраивал тут шоу, я заметил у него в кармане пистолет. Затем он спросил, не Мейсон ли я, пристально посмотрел на меня и ушел. Мне просто интересно, кто он такой. Этот бармен знает, но не говорит.

Экки нахмурился:

— А какой он из себя?

— Высокий, худой тип с оттопыренной губой и холодным, жестким взглядом. На вид дубина дубиной, но я думаю, что он вполне себе крутан.

Глаза Экки сузились.

— Этот парень знает, как обращаться с кием?

— Еще бы, ничего подобного я в своей жизни не видел.

— Это Эрл Кац, — сказал Экки. — Ну и ну! Ну и ну!

Я покачал головой:

— Кто такой?

— Да ты его не знаешь. Один из боевиков Лу Спенсера.

Я поставил стакан на стойку, так что он громко звякнул.

— Лу Спенсера? — сказал я.

Экки кивнул:

— Да... мне кажется, они за тобой уже следят.

— Почему Хэнк так нервничает из-за этого охламона? — спросил я.

— Кац — охламон? — Экки покачал круглой головой. — Брось ты! Этот малый смертельно опасен, как гремучая змея. У Хэнка и всех остальных поджилки трясутся при виде него.

Я хлебнул виски и тихо произнес:

— Ну, я готов сообщить тебе, что меня этот парень нервничать не заставит.

Экки пожал плечами.

— Посмотрим, — сказал он.

Я оглядел помещение, но здесь по-прежнему никого не было, кроме Хэнка, который держался от нас подальше. Я понизил голос:

— У меня тут было небольшое приключение. Ко мне заглянула одна дама и сперла у меня бабло.

Экки, похоже, заинтересовался:

— Ты хочешь сказать, что она явилась к тебе и забрала твои деньги?

— Я принимал душ, а она проникла в квартиру, обчистила меня и скрылась, а я ее и не заметил. Парень, который живет напротив меня, видел ее. Думаю, она замешана в этом деле, и мне интересно, может, ты знаешь, кто она такая?

Экки недоверчиво посмотрел на меня:

— Откуда мне знать, черт возьми?

— Ты можешь представить себе блондинку, одетую в черное? Носит большую фетровую шляпу и выглядит по-настоящему горячей штучкой?

Экки покачал головой.

— Почему ты думаешь, что она замешана в деле Весси? — спросил он.

Я предпочитал не говорить ему об этом, но только я собрался закрыть эту тему, как он в нее въехал. Под шляпой у него мозгов хватало.

— Ни хрена себе! Вот так хохма, — сказал он, хлопая себя по бедру и издавая один из своих хрюкающих смешков. — Тебе заплатили, да? Они уже подсунули тебе десять штук, и кто-то их стащил.

Он прислонился к стойке и загоготал. А закончив ржать, вытер глаза рукавом и зло ухмыльнулся.

— Ну и ну! Круто, — сказал он. — Значит, эта чувиха сбежала с твоим баблом.

Я сказал «да» и налил себе еще.

— Может, ты вместо соболезнований напряжешь свои мозги. Может, дашь наводку на эту блондинку?

Экки покачал головой:

— За кого ты меня принимаешь? Думаешь, я знаю всех блондинок в городе?

— Это не могла быть подружка Весси?

Экки вдруг явно стало не по себе.

— Послушай, Ник, — сказал он, — ты мне нравишься, но я должен держаться подальше от этого... понимаешь? Ты можешь заниматься этим, если хочешь заработать себе на похороны, но меня держи подальше.

— Ладно, ладно, — сказал я, — забудь. Я сам разберусь.

Экки кивнул:

— Ты из тех парней, которые могут вскрыть эту хрень и не поцарапаться.

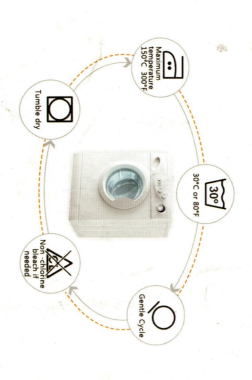

Хорошо он устроился, подумал я и посмотрел на часы. Близилось время ланча.

— Ладно, Мо, — сказал я, — увидимся.

И оставил его смаковать еще одну порцию виски.

Я стоял на обочине и размышлял. Моя жизненная позиция состояла в том, чтобы всегда с кем-то бодаться. Я не был уверен, что на сей раз окажусь в выигрыше. Может быть, я лезу в такое дело, которое не смогу закончить. Может быть. Затем я подумал, что хорошо бы все-таки с этим разобраться. Я подозвал такси и сказал водителю, чтобы тот отвез меня к Хоффман-билдинг, да поживее.

ГЛАВА ЧЕТВЕРТАЯ

Я вылез из такси перед Хоффман-билдинг и поднялся на лифте на десятый этаж.

«Маккензи текстиль корпорейшн» — это нечто. Столько хромированной облицовки, как на одном этом входе, мне еще не доводилось видеть — целая выставка, а оказавшись внутри, я чуть не по колени погрузился в мягкий ковер. В большой приемной было так же оживленно, как на железнодорожном вокзале. В дальнем конце я разглядел стойку администратора, которую осаждала толпа орущих мужчин, которые желали встретиться с мистером таким-то или сяким-то.

Я постоял в дверях, оглядываясь по сторонам. То и дело из какой-нибудь комнаты появлялась дамочка и стремительно пересекала вестибюль. Все они были как на подбор, и я подумал, что был бы не прочь поработать здесь.

Я направился к стойке. Толпа мужчин все еще боролась за то, чтобы привлечь к себе внимание. Я помедлил, глядя на них, потом взял спичку, чиркнул ею о подошву ботинка и поджег газету, которую держал под мышкой один из этих поцов. Отступил назад и стал ждать.

Когда бумага вспыхнула, начался переполох. Народ отвлекся на пожаротушение, а я подошел и попросил девушку соединить меня с секретаршей Спенсера.

Она оказалась толковой девчонкой.

— У вас назначена встреча? — спросила она, краем глаза следя за суматохой среди поцов.

Мне уже начало это надоедать.

— Послушай, сестрица, — сказал я, — позвони и скажи тому, кто занимается делами мистера Спенсера, что к нему Ник Мейсон, и если мне придется долго ждать, я рассержусь.

Она пристально посмотрела на меня, вычисляя, блефую я или нет, потом решила, что нет, и позвонила. Я стоял над ней, пока она передавала мою просьбу. Потом она отсоединилась и коротко сказала мне:

— Комната двадцать шесть, справа от вас.

— Спасибо, душка... надеюсь сегодня тебе присниться.

Я подошел к комнате 26, постучал в дверь и вошел. Эта маленькая комната была, очевидно, приемной. Большую ее часть занимал письменный стол — плоский, без конторки. Ковер был похож на травяное покрытие, а на стене висела неплохая картина с обнаженной натурой. Обнаженная на секунду привлекла мое внимание. Это первое, что бросалось в глаза при входе. Я подумал, что если их бизнес устроен таким образом, то торговля с отсрочкой по платежам отправится в тартарары.

Перевел взгляд ниже и увидел, что за столом сидит сногсшибательная брюнетка. Не поймите меня неправильно насчет этой девушки. Шика в ней не было, но она принадлежала к числу тех девушек, которых можно было показать дома своей маме и не бояться за последствия. У нее были мягкие и густые каштановые волосы и большие карие глаза. Крупный, красиво очерченный рот, а нос маленький и милый.

— Прошу прощения, — сказал я. — Эта дама там, на стене, так меня поразила, что я не заметил вас.

Она улыбнулась:

— Мистер Мейсон?

Я положил шляпу на стол и сел.

— Да, — сказал я, — Ник Мейсон. Я хочу видеть Лу Спенсера.

Ее глаза чуть расширились.

— Мистер Спенсер занят. Вы не можете встретиться с ним без предварительной записи.

Я откинулся назад и посмотрел на нее. Я никак не мог понять, что же так привлекло меня в этой девушке. На ней почти не было косметики, и не то чтобы нарядно одета, а все же мне показалось, что она великолепна.

— Если вы сообщите мне, по какому поводу хотите его видеть, я могу это устроить.

Я сказал:

— Это в двух словах не объяснить, мисс... э... мисс...

Она меня не поддержала, а просто сидела, глядя на меня со старомодной вежливостью, и ждала.

На меня нашло вдохновение.

— А что, если мы отправимся куда-нибудь перекусить и все обсудим. — Я взглянул на свои часы. — Уже почти час, самое подходящее время. Мне нужно многое сказать, и, может, вы посоветуете, стоит ли мистер Спенсер того, чтобы с ним встретиться.

Я видел, что она готова сказать «нет». В то же время в ее глазах читалось, что она не считает меня каким-то болваном. Похоже, ее можно было убедить.

— Ну пожалуйста, не задирайте носик, — взмолился я. — Дайте мне шанс рассказать все, что нужно.

Она встала:

— Отлично, мистер Мейсон, пойдемте на ланч.

Хотите верьте, хотите нет, но я обалдел от этой девушки. Это я-то — обалдел от какой-то там девушки! Я прямо слышал, как сорок тысяч сестриц переворачиваются в своих могилах.

Мы спустились на лифте, и я сказал:

— А что, если мы отправимся к «Неряхе Джо»?

Она рассмеялась:

— С удовольствием... где это?

Я мотнул головой в сторону проезжающего такси.

— Всего в долларе отсюда, — сказал я.

Желтое такси остановилось, и водитель распахнул дверцу. Он взглянул на девушку и подмигнул мне.

— Я буду вести машину аккуратно и медленно, босс, — заверил он.

Эти таксисты иногда бывают очень даже кстати. Я помог ей сесть.

— К «Неряхе Джо», дружище, — сказал я. — Просто опусти перегородку, ладно?

— Конечно, босс, — ухмыльнулся он, — и я не буду оглядываться. Приятного отдыха.

Я сел в тачку несколько взволнованный. По озорной улыбке моей спутницы я понял, что она все правильно расслышала.

— У этих парней лишь одно на уме, — сказал я, устраиваясь в дальнем углу. — Может быть, нам стоит представиться друг другу. Ник Мейсон... впрочем, я, кажется, уже это говорил.

— Марди Джексон, — представилась она.

— Рад познакомиться, — сказал я, и мы рассмеялись.

Я подумал, что у нее шикарное имя. Мне оно понравилось. Оно ей подходило.

— Итак, мисс Джексон, — сказал я, предлагая ей сигарету, — вы секретарша Спенсера... верно?

Она взяла сигарету.

— Верно, — ответила она. — А вы тот, кто пишет статьи?

Я поднес огонек к ее сигарете, затем закурил сам.

— Да, вот так и свожу концы с концами, — признался я. — Это отличный способ заработать на жизнь. Я мог бы рассказать вам истории, которые бы вас впечатлили.

— Ну, может, когда-нибудь и расскажете.

Так оно и пошло дальше. Всю дорогу мы весело болтали. Впервые с тех пор, как я достиг совершеннолетия, я не подбивал клинья, сидя с девушкой в такси. Большинство женщин настолько глупые, что приходится сразу приступать к делу, иначе умрешь со скуки. Другие считают, что попусту тратят время, если ты сидишь сложа руки, но этой малышкой достаточно было просто любоваться и не торопить события.

Когда мы добрались до «Неряхи Джо», там уже было полно народу, но грек-метрдотель заметил меня и помахал рукой из дальнего конца зала. Мы пошли по проходу между столиками. Я получил большое удовольствие от того, как мужчины разевали рот, глядя на Марди. Даже те, у кого были свои подружки, тайком оборачивались в ее сторону.

Грек был само радушие. Я не раз и не два хорошо отзывался в газетах о его ресторане и кормился там за счет заведения, когда мне этого хотелось.

Разумеется, у него нашелся столик. Когда он согнулся пополам в поклоне, Марди весело улыбнулась ему. Я видел, что она покорила сердце старика, и почему-то мне это тоже нравилось.

Он бросил на меня быстрый взгляд, и я усмехнулся в ответ.

— Ты неплохо выглядишь, — сказал я.

Когда мы сели, грек протянул меню, которое было длиной с мою руку. Я посмотрел на Марди.

— Вы очень голодны? — спросил я.

— Очень, — кивнула она.

— Как насчет канапе с шампиньонами и бифштекса по-швейцарски с тем гарниром, что к нему прилагается?

— Звучит заманчиво.

— О'кей, — сказал я греку, — сделай это дважды и побыстрее.

Она начала снимать перчатки. Я не сводил глаз с ее пальцев. Никаких колец. Я удивился тому, что испытал облегчение.

— А теперь, мистер Мейсон, может быть, вы мне все расскажете?

Я покачал головой.

— Не будем торопиться, — сказал я, — я должен к вам привыкнуть.

Ее брови снова поползли вверх.

— Вам не кажется, — тихо произнесла она, — что нам лучше поговорить о деле? Я должна вернуться через час.

Появился грек с канапе. Немного повозившись и убедившись, что у нас больше нет никаких пожеланий, он ушел. Это дало мне время, чтобы собраться с мыслями.

— Пожалуй, я выложу свои карты на стол, — сказал я. Мне показалось, что от этой фразы я устал. — Вы когда-нибудь слышали о парне по имени Весси?

Она едва заметно вздрогнула и удивленно вскинула голову.

— Вижу, что да, — продолжил я, прежде чем она успела что-то сказать. — Парень, которого казнили прошлой ночью. Ну, я интересуюсь им и историей, которая стоит за этим. Я хотел спросить, не могли бы вы дать мне информацию о нем?

— Я? — удивилась она, и я сказал себе, что тут мне ничего не светит. — Но почему я должна давать вам какую-то информацию?

Я помотал головой:

— Похоже, я ошибся. О'кей, забудьте об этом, хорошо?

Она вздернула подбородок.

— Нет, я этого не забуду, — ответила она. — С чего вы взяли, что я могу вам что-то рассказать?

Я видел, что она нервничает. Я не хотел ссориться с этой малышкой... она мне слишком нравилась. Кроме того, мне следовало быть поосторожней. В конце концов, она была секретаршей Спенсера. Я покачал головой.

— Извините, что заговорил об этом, — сказал я. — Меня иногда заносит. Вы правы. Такая девушка, как вы, ничего не может об этом знать... Полагаю, я должен перед вами извиниться.

Она улыбнулась — сдержанной, решительной улыбкой.

— Это еще не ответ на мой вопрос, — заметила она.

Улыбнулся и я.

— Не ставьте меня в неловкое положение, сестренка, — сказал я. — Я думал, что куда-нибудь да приеду, оседлав лошадку, но вижу, что просчитался. Если бы было можно, я все бы вам рассказал, но пока об этом лучше не распространяться. Может, вы подскажете, как мне попасть к Спенсеру?

Бифштекс по-швейцарски сделал многое для того, чтобы развеять напряженную атмосферу, но Марди не собиралась уступать, открыв для меня пути отступления.

Она в упор посмотрела на меня:

— Знаете, мистер Мейсон, мне это совсем не нравится. Вы сказали, что хотите поговорить о бизнесе.

Мой бизнес связан с текстилем. Вместо этого вы начинаете разговор о каком-то несчастном убийце. Что это за глупая шутка?

Оказалось, что я начинаю нервничать. Это было что-то новенькое.

— Это не было шуткой, — проблеял я. — Я совершенно серьезно хотел...

Она отодвинула стул.

— В таком случае, мистер Мейсон, — холодно заявила она, — думаю, нам больше не стоит терять время.

Будь на ее месте другая женщина, я залепил бы ей хорошую оплеуху, но эта малышка заставляла меня плясать под ее дудку. Я взмолился:

— Только не уходите... я все расскажу.

Она покачала головой:

— Нет... думаю, мне лучше уйти.

Но она не двинулась с места. Возможно, она была самой умной из всех прочих, но все равно оставалась женщиной, и любопытство взяло верх. Я оглянулся через плечо, чтобы посмотреть, далеко ли от нас соседний столик, и, убедившись, что меня никто не слышит, выложил ей все как на духу, от начала и до конца.

Она сидела, сложив руки на коленях, широко раскрыв глаза и приоткрыв рот. Я рассказал ей все, что у меня было в загашнике. Она слушала меня с неослабным вниманием, пока я наконец не замолк. Я подумал, что выглядит она шикарно.

— Если не считать десяти тысяч, — заключил я, — меня интересует это заказное дело. Из него получится отличная история, и я всегда считал, что каждый должен получить по заслугам.

Она сказала едва слышно:

— Но... но... мистер Спенсер... нет, я не могу поверить, что...

Я пожал плечами:

— Я никогда с ним не встречался. В то же время какого черта у него делает этот киллер? Почему парень, занимающийся текстилем, должен быть связан с таким головорезом, как Кац?

Я заметил, как ее вдруг чуть передернуло.

— Вы знаете об этом немного больше, чем мне кажется. Разве не так? — сказал я.

Она колебалась. Затем покачала головой:

— Я не могу вам помочь... Я его личный секретарь... Понимаете?

Я почесал подбородок.

— Да, наверное, — произнес я с сомнением. — В то же время, дорогая, не забывайте, что это убийство, и соучастники не заслуживают особой жалости.

Она немного побледнела, когда я сказал это, но снова покачала головой.

— Нет, не сейчас, — твердо заявила она.

— О'кей, — сказал я. — Может быть, позже.

Грек принес кофе, и я протянул ей сигарету. Мы сидели молча и курили. Я не очень-то представлял дальнейшие свои шаги. Надеялся, что мне еще что-нибудь обломится, но все было глухо, как и прежде.

— Пожалуй, мне лучше взглянуть на этого Спенсера, — сказал я наконец. — Может быть, я что-нибудь из него вытяну.

Марди вертела в руках кофейную ложку.

— Лучше бы вы этого не делали, — заметила она, не глядя на меня. — Вам не кажется, что лучше оставить эту затею?

Я удивленно поднял брови. Должен признать, что я получал до черта адреналина в связи с этим делом.

— Я должен разобраться с этим, — сказал я. — Неужели вы не понимаете, что стоит за этой историей, какой сюжет? Если я ракручу его, тут начнется такой кипеж! Это кое-что да значит.

— Не хочу показаться занудой, — произнесла она, внезапно положив руку мне на рукав, — но не слишком ли много вы на себя берете? Я имею в виду... я не хочу, чтобы вы думали... — Она остановилась в замешательстве.

— В смысле, не заболит ли у меня живот, если я, простофиля, откушу большой кусок и не смогу прожевать? — улыбнулся я ей, чтобы показать, что не злюсь.

Она посмотрела на меня, и в ее глазах была тревога.

— Нет, я не совсем это имела в виду, — сказала она. — Но если то, что вы говорите, правда... это лишь одна сторона медали. Разве вам не кажется, что надо иметь кого-то для поддержки, если уж вы решили двигаться дальше?

Я стряхнул пепел с сигареты. Это была та девушка, о которой я давно мечтал. Девушка, которая готова все обсудить и высказать свое мнение.

— А если бы вы взялись за это, что бы вы сделали?

Она не колебалась:

— Я бы и пальцем не пошевелила, пока не выяснила бы, кто эта женщина, которая вам звонила. Почему она предлагала вам деньги. По какой причине заинтересована в этом расследовании.

Я кивнул.

— Да, — согласился я, — это отличная идея. Но выяснить, кто эта женщина, непросто.

Марди взглянула на часы и тихо ойкнула.

— Я должна идти, — сказала она, погасив сигарету и взяв перчатки и сумочку. — Спасибо за ланч.

Я отодвинул стул и последовал за ней.

— Вы не заплатили по счету, — тихо произнесла она.

Я усмехнулся:

— Только не в этом городе.

Я махнул рукой греку. Он опередил меня и распахнул дверь.

— Надеюсь, — сказал он, складываясь пополам, — что вы снова приведете эту прекрасную леди.

Марди покраснела, но я видел, что ей это весьма приятно.

— Ты еще увидишь ее, — кивнул я.

Я вызвал такси. Она повернулась ко мне.

— Надеюсь, вы не вернетесь в офис, — торопливо сказала она. — И надеюсь, вы не будете делать глупости, пока все не обдумаете. Сначала выясните, кто эта женщина.

Чуть улыбнувшись, она села в такси, а я остался стоять один.

На противоположной стороне улицы внезапно появился Эрл Кац. Он посмотрел на меня, бросил окурок в мою сторону, а затем медленно пошел в том же направлении, куда уехала машина с Марди.

ГЛАВА ПЯТАЯ

Я заявился в «Хоча-клаб» лишь поздно вечером. После того как уехала Марди и внезапно появился Кац, я побродил по городу и пошевелил мозгами. Это ничего мне не дало, но я подумал, что, может быть, подожду немного, прежде чем засветиться перед Спенсером. Ради заработка я сходил на бейсбольный матч, вернулся домой, написал о нем, отправил статью по почте в спортивную газету, которая брала у меня материалы, и отправился поужинать.

К тому времени, как я покончил со своими делами, было уже около десяти часов. Вечер был жаркий, со звездами и полной луной. Я решил пойти в клуб и посмотреть, не попадется ли мне подружка Весси.

«Хоча-клаб» был одним из тех шикарных кабачков, которые выглядят что надо, хотя на самом деле они довольно занюханные, если к ним присмотреться. Я сел за столик в углу, заказал большую порцию виски и углубился в газету.

Здесь было людно и не все дамы были такими, какими им следовало быть. Я зацепился языком с двумя из них, но когда они поняли, что я пас, то отвалили. Я просидел около получаса, но так как не увидел никого, кто действительно заинтересовал бы меня, то стал задаваться вопросом, какого черта я тут делаю.

Наконец я знаком позвал официанта. Это был высокий, жалкого вида парень с большими водянистыми глазами и синюшного цвета подбородком.

Я достал из жилетного кармана банкноту в пять долларов и начал поигрывать ею. Его взгляд с интересом сосредоточился на ней.

— Послушай, приятель, — сказал я, — я ищу даму, которая довольно часто сюда приходит. Может быть, ты скажешь мне, где ее можно найти.

Не отрывая глаз от банкноты, он произнес:

— Конечно... кто она?

— Ее зовут Блонди, — ответил я, — и она работает где-то поблизости.

На его лице появилась сальная улыбка. Я видел, что для него это несложная задачка.

— Конечно, — сказал он, — я ее хорошо знаю. Она была здесь. Думаю, она сейчас работает.

Я подтолкнул к нему банкноту, и он быстро взял ее.

— Где мне ее найти? — спросил я.

— Угол Десятой улицы.

Я встал.

— Спасибо, приятель, — бросил я.

Он пожал плечами.

— Дамочка что надо, — сообщил он, забирая мой бокал.

Я помолчал, а потом сказал:

— И я такое слышал. Это мой первый заезд. Легко ее найти?

— Легко, конечно, — заверил он меня. — Высокая дама в черном. — Он слегка усмехнулся. — Крутая блондиночка, с такой не соскучишься.

Я вышел на улицу. Высокая дама в черном. Меня охватило возбуждение. В данный момент не следовало ни о чем думать, надо было подождать и увидеть эту даму собственными глазами.

На углу Десятой улицы, когда я туда явился, никого не было. Вся улица была погружена в полумрак. Уличные фонари стояли далеко друг от друга, и ни в одном из магазинов не горел свет. Я подумал, что это довольно скверное место для промысла, но, возможно, ей было виднее.

Я встал на углу и закурил сигарету. Я простоял там минут пять. Я знал, что прошло пять минут, потому что то и дело смотрел на часы.

А потом, когда я уже начал терять терпение, из мрака вышла она. Прежде чем увидеть ее, я услышал медленный стук деревянных каблуков и застыл, бросив сигарету в канаву. Я смутно видел, как она не спеша приближается ко мне — высокая темная фигура в черном.

Я повернулся к ней вполоборота, чтобы она не ошиблась в моих намерениях. Я смотрел на белое пятно ее лица, с нетерпением ожидая, когда смогу разглядеть ее черты.

Она увидела, что я жду ее, и замедлила шаг. Одна рука потянулась к бедру, и она слегка вильнула им, неторопливо приближаясь ко мне.

Когда она оказалась рядом, я почувствовал запах ее духов. Тот же дурманящий запах, что и в моей спальне. Мрачное вдохновение охватило меня — это была та сама дама, которая опустила меня на пять тысяч.

— Привет, — сказала она, остановившись рядом. Она была почти такого же роста, что и я, и ее большая черная шляпа затеняла ей лицо. Я мог разглядеть лишь ее острый подбородок и блеск в глазах.

— Привет, красотка, как начет того, чтобы развлечься? — спросил я.

Она издала гортанный мурлыкающий смешок, который Мэй Уэст[1] сделала популярным.

— Отвезешь меня к себе домой, дорогой? — сказала она, положив руку в перчатке мне на рукав.

Я усмехнулся про себя. Кто бы сомневался, что я отвезу к себе эту бабенку, и как же она чертовски удивится, когда мы туда доберемся.

— Конечно, — ответил я, — я весь вечер искал такую малышку, как ты.

— Неужели, дорогой? — снова рассмеялась она. Мне хотелось, чтобы она на время оставила «дорогого» в покое. Я сказал себе, что скоро она будет называть меня совсем иначе. — Ну, ты нашел малышку что надо...

— Пошли, — сказал я.

— Это здесь. — Она махнула рукой в конец улицы.

Мы шли по улице, и она оказалась первой дамой в моей жизни, которая шла в ногу со мной. Я сказал, чтобы хоть что-то сказать:

— Эти твои духи меня просто нокаутируют.

— Нравятся, дорогой?

— Да, — ответил я. — Они как шлейф. И бьюсь об заклад, что ты оставляешь заметный след, куда бы ни пошла.

Она сбилась с шага, и теперь ее правая нога ступала синхронно с моей левой. Я постарался снова идти с ней в лад.

---

[1] *Мэй Уэст* (1893–1980) — американская актриса, драматург, сценарист и секс-символ, одна из самых скандальных звезд своего времени.

— Какой ты забавный мальчик, дорогой, — сказала она, быстро взглянув на меня из-под шляпы.

— Да, — откликнулся я, — еще тот жук.

Она остановилась у двери рядом с маленькой ночной закусочной. Я смутно разглядел небольшую медную пластинку, привинченную к двери. Чиркнул спичкой и прочел: «Анри Керш».

— Ну и ну, — сказал я, — значит, ты написала свое имя на двери.

— Конечно, дорогой. — Она порылась в сумке и нашла ключ. — Когда ты снова заглянешь, хочу, чтобы ты легко нашел меня.

Я подумал, что эта дама сильно заблуждается. В следующий раз, если бы я заглянул к ней, она встретила бы меня утюгом.

Я последовал за ней через короткий лестничный пролет, мимо вестибюля закусочной, потом мимо двух дверей, тоже с медными табличками, и далее еще через несколько пролетов.

Она остановилась на небольшой лестничной площадке и открыла дверь.

— Вот мы и пришли, дорогой.

Я вошел в комнату. То еще местечко. Открываешь входную дверь и натыкаешься на двуспальную кровать. Кровать занимала всю комнату.

Я протиснулся вдоль стенки и добрался до дальнего конца комнаты. Кровать разделяла нас. Я должен был признать, что хозяйка хорошо постаралась, чтобы придать комнате уютный вид. Там было немало разных безделушек, а на стенах висело несколько картин — я даже взглянул на них.

— У тебя шикарная квартирка, — сказал я.

Она сняла шляпу и тряхнула своими светлыми волосами. Мы посмотрели друг на друга. Она свое получит. Она не была похожа на типичную уличную девку и сошла бы за красотку, если бы не ее острый подбородок. Он несколько портил ее лицо, но для своей грубой работы она была более чем хороша. Если бы я не провел целый час с Марди, думаю, эта шлюха меня бы всерьез заинтересовала.

Я бросил шляпу на вешалку и улыбнулся. Она посмотрела на меня долгим, испытующим взглядом, и ее ответная улыбка была полна обещаний.

— Значит, тебе нравится, да? — спросила она.

Это еще одна вещь, которую я обожаю. Когда дама говорит «да».

В изголовье кровати по обе стороны от нее были две двери.

— Я сейчас, — сказала она и, прежде чем я успел ее остановить, скрылась за одной из них.

Я сел на кровать и закурил сигарету. Где-то здесь были мои пять тысяч, если только она не положила их в банковский сейф. Если она так и сделала, то плакали мои денежки, но, зная, как эти шлюхи любят держать их под рукой, я решил, что не буду разочарован.

Она снова появилась — на лице ее была призывная улыбка.

Жаль, что я не взялся за дело до того, как она уходила, но теперь было уже поздно.

Она подошла и села на кровать.

— Можно мне получить подарочек, дорогой? — сказала она.

Ну вот, началось. Я отрицательно покачал головой.

— Ты все неправильно поняла, детка, — сказал я. — Это ты должна мне за прогулку.

Я говорил, что она была не похожа на типичную уличную девку. Но я ошибался. Надо было быть психом, чтобы думать иначе. Яркая улыбка и сверкающие глаза исчезли, как будто их стерли губкой. Ее лицо внезапно застыло.

— Что ты имеешь в виду? — спросила она, и в ее голосе внезапно зазвучал металл. Ничего хорошего этот голос не сулил.

Я стряхнул пепел с сигареты.

— Только это, — ответил я, медленно принимая такое положение, чтобы можно было вскочить, если она что-нибудь выкинет. Почему-то я чувствовал, что она, скорее всего, что-нибудь выкинет. — Может, нам лучше познакомиться, детка, — продолжал я. — Я Ник Мейсон.

Всего на секунду она выдала себя, но затем снова обрела самообладание.

— Ты не пьян, дорогой? — спросила она, потянула с кровати подушку и прижала ее к себе.

— Попробуем спуститься на землю, — сказал я. — Мы можем начать с того, что оставим «дорогого» в покое... меня мутит от него.

Она встала, подошла к двери, где висела ее накидка, и быстро надела ее. Когда она завязывала пояс, я заметил, что пальцы ее дрожат.

— Ты, никак, спятил, — сказала она. — Убирайся отсюда.

— Полегче, — предупредил я, все еще сидя на кровати. — Сегодня утром ты явилась ко мне домой и обчистила меня на пять тысяч. Верни их, и мы будем квиты.

Она разыграла целый спектакль. Ее глаза широко раскрылись, и она даже сумела рассмеяться.

— Ты спятил! — воскликнула она. — Я никогда тебя не видела и не знаю, где ты живешь.

Я медленно поднялся на ноги.

— Послушай, детка, — тихо произнес я, — блефом ты ничего не добьешься. Тебе от меня не смыться, и я достану эти деньги любой ценой, даже если мне для этого придется разнести на части твой притон. Не стоит выеживаться, потому что я могу свернуть тебе шею одной рукой. Так что отдай по-хорошему.

Она постояла в нерешительности, потом пожала плечами.

— Раз ты так расстроен, — сказала она, — то, может быть, мне лучше вернуть их.

Я чуть не рассмеялся. Я позволил ей подойти к маленькому комоду и выдвинуть один из ящиков, прежде чем перелетел через кровать и крепко ее обхватил. Я заблокировал ее руки и рывком оттолкнул от ящика. Я был рад, что принял меры предосторожности, — в верхнем ящике у нее лежал пистолет.

За свою журналистскую карьеру я побывал в самых неприятных переделках, а также во множестве темных мест, но чтобы схлестнуться с женщиной — такое со мной было впервые, и мне очень хотелось бы дать письменные заверения, что это, как я искренне надеюсь, в последний раз.

Я могу постоять за себя, когда дело доходит до драки с мужчиной. Я знаю почти все приемы, к которым они прибегают, и знаю почти все контрприемы, но когда на тебя набрасывается белокурая фурия... Тут я оказался гребцом без весла.

Теперь я понимаю, что мог бы избавить себя от чертовой дюжины разных неприятностей, если бы ударил ее в подбородок и покончил с этим прямо тогда, но я сглупил и отнесся к ней слишком легкомысленно.

Она бросилась на меня, молотя руками, словно лопастями пропеллера, ее глаза сверкали. Я попытался схватить ее за руки, но это мне пе удалось. Она ударилась в меня, словно снаряд, и я упал под тяжестью ее тела, застряв между стеной и кроватью. Положеньице лучше не придумаешь, если к тому же сверху на тебе разъяренная кошка.

Она навалилась на меня, вцепившись руками мне в горло. Она, должно быть, весила около ста сорока фунтов, а это не шутка, если на вас сверху такой груз.

Мне удалось схватить ее за запястья, и я приложил немало усилий, чтобы удерживать ее в таком положении. Представьте себе эту картину, если сможете. Я лежал на спине, зажатый между стеной и кроватью, а Блонди — на мне, с таким видом, что, освободи она запястья, непременно убила бы меня.

— Успокойся, сестрица, — сказал я, задыхаясь, — леди так себя не ведут.

Вместо ответа бешеная кошка боднула меня головой в лицо. Может, ее локоны и были светлыми, но голова у нее была твердая, как бетон. Может, она сдуру и сама немножко стукнулась, но разве это сравнить с тем, что она сделала с моим портретом. Я почувствовал, как из носа потекла кровь, и мне показалось, что мои передние зубы вышли наружу сквозь верхнюю губу.

Я разозлился как черт знает кто и, выпустив ее запястье, изо всех сил ударил в челюсть. Если вы когда-нибудь пытались ударить кого-нибудь, лежа на спине и крепко втиснутый куда-то, то сами знаете, как это трудно, но мне удалось чуть добавить пара, чтобы все-таки отбросить ее.

Это позволило мне принять сидячее положение и еще раз ударить ее, когда она попыталась опять повалить меня. Удар получился весомым, но пришелся ей в плечо, так что я лишь оттолкнул ее, но не остановил.

Когда она оправилась от удара, я уже был на ногах, и мы стояли, уставившись друг на друга.

— Прекрати, — сказал я, — или тебе будет больно. Я же предупреждал...

Но была ли у нее в голове хоть капля разума? Она выхватила ручное зеркало из ящика комода и снова набросилась на меня. Я проклял эту кровать... там просто невозможно было адекватно реагировать. Я выбил зеркало у нее из рук, а потом мы вместе упали на кровать. В некотором смысле это было кстати, потому что я был тяжелее и мог бы этим воспользоваться. Я схватил ее за одну руку, но, прежде чем успел схватить другую, она ударила меня по лицу, пнула в голень своей остроносой туфлей и снова засадила мне кулаком в нос.

Пока что инициатива была в ее руках, и удар, который она нанесла, был весьма чувствительным. От неожиданности я выпустил ее руку, и она попыталась откатиться на другую сторону кровати. Я вцепился сзади в ее накидку и чуть ли не стянул со спины. При этом она потеряла равновесие и опрокинулась на кровать.

На этот раз я действовал без ошибок. Я схватил ее за руку и швырнул лицом вниз. Всей своей тяжестью опустился на ее поясницу и слегка заломил руку. Она внезапно взвизгнула, и я ослабил хватку.

— Веди себя прилично, — выдохнул я, глядя, как кровь из моего носа капает на ее обнаженные плечи. — Если ты сейчас начнешь мудрить, я оторву тебе руку и изобью тебя ею до смерти.

Какими только словами она меня не обзывала! Сомневаюсь, что грузчик мог бы потягаться с ней в этом. Я посильнее надавил ей на руку, чтобы она смолкла, и это, разумеется, подействовало. Держа ее в таком положении, я свободной рукой нащупал пояс от ее накидки, снял его, а затем попытался связать ей руки.

Она поняла, что, как только я свяжу ее, ей крышка, и на несколько секунд просто взбесилась. Мне едва удавалось удерживать ее. Она так дергалась, что не стоило и пытаться связать ее, поэтому я подождал, пока она затихнет. Как только я предпринял новую попытку, она снова начала бороться. Мне это уже порядком надоело, и я с нее слез.

Она перевернулась на спину и попыталась сесть. Этого я и ждал. Едва она подняла голову, как я замахнулся левой и ударил ее кулаком в челюсть. Я даже не стал вкладывать вес в свой удар — я просто вмазал ей, — и это был не удар, а конфетка.

Я увидел, как ее глаза остекленели и она обмякла. Я стоял над ней, тяжело дыша. Такой суровой схватки в моей жизни еще не случалось. Я перевернул ее и, взяв пояс, связал ей руки за спиной. Затем я снял с нее то, что осталось от ее чулок, и связал ее лодыжки. Откинув простыню, я закатил ее под одеяло, предварительно убедившись в надежности моих узлов.

Потом я пошел в ванную и посмотрел на себя в зеркало. Ну и видок, усмехнулся я. На этот раз я выглядел так, будто во что-то врезался на всем ходу. Нос все еще немного кровоточил, а под глазом был огромный синяк. Я включил воду и умылся. Закончив, я вернулся в спальню. Она все еще была в отключке.

Я закурил сигарету и сел. Колени мои немного дрожали. Мне, конечно, хорошо досталось, и я был страшно рад, что в конце концов ее одолел. Официант в «Хоча-клабе» сказал, что она крутая, но он недооценил ее. Крутая? Не смешите меня. Да она надрала бы задницу и Льюису Душителю[1].

Я не собирался разносить на части ее комнату, пока не поговорю с ней. Связанная, она могла стать благоразумней. Во всяком случае именно в таком варианте я предпочитал разговаривать с дамами, подобными ей.

Я выкурил полсигареты, когда моя блондинка стала приходить в себя. Я с интересом наблюдал за ней. Она

---

[1] *Роберт Херман Льюис Фредерик* (спортивная кличка Душитель Льюис; 1891–1966) — американский профессиональный борец.

открыла глаза, поморгала от яркого света и закрыла их. Ее голова беспокойно заерзала на подушке. Кровать выглядела так, будто по ней прошел смерч, но я не собирался тратить время на то, чтобы приводить ее в порядок и нянчиться с малышкой.

Внезапно она очнулась и попыталась сесть. Взгляд, которым она одарила меня, прожег бы дыру в стене. Я улыбнулся ей.

— Прости за грубость, сестрица, — сказал я, — но ты сама напросилась.

Она снова стала осыпать меня бранью. Ну, от слов кости не ломаются, но спустя минуту я рассвирепел. Дамы с такой грязной речью мне еще не попадались. Я встал со стула, схватил подушку и с силой ткнул ей в лицо. Подержал так несколько секунд, а затем убрал.

— Заткнись, — мрачно сказал я, — или я снова кислород тебе перекрою.

Глаза ее были полны ярости, и по тому, как она извивалась, было ясно, что она изо всех сил старается высвободиться. Меня это не волновало. Я знал, как вязать узлы, и если она даже освободит руки, я всегда смогу снова ее отключить. У меня больше не было нежных чувств к этой дамочке. Она была чистой отравой.

Я сел на кровать рядом с ней.

— А теперь мы с тобой немного поболтаем, — сказал я. — Если ты не выложишь мне то, что я хочу знать, сделаешь себе только хуже. Я ведь хотел, чтобы все обошлось тип-топ, но с такой шлюхой, как ты, лучше разобраться по-черному, и я посмотрю, устроит ли тебя это.

— Не стоит, Мейсон, — раздался голос от дверей.

Я быстро оглянулся через плечо.

В дверях стоял Эрл Кац. В руке он держал автоматический пистолет из вороненой стали, ствол которого был направлен прямо на меня.

ГЛАВА ШЕСТАЯ

Удивление? Да, я был удивлен! Можете битой меня огреть. Какого черта здесь делает этот Кац? Какая у него связь с подружкой Весси?

Я не собирался показывать ему, что он выбил меня первым же шаром. Я улыбнулся ему.

— Все еще лупишь по лузам, приятель? — поинтересовался я. — Кстати, о бильярде, ты слышал про того парня, который забивал красный?..

— Брось это, Мейсон, — сквозь зубы сказал Кац.

Вот что еще я обожаю. Эти парни посмотрели столько крутых фильмов, что теперь просто не могут говорить иначе как сквозь зубы, поскольку считают, что так оно и положено.

— Развяжи ее.

Я покачал головой.

— Ты с ума сошел, — сказал я. — Ты сам не знаешь, что говоришь. Если я ее распутаю, она убьет нас обоих.

Пистолет дернулся вверх.

— Слушай, умник, — сказал Кац, — таким манером ты ничего добьешься. Развяжи эту дамочку, и поскорее.

Экки говорил, что этот парень опасен, как гремучая змея. Посмотрев на него теперь, я подумал, что Экки, возможно, прав. Он больше не выглядел охламоном. В его глазах был холодный, злобный блеск, и я подумал, что он с удовольствием бы меня кокнул. Когда у парня в руке пушка, я не очень-то спорю. Во всяком случае оружие всегда заставляло меня нервничать.

— Перевернись, милашка, — сказал я.

Я не стал дожидаться, когда она освободится от пут. Взгляд, который она бросила на меня, полностью разубедил меня в том, что впереди у нас праздник любви.

Я освободил ей руки и отодвинулся подальше. Решил, что ее соседство мне нравится еще меньше, чем пистолет Каца.

Она села, потирая запястья.

— Дай мне накидку, — хрипло сказала она Кацу.

Не сводя с меня глаз, он снял с вешалки на двери еще одну накидку и бросил ей. Она с трудом натянула ее на себя и встала с кровати. Выглядела она здорово помятой. Кровь из моего носа залила ей плечи, на подбородке была ссадина. На ее руках виднелись следы моих пальцев, а от удара, который я нанес ей в плечо, осталась лиловая отметина.

Она пошла в ванную и закрыла за собой дверь. Я слышал, как зажурчала вода.

— Садись, — сказал Кац, снова дернув пистолетом.

Я сел на кровать.

— Давай ты уберешь пистолет и расслабишься, — сказал я. — У нас с Блонди личное дело... как-нибудь обойдемся без посторонних.

— Ты слишком много болтаешь, — сказал Кац. — Закрой рот. Я буду говорить, а ты просто отвечай... понял?

Я пожал плечами.

— Что ты здесь делаешь? — спросил он.

Я усмехнулся:

— Легкий вопрос. Что, черт возьми, здесь может делать любой мужчина?

Кац сдвинул шляпу на затылок и прислонился к стене. Он сунул большой и указательный пальцы в карман жилета и достал зубочистку. Затем отправил зубочистку в рот и задумчиво пожевал ее.

— Если не хочешь отвечать как есть, — сказал он, — пеняй на себя.

— Окстись, Кац, — ответил я. — Не на того напал. Я могу сделать так, что этот город покажется тебе адом и придется принимать таблетки.

Кац передвинул зубочистку во рту.

— Ты здесь никто и звать никак, — сказал он. — Может, все-таки поумнеешь и заговоришь? Что ты здесь делаешь?

Дверь ванной открылась, и вышла Блонди. Она хорошо поработала над собой и теперь выглядела гораздо лучше. Ее глаза все еще опасно блестели, она стояла в дверях, наблюдая за нами.

Я пожал плечами.

— Пожалуй, я пойду, — вставая, произнес я.

— Сидеть! — бросил Кац. В его голосе прозвучала угроза.

— Так у нас не прокатит, — сказал я. — Я ухожу.

Кац слегка передвинулся, так что уперся спиной в дверь.

— Лучше не рыпайся, — предупредил он. — Пристрелить тебя еще рано, так что не торопи меня.

— Тебе лучше уйти с дороги, — сказал я.

Этот бандит уже начал меня злить. Я полагал, что он дважды подумает, прежде чем пустит в ход оружие. В конце концов, мы находились на главной улице, и выстрелы были бы слышны.

Возможно, Кац подал Блонди сигнал, а может, она действовала по собственной инициативе. Я не сводил глаз с пистолета, решая, смогу ли прыгнуть на Каца, и на мгновение упустил ее из виду. Ну, я заслужил то, что получил, потому что уже вкусил ее прелестей. Я же говорил, что эта дамочка — отрава. Да, такой она и была.

Что-то твердое и тяжелое ударило меня по голове, и я рухнул на колени. Комната накренилась, и люстра стала вращаться.

Я смутно слышал, как Кац сказал:

— Хватит с него... Я хочу поговорить с этим типом.

Кто-то схватил меня за руки, заломил их за спину, и жесткий холодный ремень впился мне в запястья.

Я почувствовал, как меня швырнули на кровать. В голове прояснилось, и я попытался сесть, но из тумана появилась чья-то рука, накрыла мне лицо и толкнула обратно на подушку. Я лежал неподвижно, пока люстра надо мной не оказалась в фокусе, затем осторожно поднял голову и увидел их. Они стояли в изножье кровати, наблюдая за мной.

Блонди скрестила руки на груди. Лицо ее ничего не выражало, но в глазах еще тлел огонь. Кац жевал зубочистку и небрежно держал пистолет.

Не сводя с меня глаз, он обратился к Блонди:

— Что тут произошло?

— Он псих. Заявился сюда и сказал, что я сняла с него пять тысяч.

Кац пожал плечами:

— Ну, разве не так? — Он обошел кровать и сел рядом со мной. — Слушай, сопляк, — продолжал он, — я тебе кое-что скажу... а потом ты мне кое-что скажешь. У нас твое бабло, все в порядке. Его взяла Блонди, как ты и думал...

Блонди сделала шаг вперед.

— Какого черта... — начала она.

Кац повернул голову.

— Заткнись, — сказал он. — Я сам управлюсь. Я хочу, чтобы этот парень знал, где ему на выход. — Он снова повернул голову ко мне. — Мы следили за тобой какое-то время. Ты ведь ходил к Весси, правильно?

— Ну и что? — сказал я. Мне пришло в голову, что, если этот парень разговорится, я смогу что-нибудь выудить из него.

— Нам интересно, кто тебя послал... пойми правильно, на тебя нам плевать... мы просто хотим узнать, кто тебе платит, уловил?

Я посмотрел на Блонди. Кое-что для меня прояснилось.

— Я думал, что ты близкая подружка Весси, — сказал я. — Вижу, я ошибся. Весси подставили, и ты это знаешь. Этот парень не приятель Весси... Какого черта ты с ним связалась?

Блонди огрызнулась:

— Придержи язык. Лучше скажи, кто послал тебе эти пять штук?

Я покачал головой:

— Я не могу этого сказать... и я сам не знаю. Я лишь получил записку с обещанием пяти тысяч, если я займусь этим делом, и мне стало интересно. Я пошел посмотреть, как умрет Весси... Я так ничего и не узнал, а пять кусков пришли, чтобы подбодрить меня, и ты их сперла. Вот и вся история, насколько я могу судить.

Я не сказал им, что задание получал по телефону, — не хотел давать им зацепку, что это была женщина. Я полагал, что рассказал им не больше того, что они и сами знали.

Кац почесал подбородок ногтем большого пальца.

— И это все? — спросил он.

Я молча кивнул.

— Что с тобой, черт возьми, Эрл? — неожиданно спросила Блонди. — Почему бы тебе не взять за жабры этого парня? Ты ничего не добьешься, если будешь с ним цацкаться.

Теперь вы понимаете, о чем я? Эта дама была реально ядовитым плющом.

— Чего еще ты хочешь от меня услышать? — бросил я. — Я не могу сказать то, чего не знаю.

Кац все еще сидел, почесывая подбородок ногтем большого пальца. Он не сводил с меня глаз, и могу сказать, что мне не понравилось выражение его лица. Этот парень тоже был крутым, как и Блонди, только иначе. В отличие от нее он был предсказуем. Когда он собирался что-то сделать, это было понятно как дважды два.

— О'кей, — сказал он наконец, — я думаю, ты усек. Тебе лучше держаться подальше от этого места. Плакали твои пять штук, и тебе лучше не обращаться в полицию... понял?

Блонди подалась вперед:

— Ты сошел с ума! Посмотри, что этот ублюдок сделал со мной! И ты дашь ему так уйти?

Внезапно вспышка гнева отразилась в глазах Каца.

— Послушай, шмара, — сказал он, — отвали. Это мои дела... так что заткнись.

Блонди пожала плечами и, отступив, скрылась в ванной комнате. Кац проводил ее сердитым взглядом и снова повернулся ко мне.

— Она на тебя злится, — произнес он, ковыряя зубочисткой в зубах. — Я бы ее поостерегся. Если она разозлится на парня, то ему плохо придется.

Я сел на кровати.

— Может, ты избавишь меня от этого ремня, и я смоюсь.

Он задумчиво посмотрел на меня.

— На твоем месте я бы ничего не начинал, — сказал он.

Я усмехнулся.

— Все в порядке, — заверил я его. — Лишние неприятности мне не нужны.

Он сдернул ремень с моих запястий и встал. Он был осторожным парнем, а мне очень хотелось выбраться из этой комнаты. Даже если у них были мои пять штук, я бы не стал рисковать своей шкурой ради этого. По сути, у меня их и не было, так что грустить по ним я не буду.

Я спустил ноги с кровати и осторожно помассировал запястья.

Кац прислонился к комоду. Он все еще небрежно держал пистолет у бедра.

— Вот тебе мой совет, клоун, — сказал он, глядя на меня из-под шляпы, — брось ты это дело с Весси... это вредно для здоровья. Мы не хотим, чтобы у такого парня, как ты, были неприятности. Мы все о тебе знаем. Ребята считают, что ты ничего себе. О'кей, это меня устраивает, таким же и оставайся.

Я вскинул голову и посмотрел на него:

— В смысле?

— Просто забудь о Весси и продолжай строчить пером. Забудь обо всем и забудь, что ты видел меня или Блонди.

— Предположим, что не забуду, и что тогда?

— Ну, знаешь, всякое бывает. Ребята, которые заправляют этим шоу, — большие шишки. Они, если захотят, могут смешать тебя с дерьмом. Они могут отправить тебя куда подальше из города. Они могут засадить тебя. Да, думаю, много чего может произойти.

Я почесал в затылке.

— Ты детально все разложил, — сказал я. — Это надо обдумать. — Я поднялся на ноги и стал искать свою шляпу. Она валялась у двери. Кто-то на нее наступил. Я постоял, возвращая ей первоначальную форму. — Поцелуй на ночь Блонди за меня... не уверен, что сам бы я с этим справился.

Кац сжал губы. Похоже, он не очень-то оценил мой юмор.

— Ну да, — проговорил он, — я передам ей, что ты ушел.

Я открыл дверь и шагнул на лестничную площадку.

— Думаю, мы еще увидимся, — сказал я и потянул дверь на себя.

Мне очень хотелось выпить. Мой нос чувствовал себя ужасно, а правый глаз начал заплывать. Я подумал, что крепкий напиток может меня взбодрить.

Выйдя на улицу, я быстро дошел до конца квартала, поймал такси и поехал к бару рядом с моей квартирой.

Я был рад, что бар пуст. Бармен посмотрел на меня долгим взглядом, но ничего не сказал. После второго бурбона я почувствовал себя лучше. Я взял третий и уже не спешил опрокинуть его в себя.

У меня болела челюсть, но я закурил сигарету и без особого труда сунул ее между зубов. Отныне никаких потасовок с дамами в списке моих хобби.

Хотя я не получил назад свои пять тысяч, я много чего выяснил. Я был уверен, что Весси действительно подставили. Причем даже его подружка переметнулась на другую сторону. Именно из-за Блонди, по их замыслу, и должно было произойти убийство. Может, они отвалили ей приличную сумму, чтобы спровоцировать разборку. Над этим надо было подумать. Затем я сделал паузу. А надо ли? Этот парень, Кац, был опасен, куда я вообще лезу? Стоит ли оно того? И что я пока с этого имею? Я озабоченно ощупал нос и глаз.

Если я не найду что-то весомое, что сразу же выведет весь этот бизнес на чистую воду, меня ждут неприятности. Я заказал четвертый бурбон. А если не вмешиваться? О'кей, я все еще там, где и был, и возможно, будет намного лучше завязать с этим.

После всех этих бурбонов я четко решил пойти домой и забыть то, что было. Потом я вдруг подумал о Марди. Когда я думал о ней, мне становилось тепло. Она соответствовала моим представлениям об идеальной девушке. У нее было все, что надо. Я сказал себе, что завтра приглашу ее на ланч. Ее компания мне бы не помешала.

Я довольно быстро добрался до своей квартиры. Как только я вошел, зазвонил телефон. Я помедлил, прежде чем ответить. Бурбоны вернули мне отличное самочувствие, и я больше не хотел никаких неприятностей в эту ночь. И все-таки я ответил на звонок.

— Ник Мейсон?

Это снова была та самая дама. Я присел на край стола.

— Да, — сказал я.

— Я вам послала...

— Знаю, — перебил я ее. — Я отлично провел время после того, как вы прислали мне эти пять штук. Вы не знаете, во что втягиваете меня, барышня. Сначала бывшая подружка Весси украла у меня пять штук. Потом я пошел к ней, и у нас была дикая разборка, меня там чуть не угробили. Затем появился Кац, бандюган Спенсера, направил на меня пушку и сказал, чтобы я проваливал, иначе...

Я слегка усмехнулся в ответ на внезапную тишину на другом конце провода. Я догадался, что ей определенно есть о чем подумать.

— Так что, барышня, с меня хватит... Я потерял интерес к этому делу, и вы забудьте об этом, ладно?

— Значит, вы потеряли интерес? — холодно прозвучал ее голос.

— Да, вы все правильно поняли, — сказал я.

Последовала короткая пауза, а потом эта женщина произнесла:

— Но вам снова станет интересно, мистер Мейсон... поверьте мне, вам очень скоро станет интересно. — И она повесила трубку.

Вот так-то.

ГЛАВА СЕДЬМАЯ

Проснувшись, я первым делом осмотрел, какой ущерб нанесла моей физиономии Блонди. Выглядел я ужасно. Мой нос был примерно вдвое больше обычного, а правый глаз полностью заплыл. У меня был такой вид, будто я боксировал с Джо Луисом[1].

---

[1] *Джо Луис* (1914–1981) — американский боксер-профессионал.

Злой как черт, я снова лег. И с этой разбитой рожей я собирался позвать Марди на ланч. Как можно было хоть что-то предпринять в таком плачевном виде?

Я закурил сигарету и задумался над своими проблемами. Если бы мы с Марди были женаты, не имело бы никакого значения, сколько у меня заплывших глаз, она бы тогда возилась со мной и бегала вокруг. Едва эта мысль просочилась в мой мозг, как я резко сел. Не схожу ли я с ума. Я... и вдруг женюсь... Смех, да и только. Я всегда подшучивал над парнями, попавшимися на крючок. Выбрать одну женщину на всю оставшуюся жизнь — разве я не обещал себе никогда не делать такой ошибки? И вот я лежу в постели, размышляя о том, как это было бы здорово.

Я встал с кровати и налил себе выпить. Сказал себе, что лучше, конечно, сделать зарядку или что-нибудь в этом роде, а то я теряю форму.

Только я закончил принимать душ и смыл пену после бритья, как раздался резкий звонок в дверь. Накинув халат, я пошел открывать.

За дверью стоял Экки, его глаза блестели от сдерживаемого возбуждения.

— Привет, — сказал он, протискиваясь внутрь.

Его взгляд упал на полпинты виски в бутылке, стоявшей на каминной полке; он прошел прямо к ней и осушил половину.

— Приканчивай, — сухо сказал я, стоя в дверях, — не обращай на меня внимания.

Экки покачал головой и поставил бутылку на место.

— Никогда не пью по утрам, — заявил он. — Жаль... это неплохой напиток.

— Пойдем в спальню, пока я одеваюсь, — позвал я.

Он последовал за мной и сел на край кровати.

— Чем так взволнован? — спросил я, натягивая рубашку.

— Я получил задание... — Он замолчал и уставился на меня. — Ой! — воскликнул он, вытаращив глаза. — Что, черт возьми, с твоим лицом?

Я пожал плечами.

— Вчера вечером попал в небольшую переделку, — невозмутимо ответил я.

Сказать Экки, что это со мной сделала дама? Ни за что! Ребята подняли бы меня на смех.

Экки все еще смотрел на меня.

— Да, — заметил он, — неслабо получил.

— Видел бы ты тех парней, — сказал я, старательно завязывая галстук перед зеркалом. — На меня напали три здоровенных бугая...

— Понял... понял, — ухмыльнулся Экки. — И ты вытряс из них все дерьмо. Да! Ты не обязан мне рассказывать.

— И не собираюсь тратить время на пустые разговоры, если ты не веришь, — сказал я.

— О'кей, и не надо, я и не прошу.

Я надел брюки.

— Вернемся к нашей теме. Чем ты взволнован?

Экки напрягся, как будто внезапно вспомнил о срочном деле.

— Да, — сказал он, — у меня есть кое-что для тебя. Как насчет того, чтобы получить сотню баксов?

Я облачился в пальто и причесал шевелюру. Экки, выдающий сотню баксов, — это что-то новенькое.

— Каким образом?

— Ты знаком с полковником Кеннеди?

Я повернул голову и пристально посмотрел на Экки, но его лицо было непроницаемым.

— Зачем спрашивать, ты же знаешь, что я знаком с ним.

— Вы же корешились, верно?

— Ну-ну... — Я встал над ним. — Что с того? При чем тут Кеннеди?

— Послушай, Ник, у нас проблема. Нам нужно встретиться с этим парнем, нужно с ним поговорить.

Мне это показалось странным. Я сел на ночной столик.

— И поэтому ты пришел ко мне?

Экки заерзал.

— Ну, с этим парнем трудно связаться, понимаешь? Он недоступен. Мы рассчитывали, что ты сможешь с ним поговорить.

Инстинкт подсказывал мне, что за этим стоит какая-то история. Может, даже серьезная. Полковник Кеннеди был одним из тех богатых повес, у которых бабла столько, что им никак не найти время, чтобы сосчитать его. Такой парень, который пускает на ветер пару миллионов и не имеет своего банковского менеджера, бегающего по кругу.

Не так давно я помог полковнику выбраться из одной передряги. Он принимал участие в гонках на яхте за какой-то кубок, которому цена пять центов. Он, если бы захотел, мог бы купить всю фабрику по производству таких кубков, но нет, он вышел в бурное море ради этого кубка. Перед самым стартом член его экипажа сломал руку. Кеннеди был вне себя от бешенства, поскольку считал, что кубок уплывает у него из рук. Ну, я оказался рядом и предложил свою помощь. Короче, мы пришли первыми, и полковник был на седьмом небе от счастья.

Удружить Кеннеди кое-что да значило. Целый месяц он заваливал меня по почте какими-то подарками. Через четыре недели я уже не мог больше этого терпеть, потому сменил квартиру и спрятался. И вот теперь Экки просит меня снова пройти через все это.

— Лучше расскажи мне, в чем там дело, — заявил я, — иначе я и пальцем не пошевелю.

Экки застонал.

— Послушай, дружище, — серьезно сказал он, — это нужно сделать быстро. Поехали, и я тебе все расскажу по дороге.

— Поехали? Куда?

— Полковник на своей рыбалке. Ты знаешь, где это.

Я знал, что у Кеннеди есть убежище в горах, где он обычно прятался от людей, примерно в шестидесяти или семидесяти милях от города. Я никогда там не был, но много слышал об этом месте. Я был слишком газетчиком, чтобы тратить время на разговоры, поэтому схватил свою шляпу и то, что осталось от полпинты, и спустился с Экки. На улице стоял большой «паккард», а впереди сидели двое ребят. Один из них держал на коленях фотоаппарат со вспышкой. Когда я садился на заднее сиденье вместе с Экки, они усмехнулись.

Стоит ли говорить о том, как «паккард» рванул с места.

Я закурил сигарету и устроился в углу. В машине было просторно, а сиденье вспучилось от пружин.

— Со всеми удобствами, — заметил я, слегка покачавшись на пружинах.

— Служебная машина, — пояснил Экки. — Там что-то серьезное, Ник. Шеф сам велел мне позвать тебя.

— Допустим, ты мне объяснишь, — сказал я.

Экки выглядел обеспокоенным.

— Я не знаю, что там за чертовщина, — заговорил он. — Насколько нам известно, около двенадцати часов утра в полицию позвонила служанка и сообщила, что внизу в гостиной раздался выстрел. Она была слишком напугана, чтобы спуститься и проверить. Ну, полицейские отправились туда и пробыли там внутри какое-то время. Думаю, мы никогда бы не узнали об этом деле, если бы один из наших ребят не дежурил за столом, когда поступил звонок. Он дал знать ночному редактору, и тот счел это серьезным поводом, чтобы послать туда наших. Ну, они послали Хакеншмидта, и он ничего не раздобыл. Он звонит, просит помощи, и туда отправляется целый фургон с ребятами. Полагаю, они знают Кеннеди и надеялись выпить на дармовщинку, но Кеннеди не выходит из дому. Мы звоним ему, и он отвечает на телефонные звонки, но как только мы начинаем задавать вопросы, он тут же вешает трубку. Шеф вне себя из-за новостей, связанных с Кеннеди, и посылает за мной. Я трачу час, пытаясь попасть внутрь, но безуспешно. Тогда шеф говорит, чтобы я съездил за тобой... и поскорее.

Я задумчиво потер нос:

— А что говорят копы?

Экки пожал плечами:

— Кеннеди запудрил им мозги. Они говорят, что горничная была не в себе и ничего не случилось.

Я рассмеялся:

— Если бы это было правдой, ты бы очень расстроился.

Экки покачал головой:

— Там что-то происходит, бог его знает что, во всяком случае, это относится к новостям. Так что тебе заплатят сотню баксов, если ты выяснишь, что там такое.

Сто баксов! Курам на смех! Если я попаду туда и что-то обнаружу, это будет стоить «Глобусу» намного больше ста долларов.

Я сказал:

— А если я не пойду туда?

Глаза Экки широко раскрылись.

— Ты должен, — произнес он, — шеф уже с ума сходит. Нет, ты просто должен попасть к Кеннеди.

Обожаю подобные ситуации. Большая газета умоляет тебя что-то сделать. Это всегда пахнет бабками, и немалыми.

— О'кей, — сказал я, доставая из кармана виски.

Экки уставился на бутылку. Я почти ничего ему не оставил.

Мы проделали этот путь меньше чем за сто пятьдесят минут. Я был рад, когда машина наконец остановилась. Такая езда без завтрака не пошла мне на пользу.

Кеннеди обосновался в шикарном местечке, сомневаться в этом не приходится. Домик был скрыт от главной дороги широкой полосой гигантских деревьев. Окружающая местность была дикой и лесистой. Недалеко от дома текла стремительная река ярдов сто шириной, извиваясь в лесу, как змея.

Если бы у меня были деньги, я сам бы купил дом в таком местечке. Мы с Марди были бы тут счастливы. Даже теперь, занимаясь новостью дня, я продолжал думать об этой девушке.

Мы вылезли из машины и пошли по узкой лесной тропинке, которая вела к дому. Вскоре впереди раздались голоса.

— Ребята разбили здесь лагерь, — усмехнулся Экки.

Он был прав. Тропинка сделала крутой поворот, и мы вдруг наткнулись на репортеров. Человек восемь или девять болтались возле дома, смотрели на окна, курили и разговаривали.

Завидев нас, они поспешили навстречу.

Барри Хьюсон с иронией приветствовал меня.

— Господи, — сказал он, — ты опять здесь!

Экки нахмурился:

— Шеф послал SOS. Ты поаккуратней... этот парень большая шишка.

Хьюсон хотел что-то сказать, но раздумал. Возможно, он решил, что будет разумнее меня не поддевать.

— Мы никого не видели, — сообщил он. — Окружили это место и пытались проникнуть внутрь, но, если не разбить окно, у нас нет ни единого шанса.

— Ты спятил? — спросил я. — Лучше не нарывайтесь, чтобы потом не пожалеть. С полковником шутки плохи.

Хьюсон пожал плечами.

— Нам нужна информация, — сказал он. — Копы не будут разбираться... Но там что-то происходит, и наша публика хочет знать.

Мы дружно посмеялись над услышанным.

— Послушай, Ник, — торопливо заговорил Экки. — Предположим, у тебя есть шанс. Ты пойдешь туда и узнаешь, что все это значит... а потом, если сможешь, убеди полковника впустить ребят... скажи ему, что он попадет в новости. Мы должны его увидеть!

Если бы я мог войти, я бы, конечно, встал на сторону Кеннеди. Я не испытывал симпатии к охотникам за сенсациями. Я всегда искал хорошую историю, но подобные способы ее получить меня не привлекали.

— Отзови своих ищеек, — сказал я Хьюсону. — Я не пойду туда, пока вы, ребята, не скроетесь из виду.

Они так хотели заполучить эту историю, что прыгнули бы в реку, если бы я их попросил.

Когда все скрылись из виду, я подошел к входной двери, вырвал из блокнота листок бумаги и нацарапал на нем: «Нужна ли моя помощь? Ник Мейсон». Позвонил в колокольчик и сунул письмо в ящик.

Я стоял и ждал. Ждать пришлось долго, и я было решил, что все это напрасно. Тогда я подумал, что Кеннеди, возможно, считает мою записку подделкой, поэтому отошел от дома, чтобы он мог меня видеть.

Это сработало. Он сам подошел к двери. Я ожидал увидеть, что он зол как черт. Знал, что у него тот еще характер, когда он чем-то расстроен.

— Входи скорее, — сказал он, держа дверь приоткрытой.

Я вошел в коридор, и он закрыл за мной дверь на засов.

— Рад тебя видеть, — сказал он, пожимая мне руку. — Где, черт возьми, ты пропадал все это время?

Я усмехнулся:

— Давай на минутку забудем об этом, полковник. Похоже, ты попал в какую-то передрягу.

— В передрягу? — Он явно выглядел очень взволнованным. — Я сижу на бочке с порохом. Слушай, Мейсон, ты мне опять поможешь?

— Конечно, — ответил я. — Потому я и пришел.

— Пойдем выпьем, — сказал он, входя в длинную низкую комнату с большим пустым камином.

Я с восхищением огляделся:

— У тебя тут шикарно.

Он был занят приготовлением виски.

— Как ты узнал об этом? — спросил он.

— В «Глобусе» было известно, что мы вроде как друзья, и они подумали, что, может быть, я смогу войти и узнать, в чем дело, — сказал я, беря протянутый им стакан. — Они решили, что ты расскажешь мне.

Секунду он смотрел на меня, потом усмехнулся:

— Значит, ты пришел их одурачить?

Я кивнул:

— Разумеется, чтобы одурачить.

Скотч и в самом деле пошел отлично.

Он сел в большое кресло и провел рукой по волосам. Это был видный парень с большим мясистым лицом и добрыми глазами. Мне казалось, что ему уже за пятьдесят, но он был крепким и плотным, как тиковое дерево. Он указал на другое кресло:

— Садись, Мейсон, и расскажи, как ты собираешься вытащить меня из этого дерьма.

Я сел на край стола, чтобы смотреть на него сверху вниз.

— Я думаю, ты должен начать первым. Мне нужно прояснить ситуацию. Я знаю лишь, что было сообщение о выстреле и что приходили копы. Через какое-то время они вышли, сказали ребятам, что тут нет ничего особенного, и удалились. Если копы ничего не заподозрили, то, думаю, беспокоиться не о чем. Никто же не собирается сводить с тобой счеты, полковник?

Кеннеди сделал большой глоток из своего стакана.

— Это еще хуже, чем ты думаешь, — ответил он. — Это женщина.

Я чуть было не усмехнулся. Полковник был хорошим парнем, но у него была манера влюблять в себя дам. Он не очень-то поощрял их. Вообще ничего для этого не делал, просто улыбался, и этого было достаточно.

— Ха-ха, — сказал я.

Я не собирался связывать себя какими-то обязательствами.

Он допил виски, поерзал в кресле со стаканом в руке и хмуро посмотрел в окно на ребят, сидевших на траве примерно в двухстах ярдах от дома. Я его не торопил.

— Ты же знаешь, как это бывает, — начал он, все еще глядя в окно.

— Конечно, — сказал я, чтобы подбодрить его.

— Я был сумасшедшим, что связался с этой женщиной, — продолжал он. — У нее большие связи. Если что-то просочится наружу, разразится настоящий скандал, а она не может себе этого позволить, и я тоже.

Меня всегда занимали пороки высшего света, и я пришел к убеждению, что богачи гораздо успешнее предаются своим грехам, нежели я — своим. Я много размышлял на эту тему и никогда не мог понять, каким образом они преуспевали в этом больше меня. Хотя, возможно, для такого понимания у меня не хватало воображения.

— Я должен вытащить ее отсюда, и я не знаю, как, черт возьми, это сделать.

Я чуть не пролил спиртное.

— Ты хочешь сказать, что она все еще здесь?

Он повернул голову и посмотрел на меня.

— Конечно, — сказал он, еле сдерживаясь. — С чего бы иначе я сидел тут и позволял этим парням делать из меня посмешище?

— О'кей, полковник, — сказал я. — Я ничего не понял. Проблема в том, чтобы незаметно вывезти отсюда леди, так, что ли?

Кеннеди кивнул.

— Сможешь? — спросил он.

Я подумал и ответил:

— Да, полагаю, все получится. Ребята хотят на тебя посмотреть. В данный момент они не подозревают, что здесь есть дама. Тебе надо принять их, и, пока ты отвлекаешь их разговорами, я выведу ее через заднюю дверь.

Кеннеди задумался. Я видел, что ему не очень-то нравится эта идея. Я догадывался почему.

— Зря ты беспокоишься насчет меня, полковник, — сказал я. — На своих друзьях я не зарабатываю.

Он поспешно поднял глаза.

— Нет, я думал не об этом. Я... ну, я полагаю, даже тебе не надо знать, кто она такая... Она этого не потерпит.

— Между нами говоря, с этой дамой получилось непросто, да?

Кеннеди кивнул.

— Она сумасшедшая, — сказал он. — Черт возьми, вчера вечером она наставила на меня пистолет.

Я посмотрел на него в упор:

— Значит, выстрел все-таки был?

Он помедлил.

— Да, — произнес он наконец. — Произошло недоразумение. Она погорячилась, и пистолет выстрелил.

Я ничего не мог с собой поделать и рассмеялся. Сюжет показался мне очень забавным.

— Похоже, она клюнула на тебя, полковник? — сказал я.

На мгновение мне показалось, что его разозлили мои слова, но он лишь печально усмехнулся.

— Ради бога, об этом молчок, — взмолился он. — Но думаю, так оно и есть.

Я соскользнул со стола.

— Не пора ли тебе пойти к ней и все объяснить? Думаю, нам надо поспешить, а то ребята там начинают волноваться.

Он встал. Вид у него был встревоженный.

— Надеюсь, она прислушается к голосу разума, — сказал он.

Он стоял, как школьник, который не решается войти в дом, где его ждет порка. Затем он вышел из комнаты.

Я помедлил и, убедившись, что он поднялся наверх, подошел к лестнице и навострил уши.

Я услышал его. Понизив голос, он излагал проблему. Я улавливал лишь отдельные слова, не более того. На мгновение воцарилось молчание, затем заговорила женщина. Она просто сказала:

— Отлично, если вы считаете, что это безопасно.

Меня заставило напрячься не то, что она сказала. Это был тот самый голос. Я узнал бы его где угодно. Холодный, твердый, с металлической ноткой.

Подругой полковника Кеннеди была та самая женщина, которая дважды звонила мне по телефону. Женщина, которая прислала мне пять тысяч долларов.

— Ну и ну, — сказал я и медленно вернулся в гостиную.

ГЛАВА ВОСЬМАЯ

Примерно через пять минут спустился Кеннеди. Он подошел к окну и выглянул наружу, потом повернулся ко мне.

— Я говорил с ней, — сказал он с беспокойством. — Она хочет, чтобы ты завел и выкатил из гаража машину. Она хочет сама сесть за руль и уехать.

Это меня не устраивало. Я рассчитывал на долгую поездку с этой дамой.

— А что будет с машиной?

Кеннеди слегка нахмурился.

— Об этом можешь не беспокоиться, — сказал он. — Я просто хочу, чтобы ты выполнил ее просьбу... и ничего больше. Ты это сделаешь? — В его голосе прозвучали командные нотки.

— Конечно... как скажешь, — ответил я.

Он с облегчением вздохнул.

— Иди и позови этих ребят. Как только они войдут, ты выйдешь в заднюю дверь и выкатишь машину. Затем вернешься сюда.

Я сказал себе, что, по крайней мере, смогу взглянуть на эту даму хоть одним глазком.

— О'кей. Так я начинаю?

— Подожди минуту. — Он вышел в коридор. Я слышал, как он сказал, стоя под лестницей: — Можно спускаться.

Я не мог подойти к двери и посмотреть, потому что он бы меня увидел, и я, конечно, психовал оттого, что упускаю такой шанс прояснить ситуацию с этой женщиной.

Я услышал, как она, стуча каблуками, быстро спустилась по ступенькам и пробежала по коридору. Затем вернулся Кеннеди и кивнул мне:

— Приведи их.

Я подошел к входной двери и распахнул ее.

Тут же набежали ребята. Они выглядели так, словно явились из времен золотой лихорадки на Клондайке.

— Полковник сейчас вас примет, — сказал я. — Снимайте шляпы, вытирайте ноги и, ради бога, ведите себя как джентльмены.

Они протиснулись мимо меня и ворвались в гостиную. Я, само собой, препоручил их Кеннеди. Холодно глядя на них, он стоял в дальнем конце гостиной — ни один мускул не дрогнул на его лице. Как только последний из репортеров ввалился в комнату, я тихо закрыл за ним дверь.

Я бросился по коридору, глядя во все глаза, но не обнаружил никаких признаков присутствия дамы. С каждой стороны коридора было по две двери, и она могла прятаться за любой из них, но где именно, было непонятно.

Дверь в конце коридора выходила во двор. Я открыл ее и осторожно выглянул наружу. Вокруг никого не было. Странно, что Экки никого здесь не оставил. Возможно, парни не рассчитывали на то, что у меня все получится, и от удивления забыли о правилах игры.

Я подбежал к гаражу и открыл ворота. Там стояли две машины. Я выбрал ту, что поменьше, не медля ни секунды, завел ее и выехал наружу. Затем, оставив мотор включенным, я поспешил обратно в дом.

Когда я уже был в коридоре, из гостиной вышел Экки. Он с подозрением посмотрел на меня.

— Какого черта ты здесь делаешь? — спросил он.

Я продолжал наступать на него. Если бы этот парень мог читать мои мысли, он бы тут же развернулся и дал деру.

— Я просто выглянул наружу, чтобы посмотреть, не забыл ли кто о молитвенном собрании, — сказал я.

— Да ну? — Экки сделал шаг, чтобы меня обойти.

— Пошли, Мо, — сказал я, схватив его за шиворот. — Хочу услышать, что говорит полковник.

Экки дернулся, но вырваться не смог.

— Ты врешь! — яростно крикнул он.

Я усмехнулся и повел его обратно в гостиную.

— Я впустил вас сюда для встречи с полковником, — сказал я. — Так что встречайся с ним... вот и все.

Я услышал, как за моей спиной закрылась дверь. Если бы Экки не вылез, я бы увидел эту даму. В тот момент я его просто ненавидел. Он попытался повернуться, но я продолжал крепко держать его. Я немного поменял хватку и надавил посильнее.

— Ты мне руку сломаешь! — вскрикнул он.

— Я бы с удовольствием и шею тебе сломал, — тихо произнес я.

Я услышал, как в отдалении хлопнула дверца машины и затем раздался звук набирающего обороты мотора. Экки открыл рот, чтобы закричать, но я закрыл его рукой.

— Молчать! — резко сказал я. — Только дернись, и я тебя раздавлю.

Я постоял, пока не убедился, что она уехала, а потом отпустил его.

Он в ярости смотрел на меня.

— Вот это да, — пробормотал он, — думаешь, ты получишь эту сотню? Насмешил.

— Послушай, Мо, — тихо сказал я, — тут такое дело... ты был прав. Но это не та новость, которую можно напечатать. Если бы я тебя сейчас отпустил, твоя газетенка была бы по уши в дерьме, получив иск по делу о клевете. Иск со стороны Кеннеди лишил бы вашу шайку работы. Если ты будешь пай-мальчиком и пообещаешь держать рот на замке, я дам тебе информацию для внутреннего использования... но она не должна быть опубликована.

Экки никогда не мог долго злиться. Он хмуро посмотрел на меня, затем его лицо прояснилось.

— Я мог бы догадаться, — проворчал он. — Из всех двуличных засранцев ты самый двуличный. Хорошо, я буду молчать. Так в чем же дело?

Я понизил голос:

— Похоже, полковник стал слишком амбициозен. Ты же знаешь, каков он с дамами. Ну а эта дама не стала с ним играть в его игры, и более того, она достала свой весомый аргумент и пальнула. Эта дама — из высших слоев общества. Даже я не знаю, кто она. Я договорился с Кеннеди, чтобы выпустить ее, пока вы там разговариваете.

Экки задумался.

— И никто не пострадал? — с горечью спросил он.

Я отрицательно покачал головой.

— Черт возьми! Тут вообще нет никакой истории. Все знают о Кеннеди и его женщинах. Это не новость. Жаль, что она его не продырявила. Мама родная! Вот была бы статья на первой полосе!

Я с неприязнью посмотрел на него.

— Ну разве ты не чудо? — сказал я. — Но теперь тебе все известно. Сам убедился, что это не стоило всей этой возни.

Экки взглянул на часы.

— Думаю, что выкручусь, — произнес он. — Может, я немного поторопился с сотней баксов. Я прослежу, чтобы ты их получил.

Я усмехнулся:

— А если пополам? Пришли мне пятьдесят, а я распишусь за сто.

Экки кивнул. Он снова выглядел вполне счастливым.

— Ты не такой уж засранец, — сказал он. — Может, когда-нибудь ты начнешь играть по правилам, и тогда ты мне очень понравишься.

Остальные ребята уже выходили из гостиной. Они с любопытством посмотрели на нас, но Экки и бровью не повел. Во главе с ним все направились к машинам.

— Хочешь поехать со мной? — обернулся он ко мне.

— Конечно... — сказал я. — Я не собирался идти пешком.

В дверях появился Кеннеди.

— Нет, — заявил он, — ты останешься. Я хочу поговорить с тобой.

Чему я был рад. Мне нравился этот парень, и я ужасно проголодался.

Как только отъехала последняя машина, Кеннеди вернулся в дом и закрыл входную дверь. Он усмехнулся и одобрительно сказал:

— Ну, это была хорошая работа, ты и правда вытащил меня из передряги. Кажется, я постоянно влезаю к тебе в долги.

— Забудь об этом, ладно? — поспешно отозвался я. — У меня зуд от подобных разговоров.

Он рассмеялся:

— Я так давно тебя не видел, что наверняка у нас есть о чем поговорить. Побудь здесь несколько дней. Что скажешь?

Я заколебался, но он покачал головой:

— Ты должен остаться, Мейсон, так что решай.

Я усмехнулся:

— О'кей, договорились.

Он взглянул на часы.

— Давай-ка перекусим, а потом я позвоню своему человеку, чтобы он взял какие-то твои вещи и привез их сюда. Он должен и мне кое-что привезти, так что можем использовать его.

К тому времени, как мы ополоснулись и выпили, ланч был готов. Нам накрыли стол на небольшой остекленной веранде с видом на реку.

— У тебя здесь шикарное место, — заметил я, накладывая себе салат из омаров.

Кеннеди кивнул.

— Тут очень удобно, — сказал он с намеком на улыбку. — Неделями не вижу людей. Просто место для отдыха.

Я быстро взглянул на него и усмехнулся:

— Я это иначе называл бы.

Он рассмеялся.

— Да уж, ты не похож на человека, который много отдыхает, — сказал он. — Что с твоим лицом?

Вопрос поставил меня в затруднительное положение. Я не был уверен, надо ли вовлекать полковника в мою историю.

— Да так, попал в переделку прошлой ночью, — небрежно бросил я.

Мы закончили трапезу, посидели на солнышке, наслаждаясь хорошими сигарами и старым бренди, и поболтали. Потом я как бы между прочим сказал:

— Я думаю о покупке некоторых акций. Что ты можешь мне посоветовать?

Он начал перебирать имена и названия, которые мало что значили для меня.

— А как насчет «Маккензи текстиль»? — ляпнул я то, что мне было нужно.

Он выглядел удивленным.

— Забавно, — сказал он, — я сам только что избавился от пачки их акций.

— А что тут забавного? — спросил я как можно небрежней.

— О, ничего, — коротко ответил он и сменил тему.

Интересно, имеет ли к этому отношение та дама, которая только что уехала? Мне не хотелось рисковать и прямо спрашивать его, кто она такая. У этих парней, как только они выходят в отставку, есть пунктик насчет женщин, с которыми они имели связь. Он мог рассердиться, поэтому я отложил этот вопрос на потом.

Покончив с ланчем, мы вышли и погуляли по окрестностям. Чем больше я открывал для себя это место, тем больше оно мне нравилось.

У полковника было все. Даже бассейн для купания, вырубленный в скалах в самой густой части леса и питаемый водой из бурной речки.

Следующие четыре дня мы провели в приятном безделье — плавали, ловили рыбу. Мы хорошо ладили. Еда была отличной, и выпивки много. Скажу так: это было одно из самых приятных времяпрепровождений в моей жизни. Этот парень знал о рыбалке буквально все, что только можно, и благодаря ему я обнаружил, что и сам неплохо с этим справляюсь. Мы выходили после завтрака с удочками, в высоких болотных сапогах, и медленно шли по мелководной, стремительной речке, рыбача на блесну. Это был лучший вариант провести день.

Однажды поздно вечером мы сидели на веранде, докуривая сигары перед тем, как лечь спать. Светила луна. Ночь была тихая и жаркая, и мы оба чувствовали приятную усталость. Я уже подумывал, что мне пора вернуться домой и поработать, когда он вдруг поднял голову:

— Знаешь, Мейсон, такой парень, как ты, должен жениться и остепениться. Так ты заработаешь больше денег.

Полгода назад я бы рассмеялся от такой шутки, но сейчас задумался, прежде чем ответить ему.

— Да, — сказал я наконец, — думаю, в этом что-то есть.

Он немного помолчал, а потом продолжил:

— Когда ты найдешь себе девушку, я отдам тебе это место.

Разве я не говорил вам, что этот парень заваливал меня подарками? Я резко выпрямился.

— Поаккуратней выбирай слова, — предупредил я, — а то я подумаю, что ты всерьез.

Он слегка улыбнулся.

— Думаю, тебе все равно будет тяжеловато содержать его, — сказал он. — Тут много всего такого, о чем надо заботиться. Но я тебе обещаю. Если женишься, можешь пользоваться этим местом когда захочешь. Я довольно скоро уеду отсюда. Хочу отправиться в Китай. Возможно, меня здесь не будет несколько лет. Так что, когда все устроишь, дай мне знать.

Я сказал, что это здорово, и мы оставили эту тему. И все же я продолжал думать о Марди и о том, каким сюрпризом было бы для нее приехать сюда на наш медовый месяц. Эти мысли все время крутились в моей голове, и меня вдруг потянуло в город. Я сказал себе, что пробыл тут слишком долго. Мой глаз и нос пришли в норму, пора уезжать.

На следующее утро я сообщил ему эту новость. Он только усмехнулся:

— Кажется, у тебя все-таки есть девушка.

Я молча кивнул:

— Ты прав. Вопрос лишь в том, как все это устроить.

На самом деле я понятия не имел, сколько времени потребуется, чтобы получить согласие Марди. Может быть, она меня вообще отошьет. В любом случае стоило попробовать.

На следующий день я вернулся в город и сразу же позвонил в приемную «Маккензи текстиль».

— Я хочу поговорить с мисс Марди Джексон, — сказал я оператору.

— Подождите минутку, — услышал я в ответ неприветливый женский голос. Затем раздался слабый щелчок, когда оператор выдернула штекер и воткнула его в другое гнездо. Потом она снова переключилась на мою линию. — Мисс Джексон здесь больше не работает, — сказала она и прервала связь.

Я положил трубку, крайне озадаченный. Значит, Марди больше не работала на «Маккензи». Почему? Сама ушла или ее уволили? И когда? Я вдруг разозлился на себя, что так долго оставался с Кеннеди. Если бы я позвонил ей в тот день, когда Экки приехал за мной, я бы ее застал.

И где же мне теперь ее искать? Я с надеждой заглянул в телефонную книгу, но ее имени там не оказалось. Может быть, она живет со своими родственниками или снимает комнату в пансионе. На выбор было около тысячи Джексонов.

Я вдруг вспомнил, что в день нашей первой встречи Кац видел нас вместе. Это что-нибудь значит? Неужели Кац помчался сообщить Спенсеру, что я связан с ней? Может, поэтому она там больше и не работает? Я вспомнил слова Экки, что Кац опасен, как гремучая змея, и мне стало не по себе. Марди что-то знает? Неужели они убрали ее с дороги? Сидеть и задавать самому себе глупые вопросы было совершенно бесполезно. Я должен был все это выяснить.

Я схватил шляпу и выскочил из квартиры. Такси быстро довезло меня до Хоффман-билдинг. Я расплатился с водителем и взглянул на часы. Без десяти час — время ланча. Я зашел в ближайшую закусочную и заказал себе выпивку. Парень за стойкой выглядел так, будто у него есть мозги. Прикончив виски, я заказал еще.

— Я ищу даму, — доверительно сказал я этому парню, когда он поставил стакан на стойку.

— А разве не все мы ищем даму? — спросил он, расслабленно опершись локтями на ручки автомата с содовой.

— Ты прав, — ответил я. — Может, ты мне поможешь?

Он выглядел заинтересованным.

— Конечно, — сказал он, — все, что в моих силах.

— Я ищу даму, которая работала в «Маккензи текстиль». Я только что узнал, что ее уволили; и хочу знать, куда она делась.

Вид у него стал какой-то мечтательный.

— У них там работают шикарные дамы, — задумчиво произнес он. — Исключительно сексапильные. У меня не получилось подъехать ни к одной из них.

— Они приходят сюда поесть? — спросил я.

— Конечно. Прямо сейчас и повалят.

Я достал из жилетного кармана пятидолларовую купюру и протянул ему:

— Дай мне знать, когда одна из них войдет, хорошо? Если получится с ней поговорить, может, я узнаю, куда делась та дама.

Он сгреб купюру.

— Будет сделано, — сказал он. — Вы пока посидите.

Вскоре после часа дня зал начал заполняться людьми. Почти сразу же парень дернул головой в мою сторону. Высокая светловолосая куколка как раз усаживалась на табурет, готовясь взять коробку с ланчем. У нее был дружелюбный вид, и я подумал, что смогу найти с ней общий язык, если правильно себя поведу.

Я подождал, пока она устроится, потом встал и сел на соседний табурет. Она заняла место у стены, так что мы были более или менее изолированы от остальных.

Она взглянула на меня и занялась своим клубным сэндвичем. Парень за стойкой подошел к нам, дал мне такой же и подмигнул.

— Прошу прощения, — осторожно начал я, — мне показалось, что вы могли бы рассказать мне о мисс Джексон.

Она дернулась, как зажатая в углу девственница. Ее глаза чуть округлились, и я подумал, что она собирается дать мне жесткий отпор.

— Что вы сказали? — спросила она.

— Я ищу мисс Марди Джексон, — пояснил я, стараясь быть предельно вежливым. — Мне сказали, что вы работаете на «Маккензи», и я подумал, может, вы что-то знаете.

Из ее глаз исчезло испуганное выражение, и она повернулась на табурете лицом ко мне.

— Вы ее друг? — спросила она.

Я решил рискнуть.

— Да, я ее парень, — сказал я.

— Неужели? Ну разве это не забавно? — воскликнула она. — Слушайте, я всегда знала, что Марди скрытная... я говорила это другим девочкам... Да они тоже так думали... сами понимаете, как это бывает, верно? У такой девушки, как Марди, должен быть парень... это же естественно, верно? Она никогда ничего не говорила о том, что у нее есть... она много держала в себе... не думайте, что она нам не нравилась... мы любили ее. Мы, вся наша компания, были поражены, когда она ушла...

— Послушайте, леди, — заморгав, прервал ее я. — Может, расскажете, что там случилось? Я уезжал на несколько дней и упустил новости.

— Да пожалуйста.

Она была готова выдать мне все от и до. Это было ясно. Беда была лишь в том, что, когда такая дама открывает рот, ее трудно остановить. Во всяком случае, сказал я себе, у меня есть целый день, так что я должен подсуетиться.

— Тогда расскажите все, что вам известно, — сказал я, закуривая и протягивая ей сигарету.

Ее глаза снова расширились.

— Ну, я не знаю, можно ли... но раз вы ее парень... ну, это другое дело, так ведь? Я хочу сказать, что... я бы никому не сказала... я имею в виду, что я не рассказываю о других первому встречному... Ну, думаю, вам это и так понятно, вы ведь разбираетесь в людях, верно?

— Конечно, — сказал я, — об этом не беспокойтесь.

— Ну, примерно неделю назад Марди вернулась с ланча... она показалась нам какой-то романтически настроенной... и девочки подумали, что она была со своим кавалером или типа того... потом Лу позвал ее... Лу — это мистер Спенсер, большая шишка в нашей фирме... но, я думаю, вам это известно... ну, Марди вошла и какое-то время была в кабинете Лу... потом я услышала, как Лу злится... иногда он ужасно злится... он кричит и вопит без остановки... ну, я подумала, что Марди попала в беду, поэтому я прислушалась за дверью... Я никогда так не делаю, правда... понимаете, Марди была моей подругой... Я просто подумала, что буду там на всякий случай, если Лу действительно разозлится... но он так кричал, что я не разбирала его слов. А Марди сказала: «Простите, мистер Спенсер, но это действительно мое личное дело, с кем я обедаю». И тут Лу совсем рехнулся... к тому моменту подошли и другие девушки и все слушали... Лу сказал, что Марди может собирать свои вещи и уходить... Ну, она и ушла... вы ведь знаете, она всегда ведет себя как настоящая леди... Лу стоял в дверях и смотрел ей вслед... у нас не было даже возможности попрощаться... это все, что я могу вам сказать.

— И с тех пор вы ничего о ней не слышали?

Она покачала головой:

— Нет... я просто не могу понять. Мы все ждали от нее вестей... но ни слова.

— Вы знаете, где она живет? — спросил я.

Она была не настолько глупа, как мне поначалу показалось. Ее взгляд внезапно стал жестким.

— Эй! — сказала она. — Вы ее парень и не знаете, где она живет?

Я понял, что здесь надо действовать аккуратней. И осторожно ввел ее в курс дела.

— Вам это может показаться странным, — сказал я, — но я за ней ухаживал лишь один день или и того меньше. Видите ли, я влюбился в нее, но я не знаю, что она чувствует ко мне. И не знаю, где она.

— Разве это не чудесно? — словно застеснявшись, сказала моя собеседница. — Ну, я помогу... мне кажется, девушке нужен мужчина... правда? Я напишу ее адрес.

Я дал ей карандаш и блокнот. Она нацарапала адрес — Марди жила в западной части города. Я аккуратно положил блокнот в карман и соскользнул с табурета.

— Я еду туда прямо сейчас, — сказал я. — Вы мне здорово помогли. Я приглашу вас на свадьбу.

Я так ее там и оставил — с открытым ртом, — надо было начинать все с начала. Думаю, ланч пришелся ей по вкусу. Он определенно дал ей пищу для разговоров. Но стоило ли ей говорить?

ГЛАВА ДЕВЯТАЯ

Все это ни к чему меня не привело. Когда я добрался до адреса, который дала мне блондинка, Марди там не оказалось. Она уехала вроде как два дня назад, сказала мне хозяйка, — взяла свои сумки и не оставила адреса. Как вам это нравится?

В полном расстройстве я вернулся в свою квартиру. Единственное, что я прекрасно понимал, — это что Марди ушла с работы из-за меня. Стало быть, Спенсер считал, что ей что-то известно, и не собирался рисковать. Если то, что она знала, было важно, возможно, он куда-то ее упрятал. Однако хозяйка сказала, что Марди пришла одна, чтобы собрать вещи, и, похоже, не очень-то волновалась. Сообщила, что ей нужно уехать из города по делам, и не знает, когда вернется. Было ли это сказано просто в угоду хозяйке?

Я сидел на краю стола и размышлял об этом. Интересно, найду ли я ее, если продолжу расследование дела Весси? Пока я думал об этом, зазвонил телефон.

В трубке раздался твердый, чистый металлический голос:

— Ник Мейсон?

Я не стал ходить вокруг да около с этой крошкой.

— Да, — сказал я. — Все постреливаете в полковников?

Я не смог сдержать усмешку. Похоже, с этой дамой я всегда вляпываюсь в неприятности.

— Вы знаете об этом? — спросила она.

— Конечно, — ответил я. — Я был тем парнем, который вытащил вас из передряги. Я узнал ваш голос.

На мгновение воцарилось молчание, затем она сказала:

— Вы ищете Марди Джексон. В прошлый раз я говорила вам, что скоро вам станет интересно. Как видите, я не ошиблась. Марди Джексон знает слишком много. Не думаю, что вы снова с ней встретитесь. Тем не менее сегодня вечером, в девять часов, можете заглянуть на причал Венсди. Увидите нечто такое, что вас заинтересует.

— К чему, черт возьми, все эти ваши загадки... — начал было я, но связь прервалась.

Если когда-нибудь мне попадется эта дама, в ярости подумал я, швыряя телефон, я устрою ей сладкую жизнь.

И все же я был встревожен. Она подтвердила мои подозрения. Марди действительно что-то знала. Мне не понравилось это заявление, что я больше ее не увижу. Я беспокойно ходил по комнате. Кто была эта женщина? Почему ей так хотелось, чтобы я занялся этим делом? Кеннеди знал, кто она такая. Я решил, что следующим моим шагом будет поговорить с ним откровенно. Если я выложу свои карты на стол, возможно, он расколется.

Тем временем я решил проверить морг, на случай если Марди, неопознанная, оказалась там.

Но Марди я не нашел. Там было много молодых женщин, лежащих на столах в ожидании, что кто-то заберет их, и под конец я почувствовал себя подавленным.

Перед уходом я поговорил со служителем морга. Спросил его как бы между прочим, знает ли он что-нибудь о причале Венсди. К моему удивлению, он знал довольно много. Его брат работал неподалеку от этого места.

— Очень опасное место, — сказал он. — Сейчас им никто не пользуется. Предпочитают Гудзонов причал, дальше, вверх по реке. Вокруг Венсди живут нутрии. Майк... это мой брат... говорил, что причал Венсди использовали для контрабанды. Думаю, с тех пор он стал немного почище. Тем не менее это опасное место.

Я узнал у него, как туда добраться, дал ему пару баксов и ушел.

Потом еще кое с кем встретился и остаток дня провел, разбирая свою корреспонденцию. День прошел тихо, без заметных новостей.

Около восьми вечера я сел в свой старенький «форд» и поехал в «Глобус». Я вошел в помещение редакции, когда Хьюсон уже собирался уходить.

— Привет, — сказал он. — Я так и не поблагодарил тебя за то, что ты нам устроил Кеннеди. Это было круто.

Я отмахнулся от его благодарностей и спросил:

— Знаешь что-нибудь о Лу Спенсере?

Хьюсон пожал плечами.

— Я предпочел бы забыть об этом, — сказал он. — Дело Весси похоронено. Ты ничего не добьешься, копаясь в куче этой грязи.

— Нет... меня интересует другое, — возразил я. — Я просто хотел узнать, что он за парень. Моя подруга работала на него, и она исчезла. Интересуюсь, имеет ли он к этому какое-то отношение.

Хьюсон покачал головой:

— Это вряд ли. У него есть жена, и он без ума от нее. Он не стал бы ей изменять с кем-то из своих сотрудниц. Конечно, я могу ошибаться, хотя...

Я предложил ему «Кэмел».

— Спенсер довольно крутой парень, верно? — спросил я.

Хьюсон пожал плечами:

— Да, наверное, так оно и есть. Он толковый и делает деньги. Не трать на него время.

Мы вместе спустились на улицу, и я немного подвез его в сторону его дома, высадил у удобной ему станции метро, а сам поехал к причалу Венсди.

Итак, Спенсер женат. Я сказал себе, что скоро познакомлюсь с этим парнем. Сначала я должен найти Марди и выслушать ее историю. Тогда я смогу встретиться и поговорить со Спенсером. Мне казалось, что я уже ввязался в это дело, хотел я того или нет.

Причал Венсди находился на окраине восточной части города. Чтобы попасть туда, нужно было миновать несколько жутковатых кварталов. Приходилось ехать осторожно, так как дороги были узкими, а пешеходам было плевать на транспорт.

Я оставил машину на небольшой парковке недалеко от причала.

Служитель морга был прав. Это место было крайне непривлекательным. Темные дома на узких улочках словно тянулись друг к другу и перекрывали крышами небо над головой. Тротуары, мокрые и скользкие, были покрыты вонючими отбросами.

Служащий на парковке сказал мне, как выйти к причалу Венсди. Он посмотрел на меня так, будто я сумасшедший. Пусть даже он был прав, это меня не могло остановить.

Я прибавил шагу. Над рекой медленно поднимался туман, и где-то в отдалении звучала сирена. Вскоре магазины остались позади, и я оказался совсем рядом с рекой. Повернув за угол, я вышел к причалу. За ним я увидел маслянистую воду, отражавшую свет одинокого уличного фонаря.

По обе стороны от причала из темноты в беспорядке выступали высокие дома. Из окон, сквозь неплотно пригнанные жалюзи, пробивался желтый свет. Я вдруг продрог. Туман был влажным, и с реки дул холодный ветер.

Ну вот я и прибыл, мелькнуло у меня в голове. Причал Венсди не очень-то мне понравился.

Я подошел к его краю и посмотрел на темную реку, но, кроме случайного буксира со штормовым фонарем, больше ничего не увидел. Я взглянул на часы. Было примерно без четверти девять.

Она сказала «причал Венсди», не более того. С трех сторон его окружали дома, с четвертой стороны была река. Место хорошо просматривалось. Я выбрал темный угол и сел на груду старых канатов.

Отсюда мне был виден весь причал, и в то же время я оставался вне поля зрения и в относительном укрытии от ветра.

Это был не самый лучший вариант провести вечер, но если я собирался найти Марди, то выбирать не приходилось. Я не решался закурить, и мне очень хотелось выпить. Проведя таким образом минут десять, я начал злиться. Я придумывал разные выразительные словечки в адрес этой телефонной дамы. Я просто хотел бы встретиться с ней разок. Всего лишь разок.

Когда часы подсказали мне, что я торчу тут уже больше тридцати минут, я заволновался. Я встал и принялся расхаживать взад и вперед там, где было всего темнее, стараясь размять затекшие конечности. Уже девять пятнадцать, а ничего не происходит. Может, эта дамочка просто послала меня проветриться.

А потом началось. Я увидел мерцающий свет от машины, медленно выезжающей из-за угла. Я быстро нырнул за свернутый в бухту канат и опустился на колени, выглядывая оттуда, как это делают в кино. Большой закрытый автомобиль выкатил на площадку. Фары осветили темноту и ослепили меня. Я спрятал голову и подождал, пока свет переместится подальше, а когда мое убежище снова погрузилось в темноту, тихо встал.

Машина остановилась у одного из домов. Этот дом был в полной тьме. В отличие от остальных, там не было освещенных окон.

Едва я осторожно двинулся к нему, как открылись две дверцы машины. Невысокий коренастый мужчина, закутанный так, что лица было не видно, вылез из-за руля и направился к открытой задней дверце. Он сунулся внутрь, а затем попятился.

Я напрягся. Он что-то держал, повернувшись ко мне спиной, и я не мог различить, что именно. Затем он подался назад, и кто-то еще выбрался наружу. Пошатываясь, они несли кого-то, завернутого в подобие плаща. Инстинкт подсказал мне, что это женщина, и я ни секунды не сомневался, что это Марди. Я уже был готов прыгнуть вперед, когда из машины вылезли еще двое. Это меня остановило. Бесполезно было ввязываться в ситуацию, которую я не мог решить в свою пользу. Допустим, меня бросят в реку, и Марди это не поможет.

Все четверо скрылись в доме, и я услышал, как захлопнулась входная дверь. Я стоял и ждал. Через несколько минут вышел коренастый парень, сел в машину и уехал так же тихо, как и приехал. Ну ладно, сказал я себе, их осталось только трое.

Когда я подкрался к дому, в окне на втором этаже вспыхнул свет и сразу же исчез за поспешно опущенной занавеской.

Теперь я знал, в какой комнате Марди, а это уже было кое-что. Я вдруг пожалел, что у меня нет пистолета. Меня уже трясло от этой жуткой пристани и реки. Я осторожно подергал входную дверь. Она была, разумеется, заперта.

Я решил обойти дом сзади и посмотреть, что там. Рядом был узкий проход, и я осторожно направился туда. Я захватил с собой фонарик-карандаш и включил его, как только оказался за углом дома. Яркое пятнышко света осветило зловонный проход. В конце его был ветхий деревянный забор. Я подтянулся на нем, огляделся и испытал настоящий шок. Задней стороной дом выходил на реку.

Парню с моими мозгами не потребовалось много времени, чтобы попять следующее: если они хотят избавиться от Марди, им достаточно перерезать ей горло и вышвырнуть в окно.

Нужно было побыстрее попасть внутрь. Если это и сулило мне какие-то неприятности и, возможно, некоторый ущерб, то Марди в данный момент была в гораздо худшем положении, чем я со всем, что могло меня ожидать.

Я выбрал окно на первом этаже и, посветив фонариком, разглядел небольшую, без мебели комнату. Это означало, что в дом можно попасть. С помощью ножа я подцепил снизу оконную раму. Она подалась с трудом, но поднялась без всякого шума. Я перекинул ногу через подоконник и оказался внутри. Затем я опустил окно. Сами попробуйте пробраться в темный дом вроде этого, с тремя головорезами наверху, и посмотрите, как вам это понравится. Мои нервы были напряжены до предела, а в горле напрочь пересохло.

Я неслышно подошел к двери и повернул ручку. Дверь открывалась в мою сторону, и я осторожно потянул ее на себя. Она скрипнула, но не сильно. Снаружи было темно, я прислушался. Стояла полная тишина. Я осторожно выбрался в коридор, включил фонарик, чтобы сориентироваться, и закрыл за собой дверь. Справа от меня была узкая лестница.

Я начал осторожно подниматься, проверяя каждую ступеньку. Некоторые из таких лестниц настолько прогнили, что чертовски скрипят.

Я уже одолел полпути, когда услышал, как на верхней лестничной площадке открылась дверь. Стало светло. Вышедший закрыл за собой дверь, и лестница снова погрузилась во мрак. На площадке послышались шаги. Я замер, прижавшись к стене. Если этот парень включит свет, я пропал. Он стал спускаться — я слышал, как его рука скользит по перилам. Я вжался в стену. Он прошел мимо меня, и я почувствовал, как пола его пальто скользнула по моим коленям. Я дал ему сделать еще один шаг, затем быстро развернулся и изо всех сил ударил его правой ногой.

Это был хороший пинок. С такого расстояния он мог бы свалить и слона. Я почувствовал, как носок моего ботинка вонзился во что-то твердое, услышал сдавленный вздох, а затем страшный грохот. Я не стал ждать ни секунды, а, включив фонарик, ринулся вверх по лестнице, перепрыгивая через три ступеньки.

Добравшись до следующей площадки, я выключил фонарик и прислонился к стене рядом с дверью, которую успел мельком разглядеть. Тут же она резко распахнулась. На лестничную площадку вышел худощавый парень в мятой черной шляпе.

— Эй, Джо! — позвал он, заглядывая вниз через перила. — Какого черта ты там распрыгался?

Когда парень вот так перегибается через перила, остается только одно. И я это сделал: стремительно подцепил его снизу за штаны и рванул вверх. Несмотря на худобу, он оказался тяжелым, и мне пришлось хорошо вложиться, чтобы опрокинуть его в лестничный проем. Он полетел вниз с испуганным воплем.

Но это мне ничего не дало. За спиной у меня раздался хриплый голос:

— Стой, где стоишь...

Я представил себе оружие, нацеленное мне в спину, но все же повернул голову. Револьвер был там, где полагается. Парень, который держал его, явно злился. Он был низенький и толстый, с коротко остриженными седыми волосами. По тому, как он держал револьвер, я понял, что он знает, как обращаться с оружием.

— О'кей, — быстро ответил я, — как скажешь.

— А ну-ка отойди, сволочь, — прохрипел он. — Держи руки выше и не вздумай дернуться.

Пока все это происходило, снизу доносились ругательства. Мне приходилось в свое время слышать разное, но этим потоком брани можно было затопить реку.

— Мордой к стене! — рявкнул толстяк. — Одно неверное движение, и я тебя продырявлю. Не буду повторять дважды.

Я сделал, как было велено. Мне пришло в голову, что, возможно, я серьезно влип. Моей единственной надеждой было то, что я вывел из строя тех двоих.

— Ты ранен, Гас? — крикнул толстяк, не сводя с меня глаз. — Поднимайся... Я тут поймал одного гада.

Единственным ответом на это была очередная порция проклятий. Этот парень там, внизу, определенно был специалистом по части нехороших слов. Толстяк оказался в затруднительном положении. Ему надо было держать меня под прицелом, но в то же время, думаю, ему не терпелось спуститься и выяснить, насколько пострадали двое других. Решить эту дилемму можно было одним-единственным способом, и он не преминул им воспользоваться.

Хотя я и предполагал это, но не ожидал, что парень его габаритов окажется таким быстрым. Мне удалось немного отклонить голову, но я все-таки опоздал. Рукоять его револьвера ударила меня по затылку, и я отключился.

ГЛАВА ДЕСЯТАЯ

Издалека до меня донесся женский крик. Я был в какой-то бездонной яме и поначалу не обратил на него внимания, но крик возобновился, становясь все громче и громче, и я подумал, что пора бы этой женщине замолчать.

Я открыл глаза и огляделся. Над моей головой тревожно мерцал свет свечи, и я снова закрыл глаза. Крики прекратились, и я подумал, как же это хорошо. Попытался пошевелить руками, но обнаружил, что не могу этого сделать. Меня это заинтересовало.

Я снова открыл глаза и тут все вспомнил, как будто мне на голову вылили ведро воды. Я попытался сесть, но оказалось, что я связан. Голова болела, но с каждой секундой мозги прояснялись. Я всегда говорил, что у меня крепкий череп.

Я лежал на полу, руки за спиной были связаны тонкой бечевкой, которая врезалась мне в запястья. Это было чертовски больно.

Надо мной горела одинокая свеча. Она стояла на каминной полке, и от ее пламени по комнате плясали тени.

Мало-помалу мне удалось принять сидячее положение. Кровь застучала в висках, и на некоторое время мне пришлось снова закрыть глаза, чтобы прийти в себя. Затем я встал на колени и поднялся на ноги. Ноги не были связаны. Я сделал несколько шагов взад-вперед по комнате, чтобы восстановить кровообращение. Спустя минуту или две я уже чувствовал себя вполне сносно, если не считать головной боли.

В этот момент дверь открылась, и в проеме возник высокий худой парень. Он вошел, слегка прихрамывая, и остановился в дверях, глядя на меня.

— Привет, Гас, — сказал я. — Я думал, ты сломал себе шею.

В мерцающем свете Гас напугал бы кого угодно. У него было совершенно плоское лицо с крошечными глазками и маленьким поджатым ртом. Казалось, его скулы вот-вот прорвутся наружу сквозь свинцового цвета кожу. Переносицы у него не было, будто ее удалили хирургическим путем.

Он вошел в комнату и очень медленно и осторожно закрыл за собой дверь. Я почувствовал, что мы с ним не поладим.

— Я знаю, как обращаться с такими умниками, — провыл он, как испорченный граммофон. — Ничего, перестанешь тут выпендриваться, когда я с тобой разберусь.

Я медленно попятился от него.

— А теперь не делай ничего такого, что твоя мама не одобрила бы, — сказал я. — Давай-ка лучше поговорим.

Я изо всех сил растягивал бечевку на связанных кистях рук, но она была такой тонкой, что грозила перерезать мне вены.

Он последовал за мной через всю комнату, пока я не уперся спиной в стену. Я разглядел лишь его кривую усмешку, когда он замахнулся.

Я засек его замах и отвернул голову, так что его кулак пролетел мимо, задев мне ухо. Его левая последовала за правой, но я увернулся, и удар пришелся в плечо. Для худого, хлипкого на вид парня у него были увесистые кулаки. Пора было что-то предпринять.

Как паровой копер для забивки свай, он снова выбросил правую, целясь мне прямо в нос. Я присел на колено и уронил голову на грудь, так что его кулак лишь нарушил мне прическу. Затем я быстро поднялся и воткнул колено ему в живот. Вам понятно, как это у меня получилось? Этот гад прозевал мой удар.

Он всхлипнул, как проколотая шина, и рухнул на пол. Я не собирался сидеть и нянчиться с ним. Отступив назад, я тщательно прицелился и изо всех сил ударил ногой сбоку ему в голову. Он распластался, широко раскинув руки. Удар получился что надо, и парень остался лежать неподвижно.

Я встал над ним, чтобы добавить еще немного, но ему уже было не до меня. Убедившись, что он отключился надолго, я опустил руки к пяткам и переступил через запястья, так что руки оказались впереди, внимательно осмотрел бечевку и, подойдя к свече, решил попробовать. Раз или два я обжегся, но руки освободил — после третьей попытки бечевка лопнула. Я помассировал онемевшие запястья и затем почесал затылок.

На первый взгляд ситуация была такова, что мне оставалось беспокоиться только о толстяке. Я опустился на колени рядом с Гасом и обшарил его карманы. Мне было бы намного легче, если бы у него оказался пистолет, но пистолета я не нашел.

Убедившись в этом, я встал и тихо подошел к двери. Решил, что смогу справиться с толстяком, если застану его врасплох. Оказалось, что фонарик все еще при мне. Тихой сапой я выскользнул в коридор. Постоял и послушал. Если я правильно сориентировался, то Марди должна быть за дверью в дальнем конце коридора. Стараясь не шуметь, я подошел к этой двери и снова прислушался.

Едва я коснулся двери, как за ней вдруг раздался дикий крик, и я отшатнулся.

Я с трудом удержался, чтобы не ворваться в комнату. Надо было сделать так, чтобы толстяк сам вышел ко мне. Я резко постучал в дверь. Затем отступил, поднявшись на верхнюю ступеньку лестничного пролета, и прижался к стене. Тут я был под надежным укрытием.

На мгновение воцарилась тишина, затем появился свет. Я присел на корточки, чтобы в качестве цели занять как можно меньше места, и приготовился к схватке.

Однако ничего не произошло. Я подвинулся к самому углу. Я ничем не рисковал, поэтому просто напряг слух и услышал хриплое дыхание толстяка. Он тоже, должно быть, прислушивался и гадал, что все это значит.

— Гас? — прохрипел он. — Это ты, Гас? — В голосе его прозвучал испуг.

Ответом ему была тишина. Он вышел в коридор и остановился у освещенного проема двери, спиной к ней. Держась поближе к стене, я осторожно выглянул. Я хорошо видел его, при этом оставаясь вне его поля зрения.

— Гас, — позвал он, повысив голос, — иди сюда.

Я очень тихо постучал по полу рукояткой фонарика. Ему могло показаться, что он что-то услышал, и в то же время он мог подумать, что ослышался. Я видел, как он склонил голову набок, а затем с ворчанием двинулся в мою сторону. Я замер в ожидании, мышцы мои напряглись. Когда я уже готов был броситься на него, он остановился и отступил. Должно быть, ангел-хранитель похлопал его по плечу. Он быстро вернулся в комнату и закрыл за собой дверь.

Вот так номер, разочарованно подумал я. Больше нечего было ждать — оставалось идти туда, и будь что будет.

Как раз когда я собрался перейти к решительным действиям, снизу раздался звонок. Это меня остановило. Я поспешно вернулся по коридору в комнату, где оставил Гаса. Он все еще лежал на спине и видел сладкие сны.

Снизу снова нетерпеливо зазвонили. Это было серьезно. Если там приехали еще несколько парней, то, похоже, я в осаде. Я стоял у двери, прислушиваясь. Толстяк наконец решил прогуляться. Я услышал, как он открыл дверь и вышел в коридор. Я видел, как медленно приближается свет его фонарика.

Возможно, он заглянет и проверит, все ли здесь в порядке? Если так, мне придется действовать. Если вместо этого он спустится ко входу, у меня будет время, чтобы оказаться в гостиной и понять, что там происходит.

Пока я прикидывал эти варианты, он сам за меня все решил. Я увидел, как ручка двери внезапно дернулась, и понял его намерения. У меня не было времени убрать Гаса с дороги. Он лежал на виду при свете свечи. Я поспешно шагнул за дверь — она тихо отворилась, и из-за нее показалась голова толстяка. Все это было бы даже забавным, если бы я был лишь сторонним зрителем. Толстяк просунул голову в дверь, и его взгляд остановился на Гасе.

Я не дал ему ни единого шанса вывернуться и прищемил голову, навалившись всем своим весом на дверную панель. Это было похоже на аттракцион — его глаза вылезли из орбит и, повращавшись, уставились на меня.

— Расслабься, брат, — сказал я и врезал ему в челюсть красивым, со всего размаха, ударом, в который вложил все силы.

Удар пришелся по его подбородку. Раздался резкий щелчок, и я лишился почти всей кожи на костяшках пальцев. Его глаза перестали что-либо выражать — я отпустил дверь, и он упал, как подбитый слон.

Я рывком распахнул дверь и перешагнул через него. Снова яростно прозвенел звонок, и кто-то забарабанил в дверь внизу. Я ощупал толстяка и нашел то, что искал. Это был «смит-вессон» 45-го калибра. Хороший аргумент в любой разборке.

Держать револьвер в руке бывает чертовски приятно!

Грохот и звон снаружи внезапно прекратились. Это означало, что вновь прибывшие боялись разбудить соседей и собирались влезть через окно. Я не тешил себя надеждой, что они разъедутся по домам.

Я выскочил в коридор и ворвался в другую комнату, где ожидал увидеть Марди. Я уже представлял себя настоящим героем в ее глазах. Более того — я уже воображал, как она падает в мои объятия, и какова же оказалась реальность, отбросившая меня далеко назад, когда я увидел там Блонди!

Блонди? У вас в голове такое укладывается? Это была она, собственной персоной, привязанная по рукам и ногам к стулу. Ее глаза были полны ожидания внезапной смерти, а общее выражение лица напоминало тигрицу, готовую всех растерзать.

Я остановился как вкопанный.

— Боже! — сказал я.

Она была поражена не меньше меня.

— Вытащи меня отсюда, — прохрипела она.

Когда она заговорила, я понял, что ей пришлось несладко. Какой-то парень, одаренный воображением, но не мягкосердечием, поработал над ее внешностью. Ее лицо было в кровоподтеках, а короткий резиновый шланг, лежащий у ее ног, говорил сам за себя.

Я зашел ей за спину и перерезал шпагат.

— Господи, — сказал я ей, — я вырубал парней по всему дому и рисковал своей шкурой, поскольку думал, что спасаю свою подругу... а теперь я вижу, что это ты.

Она ничего не ответила, но, судя по ее дыханию, со свистом вырывающемуся из ноздрей, она была очень зла.

Действовать нужно было быстро. Я просто не знал, как долго эти парни проваландаются внизу, прежде чем окажутся здесь. Освободив ее, я прыгнул к двери.

— Разомни конечности, — сказал я ей на ходу. — Нам надо поскорее убираться отсюда.

Я подошел к лестнице и глянул вниз. По ней поднимались два парня. Должно быть, они услышали меня, потому что быстро выключили фонарики. Я взмахнул своим «сорок пятым» и выстрелил.

То, как эти двое скатились вниз, чтобы не маячить, рассмешило меня. Я крикнул им сверху:

— Не лезьте сюда! Я хочу побыть один.

Затем я почти неслышно вернулся к Блонди. Она стояла, растирая запястья. Ее губы были сжаты в тонкую линию. Эта дамочка не выглядела испуганной, скорее она была в ярости.

— На следующий этаж, — коротко ответил я. — Так тихо, как сможешь.

Она сделала несколько неуклюжих шагов, остановилась и выругалась. Я поспешно схватил ее за руку.

— Заткнись, — сказал я. — Что случилось? Ты ранена?

Она снова попыталась двинуться вперед, но снова остановилась, прикусив губу крупными белыми зубами.

— Я не могу идти, — отрывисто произнесла она.

Я не стал с ней препираться, время поджимало. Перекинув ее через плечо, я стал подниматься по лестничному пролету. Одолеть тридцать ступенек с дамой на себе такой комплекции, как Блонди, — то еще удовольствие. А если добавить, что при этом кто-то из своей пушки собирается продырявить тебе штаны, то вообще адский труд. Когда я добрался до следующей площадки, с меня градом лил пот.

Поднявшись, я включил фонарик. Эта лестничная площадка была похожа на нижнюю — дверей столько же. Я вошел в заднюю комнату и опустил Блонди.

— Попробуй-ка прийти в себя, — сказал я. — Мы еще не дома.

Я снова вышел на лестничную площадку, оставив Блонди фонарик. Затем я перегнулся через перила и выстрелил в темноту. Я подумал, что, может, тем парням внизу не хватает порции страха, которую я уже получил. Из темноты тоже раздался выстрел, и я почувствовал дуновение от пули, пролетевшей возле моего лица. Я отпрянул и, сменив позицию, снова выстрелил, на этот раз прямо вниз вдоль лестницы.

Мне ответили выстрелами из двух пистолетов, и если бы я не лежал ничком, все могло бы тут и закончиться. Эти парни слишком хорошо стреляли, чтобы мне понравиться. Я заполз в комнату и тихо прикрыл за собой дверь.

Может, они пока не станут торопить события. Я не знал, сколько патронов у меня осталось, и подумал, что лучше поберечь их.

Взяв фонарик, я осмотрел комнату. Первым, что попалось мне на глаза, был массивный шкаф. Я подошел и отодвинул его от стены.

Блонди кое-как поднялась на ноги и приблизилась ко мне. Хотя ее лицо было искажено болью, она явно не собиралась прохлаждаться.

— Успокойся, — сказал я. — Я сам справлюсь... лучше займись собой.

Ее ответ был непечатным. В этом преимущество таких дам, как Блонди. Вам не нужно беспокоиться о своих манерах. Мы с ней передвинули шкаф на другой конец комнаты и прислонили его к двери. Какое-то время он дверь удержит.

Я подошел к окну и выглянул наружу. Внизу была черная река. Я мог только разглядеть маслянистое отражение тусклой луны. Картина была чертовски малопривлекательной.

Я обернулся.

— Ты умеешь плавать, сестрица? — спросил я.

— Да, — ответила она, — но я не собираюсь плавать в этой одежде.

Вот что значит женщина!

Я закурил сигарету.

— Похоже, тебе придется, если только копы не приедут... — сказал я. — Эти парни внизу не шутят.

Она подошла к окну и, протиснувшись мимо меня, выглянула наружу. Я почувствовал ее запах. Она обернулась и посмотрела на меня.

— Это очень высоко, — заметила она. Ее голос чуть дрогнул.

Я сказал себе, что, кем бы она ни была, храбрости ей не занимать.

— Не волнуйся, — произнес я. — Просто оттолкнись... и все. Я прыгну следом. Не думаю, что ты жаждешь столкнуться нос к носу с этими ублюдками.

Она расстегнула молнию на платье и сняла его, затем скинула туфли. Блонди была из тех дам, которые всегда носят черное нижнее белье. Я различил лишь слабую белизну ее плеч.

За дверью раздались три оглушительных выстрела, и я услышал, как пули ударились в противоположную стену. Затем кто-то начал ломиться в дверь. Нам пора было на выход.

— Пойдем, детка, на улице не так жарко, — сказал я. — Сядь на подоконник — ноги наружу.

С моей помощью она вылезла в окно и села, вытянув вперед ноги. Я поддерживал ее за бедра, чувствуя, как по ее телу пробегает легкая дрожь.

— Держись, — шепнул я ей на ухо. — Я за тобой. Просто сделай глубокий вдох... прыгай.

Я столкнул ее с подоконника и наклонился, чтобы посмотреть, как она уходит в воду. Из темноты раздался громкий всплеск. Затем прыгнул и я.

Была ли вода холодной? Казалось, я целый час шел ко дну. А затем, когда я уже стал готовиться к вечной жизни, моя голова вынырнула на поверхность. Я протер глаза и огляделся в поисках Блонди. Несколько секунд мне ничего не было видно, но затем в нескольких ярдах справа я наконец разглядел ее голову.

Я повернулся и быстро поплыл к ней.

— Привет, детка, — сказал я. — Ты в порядке?

— Кто-то из них заплатит мне за это, — огрызнулась она, — вот увидишь.

Я усмехнулся про себя. Даже студеной водой нельзя было умерить темперамент этой женщины.

— Почему бы нам не отправиться домой? — предложил я, плывя рядом с ней. — Думаю, на сегодня мы сделали достаточно.

И мы неспешно поплыли к огням на набережной.

ГЛАВА ОДИННАДЦАТАЯ

Это было непросто — протащить Блонди в мою квартиру. Если ей было все равно, что о ней будут болтать, то мне — нет.

Нам определенно повезло. Подплыв к набережной, мы выбрались на причал прямо перед носом какого-то докера, и он чуть не упал в обморок при нашем появлении. Оправившись от шока и увидев Блонди в мокром нижнем белье, он протянул нам руку помощи. Он привел нас к себе и снабдил парой поношенных костюмов. Мы оба выглядели бродягами, но нам было наплевать.

Докер, казалось, был вполне удовлетворен сказочкой, которую я придумал для него, и когда я пообещал ему двадцать долларов, если он вызовет такси, он сделал для нас все и даже больше. Вот так мы ко мне и добрались.

Теперь Блонди лежала в ванне, отмачивая свои синяки, а я со стаканом скотча в руке сидел у камина и смотрел на огонь.

Мне не очень-то нравилось, что Блонди здесь. Она просто не захотела возвращаться к себе в квартиру. Ничего другого не оставалось, как привести ее сюда. Я рассчитывал услышать о том, что с ней приключилось, и хотя в такси она выдала не больше трех-четырех слов, да и то матерных, я надеялся что-нибудь из нее да вытянуть.

— Когда закончишь, — крикнул я ей, — то, возможно, вспомнишь, что я жду своей очереди.

— Хорошо, — отозвалась она. — Дай-ка мне полотенце, и я выйду.

— Сама возьмешь, — сказал я. — Я человек стеснительный, в отличие от тебя.

На это она ничего не ответила, но я слышал, как она вылезла из ванны и через некоторое время вышла, завернувшись в мой халат. Ее глаза все еще были полны ярости, а губы мрачно сжаты. Она мотнула головой в сторону ванной и налила себе на три пальца виски.

Я пошел в ванную и там опрокинул в себя оставшийся в стакане скотч. Горячая вода сделала свое дело, чтобы восстановить меня, и когда я вернулся в гостиную, то чувствовал себя отлично.

Блонди склонилась над огнем. Во рту у нее была сигарета, а виски в бутылке поубавилось.

Я сел рядом с ней и закурил. Мы помолчали, потом я спросил:

— Может, ты расскажешь, что произошло?

Она повернулась ко мне так, что ее лицо оказалось прямо передо мной. Думаю, что улица выжимает из этих женщин все до последнего. Они приобретают навык подавлять свои чувства и всегда быть начеку, чтобы их не обманывали на каждом шагу. Это их единственное оружие.

Глядя на ее суровое лицо, я не видел в нем ничего похожего на благодарность. Она была красоткой, но для женщины этого было недостаточно. Если у вас каменный взгляд, а рот как капкан, то, думаю, все остальное, что относится к вашей внешности, уже не имеет значения.

— Послушай, — спокойно сказала она. — Ты вытащил меня из передряги, но сделал это не из-за меня, а из-за другой. У нас с тобой и раньше были кое-какие проблемы. Я думаю, мы ничего не значим друг для друга. А если ты решил выразить мне сочувствие, то можешь повесить его в рамке на стену. Я обойдусь и без него. Этим ты меня не умаслишь. Все понял?

Разговаривать с ней было все равно что нянчить гремучую змею. Был только один способ поговорить с дамой, которая так себя ведет, поэтому я прибегнул к ее собственным приемам.

— Я не собираюсь тебя умасливать, сестрица, — сказал я, — у меня нет для этого никакого желания. Я хочу знать твою историю. Я сам замешан в этом деле и думаю, раз я вытащил тебя из передряги, то имею право знать об этом. Так что не задирай нос, обойдемся без эмоций — просто расскажи.

Она снова повернулась к огню.

— И не собираюсь, — ответила она.

Я вскочил.

— О'кей, — сказал я. — Тогда пошла вон... давай... вон отсюда... проваливай!

Она испуганно встала и широко раскрыла глаза.

— Если ты сейчас же не уберешься отсюда, я вызову полицию и сдам тебя. Можешь догадаться, каким будет обвинение... от него не отвертишься.

Она поняла, что ей нечем крыть. Ее угрюмое лицо прояснилось, и она рассмеялась. Она могла выглядеть очень мило, когда смеялась.

— О'кей, дорогой, — сказала она, — я буду хорошо себя вести.

— Вот видишь, — заметил я, возвращаясь к огню, — я нащупал твое больное место.

Она налила себе еще виски. Эта дама определенно любила спиртное.

— Да, дорогой, — сказала она, обратившись в милашку. — Ты здесь главный.

— Раз уж мы затронули эту тему, — продолжал я, — вроде я уже говорил, что меня воротит от этого «дорогого». Давай ближе к делу.

Она подошла и положила руки мне на плечи.

— Постараюсь, — сказала она, решив с помощью своих фирменных штучек разыграть понятный спектакль.

Это только разозлило меня. Я не слишком вежливо избавился от ее рук и толкнул ее в кресло.

— Расслабься, — произнес я. — У меня нет для этого настроения. Поздновато.

На мгновение мне показалось, что она вот-вот взорвется, но Блонди взяла себя в руки.

— Так что за история с тобой приключилась? — спросил я.

Она пожала плечами:

— Думаю, Эрл немного устал от меня. Это своего рода намек, который парень делает, когда хочет, чтобы ты смылась.

Так, да не так. Ее ответ был полуправдой, полуложью. Если я хотел чего-то добиться от этой дамочки, мне следовало быть похитрее.

— Эти трое головорезов работают на Каца?

Она кивнула:

— Вот именно.

— Что они хотели узнать у тебя?

Она быстро взглянула на меня. На ее лице появилась улыбка, но в глазах была настороженность.

— Они ничего не хотели узнать, дорогой, — сказала она.

— Вот как? Тогда почему они избили тебя?

От этого воспоминания ее лицо потемнело.

— Я же сказала... так он дает понять, что я ему надоела.

Я пожал плечами. Разумеется, таким образом я от нее ничего не добьюсь.

— Что ты знаешь о Спенсере?

Вопрос ее озадачил.

— Никогда о нем не слышала.

Если бы она и Анания[1] обменялись своими историями, я бы знал, на кого поставить свои наличные.

— Ты когда-нибудь слышала о девушке по имени Марди Джексон?

Она снова покачала головой. И я сдался. Блонди была крепким орешком.

— О'кей, сестрица, — сказал я, вставая. — Вижу, так мы с тобой далеко не продвинемся. Может, когда-нибудь ты передумаешь и выложишь мне все как есть.

---

[1] *Анания* — член первохристианской общины в Иерусалиме, утаивший вместе со своей женой Сапфирой часть выручки от проданного имения, в то время как другие члены общины, продавшие свои земельные владения, вырученные средства «полагали к ногам апостолов» (Деян. 4: 35), на общие нужды. Изобличенный во лжи, Анания пал замертво.

Надеюсь, что это будет не слишком поздно для тебя. Кстати, как насчет твоих ближайших планов? Сама понимаешь, я не могу держать тебя здесь.

— Завтра я сваливаю из этого города. Я хочу, чтобы ты съездил ко мне домой, собрал кое-какие вещи и привез сюда. И я уеду.

Эта дама была образцом самообладания. Я слишком устал, чтобы спорить.

— Как скажешь, — проворчал я. — Устраивайся поудобней — либо здесь, на диване, либо в моей постели... Мне все равно, где спать, так что решай сама.

Следующее утро было хмурым и пасмурным. Я встал около восьми и довольно быстро добрался до ее квартиры. Под ковриком лежал запасной ключ. Со мной был «сорок пятый», взятый у толстяка. Похоже, револьвер не пострадал от воды, и я позаботился о том, чтобы заранее хорошо его почистить. Мне не очень-то хотелось встречаться с Кацем, и могу честно признаться: я немного нервничал.

Она дала мне список того, что ей требовалось. Список был недлинным, и я быстро управился. Затем я осмотрел квартиру и довольно тщательно обыскал ее, но не нашел ничего, что мне было бы интересно.

После всех этих разборок я ничуть не продвинулся в своем поиске Марди. Это меня просто бесило. Я получил представление о головорезах, которых использовал Спенсер, и если они были способны на такую жестокость по отношению к Блонди, то примерно так же они могли поступить и с Марди.

Я был уверен, что Блонди что-то знает и они пытались выяснить, что именно. Ее намерение уехать из города говорило о том, что она напугана. Бросить в спешке свой уютный уголок, а также все связи... Она явно понимала, что ничего хорошего тут ей не светит.

Я ничего от нее не добьюсь, если она сама не захочет что-либо рассказать. И она была слишком проницательна, чтобы у нее что-то можно было выведать хитростью. Теперь, когда пропала Марди, вариантов у меня не оставалось. Я уже не мог бросить это дело.

Вернувшись домой, я застал там Экки. Он сидел в изножье моей кровати и разговаривал с Блонди.

Глядя на него, я так и застыл в дверях. Он оглянулся через плечо.

— Привет, приятель, — сказал он. — Очень рад, что заскочил к тебе.

Я бросил чемодан на пол и посмотрел на Блонди. Она, казалось, наслаждалась этой ситуацией.

— Ради бога, — сказал я, — разве ты не можешь держаться от меня подальше, когда я занят своими делами?

Экки покачал головой.

— Лучше скажи мне спасибо, — заметил он. — Не трудись нас знакомить, мы уже это сделали.

— Вижу, — кисло сказал я. — Лучше бы ты придержал язык за зубами... не хочу, чтобы весь город болтал об этом.

Экки ухмыльнулся.

— Слышите? — обратился он к Блонди. — Можно подумать, что он святой.

Блонди нравилось, что я в растерянности.

— Он не святой, — сказала она, выпрастывая из-под одеяла голые руки и плечи.

— Пойдем, малыш, — позвал я Экки, — нам надо немного поболтать, пусть дама оденется.

Ему явно не хотелось уходить, но я наконец вытащил его в гостиную.

— Ну и ну, — ухмыльнулся он, — такого от тебя не ожидал.

Понятно, что я был раздражен.

— Я не могу сейчас ничего тебе объяснять, — в запале сказал я, — но, ради бога, держи язык за зубами. Ты знаешь ее?

Экки задумчиво скривился.

— Да, — ответил он, — я ее хорошо знаю. Полагаю, ты все еще занимаешься делом Весси. Ну, вижу, ты зря времени не теряешь.

— Может, ты все же объяснишь, зачем приперся?

Он помолчал, затем лицо его просветлело.

— Знаешь, я и сам забыл зачем. Когда я вошел в твою спальню и обнаружил эту даму в твоей постели, у меня определенно был шок. Да, теперь о главном. Ребята устраивают небольшую вечеринку в доме у Хьюсона. Я подумал, может, ты составишь мне компанию. Почему бы время от времени не встречаться с нашими ребятами, что скажешь?

Чтобы избавиться от него, я бы согласился на что угодно.

— Конечно, — сказал я, — это великолепно. Заедешь за мной.

Я взял его за руку и повел к двери. Он все правильно понял.

— Только будь осторожен, — предупредил он.

Я вытолкал его и захлопнул за ним дверь. Затем я вернулся к Блонди. Она причесывалась моей щеткой для волос. Казалось, что все относятся к моему жилью так, будто это был отель. Я сел на кровать.

— Забавный парень, — сказал я.

— Он мне понравился, дорогой, — отозвалась она, оглядываясь через плечо. — Похоже, толковый.

Еще бы! Они были два сапога пара.

— Ну что ж, детка, — сказал я, желая поскорее избавиться от нее, — я привез твои вещи, так что, думаю, тебе пора на выход.

Она закончила причесываться и открыла чемодан. Поморщилась, увидев, каким образом я обошелся с ее барахлом, но меня это не волновало. У нее хватило чертовой наглости попросить, чтобы я привез ее шмотки, так что, если ей что-то не нравилось, пусть идет в задницу.

Блонди выбрала что-то из своих тряпок и стала одеваться. Я сидел и смотрел на нее. Больше всего меня заботило то, что она уезжает из города и, возможно, я больше никогда ее не увижу. Она была важным звеном между Кацем и Спенсером, и, следовательно, она могла бы привести меня к Марди. Я решил еще раз рискнуть и закинуть удочку.

— У Спенсера в «Маккензи текстиль» работала девушка. Шикарная. И я заинтересовался ею, — начал я.

— Слушай, деревенщина, — сказала она, не удостоив меня взглядом, и наклонилась, поправляя подвязку. — Твои сердечные дела меня не интересуют.

Меня так и подмывало дать ей тумака, но я держал руки в карманах.

— Эта девушка исчезла, — продолжал я. — Не могу ее найти...

— Если она и правда хорошая девочка, то избавила себя от многих неприятностей, — сказала Блонди, выпрямившись и потянувшись за платьем.

— Я мог бы тебя наказать, — мрачно пригрозил я.

— Да знаю... знаю. Только теперь нет смысла в разборках.

Я подошел к ней и крепко схватил за руки. Она посмотрела на меня тяжелым взглядом.

— Только попробуй... — сказала она. — Мало тебе не покажется.

— А ты не думала, что Кац околачивается где-то рядом, чтобы всадить в тебя кусок свинца? — поинтересовался я. — Или считаешь, что тебе хватит ума сыграть в одиночку и выйти сухой из воды? Может, проскочит, а может, и нет. Если в один прекрасный день я прочитаю, что одну симпатичную блондинку нашли в рыбацких сетях, я посмеюсь. Я готов помочь тебе, если ты расскажешь мне все, что знаешь. Но если ты с этим затянешь, то уже никогда ничего и никому не расскажешь. Так что это твой последний шанс.

— Ой, как страшно, — усмехнулась она. — Я сама о себе позабочусь, красавчик, не переживай за меня. Мне это не впервой, уж как-нибудь обойдусь. Я тебе ничего не расскажу. Если тебя это так волнует, попробуй сам разобраться.

Я передернул плечами и отпустил ее.

— Ладно, умница, — сказал я. — Вперед, и флаг тебе в руки. Не говори, что я тебя не предупреждал.

Она натянула платье и поправила шляпку. Закрывая чемодан, она сказала:

— В следующий раз, когда увидишь меня, разуй глаза. Я буду при бабосах.

Эта шуточка кое-что да значила. Блонди нацелилась на легкие деньги. Это означало вымогательство. И объясняло, почему она хотела действовать в одиночку. Объясняло довольно многое.

— Смотри не споткнись, Блонди. Эта опасная игра.

На ее лице не отразилось никаких чувств. Она взяла чемодан и направилась к двери.

— Я справлюсь, — заявила она. — Если я тебя больше не увижу, мой совет — пей поменьше.

Она открыла дверь и вышла. Я смотрел, как она уходит — высокая, чуть покачиваясь на каблуках, с упрямо поднятой головой.

Возвращаясь к себе, я увидел парня из квартиры напротив, стоящего в дверном проеме. У него глаза вылезли из орбит — его разбирало любопытство.

— Все еще глючишь? — приветливо спросил я и тихо закрыл за собой дверь.

ГЛАВА ДВЕНАДЦАТАЯ

К тому времени, как мы с Экки добрались до дома Хьюсона, вечеринка была уже в полном разгаре.

В его квартирку набилось много парочек, и воздух был густым от дыма. Все курили и пили без продыха.

Экки был встречен дружными воплями. При взгляде на него людей обычно разбирал смех. Он снял шляпу и пальто и схватил бутылку виски.

Хьюсон подошел ко мне и пожал руку.

— Это вечеринка для лоботрясов, Ник, — сказал он извиняющимся тоном. — Но я рад, что ты пришел.

Он провел меня по комнате и представил. Парни были в основном из «Глобуса», и еще пять дам стояли рядком. Должен отметить, что все они были как на подбор. Хьюсон объяснил, что они из мюзикла «Луна и скрипка», который шел в «Плазе».

Протянув стакан скотча с содовой, он усадил меня с рыжеволосой девушкой и пошел позаботиться об Экки. Как будто Экки сам бы о себе не позаботился.

Рыжая девушка была уже довольно пьяной и то и дело хихикала. Она сказала, что ее зовут Доун Мюррей. Когда я спросил, как ее настоящее имя, она захихикала еще громче, но ничего не ответила.

Эти вечеринки всегда проходят одинаково. Все напиваются, болтают ни о чем и смеются без всякого повода. Доун заговорила о книгах, чем удивила меня, потому что я думал, что она вообще не читает. Она только что закончила «Гроздья гнева» Стейнбека.

— Держу пари, этот парень знает, о чем пишет, — сказала она. — Держу пари, он жил в этих бараках. Это самая замечательная книга, которую я когда-либо читала.

Высокий, долговязый парень, которого я не знал и чье имя не расслышал, когда меня представляли, навострил уши, услышав мою собеседницу, и подошел. Он тоже читал эту книгу, так что, похоже, встретились родственные души. Я тихо встал и оставил их делиться сокровенным.

Верный признак того, что вечеринка идет хорошо, это когда народ начинает ходить на кухню. Я подумал, что надо бы посмотреть, нет ли там еще кого-нибудь. Я вошел и увидел обнявшуюся и целующуюся парочку.

Мое наблюдение подтвердилось — все шло как надо.

— Если она кусается, готов выступить свидетелем, — сказал я.

Парень высвободился из объятий.

— Держу пари, что твоя мама считает тебя хохмачом, — холодно проговорил он.

Это прозвучало не очень-то приветливо. Я вернулся в гостиную. Доун и долговязый парень, наговорившись о Стейнбеке, держали друг друга за руки.

Кто-то завел патефон, и все разбились на пары. Места для танцев было маловато, но это никого не волновало, если можно было обнять девушку и шаркать ногами вперед-назад на ярд или два.

Мне нравилось сидеть в кресле и наблюдать за танцующими. Через какое-то время подошел Хьюсон и устроился на подлокотнике моего кресла.

— Шеф доволен тем, как ты раскрутил с полковником, — заявил он. — Он сказал, что это была отличная работа.

Хьюсон был из тех парней, которым никак не слезть со своего конька. Он продолжал обсасывать сюжет с полковником, пока я не почувствовал, что у меня едет крыша.

В этот момент открылась дверь и в комнату вошла Марди.

Я увидел ее и не поверил своим глазам. Позади нее стоял высокий парень, из тех, что так нравятся дамам, — со смуглым лицом, копной волнистых волос и, конечно же, с очень яркими голубыми глазами. Этот парень действительно был красавчиком.

Я смотрел на Марди сквозь завесу табачного дыма и думал, что у меня галлюцинации.

— Кто эта девушка? — осторожно спросил я Хьюсона.

Он слез с подлокотника моего кресла.

— Не знаю, но сейчас выясню... конфетка, правда?

Он подошел и пожал руку высокому парню. Потом перекинулся парой слов с Марди. Я вдруг осознал, что уже поднабрался, и пожалел об этом. На душе стало кисловато из-за этого высокого парня.

Хьюсон сделал перерыв в танцах и повел представлять новоприбывших своим гостям. Я встал с кресла и поправил галстук. Наконец очередь дошла и до меня. Прежде в табачном дыму и суматохе Марди меня не заметила. Теперь она стояла прямо передо мной. Мы посмотрели друг на друга, и она побледнела.

— Вы должны познакомиться с Ником... — сказал Хьюсон, — вам понравится этот парень. Знаете, для женских обществ взаимопомощи он сделал больше, чем кто-либо из мужчин. Проблема в том, что он, бывает, слишком старается, и в результате...

Я не слушал его треп. Марди пыталась сказать мне что-то без слов. Ее глаза были широко раскрыты, и она выглядела испуганной; затем, видя, что я по-прежнему молчу, она произнесла:

— Раньше мы не встречались?

Я воспринял это как должное. По какой-то причине она не хотела показывать, что мы знакомы.

— Теперь у вас есть такая возможность, и я надеюсь, вы не будете разочарованы, — сказал я.

Хьюсон представил мне высокого парня:

— Ник, я хочу познакомить тебя с Ли Кертисом. — Затем, повернув голову к гостю, он продолжил: — Кертис, это...

Его перебила Марди, притом сделала это вполне естественно:

— О Барри, кто этот забавный маленький человечек, вон там?

Хьюсон усмехнулся:

— Это Мо Экки. Акула пера. Пошли познакомлю.

Он увел их, и Экки сразу же выступил в своем репертуаре. Я быстро просек, что к чему. Во-первых, Марди не хотела, чтобы я говорил, что встречался с ней, а во-вторых, она не хотела, чтобы тот парень услышал мою фамилию. Я сложил одно с другим. Ну и положеньице у меня...

Ко мне подошла Доун.

— Потанцуй со мной, красавчик, — сказала она. — Раздави меня в своих объятиях! Я жажду страсти.

Я бы с радостью сломал ей шею, но подумал, что лучше примкнуть к толпе. Марди и Кертис разговаривали в углу с Хьюсоном. Кертис стоял ко мне спиной, но Марди не сводила с меня глаз, пока я шел по комнате.

— Немного твоего внимания — вот все, что мне нужно, — снова услышал я голос Доун. — Эта брюнетка в тебе явно не заинтересована.

Я оторвал взгляд от Марди и улыбнулся рыжеволосой.

— Тебе не о чем беспокоиться, — сказал я. — Если бы она была заинтересована во мне, ты могла бы заняться этим кудрявым парнем.

Она покачала головой:

— Он не по мне.

Я отвел ее в дальний конец комнаты.

— Что ты о нем знаешь? — спросил я, плавно присоединяясь к свингу.

— О Ли Кертисе? — Ее брови взлетели. — Много чего.

Я еще потанцевал с ней, а потом пластинка закончилась.

— Что, если нам пойти на кухню и выпить?

— Вот это мне в тебе и нравится. Ты предвосхищаешь мои мысли.

Мы выскользнули из комнаты на кухню. Было совершенно темно, но я знал, где Хьюсон оставил свой фонарик. Она мне посветила, пока я готовил коктейль бакарди. Потом мы сели на стол, положив между собой горящий фонарик.

— Меня интересует этот парень, Кертис, — заговорил я. — Может, расскажешь мне о нем?

Она задумчиво потягивала бакарди.

— Тут нечего рассказывать. У него водятся деньжата, он любит развлечься, ничем всерьез не занимается и раз в неделю меняет подружек.

Какого черта связалась с ним Марди? — подумал я. Не так уж трудно определить, ходит девица по рукам или нет; я же был готов поклясться, что Марди держит марку.

— А чем он зарабатывает на жизнь? — спросил я.

— Ну, он какая-то шишка в «Маккензи текстиль». Секретарь компании или что-то в этом роде. Может, хватит наконец о нем... а то мне становится скучно.

— Конечно, нет проблем, — сказал я.

Мой мозг заработал. Значит, этот парень связан с тем же бизнесом. Это объяснило мне, почему Марди не пожелала упоминать мое имя. Стало быть, Марди что-то знает, и я собираюсь выяснить, что именно, как только представится такая возможность.

Я немного потискался с Доун, поскольку ей этого хотелось, а затем оставил ее сидеть на столе в темноте в терпеливом ожидании моего возвращения. Я же решил, что с меня хватит.

Я заглянул в гостиную. Вечеринка все еще продолжалась. Марди танцевала с Хьюсоном. Только я решил присоединиться к гостям, как в холле зазвонил телефон. Хьюсон посмотрел на меня и крикнул:

— Послушай, кто там, Ник!

— Конечно, — ответил я, подошел к телефону и сказал в трубку: — Алло, это квартира Барри Хьюсона.

— Мистер Кертис здесь? — спросил женский голос. — Мистер Ли Кертис.

— Минутку, — ответил я, положил на столик трубку и отправился в гостиную. Кертис кокетничал с испанской дамой, предназначенной для Экки. Я подошел к нему и сказал: — Вас просят к телефону.

Он выглядел удивленным.

— Вы уверены? — вставая, спросил он.

— Если вас зовут Кертис, то да, — сказал я.

Он бросил на меня быстрый тяжелый взгляд и вышел из гостиной. Отметив, как осторожно он закрыл за собой дверь, я огляделся в поисках Марди. Прежде чем я успел заметить ее, испанская дама начала кокетничать со мной. Иногда женщины — это ад.

Только я от нее отвертелся, как в гостиную вернулся Кертис. Вид у него был крайне озадаченный. Он подошел к Хьюсону.

— Мне очень жаль, — произнес он, — но мне позвонили по срочному делу. Мне нужно домой.

Хьюсона это не особо взволновало. Он сочувственно хмыкнул и озабоченно спросил:

— Ты ведь не возьмешь с собой Марди? Мы с ней неплохо ладим.

Я подошел поближе, чтобы лучше слышать.

Кертис посмотрел на Марди.

— Сначала я отвезу тебя домой, — сказал он, — или ты хочешь остаться? Мне чертовски жаль...

Она покачала головой:

— Я останусь. Поезжай. Может, ты еще вернешься?

Он помялся. Я видел, что он не хочет уходить и чертовски расстроен.

— Я провожу ее домой, — пообещал Хьюсон. — Тебе не о чем беспокоиться.

— Хорошо, увидимся завтра, — сказал Кертис Марди.

Он быстро вышел за дверь, не потрудившись попрощаться с остальными. Вот таким парнем был Кертис. Окружающие не представляли для него никакого интереса, если только он не был уверен, что сможет что-то из них вытянуть.

— Я бы с удовольствием выпила джина с лаймом, — сказала Марди Хьюсону.

— Конечно, я приготовлю. Просто подождите минутку. Я скоро вернусь, — произнес он таким тоном, как будто опасался, что она станет сильно горевать, пока он ходит за джином.

Как только он скрылся на кухне, я подошел к Марди. Я надеялся, что Доун задержит его на какое-то время.

— Хочу поговорить с вами, — тихо сказал я. — Могу я отвезти вас домой?

Она кивнула.

Уже оттого, что я просто стоял и смотрел на нее, меня охватило какое-то сумасшедшее ликование.

— Не возражаете, если мы скоро уйдем?

Она качнула головой:

— Когда захотите.

Хьюсон вернулся с джином и лаймом. Когда он увидел меня рядом с Марди, его лицо потемнело.

— Иди же, красавчик, — сказал он. — На кухне тебя ждет твоя дева.

Я мотнул головой:

— Ты опоздал. Мы с Марди старые друзья. Она попробует твой джин, и мы поедем домой... вместе, я и она.

Хьюсон повернулся к Марди.

— Я предупреждал вас насчет этого парня, — запальчиво сказал он. — Он только и занимается тем, что зарится на чужое и разрушает семьи.

Марди рассмеялась.

— Я чувствую, что моя уже разрушена, — ответила она. — Поздно, Барри, и мне пора идти.

Хьюсон застонал.

— Подарите мне еще один танец, и я вас отпущу, — попросил он. — Лучше бы вы мне позволили проводить вас домой.

Я кивнул ей за его спиной. Я не хотел, чтобы наш уход выглядел слишком неожиданным. Пока они танцевали, я подошел к Экки и сообщил, что уезжаю.

Он уже так опьянел, что ему было бы до лампочки, даже если бы я собрался покончить с собой.

— Ты с ней помягче, — сказал он, прищурившись. — Эта девушка просто шик и блеск.

Я дал знак Марди, что подожду ее внизу. Я не хотел, чтобы мы наткнулись на Доун. Впрочем, я зря беспокоился по ее поводу — она уже крепко спала под кухонным столом.

Спустя пять минут Марди сбежала вниз по лестнице. На ней была затейливая шляпка и дорогое меховое манто. Выглядела она прекрасно.

Нам не пришлось долго ждать такси. Я махнул рукой, и машина остановилась у тротуара.

— Что мне ему сказать? — спросил я. — Куда вам? Она колебалась.

— Я... у меня больше нет дома... Может, мне остановиться в отеле или где-нибудь еще — как вы считаете?

Я изумленно уставился на нее:

— У вас есть багаж?

Она кивнула:

— Да, на вокзале. Можно было бы сначала съездить туда и забрать его, но я хочу успеть утром на ранний поезд.

— А если я предложу вам поехать ко мне? То есть я не имею в виду ничего такого. Я просто предлагаю вам свой кров и надеюсь, что вы не откажетесь.

Она замерла на несколько секунд, глядя на меня, а потом сказала:

— Это очень мило с вашей стороны.

С трудом веря, что правильно ее расслышал, я помог ей сесть в такси.

ГЛАВА ТРИНАДЦАТАЯ

Во время короткой поездки от квартиры Хьюсона до моего дома мы не сказали ни слова друг другу. Мне казалось невероятным, что она сидит рядом, что согласилась переночевать у меня, хотя мы были едва знакомы.

Когда девушка проявляет такую готовность, я обычно уверен, что мы движемся в нужном направлении. С Марди все было по-другому. Было в ней что-то такое, что создавало вокруг нее стену, защищая от любых вольных мыслей, которые могли бы прийти на ум. Я не хочу сказать, что никому бы в голову не пришло проверить наличие лазейки в стене, но меня она к таким парням явно не относила.

Марди спокойно сидела в углу на заднем сиденье машины и смотрела в окно. Время от времени, когда мы проезжали мимо уличного фонаря, я ясно видел ее. В затейливой шляпке и меховом пальто, пушистый воротник которого плотно облегал ее шею, она выглядела восхитительно.

Мы добрались до моего дома, и я расплатился с таксистом.

Мы тихо поднялись по лестнице. Я нервничал из-за парня на моей лестничной площадке, но, так как время приближалось к двум часам ночи, он, скорее всего, спал.

Мы вошли в мою квартиру, никого не разбудив. Я закрыл дверь, включил свет и бросил шляпу на кушетку.

— Уф! — сказал я. — Пока мы поднимались по лестнице, я начал паниковать.

Она стояла, оглядывая комнату.

— Тут мило, — заметила Марди. — Сколько у вас книг... это прекрасно!

Мы оба говорили вполголоса, как два заговорщика. Она подошла к моему мини-бару в углу. Я встал рядом и открыл створки.

— Что предпочитаете? — спросил я. — Могу предложить виски с имбирем... это великолепное снотворное.

Марди снова посмотрела на меня. Я видел, что она сомневается.

Я улыбнулся ей.

— Детка, — сказал я, — не волнуйтесь на мой счет. Я знаю, о чем вы думаете. Можете забыть об этом. Думаю, вы бы ни за что не пришли сюда, если бы так не нуждались в помощи... И я хочу помочь, чек на оплату вам не придет.

После этих слов она расслабилась и попросила:

— Я хотела бы немного виски и много имбиря.

Пока я готовил напитки, она села в большое приземистое кресло. С того места, где я стоял, мне теперь были видны только ее шляпка и ноги.

Было холодно, поэтому я включил маленький электрообогреватель, которым пользовался, когда паровое отопление еще не работало, а ночи уже становились холодными.

Я подошел к Марди и протянул стакан. Затем, прислонившись к каминной полке, кивнул ей.

— С благополучным прибытием, — сказал я, и мы выпили.

Она откинулась на спинку кресла, держа стакан в руке, и на минуту закрыла глаза. Я не торопил ее.

Догадался, что она хочет собраться с мыслями, и был счастлив уже тем, что просто смотрю на нее.

— Мне *действительно* нужна ваша помощь, — сказала она наконец, глядя на меня.

— Все в порядке. Я к вашим услугам. Если вы попали в передрягу, не волнуйтесь. Мы вместе разберемся с этим.

— Почему, мистер Мейсон, вы хотите мне помочь?

После такого вопроса в лоб я не собирался валять дурака.

— Потому что я без ума от вас, — признался я. — Вы первая в моей жизни девушка, с которой я могу общаться без задней мысли поскорее уложить ее в постель. Вы первая в моей жизни девушка, у которой есть абсолютно все, но я... О черт! Я не могу объяснить это... но я готов лезть из кожи вон ради вас...

Эта моя вспышка действительно поразила ее. Она попыталась выбраться из кресла.

— Подождите минутку, — поспешно сказал я. — Вы меня спросили, и я вам ответил. Это не означает, что мы с вами все еще что-то скрываем друг от друга. Я не хочу, чтобы вы думали, что я просто притворяюсь. Это не так. Я с вами откровенен, так что, ради бога, постарайтесь правильно меня понять.

Она снова опустилась в кресло.

— В самом деле, мистер Мейсон... — начала она.

— Послушайте, а что, если вы просто скажете «Ник»? Если не получится, я не буду настаивать, но «мистер Мейсон» меня убивает.

Она засмеялась:

— Вы сошли с ума. Но вы славный. Спасибо вам за ваши слова. Мне нужен человек, который скажет мне, что делать. Я думаю, что мне очень повезло найти вас.

Как вам такое заявление? Она считает, что ей повезло найти меня! Что скажете?

— Хорошо, а теперь, может быть, вы мне объясните, в чем дело?

Она вернула мне стакан:

— Больше не хочу.

Потом она, встав с кресла, сняла манто и шляпку. На ней было какое-то вечернее одеяние, темно-зеленое, облегавшее ее, как змеиная кожа, а на бедрах переходившее в пышную юбку. Я прикинул, что это стоит больших денег.

— Можно сигарету?

Она могла бы попросить и луну. Я дал ей закурить, и она села на подлокотник кресла.

— Ничего подобного со мной еще не случалось, — сказала она наконец. — Пожалуй, мне лучше начать с самого начала. Помните тот день, когда вы пригласили меня на ланч?

Я молча кивнул. Помню ли я тот день? В моей голове он отпечатался намертво.

— Когда я вернулась, мистер Спенсер вызвал меня. Он был в ярости, что я поехала с вами. Я не могла понять, о чем он говорит. Наверное, я тоже разозлилась и сказала ему, что буду общаться в обеденный перерыв, с кем захочу. Поэтому он меня уволил.

Она замолчала и посмотрела, какая у меня будет реакция. Не было смысла говорить, что мне это известно. Она могла бы обидеться, узнав, что я навожу о ней справки. Поэтому я лишь осуждающе вздохнул и вскинул брови.

— Я была в ярости, просто вышла из офиса и отправилась домой. На следующее утро я получила письмо с просьбой зайти к мистеру Спенсеру. Я выбросила письмо, даже не став его читать. Все утро я занималась поисками другой работы, и меня удивило количество полученных предложений.

— Минутку, — вмешался я. — Вы говорите, у вас было много предложений. Почему это вас удивило?

Она чуть пожала плечами:

— Вы же знаете сегодняшнюю ситуацию. Должности на деревьях не растут. Но я действительно получила несколько фантастических предложений. Это вызвало у меня подозрение, что тут что-то не так, поэтому ни одно из них я не приняла. Я отправилась домой, чтобы подумать о них.

— Вы говорили, что работали в «Маккензи текстиль»?

— Конечно.

— И вы пытались устроиться на работу в той же сфере?

Она пристально посмотрела на меня.

— Да, — сказала она наконец.

Я улыбнулся:

— Тогда мне все понятно. «Маккензи текстиль» — контора очень богатая. Там вращается больше денег, чем у всех остальных, вместе взятых. Естественно, эти парни хотели, чтобы вы на них поработали. Они надеялись узнать, как ведется бизнес в «Маккензи».

Она выглядела немного озадаченной, а затем рассмеялась.

— Мне это не пришло в голову, — призналась она с сожалением.

— Бьюсь об заклад, вы подумали, что круче вашего босса нет никого.

— Боюсь, что да.

Она немного покраснела. Мне пришлось сделать над собой усилие, чтобы не погладить ее.

— Ладно, — сказал я, — забудьте об этом. Теперь вы знаете, что при желании можете получить отличную работу.

Она покачала головой:

— Не могу, вот в чем беда. Когда я вернулась к себе в квартиру, меня уже ждал Ли Кертис. Он правая рука Спенсера. В офисе его недолюбливают, и я не очень-то ему обрадовалась. Он сказал, что Спенсер хочет, чтобы я вернулась. Босс якобы сожалеет, что накричал на меня. Ну, я все еще была расстроена и знала, что могу найти работу не хуже, поэтому я сказала «нет». Кертис начал меня уговаривать и в конце концов убедил вернуться и встретиться со Спенсером. То, как Спенсер повел себя, заставило меня заподозрить неладное. Я не понимала, что все это значит, но мне не понравилось, как он чуть ли не умолял меня вернуться. Я отказалась.

Она вдруг вздрогнула.

— Как сейчас вижу его. Он сидел за своим большим столом, его лицо побелело. Он выглядел так, будто готов задушить меня. «Ты еще пожалеешь об этом, — сказал он ужасным тихим голосом. — На твоем месте я бы уехал из города». Он действительно напугал меня, — продолжала Марди, — и я не могла заснуть в ту ночь. А потом, с этого момента и до сегодняшнего утра, за мной следили. Высокий худой человек, одетый в черное, в черной шляпе с опущенными полями, надвинутой до бровей, все время появляется, куда бы я ни шла. Двух таких дней мне хватило, чтобы принять решение. Я собрала свои вещи, предупредила хозяйку и готовилась уехать из города.

— Куда вы собрались? — спросил я.

— Решила съездить на побережье. Хотела отдохнуть. У меня остались кое-какие деньги, поэтому я подумала: уеду, пусть забудут обо мне.

Я не хотел пугать ее, но подумал, что они вряд ли забудут о ней. Я просто сказал:

— Так что же случилось?

Она сцепила руки на коленях и нахмурилась.

— Я думала, что веду себя очень умно, — сказала она. — Договорилась с хозяйкой квартиры, чтобы она отвезла мои вещи на вокзал, и отправилась туда пешком через весь город, зная, что за мной увяжется тот худой тип. Я думала, что смогу ускользнуть от него, добраться до вокзала и уехать так, чтобы никто об этом не узнал. — Она грустно улыбнулась. Как же было приятно, когда она мне улыбалась! — Все шло хорошо, пока я не столкнулась с Кертисом. Мое «нет» он не воспринял всерьез. Он прилип ко мне, как пиявка, а потом настоял, чтобы я отправилась с ним на вечеринку к Барри Хьюсону. Вот и все.

Я закрыл глаза, чтобы обмозговать услышанное.

— Как вы считаете, почему он привел меня к Хьюсону, а потом бросил?

— Кертис запал на вас? — спросил я.

Она выглядела смущенной.

— Он был очень настойчив, — призналась она. — Но с другими девушками он ведет себя точно так же.

Я мог бы придумать несколько причин, почему Кертис взял ее к Хьюсону, но не собирался ничего говорить ей. Предположим, Спенсер планировал избавиться от нее и Кертис знал об этом. Если этот парень был неравнодушен к ней, что легко понять, он, вероятно, болтался рядом, чтобы с ней ничего не случилось. Он мог рассчитывать на то, что в доме Хьюсона ей ничего не грозит. Потом ему звонит другая дама, и он вынужден бросить Марди.

Вполне возможно, что Марди действительно небезопасно оставаться в городе. Это зависело от того, какие тайны корпорации ей известны.

— Допустим, я расскажу вам все, что знаю, об этом деле, и тогда, может, вы поймете, к чему сами причастны.

— Я к чему-то причастна?

— Боюсь, что да, — усмехнулся я и снова закурил. — Попробую изложить так, как будто вы ничего об этом не знаете. Может, тогда у вас получится взглянуть на это дело со стороны. Начнем с самого начала. Ларри Ричмонд был застрелен почти год назад. Этот парень был богатым повесой, который называл себя президентом корпорации «Маккензи текстиль». Из него был такой же президент, как из меня, но сейчас речь не об этом. Его главным делом была продажа акций компании своим богатым друзьям. Что ж, он преуспел не потому, что был хорошим продавцом, а потому, что акции стоили того. Они продолжали расти, и все были счастливы. «Маккензи текстиль» была прикрытием для какой-то подпольной деятельности, со списком акционеров, включающим комиссара полиции и таможенников. Ричмонд был осторожен в своих действиях. Поскольку каждый получал долю на сугубо законных основаниях, никто не собирался брыкаться. Поначалу все так и было устроено. Тот факт, что Ричмонд никогда не появлялся в офисе и просто валял дурака, соря деньгами, свидетельствует, что именно Спенсер и занимался рэкетом.

Я встал, чтобы налить себе еще виски.

Марди сидела совершенно неподвижно. Ее лицо было чуть бледным, и она выглядела усталой. Было уже около трех часов ночи, но я хотел разобраться с этим делом.

— А потом Ричмонда прикончили. И как то ни прискорбно, но сделал это Спенсер. Думаю, ему надоело брать на себя всю работу и наблюдать за Ричмондом, который умел лишь тратить. Если бы за убийство пришлось отвечать Спенсеру, вся подноготная «Маккензи текстиль» вышла бы наружу. Это не понравилось бы акционерам. Точно не знаю, но могу предположить, что произошло. Они собрались, покачали головами и пришли к единственному выводу: кто-то должен стать козлом отпущения.

А Ричмонд путался с девками. Если та была красоткой, больше от нее ничего и не требовалось. Он подкатывал к уличной шлюхе как раз перед тем, как его кокнули, и эта пташка была подругой парня по имени Весси, крутого, как вареное яйцо. Что может быть проще? Весси и стал козлом отпущения. Они так быстро окрутили этого дурня, что у того в голове все перемешалось. Его подставляют копы, его подставляет Спенсер, его подставляют адвокаты, его подставляет и судья. То есть на него вешают это убийство. Именно так. Чтобы все прошло гладко, как по маслу, они заставляют его подружку свидетельствовать против него.

Вот тут я и вступил в игру. Поначалу это дело показалось мне просто дурацким убийством, не содержащим ничего такого, из чего можно сделать статью. Но однажды вечером мне звонит одна дама и говорит, что пришлет пропуск на казнь Весси. Говорит, что после этого я иначе взгляну на все это и она заплатит мне десять тысяч, если я сумею разобраться с этим делом. Дамочка довольно экспансивная. Прежде чем я успеваю отказаться, она вешает трубку.

О'кей, пусть я болван. Я иду посмотреть, как Весси задохнется. Прежде чем окочуриться, он говорит мне, что стрелял Спенсер. Я передаю эту новость таинственной даме, которая в знак доброй воли присылает мне пять штук. Прежде чем я успеваю дотронуться до бабла, Блонди, эта последняя подружка Весси, пробирается в мой дом и исчезает с моей наличностью. Я берусь за дело в духе *Фило Вэнса*[1] и отслеживаю эту подружку до самого ее логова. Мы обмениваемся любезностями, а потом врывается Кац. Телохранитель Спенсера. Во-

---

[1] *Фило Вэнс* — литературный персонаж, герой цикла криминальных романов, написанных в 1920–1930-е гг. Виллардом Райтом, одним из основоположников классического детектива.

оруженный стволами. И ему не терпится из них пострелять. Похоже, все, что ему нужно, — это выяснить, кто поставил на меня, чтобы началось расследование. Этот тип жестко меня прессует, поэтому я рассказываю ему историю, которая не совсем верна, но она его устраивает.

Тогда я обдумываю ситуацию и решаю, что мне это неинтересно. Я человек миролюбивый, а сама история слишком уж занозистая. В конце концов, какого черта я должен ковыряться в деле Весси? Он был всего лишь мелким мошенником. Поэтому, когда дама снова звонит по телефону, я говорю ей, что я пас.

А сама дама меня интересует. Я хочу знать, кто она. Мне не повезло несколько дней назад. Я чуть не столкнулся с ней нос к носу, но не сложилось. Не буду вдаваться в подробности; может, я расскажу вам позже. Следующее испытание — это вы. Я хотел увидеться с вами, и когда услышал, что вы пропали, то забеспокоился. А еще больше забеспокоился, когда эта дама позвонила и намекнула, что вы в беде на старом причале Ист-Сайда.

Я еду туда, разбираюсь с тремя парнями и вместо вас опять натыкаюсь на Блонди. Она тоже хочет убраться подальше из города. Потом я встречаю вас. Надеюсь, на этом и остановлюсь.

Со вздохом облегчения я откинулся на спинку кресла.

— Думаю, что смогу вам помочь, — сказала Марди. — Есть много вещей, которые я не могла понять и которыми, как мне теперь кажется, я могла бы дополнить этот пазл.

— Было бы неплохо, — начал я.

Она улыбнулась:

— А нельзя ли подождать до завтра? Я так устала. Посмотрите, который час. Я чувствую, что засну прямо в этом кресле.

— Конечно. — Я вскочил на ноги. — Наверное, я переволновался. Вам надо поспать. Можем и завтра поговорить об этом деле и о ваших дальнейших шагах.

Она медленно поднялась с кресла и потянулась, стоя напротив электрического обогревателя, так что в его отражении очерчивались контуры ее ног сквозь платье, с запрокинутой назад хорошенькой головкой и слегка приподнятыми плечами. Мне захотелось ее обнять, и удержаться от этого было непросто.

— Там у меня спальня, — сказал я, — ложитесь. Вам надо поспать.

— А можно кое-что у вас позаимствовать? — сонным голосом спросила она.

Я направился в спальню и, выудив из шкафа пижаму и халат, бросил на кровать.

Марди вошла следом и остановилась, глядя на меня.

— Очень мило с вашей стороны уступить собственную постель, — сказала она. — Это не очень вас напрягает?

Я даже не шевельнулся, поскольку не слишком полагался на свою выдержку.

— Совсем нет, — ответил я.

Сомнительные нотки в моем голосе заставили ее быстро взглянуть на меня.

— Мне жаль, что я не могу позволить вам то, что позволили бы некоторые девушки, — твердо сказала она. — Не потому, что это неправильно, а потому, что слишком рано.

Я подошел и встал перед ней почти вплотную.

— Вы молодчина, — сказал я, — мне это не нужно. Я просто хочу, чтобы вы знали, что я без ума от вас. Я хочу вам помочь, что-то сделать для вас.

Она положила руку мне на плечо:
— Спасибо вам.

Я усмехнулся и вышел, закрыв за собой дверь.

За столом под люстрой сидели и ждали меня толстяк и Гас. В руке у толстяка был револьвер, направленный мне в живот.

Толстяк сказал:

— Руки вверх, сволочь, и молись Богу.

ГЛАВА ЧЕТЫРНАДЦАТАЯ

На какое-то мгновение эти двое меня напугали. Я прислонился к двери и поднял руки. В глазах толстяка появилось злобное выражение, не сулившее мне ничего хорошего. Похоже, он был очень зол на меня.

Знал ли он, что за дверью, где я стоял, — Марди? Он выслеживал ее или просто хотел разобраться со мной?

— Как твой котелок, Гас? — тихо спросил я. — Птички прилетели устроить мне взбучку, верно?

Толстяк махнул револьвером:

— Отойди от двери, сволочь, нам нужна девка. Давай... я не собираюсь просить дважды.

— Марди, запри дверь! — крикнул я. — Тут гости!

Гас с проклятием бросился ко мне. Он подскочил сбоку, чтобы не оказаться заодно со мной под прицелом у толстяка. Я прижался к двери, загораживая ее.

— Убери его отсюда... — сказал толстяк. — Если будет ерепениться, я сделаю в нем дырку.

Гас схватил меня за руку и попытался оттащить от двери. Я был слишком тяжел для него, и на секунду он потерял равновесие. Я дернул его к себе, и он подался вперед, прямо на линию огня. Я прижал его к себе, как будто он был моим давно потерянным братом, и пару раз врезал ему в живот. Мой каблук стукнул в дверь, и я снова крикнул:

— Запри дверь, быстро!

Два удара, которые я нанес Гасу, на секунду вывели его из строя, а затем он ответил мне свингом в челюсть. Это был хороший удар, и ноги мои подкосились. Я ухватился за Гаса, и мы оба рухнули на пол.

Толстяк шагнул вперед и воткнул ствол своей пушки мне в шею.

— Остынь, — тихо сказал он, — этот пистолет стреляет без шума.

Холодный, вонзившийся в меня ствол быстро умерил мой пыл. Я отпустил Гаса, и тот вскочил на ноги.

— Не хочу мараться, — сказал толстяк, — но, если ты попросишь, я тебя, как пить дать, пришью.

Я встретился с ним взглядом. Этот парень имел в виду именно то, что сказал.

— Ладно-ладно, я буду вести себя смирно, — пообещал я.

Ствол револьвера казался мне похожим на пушечный.

— Следи за ним, — сказал Гас. — Хитрая сволочь.

Толстяк покачал головой:

— С ним все будет в порядке.

Я сидел на полу, надеясь, что Марди начнет кричать из окна. Но не услышал ни звука из-за двери, и сердце у меня екнуло.

— Давай вставай, — сказал толстяк, снова втыкая в меня пистолет.

Я поднялся на ноги.

— Если вздумаешь дернуться, я забуду про твое обещание. У этой пушки легкий спусковой крючок.

Думаю, этому парню ничего не стоило пальнуть из револьвера, так что я стоял как столб и не шевелился.

Гас зашел мне за спину и заломил руки. На мгновение я напрягся, но, ощущая холодное дуло на своей шее, подумал, что больше буду полезен Марди живым, чем мертвым, поэтому позволил связать себя.

Я попробовал трюк с мышцами рук, напрягая их изо всех сил, чтобы немного расслабить захват, но Гас в узлах разбирался, и когда он затянул веревку, мне оставалось лишь мысленно проклинать его.

Наконец они отступили и посмотрели на меня.

— Нам пора... — сказал Гас толстяку.

Он подошел к двери в спальню и повернул ручку. Дверь была заперта. Я знал, что открыть эту дверь не так-то просто. Без адского грохота и треска не обойтись.

— Бросьте это дело, ребята, — посоветовал я. — Почему бы вам не оставить нас в покое? Пока вы будете туда ломиться, приедет отряд полиции. Почему бы вам не свалить отсюда?

Толстяк хохотнул, и хохоток вышел у него определенно злой.

— Не волнуйся, — ответил он. — Мы вытащим ее быстро и тихо.

Оттолкнув Гаса, он подошел к двери и прислонил к ней свою круглую башку.

— Выходи, сестра, — проскрипел он своим хриплым голосом. — Даем тебе десять секунд, иначе примемся за твоего дружка.

— Пошли их к черту, Марди! — крикнул я. — Не выходи! Зови на помощь из окна!..

Гас ударил меня по губам тыльной стороной кисти. Его жесткие костяшки рассекли мне губу, и я отлетел в сторону, пытаясь сохранить равновесие.

Толстяк снова постучал в дверь.

— Минутку, сестра, — позвал он. — Не начинай ничего, пока я не закончу. А потом сама решай. Я знаю, что ты там, так что тебе не нужно прятаться. Ты меня хорошо слышишь?

— Слышу. — Голос Марди был довольно ровным.

— Если ты сейчас же не выйдешь, я не пожалею твоего дружка. Когда я говорю, что не пожалею, это значит не пожалею, понимаешь? Я даю тебе десять секунд, и если ты не выйдешь, ему будет худо.

Я увернулся от Гаса и закричал:

— Это блеф!.. Кричи в окно!.. Не открывай...

Кулак Гаса врезался мне в челюсть. На этот раз я упал, но успел отдернуть голову, когда он хотел пнуть меня.

Дверь открылась — на пороге стояла Марди.

Толстяк и Гас замерли, глядя на нее. Я увидел, что Гас выпучил глаза и поджал губы.

Она стояла в дверном проеме, опустив одну руку, а другой держась за ручку двери. Ее лицо было бледным, а глаза широко раскрытыми, но подбородок был высоко поднят, и она не выглядела испуганной.

— Что вам надо? — холодно и спокойно спросила она.

Я был страшно горд тем, как она бросила вызов двум этим ублюдкам. Толстяк вышел вперед, он светился от радости, но взгляд его оставался злобным.

— Ну и ну! Ну и ну! Разве она не конфетка? — сказал он. — Мы тут собираемся немного прокатиться. Накинь свою шубейку, понятно? И побыстрее.

Я с трудом поднялся на ноги.

— Послушай, — произнес я, не сводя глаз с Гаса, который уже начал бочком подкрадываться ко мне. — Такими хохмами ты ничего не добьешься. Брось это, ладно?

Толстяк взглянул на Гаса:

— Если этот гад не заткнется, заткни его навсегда.

Гас вытащил из заднего кармана резиновую дубинку и демонстративно поиграл ею.

— Ага, — усмехнулся он.

Марди подошла ко мне, но толстяк встал между нами.

— Мы не хотим никому делать больно, — сказал он, — но придется, если будете плохо себя вести.

Она посмотрела на меня, и я чуть улыбнулся ей. Мне было тошно от всего происходящего. Затем она расправила плечи и взяла свою шубку.

Толстяк встал возле нее.

— Отлично, — сказал он. — Теперь мы спускаемся, и если ты начнешь фокусничать, Гас умоет этого твоего гада. Слышишь, Гас?

— Ага, — ответил Гас.

Он накинул мне на плечи мое пальто и мотнул головой в сторону выхода. Мы вышли в коридор и молча спустились на улицу. Перед домом стояла большая закрытая машина. Улицы были пустынны, и над крышами занимался бледный рассвет. Пройдет не меньше часа, прежде чем появятся хоть какие-то прохожие.

Гас толкнул меня на заднее сиденье машины, а толстяк устроился рядом. Марди последовала за ним. Так мы и сели втроем. Гас обошел спереди машину и уселся за руль. Включил зажигание и нажал на педаль газа. Машина рванула с места.

— Можешь меня не бояться, — сказал толстяк Марди. — С такими милашками, как ты, я мягкий — если они ведут себя правильно.

— Слушай, ты, кусок жира, — отозвался я. — Может, помолчишь. А то меня мутит от тебя.

Его лицо вдруг окаменело.

— Ты мне уже порядком надоел, — сказал он. — Подожди, скоро огребешь по полной.

Интересно, какие у меня шансы, если я наброшусь на него? Я подумал, что смогу врезать обеими руками ему по физиономии и, пока он не очухался, еще добавить.

Но он не был дураком. Наверное, почувствовал, что я что-то замышляю, и вонзил мне в бок револьвер.

— Охолони, — рыкнул он.

Большая машина почти без тряски неслась по пустым улицам. В слабом свете приборной доски я видел очертания головы Гаса. Он не сводил глаз с дороги и вел машину на предельной скорости.

— Куда, черт возьми, вы нас везете? — спросил я для проформы.

— Ты слышал это, Гас? — сказал толстяк. — Ему надо знать, куда мы едем.

Гас пожал плечами и ничего не ответил.

Я хотел отвлечь внимание толстяка от Марди, поэтому продолжал говорить:

— Как тебя зовут? Мне как-то неловко называть тебя «куском жира».

Он слегка повернулся в мою сторону. Я видел, что он начинает злиться.

— Хватит, кончай треп, — спокойно велел он. — Ты мне уже надоел, сиди и не вякай.

За все это время Марди не произнесла ни слова. Я почти не видел ее, а когда наклонился вперед, толстяк сильно ударил меня локтем в грудь.

Я подумал, что, когда придет мое время, я с ним, конечно, рассчитаюсь.

Вдруг я узнал звук корабельной сирены. Итак, мы снова возвращались на причал Венсди. И действительно, через несколько минут машина свернула к причалу и остановилась у того же дома.

Гас вышел первым и открыл дверь.

— Выходи, — велел он Марди.

Она вышла, и он втолкнул ее в дом. Ведя меня перед собой, толстяк последовал за ним. Мы все молча поднялись наверх в комнату, где прежде держали Блонди.

— Вот мы и дома, — сказал я, прислоняясь к стене.

Пока мы ехали, я проверял веревки на запястьях и предплечьях, но это ничего мне не дало. Я был надежно связан.

Гас толкнул меня на стул.

Толстяк вышел в коридор, и я услышал, как он открыл дверь в другую комнату. Он что-то сказал, и ему ответил низкий голос. Я увидел, что Марди слегка вздрогнула и чуть ли не в замешательстве посмотрела на меня. Она что-то произнесла одними губами, но я не расслышал, что именно.

Затем дверь снова открылась, и вошел высокий, крепко сложенный мужчина, за которым следовал толстяк.

Мужчина остановился и посмотрел на Марди, а потом сказал:

— Мне очень жаль, но ты мне мешаешь.

От того, как он это произнес, у меня вдруг все внутри похолодело. Несмотря на спокойный и равнодушный тон, в его словах звучала нешуточная угроза.

Марди явно испугалась. Она сделала шаг назад.

— Но, мистер Спенсер... — начала она и замолчала.

Итак, это был Лу Спенсер. Я внимательно посмотрел на него. В этом парне не было ничего особенного. Он был склонен к полноте и уже обзавелся животиком. Его угольно-черные усы и седые волосы представляли странный контраст. Казалось, что усы он подкрашивает. Уголки глаз у него были опущены, как будто он очень устал, но их блеск говорил о другом.

Он достал сигару из футляра свиной кожи и зажал ее в зубах.

— Дай леди стул, — приказал он Гасу.

Когда Марди села, положив руки на колени, он взглянул на меня.

— Значит, ты Мейсон. — Он подошел поближе, чтобы получше меня рассмотреть.

— Да, — ответил я. — Если все это твоя шутка, то я не в восторге. Давай закончим этот цирк.

Он сел на край стола.

— Пора немного поболтать, — сказал он, стряхивая пальцем пепел с сигары. — Я человек осторожный,

Мейсон, всегда был осторожным. Когда я чувствую, что мне грозят неприятности, я немедленно действую. Я не жду, когда они начнутся, я их упреждаю и останавливаю.

Я пожал плечами:

— Куда бы это записать?

— Тебя и раньше предупреждали, но, похоже, ты ничего не усвоил. Я решил сделать так, чтобы ты больше не совал свой нос, куда не надо.

Черт! Были бы мои руки свободны, разве я не врезал бы ему разок?

— А тебе не кажется, что ты не там ищешь? — рявкнул я.

— Буду с тобой откровенен, — сказал он. — Дальнейшее расследование убийства Ричмонда меня совершенно не устраивает. У меня и без этого хлопот хватает. Тебе ведь предложили большие деньги, чтобы ты им занялся, верно?

Я многозначительно посмотрел на него:

— Вероятно, твой приятель Кац сообщил тебе о том, что я думаю по этому поводу?

— Да, — кивнул Спенсер, — я знаю об этом.

— Отлично, — сказал я. — Однако я решил завязать с этой историей. Чем один прохвост лучше многих других? Мне не стоило переживать из-за Весси. Мне предлагали десять штук. Это не такие уж большие деньги. Поэтому я решил бросить это дело. Но потом, когда у мисс Джексон из-за тебя начались неприятности, мне пришлось снова в это ввязаться.

Спенсер посмотрел на Марди, а затем снова на меня. Его брови слегка приподнялись, и он поджал губы.

— Так вот, оказывается, в чем дело?

— Если ты имеешь в виду, что я вынужден был вступиться за достойную девушку, то так оно и есть, — сказал я.

— И это все?

Мне действительно очень хотелось заехать в морду этому типу. Я ничего не ответил.

Он задумчиво жевал сигару.

— Ты поставил меня в затруднительное положение, Мейсон, — произнес он наконец. — Видишь ли, ты и эта молодая женщина можете мне помешать, заварить такую кашу, что расстроите все мои планы. Если мы не договоримся, боюсь, вам двоим придется несладко.

Он говорил это как бы между прочим, но тон его не обещал ничего хорошего. Я взглянул на Марди: на этот раз она выглядела не очень-то здорово.

— Почему бы тебе не выложить карты на стол, — предложил я.

Он посмотрел на Гаса:

— На выход, вы оба. Если понадобитесь, я позову.

Когда они ушли, он начал ходить взад-вперед по комнате. Я видел, что у него в голове крутятся самые разные соображения.

— Послушай, — сказал он наконец, — я должен выяснить, кто стоит за всем этим. Кто готов заплатить тебе десять тысяч, чтобы ты поставил меня в затруднительное положение.

Держу пари, что ему хотелось бы это знать, но едва ли он мог рассчитывать на мою помощь. Я уже решил, что сам займусь этим же.

Я пожал плечами:

— Понятия не имею. Задаю себе тот же вопрос.

Он подошел и встал рядом со мной.

— Подозреваю, ты знаешь что-то, что послужит мне наводкой. Давай начистоту.

Я открыл рот, но он поднял руку.

— Не торопись, — предупредил он, — подумай сначала. А если не сможешь вспомнить, я попробую освежить твою память.

— Я же сказал, что получил записку, напечатанную на машинке. Шут его знает, кто бы это мог быть.

— От кого записка — от мужчины или от женщины?

Я отрицательно покачал головой:

— Говорю же, ничем не могу тебе помочь.

Он постоял, глядя на меня, его щеки порозовели.

— Очень жаль, — сказал он, подошел к двери и рывком распахнул ее. — Гас, иди сюда.

Этот тощий ублюдок тут же пришлепал и замер в ожидании. Его маленькие глазки беспокойно блуждали — он переводил взгляд с меня на потолок и обратно.

— Мне кажется, этот парень что-то знает. В данный момент он не хочет говорить. Раздень-ка нашу подругу, прямо здесь... может, это его вдохновит.

Марди вскочила на ноги. Кровь отхлынула от ее лица. Гас шагнул к ней, и когда она попыталась увернуться, он схватил ее и дернул к себе, удерживая одной рукой за запястья.

Спенсер посмотрел на меня.

— Ну, — сказал он, — решение за тобой. Гас уже проделывал подобные штуки.

— Скажи этой скотине, чтобы убрал руки, — проговорил я сквозь зубы.

— Ты зря теряешь время, — ледяным тоном произнес Спенсер. Он мотнул головой в сторону Гаса. — Продолжай.

Глядя на меня, Гас ухмыльнулся и повернулся к Марди, а она вдруг, словно очнувшись, пнула его в голень. Но носки ее туфель были не настолько твердыми, чтобы остановить такого парня, как Гас.

— О'кей, не трогай ее, — тут же сказал я.

— Подожди, Гас. — Спенсер повернулся ко мне. — Кто это был — мужчина или женщина?

— Это была женщина.

— Откуда ты знаешь?

— Она звонила по телефону.

— Ладно, — сказал Спенсер Гасу, — подожди снаружи.

Гас медленно вышел.

Марди прислонилась к стене. Я видел, что ее губы дрожат, но она все еще высоко держала подбородок.

Спенсер пристально посмотрел на меня:

— Какой у нее был голос?

Я пожал плечами:

— Думаю, она его специально изменила. Он был твердый и металлический — неестественный.

Спенсер походил по комнате, потом подошел и встал надо мной.

— Значит, это была женщина, так? Я должен найти ее.

Я промолчал.

Он посмотрел на Марди, потом на меня.

— Что касается вас двоих... — Он провел рукой по волосам. — Вы сами не знаете, куда лезете. Вот мой совет — держитесь подальше от этого дела. Если эта женщина снова позвонит, дай мне знать. Я заплачу тебе гораздо больше десяти штук, если сможешь ее найти.

— Что бы там ни случилось, я покончил с этим делом, — сказал я.

— Я собираюсь отпустить тебя, но прими мой совет... убирайся из города. — Он подошел к Марди. — Мне жаль, что тебе пришлось все это вытерпеть, детка, — сказал он. — Ты хорошо поработала на меня.

Марди отвернулась, и он пожал плечами. Затем вышел из комнаты.

Марди приблизилась ко мне, вид у нее был растерянный.

— Развяжи меня, дорогая, — торопливо проговорил я. — Мне здесь не нравится.

Помучившись, она справилась с узлом, и я встал, растирая запястья.

Вошел толстяк с револьвером в руке и мотнул головой в сторону выхода.

— Можете идти, — бросил он. — Валите отсюда.

В его сопровождении мы спустились по темной лестнице. Гас стоял у открытой входной двери. Я был готов к драке, но они просто проводили нас до двери.

Мы вышли на темную, холодную улицу, и дверь за нами захлопнулась.

Я повернулся и посмотрел на Марди.

— Что ты об этом думаешь?

Марди, всхлипнув, закрыла лицо руками. Я обнял ее и прижал к себе. Она положила голову мне на грудь.

— Все в порядке, милая. Мы вышли из игры. Не волнуйся... теперь все в порядке.

Вдалеке завыла сирена, и волна от проходящего мимо судна внезапно ударила в стенку причала.

— Давай выбираться отсюда, — сказал я. — Хватит с нас неприятностей на сегодня.

Прошло несколько минут, прежде чем она подняла голову, и мне было очень жаль выпускать ее из объятий. Вместе мы вышли из темноты на освещенную главную улицу.

ГЛАВА ПЯТНАДЦАТАЯ

Я проснулся лишь в полдень. Несколько минут не мог понять, где нахожусь, но потом вспомнил и сел на диване, грустно усмехнувшись.

Ярко светило солнце, и в соседней комнате в моей постели спала Марди. Жаловаться было не на что. Я опустил ноги на пол и пошел в ванную. Холодный душ помог мне прийти в себя, а после бритья я и вовсе почувствовал себя хорошо.

Надел шелковый халат и провел расческой по волосам, потом заглянул в спальню. Увидел небольшой холмик на кровати — Марди все еще спала. Мне стало чертовски приятно оттого, что она здесь рядом, в моей постели.

Я позвонил вниз, чтобы заказать двойной завтрак, и в ожидании выкурил сигарету.

Вкатив поднос на колесиках, официант с любопытством посмотрел на меня и быстро оглядел комнату. Я дал ему доллар, и он улыбнулся. Возможно, он вспомнил, что когда-то был молод и тоже завтракал с кем-то вдвоем в одноместном номере. Во всяком случае, доллар сделал свое дело, и он ушел без какого-либо недовольства.

Я постучал в дверь спальни. После второй попытки она отозвалась. Я просунул голову в дверь.

— Привет, подружка, — сказал я. — Не хочешь подкрепиться?

Она не без усилия села в кровати и заморгала, глядя на меня. Некоторые женщины выглядят поутру как гнев Божий, Марди же выглядела прекрасно — распущенные волосы, большие сонные глаза. Она слегка потянулась. Длинные рукава моей пижамы скрывали ее руки.

— Дай мне две минуты, — ответила она, — и я сейчас приду.

Она встала с кровати, накинула мой халат и направилась в ванную. Я вкатил поднос и поставил его рядом с кроватью. Затем поднял одну из опущенных штор. Слишком яркий солнечный свет по утрам, как правило, режет глаза.

Она вернулась через пять минут и улыбнулась мне.

— Ты хорошо спал? — спросила она, забираясь в постель.

— Отлично, — сказал я, чувствуя прилив сил. Наверное, никто не спрашивал меня об этом с тех пор, как я заработал свой первый доллар. — Как ты?

Она поправила подушки и села, откинув полы халата на простыню.

— О, сейчас я великолепно себя чувствую, — ответила она. — Вчера мне казалось, что я умру от усталости.

Я снял поднос и опустил его на постель.

— Я рад, что мы были вместе, — сказал я, глядя на нее. — Мне бы очень не хотелось, чтобы ты столкнулась с этими парнями в одиночку.

Не сводя глаз с моего лица, она взяла чашку кофе.

— Я тоже рада. Хочешь поговорить о прошлой ночи? — спросила она.

Я пожал плечами:

— О чем тут говорить?

— Все обойдется?

Я снова пожал плечами:

— Не знаю. Я тут ломал себе голову. Не вижу, как мы можем испортить жизнь этому Спенсеру. В конце концов, у нас нет доказательств, и мы, похоже, ничего не добьемся. Наверно, было бы лучше оставить это дело. Как считаешь?

Она слегка нахмурилась:

— Так просто нам не отделаться. Видишь ли, ты еще многого не знаешь, и я страшно боюсь, что ты поневоле ввяжешься в эту историю.

Я закурил сигарету.

— Готов выслушать, — сказал я, вставая, чтобы взять поднос и дать ей сигарету.

Она откинулась на подушки.

— Все это началось не так давно, — заговорила она. — Мне кажется, я знаю, кто твоя таинственная леди.

Я сел на кровать.

— Ты знаешь?

Она кивнула:

— Да, я думаю, это Сара Спенсер, жена Лу.

— О господи!

— Все сходится, если взглянуть на это изнутри. Видишь ли, я была личным секретарем мистера Спенсера и проводила много времени в его доме. Он работал допоздна, и ему нравилось, когда я была под рукой, чтобы решать разные вопросы. Сара Спенсер часто оказывалась рядом, и я постоянно сталкивалась с ней. Спенсер был без ума от нее, но она изменяла ему направо и налево. Меня поражает, как он не догадывался об этом. Видишь ли, я знаю, что Весси был одним из ее дружков.

Я вскочил и начал ходить по комнате.

— А можно поподробнее...

— Она очень любила Весси, — сказала Марди. — Действительно очень. Сара из тех, кого привлекает грубость, и Весси много для нее значил. Когда его казнили, она просто рехнулась. Мне пришлось два дня работать прямо в их доме, так что как я могла этого не видеть? Мы от нее чуть не сбрендили. Ты даже не можешь себе представить. Думаю, она ненавидит Лу.

— Теперь все ясно, — произнес я. — Все сходится, как ты и сказала. Она хочет привлечь Лу к суду. Она поквитается с ним за Весси и избавится от него. Она не могла в открытую обвинить Лу в убийстве Ричмонда. Дело Весси будет рассматриваться в суде, а она не хочет светиться. Поэтому она темнит, общается только по телефону и хочет сделать из меня козла отпущения.

Марди кивнула:

— Да, полагаю, все именно так и есть.

Я еще немного поразмышлял.

— Ей никакого труда не составляло узнать, что происходит, — сказал я. — Она держала ушки на макушке и подслушивала разговоры Лу с его парнями, а потом сообщала мне по телефону. Кроме того, как я понимаю, она богата, и десять тысяч для нее — это не деньги, чтобы избавиться от Лу.

Марди затушила сигарету.

— Она помешана на мужчинах. Теперь обхаживает Кертиса. Он, как ты знаешь, работает на Лу, и я думаю, что он сообщил ей все, что она хотела бы знать.

Я вдруг подумал о Кеннеди. Не был ли в прошлом и он ее пассией? Я чувствовал, что приближаюсь к истине.

— Ну, — сказал я, — на меня она может не рассчитывать. Я умываю руки, так что пусть ищет себе другого козлика.

Марди пристально посмотрела на меня своими большими глазами.

— Ты не знаешь Сару Спенсер, — тихо произнесла она. — Мне страшно. Она опасна. Она ни перед чем не остановится.

— Не беспокойся, — улыбнулся я ей. — Ни одна дамочка не заставит меня делать то, что мне не нравится.

— Пожалуйста, не надо...

Она выглядела такой испуганной, что я подошел и сел на кровать.

— А теперь успокойся, — сказал я, положив ладонь ей на руку. — Просто успокойся.

— Но ты ее не знаешь, — возразила Марди. — Она опасна. И она ни перед чем не остановится.

Мне нравилось чувствовать руку Марди в своей. Я по очереди гладил ее пальцы, нежно нажимая на ногти.

— Давай подождем, а там видно будет, — сказал я. — Нет смысла беспокоиться об этом сейчас, милая. У нас есть о чем подумать. Мне нужно составить какой-то план действий насчет тебя.

Какое-то время мы сидели, глядя друг на друга. Удостоверившись, что я спокоен, она тоже расслабилась и улыбнулась мне.

— Хорошо, что ты рядом, Ник, — сказала она. — Думаю, без тебя мне было бы плохо.

— Я бы хотел, чтобы ты всегда была рядом.

Она покачала головой:

— Не говори так. — Она убрала руку. — Не нужно.

— Я понимаю. Но это именно то, что я желал бы больше всего на свете. Я пытался выкинуть тебя из головы, но у меня не получилось. Возможно, это звучит странно для тебя...

Я замолчал.

Она прекрасно поняла, что я имею в виду. Она сказала очень тихо:

— А я? Ты думаешь, что я...

— Я думаю о тебе. Я бы ничего не начинал, если бы не думал о тебе. У нас бы получилось...

Я встал. Это бесполезно. Ничего не изменить. Наверное, впервые в жизни я сожалел о том, что я был тем, кем я был. Сожалел о тех женщинах, которых мне довелось встретить. Сожалел почти обо всем, что было в моей жизни.

Я подошел к окну и выглянул наружу. Тишина в комнате напомнила мне о церкви. Затем Марди сказала:

— Ник... — Она плакала.

Я подошел и молча обнял ее. Просто обнял ее и прижал к себе. Она плакала, уткнувшись в мой шелковый халат. Я чувствовал, как она вздрагивает.

— Будь добрым со мной, — сказала она. — У нас будет чудесная жизнь...

От ее слов в груди у меня стало тепло. Это как если после грозы укрыться от ветра и дождя в тишине дома.

Я лег рядом с ней, и она положила голову мне на плечо. Ее мягкие волосы коснулись моего лица, и я взял ее руки в свои.

Когда она перестала плакать и снова успокоилась, я предложил:

— Может, нам надо скорее пожениться? Как тебе эта мысль?

Она так долго молчала после моих слов, что могло показаться, будто она не расслышала меня. Я ждал, задаваясь вопросом, чем все это кончится, если она действительно хочет быть со мной. Потом она вздохнула.

— Что ты имеешь в виду? Это шутка? — спросила она, отодвигаясь, чтобы посмотреть мне в лицо. Ее глаза были широко открыты, и за их блеском скрывался испуг.

— Я имею в виду именно то, что сказал, — ответил я.

Она покачала головой:

— Ты сошел с ума, Ник. Ты ведь не хочешь жениться на мне.

— Я знаю, почему ты так говоришь. Ты думаешь, что я такой же, как все. Ты меня еще не знаешь.

— Нет, я тебя знаю. Дело не в тебе, а во мне. Что ты знаешь обо мне? Как ты можешь...

Я усмехнулся, глядя на нее сверху вниз.

— Я знаю, что ты чудо, и хочу быть с тобой. Мы будем любить друг друга, милая, у нас получится.

Она крепко сжала мои руки.

— Ты хочешь сказать, что женишься на мне? Действительно так?

— В чем дело, детка?

Я не понимал ее. Она будто боялась, что я передумаю. Мне это показалось странным, поскольку, скорее, это мне следовало бояться.

Она вдруг улыбнулась:

— Ты еще не поцеловал меня.

— Поцелую, если ты выйдешь за меня замуж.

— Тогда поцелуй.

Вот как это было.

Час спустя, когда мы приступили к первому этапу размышлений о нашем будущем, я вспомнил о Кеннеди. Я понять не мог, почему не вспомнил о нем раньше. Это было решением всех наших проблем.

— У меня есть на примете одно местечко, — сказал я. — Ты там будешь прыгать до потолка от счастья.

— Где? — спросила она.

И я рассказал. Она слушала меня, не проронив ни слова, пока я не закончил. Затем покачала головой:

— Нет, Ник, мы не можем туда поехать.

Я встал с кровати.

— Ты не знаешь, как там здорово. Это место нужно увидеть собственными глазами.

Она протянула руку:

— Нет, я серьезно. Я пока ни с кем не могу встречаться.

— Я не прошу тебя с кем-то встречаться. Там никого не будет. Кеннеди уедет. Это место будет полностью в нашем распоряжении.

Услышав это, она облегченно вздохнула.

— Ты должен проверить, — сказала она.

После четырех безуспешных телефонных звонков я связался с полковником и рассказал ему о своих обстоятельствах. Кеннеди был отличным парнем. Он пришел в восторг от услышанного:

— Отлично, приезжай! Занимай дом — я уже съехал оттуда. Действуй. Я тебе все устрою, живи там сколько хочешь.

Я сказал ему, что он классный парень, но он только рассмеялся:

— Брось ты. У тебя будет медовый месяц, так что насладись им по полной. Я рад, что так сложилось. Это то, что ты хотел.

Мы выдали еще по парочке комплиментов друг другу, а потом я положил трубку и посмотрел на Марди. Мне не надо было ничего ей объяснять — она и так все прекрасно поняла.

— Ну, что я говорил?

Она беспомощно развела руками.

— О, я так хочу, чтобы это было правдой, — сказала она. — Я так этого хочу.

— Оставайся здесь. Я сейчас оденусь, выйду и все улажу, — сказал я. — Обвенчаемся, а затем поедем в наш загородный дом.

Она села в постели.

— Не нужно оставлять меня одну, — быстро проговорила она, испуганно посмотрев на меня. — Только не теперь. Не оставляй меня, Ник.

Я похлопал ее по руке:

— Хорошо, я попрошу Экки. Он сам все уладит, тогда мы оба можем остаться здесь.

— Да, так и сделай, — сказала она, и страх в ее глазах исчез.

Я подошел к телефону и связался с Экки. Подумал, что он будет потрясен. Так оно и вышло.

— Ничего не говори, — произнес он в трубку. — Сначала я должен увидеть эту девчонку. А пока, ради бога, ничего не говори, я сейчас приеду.

Я повесил трубку и улыбнулся Марди.

— Он явно взволнован, — сказал я. — Сейчас он придет.

Марди выбралась из постели.

— Выйди, Ник, — попросила она, — мне надо одеться.

Прежде чем уйти в соседнюю комнату, я поцеловал ее. Потом оделся и я. Настроение было прекрасное. Я чувствовал, что могу перепрыгнуть через Эмпайр-стейт-билдинг.

Только я закончил одеваться, как объявился Экки. Он застыл в дверях, его обезьянья физиономия выражала беспокойство.

— Где она? — спросил он.

Я мотнул головой в сторону спальни.

— Скоро выйдет, — сказал я. — Она одевается.

— А теперь послушай, Ник, — произнес он, подходя ко мне. — Что все это значит? Ты же не хочешь сказать, что действительно женишься?

Я хлопнул его по груди.

— Как раз хочу, — сказал я, — и ты должен мне помочь.

Он понизил голос:

— Она тебя достает?

— Достает? Что ты имеешь в виду?

— Ну, она залетела, что ли? — спросил он с видом заговорщика.

— Послушай, ты, образина, оставь это. Мы с Марди — вот что. — И я скрестил пальцы. — Я женюсь на ней, потому что это единственное, чего я хочу. Теперь понятно?

Он медленно отошел от меня.

— То есть ты хочешь жениться на этой девчонке? — Его голос звучал недоверчиво.

— Да.

— И ты хочешь, чтобы я тебе помог?

— Вот именно.

— Ни хрена себе! Наверное, ты спятил.

В этот момент вышла Марди. Она стояла в дверном проеме, и Экки не сводил с нее глаз. Она и в самом деле выглядела что надо — улыбка, большие, с поволокой глаза. Экки просто рот разинул. Потом он посмотрел на меня.

— Ну что ж... — сказал он.

— Теперь ты понимаешь, в чем дело? — спросил я.

Он печально покачал головой и подошел к Марди.

— Бедняжка, — сказал он, пожимая ей руку. — Вы не знаете, что творите. Вам нельзя выходить замуж за этого типа... какой из него жених...

Марди только рассмеялась.

— Вы готовы нам помочь? — спросила она.

— Вы действительно хотите связать свою жизнь с этим мерзавцем?

— Он довольно милый. Я его знаю лучше, чем вы.

Экки посмотрел на меня через плечо.

— Да, отхватил ты, хорошая работа, — сказал он. — Конечно, если я в состоянии вам помочь, то пожалуйста. Можете на меня рассчитывать.

Я принес бутылку скотча, и мы быстро выпили по паре стаканчиков.

— Дорогая, пока я поговорю с Мо, не соберешь ли мои вещи?

Я показал ей, где чемоданы, и оставил ее разбираться с моей одеждой. А сам занялся Экки. Рассказал ему все как было. Он сидел, слушал и вкушал мой виски. Когда я замолчал, Экки тяжело вздохнул.

— Отличная история, — произнес он. — Может быть, когда тебя прикончат, я смогу ее опубликовать.

От кого еще услышишь такое?

— Все будет в порядке, — бросил я. — На какое-то время лягу на дно. Кеннеди отдал мне свой загородный дом. Мы планируем пожениться прямо сейчас, а потом переехать туда.

Экки почесал затылок.

— Меня поражает, как ты это делаешь. Как можно убедить такую шикарную девчонку, что ты чего-то стоишь? Да, ты, конечно, парень не промах.

Я дал ему немного денег:

— Разузнай насчет венчания. Мы переберемся в отель «Бельмонт», пока все не утрясется. Мне не очень хочется здесь торчать. Ну давай, а потом загляни в отель.

Я еще налил ему, затем он вошел в спальню попрощаться с Марди. Экки был хорошим парнем, и я видел, что он радуется за нас как ребенок.

Марди была мила с ним, и он ушел, похожий на кота, которого угостили сметаной.

Я стоял и смотрел, как Марди пакует вещи. Она отлично справилась с этим.

— Как тебе нравится быть женой? — спросил я, опускаясь рядом с ней на корточки.

Она помолчала и посмотрела на меня через плечо:

— То есть нравится ли мне с этим возиться?

— Вот именно.

Она закрыла чемодан и села на него, чтобы запереть замки. Я помог ей.

— Я хочу быть хорошей женой, — серьезно сказала она. — И хочу все для тебя делать.

Я рассмеялся:

— С этим поосторожней. Как бы ты не передумала.

Наконец мы собрали вещи, и я послал за портье, чтобы он отнес их вниз. Затем я договорился сдать квартиру в аренду и таким образом расстался со своими апартаментами.

— Думаю, мы можем идти, — сказал я, бросив последний взгляд на свое жилье. — С этим покончено. Надевай шубку — поедем на вокзал и заберем твои вещи.

— Я буду готова через минуту, — ответила она.

Едва она ушла в спальню, как кто-то постучал в наружную дверь. Я подумал, что это портье, поэтому просто крикнул, чтобы он вошел. Дверь открылась, и на пороге появилась Блонди.

Я в своей жизни испытал несколько потрясений, но это было как гром среди ясного неба. Я просто лишился дара речи.

Она стояла и с подозрением смотрела на меня своими холодными глазами.

— Переезжаешь, да? — спросила она.

— Какого черта тебе здесь надо?

Блонди бочком вошла в комнату.

— Похоже, ты не очень рад меня видеть, дорогой, — заметила она. — Разве ты не просил прийти, если у меня будет что тебе сказать?

Понизив голос и надеясь, что Марди не услышит, я произнес:

— Меня больше ничего не интересует. Убирайся. Твоего дерьма мне на всю жизнь хватит.

В этот момент вышла Марди. Блонди посмотрела на нее так, как змея смотрит на свой рождественский обед.

— Вот как, — сказала она.

Обожаю дам, которые так говорят.

Лицо Марди стало белым как фарфор. Она отшатнулась от Блонди и поднесла руку ко рту.

— Подожди там минутку, — поспешно сказал я ей. — Вам нет необходимости пересекаться.

Марди повернулась и пошла назад.

— Постой... — сказала Блонди.

Марди не остановилась и закрыла за собой дверь.

— Значит, вот оно как? — Блонди посмотрела на меня. Ее глаза метали молнии.

— Брось, — напряженно проговорил я. Мне ничего не нужно было от этой дамы. — Иди своей дорогой, Блонди, и побыстрее.

Она покачала головой.

— Ты так просто от меня не отделаешься, — сказала она. — Мне нужно с тобой немного потолковать.

Я прошел мимо нее и распахнул дверь.

— Если ты не выйдешь через две секунды, я вышвырну тебя вон, — пригрозил я.

В этот момент появился парень, живущий напротив меня. Он стоял, вытаращив глаза. Не обращая на него внимания, я просто ждал, когда Блонди умотает отсюда.

Она колебалась, но ей было ясно, что выяснять отношения в таком месте не получится. И она медленно прошла мимо меня.

— Ну ладно, мерзавец, — сказала она, — ты у меня еще попляшешь.

— Потише, — ответил я. — Ты мне не нравишься и никогда не нравилась. Держись от меня подальше, если хочешь сохранить здоровье, иначе пеняй на себя.

Я вернулся в комнату и закрыл дверь.

Марди смотрела в окно. Мне было интересно, будет ли визит Блонди иметь какое-то значение для нее. Услышав, что я вошел, она повернулась и подбежала ко мне.

— Все хорошо? — спросила она.

Я обнял ее за плечи.

— Это была Блонди. Она ушла. Нам не развязаться с этим делом, пока мы не уедем отсюда. Прости, дорогая. Думаю, мы ее больше не увидим.

Марди тронула рукой мое лицо.

— Лучше бы ты никогда и не начинал этого дела, — сказала она. — Лучше бы ты...

— Пойдем, милая, — сказал я, беря ее за руку, — все к лучшему. Иначе я никогда не встретил бы тебя. Мы едем туда, где хорошо и где мы сможем обо всем этом забыть.

Оглядываясь назад, я думаю, что это была самая большая глупость, которую я когда-либо делал.

ГЛАВА ШЕСТНАДЦАТАЯ

Неприятности начались через четыре дня после того, как мы поселились в доме полковника. Это были четыре самых замечательных дня в моей жизни. У нас было свое жилье, и мы делали только то, что нам нравилось. Мы одевались как хотели и ели когда хотели. Мы вставали, когда нам надоедало спать, и, взяв удочки, развлекались рыбалкой. Все было слишком хорошо, чтобы длиться долго.

Первый звоночек раздался, когда пришел почтальон. Мне вернули три мои статьи. Я не мог поверить своим глазам. Сидел и смотрел на них, а потом на бланки с отказом. У меня было немало таких в прошлом, так что я и не читая знал их бредовое содержание.

Марди вышла из кухни с подносом в руках. Увидев мое лицо, она на мгновение замерла, потом поставила поднос и подошла ко мне:

— Что случилось?

Я сказал, что не знаю. Что, может быть, произошла ошибка или что-то в этом роде.

— Но что это? — спросила она.

Я показал ей бланки с отказом. Она стояла и читала их, наморщив лоб.

— Может, статьи не очень хорошие? — сказала она наконец.

— Все может быть, — ответил я.

Но я знал, что дело в другом. Что-то пошло не так, и мне это не нравилось. Уже сколько лет я кормил газеты своими байками, и у меня хватали все подряд. Теперь без видимой причины мне отказали.

— Послушай, дорогая, — произнес я, — нам нужно немного сбавить обороты. Я рассчитывал, что эти статьи позволят нам продержаться пару недель.

Она пристально посмотрела на меня:

— Ты хочешь сказать, что тебе не хватает денег?

Я пожал плечами:

— Ну да... наверное, так и есть.

— И это все? Ты уверен, что это все?

Для меня этого было более чем достаточно, но я не хотел ее волновать.

— Да, это все... я сейчас на мели.

Она обняла меня за плечи.

— Мы справимся, — сказала она. — Не беспокойся. Нам не нужно много денег.

После завтрака я пошел в кабинет, решив разобраться в ситуации. Проверил свой банковский счет и обнаружил, что денег там гораздо меньше, чем я себе представлял. Это меня расстроило. Я позвонил в город одному из редакторов.

Дозвонившись наконец, я сказал:

— Это в чью светлую голову пришла идея завернуть мои статьи?

— Что ты имеешь в виду? — сухо спросил тот.

— Послушай, Джонсон, так со мной не обращаются, — сказал я. — Я на тебя неплохо поработал. Если редакцию не устроила эта статья, почему бы не написать мне, что там не так?

— Извини, Мейсон, нам больше не нужны твои материалы. Мы ищем новый талант.

— Только, бога ради, не ври, — сказал я. — До сих пор вашу газету все устраивало, приятель. Почему бы не сказать мне прямо, что случилось?

— Может, ты приедешь в город и мы пообедаем вместе? — очень тихо произнес он в трубку.

— Приеду.

Я повесил трубку и пошел искать Марди. Она была в оранжерее, занималась цветами.

— Мне надо в город, — сказал я. — Все дело в этих статьях. Нужно поговорить с редактором.

— Можно мне поехать с тобой? Заодно я бы прогулялась, походила по магазинам, пока ты занят.

— Не сейчас, дорогая. Я хочу, чтобы ты некоторое время нигде не показывалась. Я скоро вернусь.

— Я приготовлю тебе хороший ужин.

Я видел, что ей не нравится оставаться одной, но она не хотела напрягать меня. Я обнял ее и спросил:

— Может, что-нибудь тебе привезти?

Она покачала головой:

— Мы должны экономить.

Я рассмеялся:

— Да ладно. Чего-нибудь придумаем.

— Не чего-нибудь, а что-нибудь.

— Да, маэстро.

Она с тревогой посмотрела на меня:

— Я ведь к тебе не придираюсь, правда?

Я усмехнулся:

— Конечно придираешься... весь день и почти всю ночь.

Я приехал в город около полудня. После тишины в охотничьем доме все вокруг казалось неестественным. Я зашел в бар, чтобы выпить, а затем направился к зданию, где располагалась редакция «Глобуса».

Джонсон ждал меня снаружи. Мне это показалось забавным, но я ничего не сказал. Мы сразу сели в такси, и это навело меня на мысль, что он боится быть замеченным в моей компании.

— Ваша контора, конечно, преподнесла мне сюрприз, — сказал я.

Он нервно поправил галстук:

— Да, я очень сожалею обо всем этом.

— Не бери в голову. Давай выпьем для начала, а потом поговорим. Твои-то как дела?

Он слегка пожал плечами:

— У меня все в порядке.

— А жена как?

— Прекрасно.

После этого мы молча проехали квартал. У меня уже начался мандраж. Мы вышли у тихого ресторана в стороне от главной улицы, в котором едва ли было много посетителей, и поднялись наверх.

После того как мы устроились и немного выпили, я подумал, что пришло время объясниться.

ВОТ ВАМ ВЕНОК, ЛЕДИ

— Итак, что все это значит?

— Ну, мне чертовски жаль, Мейсон, но мы не можем больше брать твои материалы.

— Не можете или не хотите?

Он повертел в руке стакан.

— Я тут совершенно ни при чем, — поспешно объяснил он, не глядя на меня. — Я получил инструкции от шефа.

Я откинулся на спинку стула и молча проглотил это. Он продолжил:

— Каким-то образом ты попал в опалу. И шеф дал прямое указание насчет тебя.

— Он не сказал почему?

Джонсон покачал головой:

— Он просто прислал мне записку. Ты же знаешь, что это за записки: «Мистер Хокинс передает вам свои наилучшие пожелания и больше не принимает от мистера Ника Мейсона никаких материалов».

Я пожал плечами:

— Наверное, он сошел с ума. Выпей-ка еще.

Мы кое-как справились с едой, а потом Джонсон ушел. Я видел, что он страшно рад, что отделался от меня. Я остался сидеть за столом и все обдумал. Затем заплатил по счету и пошел к телефонной будке. Позвонил в пресс-центр и попросил к телефону Экки.

— Слушай, Экки, что там случилось? Я что, под запретом?

— Да, — сказал он, — ты под запретом. Могу я сделать для тебя что-нибудь?

Я на мгновение задумался.

— Это идея Спенсера разделаться со мной?

— Похоже на то.

— Я в затруднении, Мо, — сказал я. — Мне нужны деньги, хотя бы немного.

— Черт возьми! Неужели все так плохо? — простонал Экки.

— Ну, я думаю, не так уж и плохо. Я могу еще продержаться пару недель, но мне нужно немного денег.

— Можешь на меня рассчитывать.

Я печально усмехнулся в трубку.

— Это очень мило с твоей стороны, но я должен что-то и сам зарабатывать. Ты не станешь всю жизнь содержать меня и Марди.

— Может, скоро все само прояснится, а может, тебе надо пошевелиться.

— Я дам тебе знать, — сказал я и повесил трубку.

Итак, я под запретом. Это было серьезно. В раздумьях я вышел на улицу. Похоже, Спенсер добился своего. Я понимал, что столкнулся с влиятельными людьми, и знал, что нужно уйти в сторону. Похоже, решил я, лучше собрать вещички и переехать в другой штат.

Когда я вернулся в охотничий дом полковника, на душе у меня было довольно паршиво. Мне не хотелось волновать Марди, но в то же время я был бы рад, если бы она знала о моем состоянии. Было не очень понятно, насколько влиятелен Спенсер. Он был достаточно богат, чтобы иметь вес среди местных воротил. И те будут рады поднести ему мою голову на блюде.

Поставив машину в гараж, я направился к дому. Марди нигде не было видно. Я шел тихо, чтобы удивить ее своим внезапным появлением.

По дороге из города я купил ей две пары шелковых чулок. Я чувствовал себя довольно неловко, покупая их, и был рад поскорее выйти из магазина. Решил, что она будет довольна, потому что до сих пор я ничего ей не покупал.

Войдя в коридор, я направился на кухню. Марди там не было. Поэтому я пошел в столовую, но и там было пусто, хотя свет горел. Я стал подниматься по лестнице, и в этот момент увидел то, что заставило меня остановиться.

Я замер, чувствуя, как меня пробирает озноб, а по всему телу растекается тошнотворная слабость. Я попытался убедить себя, что два темных пятна у моих ног — это пятна краски, но понимал, что это не так. Я медленно опустился на колени и коснулся кончиками пальцев одного из них, мокрого и липкого.

Я выпрямился, глядя на свои пальцы в электрическом свете. Они были ярко-красными. Не отдавая себе отчета в том, что делаю, я вернулся на кухню и подставил руки под струю воды. Потом взял полотенце и насухо вытер их.

Я испытывал такую слабость и такой страх, что боялся сдвинуться с места. Я просто стоял там с полотенцем в руке, обливаясь холодным потом. Я слышал свой голос: «Не дай им убить ее... не дай им убить ее... пожалуйста, Боже... не дай им убить ее».

Я сказал себе, что должен пойти и поискать ее. Мне надо было подняться наверх и посмотреть, там ли она, но это было выше моих сил. Я не мог заставить себя покинуть кухню.

Я аккуратно сложил полотенце и убрал его. Надо было что-то предпринять, а я стоял в центре кухни и чего-то ждал. Говорил себе, что через минуту из сада придет Марди, но знал, что она не придет. Кац нашел ее и убил — вот что произошло, но я не позволял себе поверить в это. Все время твердил себе, что через минуту-другую она придет, что пятно на ступеньке лестницы было краской, что это не могла быть кровь Марди. Но я знал, что это была ее кровь.

Потом я подумал о том, что она была совсем одна, когда появился Кац. Она прижалась к стене, у меня перед глазами стояли ее большие, широко раскрытые глаза с поволокой, высоко поднятый подбородок. Именно так она встретила Каца — лицом к лицу. Она думала обо мне, и все то время, когда она была далеко от меня, я болтал с этим ублюдком Джонсоном. Меня волновали деньги, когда Марди убивали.

Тошнотворное чувство слабости стало понемногу отступать, и первый шок сменился каким-то отупением. Выйдя из кухни, я остановился в гостиной, заметив пятна крови возле стены. Присмотревшись, я обнаружил две отметины на стене возле пола. Они были похожи на следы от каблуков. Я представил себе, как Марди пыталась вжаться в стену, когда Кац приближался к ней. Мне стало так плохо, что пришлось сесть.

А потом со мной случилось то, чего ни разу не случалось с детства. Я не осознавал, что происходит, пока не почувствовал соленый вкус во рту. Наконец я встал и налил себе виски. Получилось три четверти стакана, и я проглотил его содержимое, как воду. Видимо, это сработало, потому что я взял себя в руки и мозг мой включился.

Я подошел к телефону и набрал номер. Я понимал, что мне нужна помощь, — самому было не справиться.

Я сказал Экки:

— Приезжай сюда как можно скорее.

Вот за что я так ценил Экки — он всегда знал, когда ты в нем сильно нуждаешься. Он не спрашивал почему и не отнекивался. Я знал, что он как раз собрался ехать в редакцию газеты, но он просто сказал:

— Без паники! Жди! — И повесил трубку.

Он приедет, самое быстрое, через час. Столько ждать я не мог. Я подошел к буфету и, еще раз отхлебнув виски, решил подняться наверх.

Я вышел в коридор и посмотрел на лестницу. В доме было тихо. Глядя на уходящие вверх ступеньки, я осознал, как много значила для меня Марди. Я сделал первый шаг. Лестница казалась бесконечной. Я не мог заставить себя идти быстрее. Одолев все ступеньки, я почувствовал такую тяжесть в ногах, как будто шел по слою клея.

На лестничную площадку выходили двери двух ванных комнат, двух спален и гардеробной. Все они были закрыты. Марди могла быть за любой из них. Я знал, что, скорее всего, это будет наша спальня, но даже и не пытался начать с нее. Я зашел в одну из ванных комнат. Марди там не было. Я оставил дверь открытой, включил свет и вошел в гардеробную. И там было пусто.

Я вышел на лестничную площадку, посмотрел на другие двери и почувствовал, что силы покидают меня. Мне потребовалось некоторое время, чтобы прийти в себя. На этот раз я выбрал нашу спальню. Я медленно повернул ручку и толкнул дверь, затем просунул в щель руку и включил свет.

Я вошел не сразу, а войдя, поначалу смотрел куда угодно, только не на кровать, потому что знал, что Марди там. Наконец я перевел взгляд на кровать и почувствовал, как холодная струйка пота стекает по моей спине.

На белой, скрывавшей лицо простыне было большое красное пятно. Простыня была туго натянута, и я ясно видел холмики, отмечавшие ступни, руки, грудь и нос.

Я привалился к дверному косяку и просто смотрел на это. Потом меня охватила такая ненависть к Спенсеру, его жене, Кацу, толстяку, Гасу и ко всему этому адскому бизнесу, какой никогда прежде я не испытывал. Мне хотелось добраться до них и расправиться с ними собственными руками. Мне хотелось уничтожить их всех за то, что они сделали. Меня больше не волновало, что со мной будет дальше. Я просто хотел поквитаться. И не имело значения то, что я обманываю себя, поскольку, даже если я убью их всех до последнего, это мне не поможет. Это не вернет мне Марди, и я никогда не смогу себе представить то, что она пережила здесь перед тем, как была убита.

Если бы только я был с ней, мы могли бы вместе уйти из жизни. Думаю, она была бы не против.

Я не стал входить в спальню. Я выключил свет и снова спустился по лестнице. В гостиной я сел и нащупал портсигар. Чиркнув спичкой, я заметил, что руки у меня совсем не дрожат. Это меня удивило. Без единой мысли в голове я просто сидел и курил, пока не приехал Экки.

Я услышал рев его машины на подъездной дорожке и вышел ему навстречу. Он приехал быстрее, чем я думал. Он выскочил из машины прежде, чем я подошел к выходу, и, едва взглянув на меня, втолкнул обратно в дом и закрыл входную дверь.

— В чем дело, Ник?

Я открыл и закрыл рот, но не издал ни звука. Я просто стоял и смотрел на него.

Он положил руку мне на плечо. Его лицо помрачнело.

— Марди? Что с ней?

Я сделал глубокий вдох. Оказалось, что у меня не получается сказать ни слова, будто от слов произошедшее делалось еще более реальным. С огромным трудом я взял себя в руки. Я чувствовал, как подрагивают мышцы живота.

— Они убили ее, Мо.

Ну вот, я выговорил это.

Экки мне не поверил. Он втолкнул меня в гостиную.

— Они бы этого не сделали, — сказал он. — Окстись, Ник. Пойдем выпьем. Они не убивают таких милашек, как она.

Я схватил его за руку и развернул к себе.

— Говорю тебе, эти подонки убили ее. Она там, наверху, на кровати. Слушай... они убили ее здесь. Посмотри на кровь. Ты видишь это? Это ее. Это ее кровь. Эти трусливые псы убили ее здесь. Они напали на нее, когда она была одна, и убили у этой стены.

Экки взглянул на пятна крови. Затем он покачал головой.

— Успокойся, — сказал он, — только успокойся.

Я схватил его за ворот пальто и тряхнул.

— Лучше помолчи! — заорал я. — Говорю тебе, она там, наверху...

Он сильно ударил меня ладонью по лицу. Наверное, я этого хотел. Это отрезвило меня, и хотя удар был очень болезненный, он пошел на пользу. Я заморгал и отпустил Экки.

— Прости, Мо, — сказал я, отступая от него. — Наверное, я просто не в себе.

— Конечно, — согласился он. — А что, если нам подняться наверх?

С Экки я был способен на это. Мы быстро поднялись, я включил свет в спальне и подошел к кровати.

Я услышал, как Экки произнес:

— Боже мой!

Не дрогнув, я потянул простыню вниз. Мне показалось, что подо мной покачнулся пол, и я почувствовал, как Экки схватил меня за руку. Мы оба замерли, вытаращив глаза.

Даже в смерти на лице Блонди сохранялось суровое и подозрительное выражение. В остекленевших глазах застыл испуг, блестела в электрическом свете яркая помада на губах. Блонди была обнажена, и маленькое окровавленное пулевое отверстие чуть выше левой груди говорило о том, как она умерла.

ГЛАВА СЕМНАДЦАТАЯ

— Нет... ничего не говори, — сказал Экки. — Дай подумать.

Я отошел от кровати. Мой мозг сжался в комок.

Экки прикоснулся рукой к плечу Блонди, потом взял ее за запястье и поднял ее руку. Я просто стоял и смотрел на него.

— Она умерла совсем недавно, — сказал он.

Он накрыл ее простыней и отошел от кровати.

— Давай проверим остальные комнаты.

Я не двинулся с места, предоставив ему возможность сделать это самому. Спустя какое-то время он вернулся и покачал головой:

— Нигде никого.

Я сел.

— Видишь, они не убили ее... они только забрали ее, — сказал Экки.

Он снова вышел из комнаты.

Я повторил за ним:

— Они только забрали ее.

Пожалуй, от этого мне было не легче, чем когда я думал, что ее убили.

Экки вернулся с бутылкой и двумя стаканами. Поставил стаканы на стол и осторожно налил виски. Потом подошел и вложил мне в руку один из стаканов.

— Если хочешь вернуть Марди, ты должен выйти из этого состояния, — сказал он.

И он был прав.

— Это подстава, Ник, — продолжал он, — опять старый трюк. То же самое они проделали с Весси. Блонди знала слишком много, поэтому они прикончили ее и повесили на тебя. Теперь жди визита полицейских и ареста. Им это сойдет с рук, как и в первом случае.

Он снова был прав.

Я допил виски и встал. Мне было плевать на арест, но, если я окажусь за решеткой, некому будет искать Марди. Сначала я должен был заняться именно этим.

— Тебе лучше держаться от этого подальше, Мо, — сказал я. — Я не могу втягивать тебя в это дело.

Экки снова наполнил свой стакан.

— Да брось ты.

— Нет... я серьезно.

— С этого момента я с тобой. Мы вывернем это дело наизнанку. Найдем Марди и отдадим Спенсера под суд. Мы выясним всю подноготную «Маккензи текстиль», и когда мы сделаем все это, то напишем сенсационную статью об этом расследовании и найдем того, кто ее напечатает.

— Ты это серьезно? — спросил я.

— Да, я в этом замешан, и ты не сможешь отделаться от меня.

Я был рад, что Экки со мной. Он был крепким орешком — когда начинаются неприятности, с таким человеком чувствуешь себя уверенней.

— Сначала мы должны избавиться от этой дамы. Надо все сделать быстро. Это лишит их возможности повесить убийство на тебя.

— Как, черт возьми, мы это сделаем?

Экки почесал в затылке.

— Мы отвезем ее на моей машине и бросим где-нибудь.

— Было бы лучше отвезти ее к ней домой и оставить там. При такой профессии ее мог прикончить кто угодно.

Экки кивнул:

— Так и сделаем.

— Мы не можем везти ее в таком виде. Надо ее одеть.

— Какого черта они ее раздели... Непонятно.

— Давай включим логику. Ее одежда должна быть где-то поблизости, иначе это аргумент в пользу ответчика.

Я открыл шкаф и заглянул внутрь. Там висели шляпы Марди и большая черная шляпа Блонди. Я достал ее. В тот момент я не хотел думать о Марди, но вид этих шляп подействовал на меня нелучшим образом.

Одежду Блонди мы нашли — она аккуратно лежала за занавесками на подоконнике.

— Эти дамы ведь не носят много одежды? — поинтересовался Экки, разворошив кучку тряпок.

Я взял платье и осмотрел его. Оно было окровавлено спереди, и в ткани осталась дырка от пули.

— Они раздели ее после того, как убили. Только какого черта они это сделали?

— Может, собирались забрать эту одежду и забыли.

Я снял простыню:

— Скоро она совсем окоченеет.

Экки потер нос:

— Мне не очень-то хочется одевать эту куклу. Может, выпьем?

Мы выпили.

Я надел ей чулки. Получилось это у меня не слишком здорово. Я чувствовал, как ее тело холодеет.

— Можем не успеть, — сказал я.

Экки боролся с ее туфлями.

— На что только не идут эти женщины ради туфель маленького размера, — заметил он.

Наконец он их надел, и мы оба сделали передышку.

— Думаю, обойдемся без нижнего белья, — сказал я, вытирая лицо рукавом.

Это шокировало Экки.

— Она должна быть прилично одетой. В таком виде она не вышла бы.

Я бросил ему на колени трусики и комбинацию.

— Давай ты, а то меня выворачивает.

Экки просунул ее ноги в трусики.

— Если вы привстанете, мадам, — сказал он Блонди, — это нам очень поможет.

Я снова хлебнул виски. Был уже хорош.

— Ради бога, — произнес я.

Экки обернулся:

— Слушай, задница, может, ты мне поможешь покончить с этим тонким делом? Я должен надеть на нее трусы, согласен?

Я подошел и взялся за спинку кровати:

— Мне не раз приходилось делать грязную работу, но эта меня убивает.

Экки оставил Блонди в покое и пошел выпить.

— Ты прав, приятель, — сказал он, сделав изрядный глоток. — Но взгляни на это по-другому. Как на акт соблюдения приличий...

Экки тоже уже порядком набрался.

— Тогда вперед. Давай ее оденем.

Я подхватил Блонди и поставил ее у стены. Прижал одной ногой носки ее туфель, чтобы она не соскользнула на пол, и взял ее под мышки. Ее глаза смотрели на меня, отчего меня стало трясти.

Экки натянул ей трусики. Он вспотел, но держался молодцом. Мы усадили ее на кровать и надели через голову комбинацию, а когда подняли ее, чтобы расправить сей предмет нижней одежды, она выскользнула у меня из рук и с грохотом упала на пол.

Экки снял шляпу с головы и принялся обмахиваться ею.

— Ты сделал это не нарочно? — спросил он, с подозрением глядя на меня.

Я наклонился над Блонди и снова уложил ее на кровать. Мне было дурно.

— Давай... давай... — сказал я. — Помоги мне, надень ей платье, ради бога.

Наконец платье было надето. Хуже этого занятия трудно было что-либо придумать. Ни мне, ни Экки не хотелось возиться с липким от крови нарядом, и, прежде чем мы закончили, Блонди пережила еще несколько падений.

— Не будешь возражать, если я наведаюсь в твою ванную? Что-то мне не очень... — неожиданно спросил Экки.

— Лучше еще выпей, — сказал я. — У тебя внутри слишком много спиртного — зачем добру пропадать.

Мы выпили еще по паре стаканчиков, но толку от них было мало. Экки взял шляпу Блонди и натянул ей на голову по самые брови, так чтобы больше не видеть ее остекленевших глаз. Он стоял и смотрел на нее сверху вниз.

— Думаю, теперь она выглядит нормально, — заключил он, почесывая голову.

— Я буду рад, когда мы вытащим ее отсюда.

Экки кивнул:

— Думаю, сейчас мы и поедем. Бьюсь об заклад: она у нас окоченеет еще до того, как мы ее довезем.

— Я не собираюсь делать ставки. И других хлопот хватает.

— Ну что ж, пошли.

Мы усадили Блонди и накинули ей на плечи короткую лисью шубку, которую нашли вместе с ее одеждой. Она хорошо скрывала пятна крови.

— Тебе придется нести ее... она слишком тяжелая для меня.

Я обнял Блонди за талию, другой рукой подхватил ее под колени и поднял с кровати. Можете не сомневаться — она действительно была тяжелой.

— Не будьте такой холодной, мадам, обнимите его за шею, — сказал Экки.

— Заткнись, или потащишь сам, — огрызнулся я.

Экки провел рукой по лицу:

— Господи, если я не буду шутить, то сойду с ума.

— Ну, сходи с ума, только помолчи.

Пока спускались, я чуть не уронил ее. Ее рука ударилась о стену и обвилась вокруг моей шеи.

— Ради бога, Мо, убери ее руку, — сказал я. У меня даже зубы застучали, так что в мозгу отдавалось.

Экки спускался следом за мной. Он прихватил с собой бутылку виски и на каждой ступеньке делал торопливый глоток. Я усадил Блонди на стул и забрал у него бутылку.

— Слушай, урод, — произнес я, не повышая голоса. — Мне нужна твоя помощь. Возьми себя в руки и помогай.

— Конечно, — отозвался он, — конечно... тебе не о чем беспокоиться.

Блонди вдруг вытянула ноги и начала сползать со стула. Мы оба стояли и смотрели на нее, не в силах пошевелиться.

— Не думаю, что эдак меня надолго хватит, — сказал Экки дрожащим голосом.

Блонди с легким стуком осела на пол, а затем плюхнулась на бок. При этом с нее свалились шляпа и одна туфля.

Экки, опустив голову, присел на ступеньках.

— Пожалуй, лучше удавиться, — заявил он.

Приводя Блонди в вертикальное положение, я обнаружил, что ее мышцы затвердели.

— Быстрее, Мо, — сказал я, — она уже окоченела.

Экки встал и протянул мне ее шляпу.

— Может быть, так с ней будет легче управиться, — с надеждой сказал он.

Я снова нахлобучил ей шляпу на голову.

— Держи ее под коленями... иначе мы никогда не посадим ее в машину.

Мы вынесли Блонди в темную ночь. Я слышал только тяжелое дыхание Экки и хруст гравия под ногами. Небо над головой казалось грозовым. Большие облака неслись мимо полной луны.

Машина была большая, шестиместная, но нам потребовалась уйма времени, чтобы усадить Блонди. Наконец мы пристроили ее в углу на заднем сиденье. В тусклом свете фонаря, установленного на крыше дома, выглядела она неплохо. Никто бы не догадался, что она мертва.

— Отличная работа, — сказал Экки.
— Посиди... мне нужно забрать ее туфлю.
— Если ты думаешь, что я останусь с ней наедине, то ты спятил, — горячо возразил он. — Или идем вместе, или хрен с ней, с этой туфлей.

Мы выключили свет в машине и вернулись в дом.
— Лучше навести здесь порядок, пока мы не уехали, — сказал я.

Так мы и сделали. Все прибрав, мы выпили еще, а затем выключили свет и вышли к машине.
— Кинем жребий, кто за рулем, — предложил я.
Выпало мне.
Экки попытался было сесть рядом со мной.
— Ты садишься сзади... иначе зачем мы бросали жребий, — сказал я. — Следи, чтобы она не падала.
— А я считал тебя своим другом, — ответил Экки. Он помялся в нерешительности снаружи, потом наконец открыл дверцу и сел сзади. — А теперь будь хорошей девочкой, — сказал он Блонди.

Я завел мотор, и мы двинулись по подъездной дорожке.
— Она сидит тихо как мышка, — спустя какое-то время доложил Экки. — Думаю, я мог бы пересесть вперед.
— Оставайся там.
— Послушай, приятель, если я должен остаться, то мне нужно выпить. Виски у тебя под рукой... дай-ка мне.

Я пошарил в бардачке приборной панели, нашел бутылку и передал ему.
— У тебя мало бензина, — заметил я, посмотрев на датчик. — Это легкомысленно с твоей стороны, Мо. Мне придется остановиться и подзаправиться.

Экки с минуту не отвечал... я догадался, что он принимает очередную дозу. Потом он сказал:

— Это твои похороны, приятель, мы с подружкой во всем полагаемся на тебя.

— Ради бога, держи себя в руках.

— На моем месте ты тоже постарался бы надраться... иначе можно рехнуться. Тебе бы понравилось сидеть рядом с трупом? Она глаз с меня не сводит. Говорю тебе, эта дамочка просто не может налюбоваться на меня. От этого мурашки по коже.

— Эй, заткнись! — прикрикнул я и сосредоточился на темной дороге.

Через некоторое время Экки начал петь. Я больше не мог этого терпеть. Я снял ногу с педали газа и нажал на тормоз.

— Послушай, — сказал я, обернувшись к нему, — почему бы тебе не помолчать?

— Ей нравится, как я пою, — возразил Экки. — Спроси ее, и сам в этом убедишься.

Я включил свет в машине. Экки сидел, скрючившись, по другую сторону от Блонди, его лицо было цвета рыбьего брюха, а глаза вылезали из орбит. Я протянул руку и забрал у него бутылку. Он не тратил времени даром. На дне оставался один глоток. Я допил виски и выбросил бутылку на обочину.

— Успокойся, — сказал я, — ради бога, успокойся.

— Да все нормально... ты давай, кати... нам здесь хорошо. Говорю тебе, что мы в порядке.

Я снова завел мотор. Бензин был на исходе, и я не мог рисковать и просить помощи на хорошо освещенной дороге. Придется заправиться на ближайшей станции.

Далеко ехать не пришлось, и я притормозил.

— Мне нужно плеснуть бензина, — сказал я. — Сиди тихо и не тявкай.

— Тявкать? Не смеши меня. Я с Блонди нем как могила.

Лучше бы Экки поменьше налегал на спиртное. В таком состоянии он мог вполне устроить нам проблемы. Меня даже пот прошиб, когда я подумал о Блонди, сидящей прямо за мной.

Я закатил большую машину на узкую автозаправку и заглушил двигатель. Появился старик с козлиной бородкой. Чтобы он не подходил слишком близко к машине, я шагнул ему навстречу.

— Десять, — коротко сказал я.

Пока он устанавливал нужные цифры на шкале, из темноты с рокотом вынырнул мотоцикл. Увидев неясные очертания ковбойской шляпы, я напрягся. Это был полицейский штата.

— Шевелись, приятель, я тороплюсь, — сказал я старику.

Полицейский слез с мотоцикла и вышел на свет. Я узнал его. Этого парня звали Фланаган. Я знал его еще в детстве. Я попытался нырнуть в тень, но он узнал меня.

— Мейсон, ты? — спросил он, пристально глядя на меня.

Я протянул ему руку.

— Ну-ну, — сказал я, обмениваясь с ним энергичным рукопожатием. — Как тесен мир!

Я был рад, что этот парень не мог прочитать мои мысли. Он был хорошим служакой и, наверно, сильно удивился.

— Что ты здесь делаешь? — поинтересовался он после того, как мы закончили хлопать друг друга по спине.

— Остановился в доме полковника Кеннеди, — ответил я. — Просто еду в город.

Он бросил взгляд на машину. В эту минуту Экки опустил стекло и высунул голову наружу.

ВОТ ВАМ ВЕНОК, ЛЕДИ

— Эй, Ник! — заорал он. — Присмотри за дамой.

Фланаган сделал шаг вперед.

— Ну, похоже, это тот самый сукин сын из «Глобуса», — сказал он.

Экки изумленно уставился на него.

— Привет, — промямлил он. — Кто ж знал, что ты тут окажешься?

— А кто эта дама? — спросил Фланаган. С дамами он всегда был джентльменом.

Экки взглянул на меня. Это немного его отрезвило.

— Можешь не волноваться о ней, — сказал он, понизив голос. — Она в стельку пьяная.

— Что значит — в стельку? Ты хочешь сказать — мертвецки пьяная?

Экки дернул головой в мою сторону.

— Ты что, ему сказал? — прохрипел он.

— Мо имеет в виду, что она в отрубе.

Наступило неловкое молчание, затем Фланаган произнес:

— Надеюсь, вы, ребята, не собираетесь заниматься чем-то нехорошим.

Экки убрал голову в машину. За его плечом виднелась большая шляпа Блонди. Я почувствовал, как по спине стекает пот.

— Ты же знаешь, как это бывает, — объяснил я. — Она не привыкла к нашей выпивке и перебрала. Везем ее домой, пусть отоспится.

Экки подвинулся к Блонди и обнял ее. Этот парень все еще был под кайфом, я думаю.

Фланаган обошел меня и заглянул в машину. Экки бросил на него быстрый взгляд через плечо и придвинулся поближе к Блонди. Он удачно заслонил ее от Фланагана и громко позвал:

— Эй, просыпайся, дорогая! Там полицейский спрашивает о твоем здоровье.

Я снял шляпу и вытер лоб.

Фланаган придвинулся ближе.

— Ты в порядке, детка? — заорал Экки.

Затем в наступившей тишине из машины раздался высокий женский голос:

— Конечно, я в порядке. Скажи офицеру, чтобы он принял слабительное.

С ужасом и восхищением я увидел, как Блонди дважды кивнула и слегка пошевелила рукой.

Фланаган удовлетворенно отступил назад.

— Думаю, эта дама не в себе, — сказал он. — Лучше отвезти ее домой.

Я сунул деньги старику и сел за руль.

— Еще увидимся, — произнес я и нажал на педаль газа.

Машина рванула от автозаправки, оставив позади Фланагана. Глядя нам вслед, он почесал в затылке.

— Зря ты намекал там, что эта дама горячая штучка, — пробормотал Экки. — Я с ней чуть до смерти не замерз.

— Ради бога, больше ни слова!

Остаток пути мы проехали в молчании. Когда добрались до квартиры Блонди, начался дождь. Большие капли размером с монету падали на мостовую. Это была единственная передышка в нашей поездке. В такой дождь улицы были пусты.

Распахнув дверцу машины, я вылез наружу:

— Подожди, пока я открою дверь.

— Конечно-конечно, а я тут с трупом посижу.

Я подошел к входной двери. В слабом свете я едва различил блеск таблички. Подумал, что Блонди она больше не понадобится. У меня было весьма смутное представление о том, как я собираюсь войти, но, когда я надавил на ручку, дверь отворилась. Я постоял в нерешительности, потом шагнул внутрь. Быстро взбежал по лестнице. В квартире Блонди никого не обнаружилось, и в комнате было темно.

Я снова спустился вниз и позвал Экки:

— Все в порядке. Вытащим ее.

На сей раз управиться с Блонди было проще, как если бы вы несли восковую куклу. Когда я подхватил ее, она была твердой, как дерево. Я вынес ее из машины. Она застыла в сидячем положении, сложив руки на коленях.

— Ты держишь ее с одной стороны, я — с другой, — сказал Экки.

Мы взяли ее под руки и вынесли на тротуар. Мне пришлось одному поднимать ее по лестнице, для нас троих там места не было. Честно признаться, я был несказанно рад, когда добрался до ее жилища.

— Посади ее в кресло, — сказал за моей спиной Экки. — Так она будет естественней выглядеть.

А затем дверь ванной быстро открылась, и в комнату вошел Кац. Увидев меня, он потянулся за пистолетом.

ГЛАВА ВОСЕМНАДЦАТАЯ

Если в маленькой комнате на вас кидается какой-то парень и собирается открыть стрельбу, остается, помимо молитвы, только одно. Надо что-то в него швырнуть, то, что окажется под рукой, причем немедленно и со всей силой.

Я же застрял в дверном проеме с Блонди, как с мраморной статуей на руках. Экки следовал за мной, но какой от него был толк, если он все еще был очень пьян, да к тому же я его загораживал.

Я сделал единственное, что можно было сделать в данной ситуации. Мне это не нравилось, но, когда приходится выбирать между хорошими манерами и пулей в живот, я не задумываюсь о правилах приличия. Я швырнул Блонди прямо в Каца.

Сами попробуйте швырнуть через всю комнату такую крупную даму, как Блонди, и посмотрите, что у вас получится. Я вложил в этот бросок все свои силы, и он получился. Она ударилась в Каца, угодив в то место, где находилось содержимое его ужина, и он свалился на кровать, как будто в него попал снаряд.

После удара Блонди отлетела к стене и оказалась на полу. Она лежала там на боку в сидячем положении, похожая на упавшую со стула восковую фигуру.

Не теряя времени, я прыгнул на Каца. Он попытался поднять ногу, чтобы пнуть меня, но было уже поздно. Его пушка выскользнула из рук и упала куда-то на пол. Я подумал, что у Экки хватит ума поднять ее.

Кац обхватил меня поперек туловища. Я удивился. Этот парень только на вид был слабаком, но на самом деле все, что нужно, было при нем. Прежде чем я успел вцепиться в него, он отшвырнул меня в сторону, и я со всего размаха обрушился на Блонди. В пылу борьбы я даже не обратил на это внимания, когда же мне удалось подняться, Кац, развернувшись, сдавил мне шею ногами. Я знал этот трюк, поэтому скинул с Каца башмак и заломил ему большой палец ноги, не дав меня придушить.

— Врежь ему! — крикнул с порога Экки. — Задай ему жару, приятель.

Мне удалось избавиться от его захвата, но я получил сильный удар ногой в лицо, когда собирался на него навалиться. Мне повезло, что нога была без ботинка, иначе у меня бы искры из глаз посыпались.

В общем, я попятился назад, и это дало Кацу возможность подняться с кровати, а затем я снова бросился на него. Вспомнив Марди, я изо всей силы пнул этого парня в самое болезненное место. С остекленевшим взглядом он плюхнулся на кровать. Я схватил его за длинные волосы и ударил в челюсть, просто для верности. Он отключился. А я стоял над ним, дуя на костяшки пальцев.

— Только-только начал получать от этого удовольствие, — сказал Экки. — Не надо было так быстро его вырубать.

Я обошел вокруг кровати и поднял Блонди. Она потеряла шляпу, но все еще выглядела такой же подозрительной и суровой, как и всегда. Я усадил ее в единственное кресло и убедился, что она не свалится с него.

Экки прислонился к дверному косяку, наблюдая за мной.

— Ну и ну! Фильм ужасов, да и только, — произнес он, кивнув на Каца, лежавшего на кровати, а затем на Блонди.

— Нужно привести этого парня в чувство. Хочу, чтобы он заговорил, — сказал я. — Помоги мне, Мо, мы сначала свяжем его, на случай, если он начнет ерепениться.

Лицо Экки просветлело.

— Собираешься хорошо его потрясти? — спросил он.

— Да, собираюсь, и никто мне не помешает.

Экки почесал в затылке:

— Ты точно нарываешься на неприятности. Этот парень — местный головорез. От него добра не жди.

Я даже не потрудился ответить. Обшарил карманы Каца. Первое, что я обнаружил, была пачка денег. Мне не нужно было пересчитывать купюры. Я знал, что это те пять штук, которые Блонди украла у меня. Я показал деньги Экки.

— Вот почему он был здесь, — сказал я. — Просто набивал карманы, урод.

— Ты их возьмешь?

Я отрицательно покачал головой:

— Ни в коем случае. Оставлю там, где нашел. Если копы уже охотятся за мной, деньги будут прекрасной уликой против меня.

— Ты очень предусмотрительный, верно?

Экки с восхищением посмотрел на меня. Он был уже почти трезв, и, полагаю, пить ему было вредно.

— Иди в ванную и принеси полотенца. Я хочу связать эту птицу.

Спустя минуту Экки вернулся с парой полотенец.

— Хорошее заведение, тебе не кажется? — сказал он.

Я хмыкнул и взял у него полотенца. Разорвав их пополам, связал Каца. Получилось надежно. Экки, опершись на спинку кровати, следил за моими действиями. Я знал, что он напуган, но он ничего не говорил, просто стоял и смотрел. И по-видимому, справедливо опасался, что мы можем угодить в довольно неприятную ситуацию.

Я отодвинулся и дважды шлепнул ладонью Каца по лицу. Тот пошевелил головой, что-то пробормотал и открыл глаза. Увидев меня, он тут же сел. Толчком в лицо я опрокинул его навзничь. При этом он чуть не укусил меня, хотя только что был в отключке.

— Приходи в себя уже, — сказал я, — хочу с тобой немного поболтать. Если ты не дурак, то все мне выложишь, но, если вздумаешь водить меня за нос, пеняй на себя.

Кац с шипением резко втянул в себя воздух. Его глаза были полузакрыты, а рот на бледном лице напоминал узкую щель.

— Зря ты это затеял, Мейсон, — произнес он. — Ты просто псих, если думаешь, что тебе это сойдет с рук.

У меня не было желания выяснять отношения с этим парнем. Я врезал ему прямо в переносицу, чтобы показать, что я не шучу.

Тонкая струйка крови вытекла у него из ноздри и потекла к уголку рта. Он высунул язык и осторожно облизал губы. Думаю, что этот парень ненавидел меня на все сто.

Я присел на край кровати, поближе к нему.

— Мне плевать, даже если придется раскромсать тебя на части, — тихо проговорил я, — но ты мне все скажешь. Где моя жена? Где Марди Джексон?

Он этого не знал. Холод разочарования сковал меня, когда я увидел выражение его глаз. Он ничего не сказал, но я видел, что он не блефует. Он не ожидал такого вопроса, это я сразу понял.

— Ладно, — сказал я, — попробую еще. Что стоит за деятельностью «Маккензи»?

На этот раз он отвел глаза.

— Иди к черту, — ответил он. — Ты не вытянешь из меня ни слова.

— Сядь ему на ноги, — сказал я Экки.

Экки обошел вокруг кровати с таким видом, будто я попросил его сесть на гремучую змею. На Каца он не смотрел, однако капитально пригвоздил его к месту. Я сорвал с Каца носок.

— Когда будешь готов говорить, просто дай мне знать, — сказал я, — я не спешу.

Я достал из портсигара сигарету и закурил. Затем вынул ее изо рта и провел горящим концом по ступне Каца. Если бы Экки не сидел на нем, я думаю, что этот парень подскочил бы до потолка. Думаю, все эти крутые парни одинаковые. Он просто скрючился — пот выступил у него на лице.

— Ладно... ладно... я все скажу, — прохрипел он.

— И где тут гремучая змея? — сказал я Экки. — Он просто жалкий трус.

Экки встал.

— Ах ты, сопляк, — усмехнулся он, — мы еще даже не начали тебя трясти.

— Оставь его в покое, Мо. Не надо так грубо с этим парнем, а то он не выдержит и заплачет.

Кац лежал на кровати и смотрел на нас.

Я бросил сигарету в камин.

— Ну же, — сказал я, — что скрывается за деятельностью «Маккензи»?

Еще какое-то время он кочевряжился, но в конце концов заговорил. Схема была простой, стоило только получить к ней ключ.

Корпорация «Маккензи текстиль» представляла собой огромный расчетный центр для краденых товаров. Дело обстояло так: при большом импорте из Китая и Англии одежды и шелка в тюках перевозились контрабандой всевозможные краденые вещи. Точно так же предметы, украденные в Америке, могли быть отправлены в различные континентальные агентства, представляющие «Маккензи текстиль» за рубежом.

Спенсер был большой шишкой. В его обязанности входило покупать или продавать все, что попадало в руки к нему от различных банд, действовавших по всем штатам. Поскольку большинство высокопоставленных чиновников гребли дивиденды, к этому было не подкопаться.

Я понимал, что, как только Кац освободится, он не остановится ни перед чем, чтобы прикончить нас обоих. Теперь мы знали слишком много, чтобы чувствовать себя в безопасности. Оставался только один выход — упечь Каца за решетку, пока я не разберусь со всем этим.

Я понимал, что не смогу хладнокровно избавиться от него, но в данный момент иного варианта я не видел. Экки наблюдал за мной и догадывался, о чем я думаю.

— Предоставь это мне, — сказал он, — я думаю, что будет легко задержать его на двадцать четыре часа.

Я пристально посмотрел на него.

— Двадцать четыре часа — это не так уж много, — возразил я. — Нам понадобится гораздо больше времени.

Экки пожал плечами.

— Думаю, более чем на сутки нам его не задержать, — сказал он. — Мы сами должны пошевеливаться.

Чем дольше мы спорили об этом, тем больше времени тратили впустую, поэтому я в конце концов уступил.

— Мы доставим Каца в полицейский участок — там эту птицу повяжут. Я могу отвалить сержанту немного баксов. Сержант мой приятель и на какое-то время попридержит этого молодчика.

Я встал:

— О'кей... пошли.

Кац не собирался сопротивляться. Он спустился с нами по лестнице, все еще со связанными за спиной руками. Экки шел первым, за ним Кац, а следом я. Прежде чем покинуть комнату, я убедился, что мы не оставили никаких улик, которые могли бы связать нас со смертью Блонди, затем, бросив последний взгляд на неподвижную фигуру в кресле, я выключил свет.

Когда мы подошли к входной двери, я ткнул ему в спину пистолетом.

— Только без шума, братец, — предупредил я. — Нам нечего терять, и я не против, если у меня будет повод всадить в тебя пулю.

Он проковылял по тротуару и залез в машину. Я устроился рядом с ним, а Экки сел за руль.

— Там не осталось выпивки? — спросил я. — Промочить горло не помешало бы.

Экки пошарил вокруг и покачал головой.

— Ничего нет, — уныло сказал он. — Разве это не ад?

— Ну, поехали... чем скорее мы избавимся от этой пташки, тем лучше.

По дороге в участок я был занят своими мыслями. Первое, что я должен был сделать, это отыскать Марди. И до тех пор все остальное не имело значения. Далее мне нужно было найти достаточно улик, чтобы Спенсера арестовали. И у меня на это лишь двадцать четыре часа. Задача непростая, но я полагал, что должен справиться.

Если Марди похитил не Спенсер, то кто? Возможно, я ошибаюсь, думая, что Спенсер тут ни при чем, но Кац ничего не знал об этом, а Кац был правой рукой Спенсера. Может быть, тут замешаны толстяк и Гас? Но тогда Кац все равно знал бы об этом. А Кац ничего не знал — в этом я был абсолютно уверен.

И вдруг я вспомнил. Я увидел перед собой испуганное лицо Марди и вспомнил, как она сказала: «Ты не знаешь Сару Спенсер. Мне страшно. Она опасна. Она ни перед чем не остановится».

Сара Спенсер! Я даже привстал. Не в ней ли все дело? Неужели это она лишила меня Марди? Чем больше я думал об этом, тем вероятней казалось такое предположение. К тому времени, как мы добрались до участка, меня уже лихорадило от желания немедленно найти эту даму.

Экки подъехал к заднему входу и вышел.

— Ты останешься здесь, — распорядился он. — Я хочу посмотреть, все ли там чисто.

Я посмотрел на Каца и ткнул его пистолетом в ребра.

— Скоро ты хорошенько отдохнешь, — сказал я, — и надеюсь, тебе будет о чем подумать.

Не глядя на меня, он произнес:

— Теперь тебе недолго осталось, Мейсон. Если ты думаешь, что сможешь прикрыть «Маккензи», то ты псих. Всего ничего — и ты превратишься в труп.

Словно свалив таким образом груз с плеч, он рассмеялся. О да, как только этот парень понял, что мы его не прикончим, к нему вернулось самообладание. Его смех мне тоже не понравился.

Экки вышел и мотнул головой.

— Хорошо, что заглянул, — сказал он, понизив голос. — Там был Лазар. Самый умный адвокат по уголовке в городе. Если бы он взялся за этого парня, то освободил бы его так быстро, как тебе и не снилось.

Я с беспокойством посмотрел на Каца. Многое зависело от того, удастся ли нам изолировать его.

— А где сейчас этот Лазар? — спросил я.

— Как раз должен выйти. Подождем, когда он умотает, а потом зайдем.

Пока Экки говорил это, я увидел фигуру, выходящую из задней двери. Невысокий, толстый человек в большой, размером с ведро, шляпе. Кац тоже увидел его и испустил адский вопль.

Я развернулся и изо всех сил ударил его по лицу. Видимо, Кац ожидал этого, потому что он пригнулся и мой кулак врезался в его твердокаменный лоб. Мне показалось, что я ударил в кирпичную стену, и вспышка раскаленной боли пронзила мою руку. Сила удара ошеломила Каца, и он безвольно откинулся на подушку заднего сиденья.

— Сейчас подойдет, — тихо сказал Экки.

Лазар услышал пронзительный крик и остановился, навострив уши; затем осторожно двинулся к нам. Экки сделал пару шагов навстречу, чтобы перехватить его.

— Что здесь происходит? — спросил Лазар. У него был типично еврейский вкрадчивый голос.

Экки встал у него на пути.

— Ничего такого, что могло бы тебя заинтересовать, — отрезал он. — Иди своей дорогой, братец. Не люблю, когда мне задают вопросы.

Лазар пристально посмотрел на него.

— Эй, Экки, — сказал он, — какого черта ты здесь делаешь?

— Убирайся, братец, — сдержанно ответил Экки. — Ты мне мешаешь.

У этого Лазара с мозгами было все в порядке.

— Если ты удерживаешь кого-то против его воли, то это сфера моих интересов.

Кац уже приходил в себя.

— Еще раз тявкнешь, — прошептал я ему, — и я воткну этот пистолет тебе в глотку.

Тем временем Лазар пытался обойти Экки. Они выглядели так, словно в замедленном темпе исполняли африканский танец. Экки вдруг пришел в ярость.

— Проваливай наконец! — сказал он. — Или я тебя взгрею.

Угроза в его голосе заставила Лазара резко остановиться. Он быстро сделал два шага назад.

— Наверное, ты пьян, — заметил он. — Поосторожней, иначе тебя ждут большие неприятности.

Он постоял в нерешительности, потом повернулся и пошел прочь.

Мы молча смотрели ему вслед, потом я немного расслабился и вытер руки о полы своего пальто.

— Мне это не нравится, Мо, — сказал я.

Экки тихо ругнулся.

— Придется за ним последить. Я пойду и договорюсь с сержантом. Ты жди здесь.

Ждать пришлось недолго. Экки вернулся и сказал, жестко усмехнувшись:

— Все в порядке. Пошли.

Мы вытащили Каца из машины и отвели его в участок. Пока мы не закрыли за ним входную дверь, я нервничал, но и потом меня не оставляла мысль, что лучше было бы отвезти его в другой полицейский участок, на Риверсайд.

Из соседней комнаты вышел дежурный сержант и кивнул мне. Это был большой краснолицый ирландец с холодным, жестким взглядом.

— Спрячь эту птицу подальше, — сказал Экки. — Лазар может вернуться.

Сержант посмотрел на Каца.

— Я всегда хотел добраться до тебя, — произнес он. — Давайте его сюда.

Он пинком распахнул еще одну дверь, ведущую в длинный коридор.

Кац вдруг согнулся пополам, резко повернулся и бросился к входной двери. Я был готов к этому, но не ожидал от него такой прыти. Он чуть не удрал, и только на пороге мне удалось в броске схватить его за колени. С грохотом мы оба упали.

Подоспел сержант, и вместе мы затащили Каца обратно в участок. Кац сопротивлялся как сумасшедший и визжал.

Я выбрал удачный момент и ударил его в челюсть. Он обмяк. Сержант поволок его по коридору, вниз по каменным ступеням и втащил в большую пустую комнату.

Спустя одну-две минуты с озабоченным видом вошел Экки.

— Лазар все это видел, — сказал он. — Я заметил его на той стороне улицы.

Сержант был в ярости. Он схватил Каца и стал трясти его из стороны в сторону. Затем бросил его на пол, как мешок с углем.

— Лазар вытащит его, если ты дашь ему хоть малейший шанс, — сказал сержанту Экки.

Сержант покачал головой.

— Этот парень останется здесь на сутки, — ответил он. — Сюда никто не спускается. Ключ у меня, и эта крыса может визжать хоть до утра... никто не услышит...

Кац, лежащий на полу, очнулся и сел.

— Лучше не мели чушь и выпусти меня отсюда, иначе как следует схлопочешь. Тебе это совсем не понравится.

Мне показалось, что сержант вот-вот лопнет от бешенства. Его красное лицо потемнело, а огромные ручищи сжались в кулаки размером с футбольный мяч. Он рывком поднял Каца с пола. Правый кулак со свистом взмыл от колена сержанта и ударил Каца в челюсть. В момент удара сержант выпустил Каца, и тот, пролетев через всю комнату, ударился о стену, после чего боком сполз на пол.

— Ну, оставляем тебе его для потехи, — сказал я. — Мы придем завтра вечером, чтобы предъявить ему обвинение.

Сержант даже не слышал меня — выставив перед собой кулаки, он медленно надвигался на Каца с грозным рокотанием.

Мы с Экки вышли из комнаты, захлопнув за собой дверь под испуганный вопль, вдруг вырвавшийся из глотки Каца.

ГЛАВА ДЕВЯТНАДЦАТАЯ

— Это начало, Ник, — сказал Экки. — Теперь надо двигаться вперед.

— Думаешь, Лазар попытается его вытащить?

— Полагаю, он встретится со Спенсером. Если этот парень за что-то возьмется, то двумя руками.

Я подошел к машине.

— Послушай, Мо, мы должны побыстрее покончить с этим делом, пока они не вытащили Каца. Ты пойдешь в ФБР и расскажешь им все. Пусть сержант сегодня же передаст им Каца. Как только Кац окажется у федералов, Лазар ничего не добьется.

Экки сдвинул шляпу на затылок.

— А что ты собираешься делать?

— Искать Марди, — мрачно произнес я.

— Да, но где? Нет смысла бегать по кругу. У тебя должен быть какой-то план.

— У меня не было времени поговорить с тобой о Саре Спенсер, — сказал я. — Пока это только мои догадки, но думаю, что я прав. Это она упрятала Марди.

Я сообщил Экки все, что знал об этом. И то, что рассказала мне Марди, и то, как мы выяснили мотивы Сары в деле Весси, и почему я считал, что это она похитила Марди.

— Она на грани отчаяния, — сказал я. — Держу пари, она рассчитывает, что я не брошу это дело, если Марди исчезнет. Она права, но у нее больше не получится сидеть в сторонке и ждать развязки. Я собираюсь ее побеспокоить и создать ей кое-какие проблемы.

Экки слушал меня, открыв рот. Когда я закончил, он покачал головой.

— Нет, это не катит, — сказал он. — Сара Спенсер не тот человек, чтобы справиться с таким делом. Я видел ее, а ты нет. Она просто сногсшибательная блондинка с мозгами курицы и нравом уличной кошки. Кроме того, она без ума от Спенсера. Я не могу поверить в эту историю.

Я пожал плечами.

— Ты не все знаешь, Мо, — ответил я. — В любом случае я собираюсь взглянуть на эту дамочку — может, что-нибудь да выясню.

Экки поморщился, но промолчал. Его вид говорил, что я забрел не туда, куда нужно, но я сказал себе, что должен с чего-то начать. Если Сара Спенсер была той женщиной, которая звонила мне, ей придется как-то убедить меня, что она не имеет никакого отношения к похищению Марди. Я слегка подтолкнул Экки.

— Ты должен идти, — сказал я, — и сделать так, чтобы его задержали...

Экки по-прежнему не двигался.

— И что именно я должен сказать федералам?

— Расскажи им все, что мы узнали от Каца. Этого достаточно. Не впутывай в это Блонди и не упоминай Марди. Это все, что от тебя требуется.

Экки кивнул:

— О тебе мне тоже не упоминать?

Я задумался.

— Да, ты прав. Сделаем так, будто я тут ни при чем. Может, мне захочется покататься по окрестностям, а если придется сидеть перед копами и отвечать на кучу вопросов, то далеко не уедешь.

— Садись в машину, — сказал Экки, отходя в сторону, — а я возьму такси. Расслабься, приятель. Не начинай ничего, что не можешь закончить. С этой бандой шутки плохи.

Я слегка подтолкнула его:

— Не беспокойся обо мне, я буду осторожен. Когда развяжешься с копами, возвращайся в пресс-центр, я позвоню туда.

Я сел в машину и завел мотор. Экки остался стоять на углу улицы. Когда я пронесся мимо, он махнул мне рукой. Тогда я не знал еще, что не увижу его в течение нескольких недель.

У Спенсера был шикарный дом на Парксайд. Мне не потребовалось много времени, чтобы добраться туда. Я остановился на противоположной стороне улицы и заглушил двигатель. Дом, расположенный на участке примерно в два акра, был едва виден за деревьями и кустарником.

Я вышел из машины, пересек улицу и посмотрел на большие ворота. Идти по дорожке и звонить в колокольчик я не собирался. Сзади раздался слабый гудок, будто кто-то осторожно посигналил мне из машины. Я быстро оглянулся, рука потянулась к заднему карману брюк, где лежал пистолет Каца. В темноте я мог только разглядеть, что в машине Экки кто-то сидит.

Вытащив пистолет и держа его наготове, я снова пересек улицу. Я двигался на негнущихся ногах, ожидая скорее порции свинца, чем чего-то другого. Когда я подошел ближе, кто-то тихо позвал меня:

— Ник... все в порядке... Ник... Это я.

Это действительно была она. В машине, сжавшись, сидела Марди и испуганно смотрела на меня в открытое окошко.

Я остановился, взявшись за дверцу машины. Я просто не верил своим глазам.

— Марди... — сказал я.

— Да, пожалуйста, садись. Нам нужно уехать отсюда. Ник, садись же.

Настойчивость в ее голосе побудила меня к действию — я открыл дверцу машины и сел за руль. Обнял ее и почувствовал, как она дрожит.

— Но, милая, что случилось? Что ты здесь делаешь? — спросил я, прижимая ее к себе.

Меня поразило, с какой силой она вдруг отстранилась от меня.

— Ник, не разговаривай. Забери меня отсюда... — В ее голосе прозвучали истерические нотки.

Я наклонился вперед, завел мотор, и мы поехали. Я двигался не очень быстро, но хода не сбавлял.

— Куда мы поедем, милая? — спросил я. — Просто успокойся, я отвезу тебя, куда ты захочешь.

— Я так боюсь, Ник, — сказала она, — мы должны уехать отсюда. Не говори ничего, но увези меня — куда угодно, только увези.

Я нажал на педаль газа, и машина набрала скорость. Бесполезно было задавать Марди вопросы, пока она в таком состоянии. Должно быть, случилось что-то очень плохое, раз она так напугана. Мы выехали из города. Я все время задавался вопросом, что все это значит. Рядом сидела дрожащая Марди, но я не смотрел на нее. Решил, что лучше всего дать ей успокоиться, прежде чем что-то спрашивать.

Только когда я отъехал на несколько миль от города и машина помчалась по пустынной дороге, Марди стала приходить в себя. Я почувствовал, как напряжение покидает ее и дрожь постепенно прекратилась. Я протянул руку и нашел ее ладонь. Ладонь была как ледышка, но Марди крепко сжала мою руку в ответ, и я понял, что между нами все в порядке.

— Давай остановимся и немного поговорим, милая. Мы не можем всю ночь так ехать.

— Не останавливайся, Ник, — попросила она, — мы должны ехать дальше. Пожалуйста...

Она прижалась ко мне, и я обнял ее.

— Едем дальше, раз ты так хочешь, — сказал я.

И мы поехали дальше. Через некоторое время Марди заснула. Я чувствовал ее легкое дыхание на своей руке. Убедившись, что она крепко спит, я сбавил скорость. Я не знал, куда мы направляемся, и не хотел застрять где-нибудь без бензина. Пока мне его вполне хватало, но я решил поговорить с Марди, прежде чем двигаться дальше.

Примерно двести миль дорога шла через пустыню до небольшого городка под названием Платтсвилл, а затем тянулась вдоль тихоокеанского побережья. Обыкновенная дорога, прямая, плоская и однообразная, связывающая маленькие провинциальные городки, как нитка бусины.

Я посмотрел на циферблат. Было чуть больше двух часов ночи. Я рассчитывал, что где-то через час доберусь до Платтсвилла и дальше уже не поеду. Сначала нужно выяснить, что случилось с Марди.

Я погнал машину быстрее. В это время в пустыне начинает задувать ветер, становится холодно. Мне очень захотелось спать.

Предположение, что до городка около часа езды, в общем оказалось верным. Стрелки часов на приборной панели показывали три пятнадцать, когда впереди показались уличные фонари Платтсвилла. Я выжал сцепление и остановил машину на обочине. Легкий толчок разбудил Марди, и она резко выпрямилась на сиденье.

— Все в порядке, милая, — поспешно сказал я. — Мы приехали в город. Я подумал, может, ты мне что-то объяснишь, прежде чем мы двинемся дальше.

Она выглянула в окно, потом повернулась ко мне и положила руки мне на плечи.

— О Ник, как хорошо, что ты здесь, — проговорила она. Ее голос был совершенно спокойным, и я понял, что она снова обрела самообладание.

Я закурил и дал ей сигарету.

— Мы проделали долгий путь, — сказал я. — Так что тебе больше не нужно бояться.

Она покачала головой:

— Да, я пришла в себя. Мне было так страшно, Ник. Я хотела уехать оттуда. Я не хочу возвращаться. Обещай мне, что ты больше туда не вернешься.

Я похлопал ее по руке:

— Теперь все в порядке. Мы вывели их на чистую воду. Можешь больше не забивать себе этим голову. Мы передали это дело в ФБР, пусть там разбираются...

Она схватила меня за руку.

— Это дело? — Ее голос снова задрожал. — Тебе обязательно участвовать в нем?

— Теперь можешь не волноваться, — сказал я. — Я вышел из игры. Этим занимается Экки. Мы с тобой в этом не участвуем.

Она глубоко вздохнула:

— Понятно.

— Я должен знать, что случилось в загородном доме.

Она повернула голову и посмотрела на меня:

— Случилось? Что ты имеешь в виду? В каком смысле «случилось»?

Я поерзал на водительском кресле.

— Где ты была? Я вернулся в дом, а тебя там не оказалось.

Она вздрогнула:

— Ну, я испугалась и убежала.

— Что тебя напугало, милая? Куда ты делась?

— Я не хочу говорить об этом, Ник.

Я обнял ее и повернул лицом к себе.

— Прости, милая, но это серьезно, — сказал я. — Когда я вернулся в дом, то обнаружил, что тебя там нет, а Блонди мертва.

Я почувствовал, как напряглось ее тело.

— Мертва? Ты хочешь сказать, что кто-то убил ее?

— Да... кто-то убил ее.

Марди тихо заплакала:

— О Ник, она пришла предупредить меня. Она сказала мне, что они придут за мной. Я была так напугана, что выбежала из дома в лес и оставила ее там, внутри. Кац сообщил ей, что Спенсер хочет убрать нас с дороги, поскольку мы слишком много знаем, и Кац был на пути к дому.

— Но Спенсер не знал, что мы в этом доме.

Она опустила голову:

— Он все знает, говорю тебе, он все знает.

Я притянул ее к себе.

— Ну, теперь ему от этого будет мало пользы, — сказал я. — Когда федералы сядут ему на хвост, этому парню придется несладко. Послушай, милая, давай остановимся в этом городе, пока банду не накроют, потом мы сможем вернуться и начать все с начала.

Она покачала головой:

— Не знаю, пока не знаю. Расскажи мне об этой женщине... что случилось, Ник? Ты сообщил в полицию?

Я видел, что она не успокоится, пока я не расскажу ей всю историю. Поэтому, не вдаваясь в шокирующие подробности, я рассказал ей, как вернулся в дом полковника, как думал, что это она, Марди, лежит мертвая на кровати, как я обнаружил Блонди, и все остальное. Она сидела, пряча от меня лицо, и тихо плакала.

— Вот как оно было, родная, — сказал я. — Тебе не из-за чего плакать. Может, она действительно приходила затем, чтобы предупредить тебя, но, по-видимому, у нее были на то свои причины. Блонди была дрянной девчонкой, тебе нет нужды ее оплакивать.

Марди поднесла платок к носу и посмотрела на меня мокрыми от слез глазами.

— Что заставило ее вот так прийти, Ник? — спросила она. — Почему она должна была рисковать жизнью ради меня?

Я наклонился вперед и завел мотор.

— Понятия не имею, — сказал я. — Никогда бы не подумал, что она способна на такое.

Когда машина тронулась с места, другая мысль поразила меня.

— Как ты узнала, что я поеду к Саре Спенсер?

— Я этого не знала. Но я не представляла себе, где еще тебя искать. Я подумала, если ты вернешься в дом и обнаружишь, что меня нет, то явишься к ней.

— Это очень умно с твоей стороны, детка, — восхищенно сказал я. — Очень умно.

После этого мы ехали молча. Я видел, что Марди все еще напряжена. Понятно, что известие о смерти Блонди сильно потрясло ее. Я был рад, когда мы добрались до центра Platтсвилла и нашли захолустный отель, в котором можно было остановиться.

Парень за стойкой регистрации был сильно удивлен, когда мы явились, но номер мы получили, а я и выпивку. Когда мы остались одни, я как следует приложился к бутылке. А Марди опустилась на большую старомодную кровать, ее голова клонилась от усталости.

— Ложись и поспи, — сказал я. — Мне нужно позвонить Экки, а потом я вернусь к тебе. Давай, милая, я помогу тебе.

Она подняла голову:

— Все в порядке, Ник, иди и звони — я сама справлюсь. Чем быстрее пойдешь, тем скорее вернешься.

Она была права. Я пошел вниз и связался по телефону с Экки. Парень был полон эмоций. Он даже не дал мне возможности сказать, где я нахожусь, и я с головой погрузился в его новости.

— Вот это да! Ты ничего подобного не видел со времен пожара в Сан-Франциско! — заорал он. — Запоминай с лету. Крышку сорвало — под ней адский ад. Я явился в Бюро и задал им работенку. Сначала они думали, что я поддавши, но, зная меня, в конце концов решили пошевелиться, поэтому мы все тишком отправились проведать Каца в камере. Ну и дела! Сержант, конечно же, перестарался с этим Кацем. Тот был в неадеквате. Он как открыл рот, так и не закрывал больше. Этот парень так быстро стал выкладывать всю подноготную, что мы не поспевали за ним. Потом они вывели его на улицу. Наверное, никто, кроме меня, не подумал, что там может случиться, но я решил подстраховаться. Я просидел в участке, пока все не кончилось. Мне нужна была история, и, ей-богу, я ее получил. Только федералы с Кацем оказались на улице, как двое парней открыли по ним огонь из «томпсонов». Кац схлопотал целую обойму свинца и отдал концы, досталось и одному из федералов, затем двое других стали стрелять в ответ, и началась грандиозная уличная бойня, а ваш покорный слуга вроде как вел репортаж с места событий, выдавая по телефону новости в пресс-центр. Говорю тебе, это были незабываемые пять минут, — продолжал Экки. — Так или иначе, это сработало. Федералы так разозлились, что одновременно устроили обыски в доме Спенсера, в «Маккензи текстиль» и в доме на причале Венсди. Это был грандиозный шмон. Они взяли всех: Спенсера, Гаса, толстяка и всю кучу головорезов. У них достаточно улик, чтобы засадить эту банду на пятьдесят лет, а у меня есть история. Через пару часов ее будут продавать на всех углах.

— Отличная работа, — сказал я. — Ты меня не засветил?

— Ну, ты вообще не при делах... как ты и просил. Слушай, брат, я был очень рад, что Кац получил свое, иначе он бы повесил убийство Блонди на тебя. Я до смерти боялся, что он сразу же заговорит об этом, но, возможно, из-за собственных проблем у него мозги отшибло.

Стоя с телефонной трубкой в руке, я почувствовал, как у меня мороз по коже пошел. Я и забыл о том, что Кац мог бы устроить мне веселую жизнь. Хорошо, что его убрали, мне этот парень был нисколько не нужен.

— О'кей, Мо, — сказал я, — я иду спать. Слушай, я нашел Марди, и мы пока побудем в тени. Я буду просматривать газеты. Когда суд закончится, мы вернемся. Я не хочу, чтобы мою малышку втягивали в это дело.

— Да, лучше держаться от этого подальше, — согласился Экки. — Передай ей от меня привет и позаботься о ней, бродяга. Она замечательная девушка.

— Это ты мне говоришь? Пока, приятель, будь осторожен. — И я повесил трубку.

Потом бегом поднялся в номер. Марди сидела на кровати и ждала меня. По напряженному выражению ее лица я понял: что-то не так. Но решил не реагировать на это и стал раздеваться.

— Я разговаривал с Экки, — сообщил я, снимая рубашку. — Он там сам не свой от возбуждения. Контору прикрыли, и Спенсер в тюрьме. Все в тюрьме, и нам с тобой больше нечего опасаться.

— Ли Кертис в тюрьме? — спросила она.

Я остановился с брюками в руке и уставился на нее.

— Ли Кертис? Какое тебе дело до него? Экки сказал, что все они в тюрьме.

— Но он сказал, что и Ли Кертис в тюрьме? — Ее голос прозвучал почти жестко.

Я подошел и сел на кровать.

— Почему ты спрашиваешь именно о нем... а не о других?

Она как-то странно посмотрела на меня и покачала головой.

— Я просто хотела узнать.

За этим что-то скрывалось, но мне не хотелось давить на нее.

— Экки не упоминал о Кертисе, но о нем наверняка тоже позаботятся.

— А, — сказала она ровным голосом и внимательно посмотрела на свои ногти.

Я сидел на кровати в нижнем белье, чувствуя себя совершенно разбитым, но понимая, что я не засну, пока все не выясню.

— Расскажи мне все, милая, — тихо попросил я.

Она посмотрела на меня своими большими испуганными глазами.

— Ник, ты меня любишь? — спросила она. — Ты действительно любишь меня? Не только вчера и сегодня, но будешь любить и завтра, и всегда?

Я накрыл ее руку своей.

— Ты для меня все, Марди, — искренне сказал я.

— Ты сделаешь для меня что-то очень важное, то, о чем я тебя попрошу? В доказательство любви ко мне?

Я кивнул:

— Конечно сделаю.

— Я хочу, чтобы мы с тобой уехали. И никогда не возвращались бы в этот штат. Уехали бы далеко на юг и начали бы все с начала — ты сделаешь это?

— Ты имеешь в виду — чтобы никогда не возвращаться? — спросил я.

— Да.

— Но, Марди, мы должны зарабатывать на жизнь. Здесь все мои связи. Я долго живу здесь. Меня здесь знают. Мы уедем подальше, пока не закончится суд, но я должен зарабатывать, а моя работа здесь.

Она покачала головой:

— Деньги не имеют значения. У меня есть все, что нам нужно. — Она вытащила из-под одеяла длинный конверт и вложила мне в руку. — Посмотри, это тебе.

Я тупо вскрыл конверт и вытряхнул пачку облигаций на предъявителя. Их было на двадцать тысяч долларов. Я отодвинул от себя облигации и ошарашенно взглянул на нее.

— Они мои, — горячо сказала она. — Это для нас с тобой.

— Марди, это очень большие деньги. Откуда они у тебя?

— Из «Маккензи текстиль», — ответила она. — Я копила и получала полезную информацию. Спенсер подсказывал, куда делать вклады.

— Понятно.

Она начала плакать.

— Скажи, что возьмешь деньги и уедешь со мной, Ник, пожалуйста...

Я сел на постель рядом с ней и засунул конверт ей под подушку.

— Давай отложим это на завтра? Завтра решим все на свежую голову.

Я почувствовал, как она напряглась.

— Нет, — сказала она, — надо решить сейчас. Я не смогу уснуть. Я должна знать. Это очень важно для меня.

— Но почему, Марди? Почему ты хочешь спрятаться?

— Ник, ты потеряешь меня, если вернешься, — произнесла она, вдруг разрыдавшись. — Я не могу объяснить тебе почему, но чувствую, что именно так и будет. Ты должен сказать сейчас.

И поскольку ничто не имело для меня значения, кроме ее счастья, и поскольку я знал, что она любит меня так же сильно, как я ее, — я пообещал.

— Ты действительно согласен?

— Да, — сказал я. — Мы возьмем машину и поедем на побережье. Снимем маленький домик с садом где-нибудь у моря и будем там жить — только ты и я.

— И ты будешь счастлив?

— Конечно, я буду счастлив. Я найду, чем заняться.

Лежа в темноте, я вдруг понял, что все прекрасно. У нас были деньги, мы собирались ехать на юг, к солнцу, и мы принадлежали друг другу.

ГЛАВА ДВАДЦАТАЯ

Мы нашли дом в нескольких милях от Санта-Моники. Это было небольшое, но симпатичное местечко — из тех, где кинозвезды проводят уик-энд. Как только мы увидели этот дом, то сразу запали на него. Сад спускался к морю, и если вы хотели искупаться, то просто открывали калитку в стене и выходили на горячий желтый песок. Море было рядом.

В доме было две спальни и большая гостиная, с окнами на веранду, которая окружала все здание. Сад был достаточно большим, чтобы отгородить дом от дороги. Плата оказалась высокой, но мы не думали об этом дважды — и обосновались там.

Может, мне надо было переживать из-за того, что мы живем на деньги Марди, но я не переживал. Если бы деньги были моими, я бы захотел поделиться ими с Марди. Ну а раз деньги были ее, я не собирался все усложнять, отказываясь пользоваться ими заодно с ней.

Мы с удовольствием привели этот дом в порядок. Нам потребовалась неделя, чтобы со всем управиться, и мы сделали всю работу сами, даже починили ковровые покрытия.

Море пошло Марди на пользу. Уже через неделю исчез ее измученный, напряженный взгляд, который начал было меня беспокоить. Она хорошо загорела и посвежела на солнце и морском воздухе. Она была счастлива, как и я. Думаю, что большего счастья я никогда не испытывал.

Каждое утро мы купались в море. Это было великолепно — плавать в глубокой синей воде, и никто за нами не следил — только мы вдвоем, в накатывающих морских волнах. У Марди был белый купальник, который делал ее фигуру еще более привлекательной, а это что-то да значило. Она никогда не закрывала голову от солнца, и мы без забот наслаждались друг другом.

Через пару недель после того, как мы все наладили, Марди сказала мне:

— Ник, ты должен начать работать.

Я только что вышел из моря и лениво лежал на песке, не имея желания даже вытереться и предоставляя возможность жаркому солнцу сделать это за меня.

— Согласен, — ответил я. — Я осмотрюсь и найду что-нибудь подходящее.

Марди склонилась надо мной, ее колени утопали в мягком песке, а руки были скрещены на бедрах.

— Ник, я тут подумала... Почему бы тебе не написать книгу?

Я заморгал, глядя на нее.

— Написать книгу? — переспросил я. — Черт возьми, я не смогу написать книгу.

Она покачала головой.

— Ты никогда не пробовал, — сказала она, и это было правдой. — Ты же знаешь, как продаются некоторые романы. Почему бы тебе не попытаться — посмотреть, что получится?

— Не из каждого романа получается хит, дорогая. Многие из них такая ерунда!

— Почему бы тебе не написать роман о газетчике? Думаешь, что не сможешь?

В ее словах был какой-то смысл. Экки пережил столько всего, что хватило бы на три книги, да и у меня был кое-какой опыт. Марди заметила, что я задумался, и пришла в волнение.

— О Ник, как будет здорово, если ты будешь писать книгу. Тогда ты меня не бросишь, правда? Я буду готовить тебе еду и штопать носки, а ты сможешь работать...

— Для тебя звучит не очень-то заманчиво, — улыбнулся я ей.

Она поднялась с песка.

— Подумай об этом, Ник, — сказала Марди. — Я вернусь в дом и приготовлю завтрак. Я тебя позову.

Ну, я подумал об этом, и чем больше думал, тем больше мне нравилась эта затея. Марди еще не позвала меня на завтрак, а мне уже не терпелось начать. Я вернулся в дом, проглотил свой завтрак и приступил к делу. Мне потребовалось все утро, чтобы выработать общую идею книги, и когда я закончил, она показалась мне довольно интересной.

Я пошел к Марди, которая была в то время на кухне, и изложил ей свои планы. Она слушала меня, прислонившись к кухонному столу, — ее глаза были широко раскрыты и блестели от волнения. Она испытывала такой же энтузиазм, как и я.

— О'кей, милая, — подвел я итог. — Следующий шаг — достать пишущую машинку, и я приступаю.

Мне потребовалось два месяца, чтобы исполнить задуманное, и если бы не Марди, я никогда не закончил бы эту книгу. Я застрял на полпути и потерял терпение, но Марди поддерживала меня, пока я не заставил себя двигаться дальше. Она так переживала за меня, что я просто не имел права сдаться. Когда текст был закончен, я перечитал его и понял: у меня что-то получилось. Возможно, не бестселлер, но что-то вполне приличное.

— Это только начало, — сказала Марди. — Ты будешь писать все больше и больше и очень скоро станешь знаменитым.

— Не придавай этому слишком большого значения, — улыбнулся я ей. — Возможно, я получу текст обратно с обычным отказом.

Марди в меня верила. Текст мне не вернули, а приняли к рассмотрению. Через пару месяцев после его отправки я получил письмо от издателей в Нью-Йорке, в котором говорилось, что мой текст им нравится и что меня просят приехать для встречи с ними.

Я не рассчитывал на такой скорый ответ — мы как раз красили дом снаружи, успев к этому моменту сделать лишь половину работы. Марди настояла на моей поездке — она осталась, чтобы самой все закончить. Я знал, что она справится и без меня. Судебное расследование нас не касалось, и все успокоилось. Спенсеру и его банде были вынесены довольно жесткие приговоры. Марди поначалу из-за этого сильно переживала, но потом забыла об этом разбирательстве.

Так что я сел в поезд и поехал на восток. Издатели были очень любезны со мной, предложили весьма приличный аванс и контракт еще на две книги. Я не собирался тратить время, слоняясь по Нью-Йорку. Подписав контракт, поймал такси и отправился на Центральный вокзал. Я обнаружил, что у меня есть пара часов до отправления поезда, поэтому заглянул в бар, прежде чем решить, куда пойти, чтобы скоротать время. У стойки бара стоял полковник Кеннеди.

— Вот так сюрприз! — удивился он.

Я взял его за руку.

— Ты прав, полковник, — сказал я. — Прекрасное время для встречи. Мне есть за что тебя благодарить.

На радостях мы заказали еще выпивки.

— Чем ты занимался все это время? — спросил он, как только мы устроились поудобнее.

— Я сейчас живу в Санта-Монике с женой, — ответил я. — Знаешь, я так и не поблагодарил тебя за то, что ты позволил мне провести медовый месяц в твоем доме.

Он усмехнулся.

— Все в порядке, Ник, — сказал он. — Я рад, что одолжил его тебе. А почему ты забрался так далеко? Я был бы не прочь познакомиться с твоей женой.

— Ну так в чем дело? Почему бы тебе не заглянуть к нам на недельку-другую? Мы будем рады пообщаться.

Он с сожалением покачал головой:

— Боюсь, что не смогу. У меня есть неотложные обязательства.

Я улыбнулся:

— От женщин по-прежнему нет отбоя, полковник?

Он кивнул:

— Думаю, с этим проблем нет.

Я взглянул на часы.

— У меня почти два часа до отъезда, — сказал я. — Как насчет того, чтобы вместе пообедать?

Он слез с табурета.

— Конечно, с удовольствием.

Теперь, когда я снова встретился с ним, меня вдруг охватило любопытство — мне захотелось уточнить информацию насчет богатых клиентов Спенсера. Когда мы уселись в тихом маленьком ресторанчике недалеко от вокзала и сделали заказ, я перевел разговор в нужное мне русло.

— Полковник, — сказал я, — ты помнишь суд над «Маккензи текстиль»?

Он посмотрел на меня и кивнул. Мне показалось, что при этом он немного смутился.

— Да, я помню, какая буря из-за этого поднялась.

— Знаешь, — сказал я, — в этом деле я тоже участвовал.

— Правда?

— Да. Я хотел бы рассказать тебе об этом. Думаю, ты мог бы кое-что прояснить для меня в этой истории.

Он протестующе помотал головой:

— Я ничего об этом не знаю.

— Подожди минутку, полковник, — сказал я. — Может, мне удастся освежить твою память.

Я не спеша рассказал ему всю историю, и он забыл о своем обеде. Когда я закончил смертью Блонди и тем, как мы с Марди ускользнули в Санта-Монику, он откинулся на спинку стула и тихо выдохнул.

— Черт возьми, — произнес он, — прямо небылица какая-то! Не знаю, что и сказать.

— А ты помнишь, полковник, как газетчики обложили тебя в доме с подружкой? — спросил я.

Он нахмурился.

— Я больше не хочу копаться в этом, — отрезал он.

— Подружкой была та женщина, которая говорила со мной по телефону, — тихо сказал я. — Я хочу знать, кто она такая.

Он покачал головой:

— Ты ошибся.

— Говорю тебе как на духу. Я услышал ее голос, и мне этого было достаточно. Я узнаю этот голос где угодно.

— Я больше не собираюсь обсуждать это, Ник. Извини.

— Послушай, полковник, — сказал я. — Я имею право знать. Из-за этой дамы я мог серьезно пострадать. Судебный процесс закончился, и все забыто. Ты знаешь меня достаточно хорошо и можешь быть спокоен — что бы ты мне ни сообщил, это останется между нами. Для меня эта история закончится, лишь когда я буду все знать.

Подумав, он ответил с легкой улыбкой:

— Наверное, ты имеешь на это право. Я не стал бы рассказывать об этом никому другому, но ты очень много для меня сделал.

Меня это признание не слишком тронуло.

— Благодарю, полковник, но что дальше?

— Я не знаю, кто она такая, это правда, — пробормотал он, слегка откашлявшись. — Она явилась ко мне как представитель человека по имени Ли Кертис. Этот парень был связан с корпорацией «Маккензи текстиль», а я как раз приобрел пакет их акций. Эта девушка была уполномочена Кертисом сделать мне предложение об их продаже. Она была чертовски хороша собой, и я предложил ей остаться на ужин, чтобы обсудить этот вопрос. Мне было любопытно узнать, почему Кертис, который был секретарем этой компании, захотел получить такой крупный пакет.

— Сколько там было? — спросил я.

Кеннеди пожал плечами:

— Я уже и забыл. Кажется, речь шла о десяти тысячах долларов — что-то в этом роде. В общем, мы поужинали. Все это время она отказывалась назвать свое имя, но продолжала уговаривать меня расстаться с акциями. И в конце концов я дал согласие. Кертис предлагал высокий процент по акциям, и я подумал, что, может, оно того стоит.

— Ты хочешь сказать, что не знаешь, кто она такая? — разочарованно спросил я.

— Не знаю. Окончание истории не прибавляет мне славы, но готов поделиться и этим. Как только деловая часть была завершена и она дала мне чек Кертиса, я подумал, что мы могли бы получше узнать друг друга. Я же говорил, что она была на удивление хороша собой.

Я угрюмо кивнул:

— Да, ты упомянул об этом.

— Ну, она немного испугалась и вытащила пистолет. Никогда в жизни я так не удивлялся. Я попытался отобрать у нее эту чертову штуку, и пистолет выстрелил. Остальное ты знаешь.

Я откинулся на спинку стула:

— Ну, с этим я не очень-то продвинулся вперед. Я надеялся добраться до этой дамы.

Кеннеди взглянул на часы:

— Тебе пора, иначе опоздаешь на поезд.

Я попросил у официанта счет.

— Я заплачу, — поспешно сказал Кеннеди.

Я отрицательно покачал головой:

— Я только что продал свою книгу, полковник. Мне будет приятно оплатить обед парня, у которого полно своего бабла.

Кеннеди рассмеялся:

— Я рад, что ты наладил жизнь, Ник. Но не исчезай. Ты должен привезти свою жену в город.

Я достал бумажник, выбрал десятидолларовую купюру и отдал ее официанту. В бумажнике среди прочего была фотография Марди, и я протянул ее Кеннеди.

— Это моя жена, полковник. Когда увидишь ее, поймешь, что она замечательная девушка.

Я взял у официанта сдачу и оставил ему доллар чаевых. Потом я повернулся посмотреть на реакцию Кеннеди. Он сидел, глядя на меня, — его лицо было немного бледным, а взгляд каменным.

— Что-то не так? — сказал я.

— В чем дело, Мейсон? — резко спросил он.

Я уставился на него:

— Ты в себе, полковник?

Он постучал пальцем по фотографии Марди:

— Если ты знал об этой девушке, зачем спрашивать у меня?

Я сидел целую минуту, молча глядя на него.

— Это моя жена, полковник... я не понимаю, к чему ты клонишь.

— Это та самая женщина, которую Кертис прислал ко мне, чтобы обговорить продажу акций...

Я отодвинул свой стул.

— Ты ошибся, — в сомнении сказал я. — Это Марди — моя жена.

Он взял фотографию и внимательно посмотрел на нее. И пока он ее изучал, мое сердце билось о ребра, как кувалда. Затем он поднял голову.

— Ник, а кем была твоя жена до того, как вышла за тебя замуж? — спросил он.

С внезапным чувством, что все рушится, я сказал:

— Она была секретаршей Спенсера.

Кеннеди положил передо мной на стол фотографию.

— Все сходится, не так ли? — тихо произнес он. — В этом нет никаких сомнений, Ник.

Я сидел как огорошенный. Кеннеди был не из тех, кто ошибается.

— Но это же безумие, — растерянно сказал я.

Он поднялся на ноги:

— Давай больше не будем об этом, Ник? Я должен бежать. Еще увидимся.

Он положил руку мне на плечо и вышел из ресторана. Я взял фотографию и сунул ее в бумажник. Я не мог ни о чем думать. Я не хотел думать. Я встал, ногой отодвинул от себя стул и подошел к вешалке. Медленно надел пальто и шляпу. Официанты с любопытством смотрели на меня, но мне было все равно. Я вышел на улицу.

Поезд до Санта-Моники уже стоял на перроне, и я сел в вагон. Устроился поудобнее и выглянул в окно, но ничего не увидел. И хотя день был жаркий, мне стало холодно.

Поезд плавно покатил от вокзала, возвращая меня в Санта-Монику. Бог весть, что меня ждет там.

ГЛАВА ДВАДЦАТЬ ПЕРВАЯ

К тому времени, как я добрался до Санта-Моники, я уже оправился от шока. Я сказал себе, что объяснение должно быть простым. Либо Кеннеди ошибся, либо Кертис заставил Марди вести какую-то сложную игру. Какой бы ни была причина, она не означала, что наша с Марди жизнь будет разрушена. У меня было немало девушек, и я знал, что сделал правильный выбор. Марди была моей девушкой. Я не позволю, чтобы что-то встало между нами. Я поговорю с ней об этом, и она выложит мне всю правду. Какой бы она ни была.

От вокзала Санта-Моники я взял такси. Хотел побыстрее вернуться. Путь показался мне долгим, и, устроившись на краешке сиденья, я мысленно подгонял водителя. Наконец-то я добрался до нашего дома. Входная дверь на участок была открыта, но Марди в саду не было. Я шел по длинной дорожке и внезапно почувствовал слабость. Я продолжал твердить себе, что все будет хорошо, но каким-то образом в глубине души я знал, что это не так.

Я вошел в коридор. На вешалке висела мужская шляпа и пиджак — не мои. Я осторожно опустил на пол чемодан и осмотрелся. Затем прошел в гостиную.

Они меня ждали там.

В первый момент я его не узнал — высокого парня с густыми волнистыми волосами, загорелым лицом и ярко-голубыми глазами. Да, это был Ли Кертис. Я стоял в дверях, и кровь подобно ударам грома отдавалась у меня в ушах. Я посмотрел на Марди. Она безвольно сидела в кресле. Ее лицо было белым, а глаза напоминали большие дыры, прорезанные в простыне. Она даже не взглянула на меня.

— Я ждал тебя, — сказал Кертис.

Я не мог произнести ни слова.

— Я здесь уже четыре дня — мы живем с ней вместе.

Все еще не в состоянии что-либо сказать, я вдруг почувствовал, что внутри у меня что-то оборвалось, как будто я получил джеб полусогнутой рукой с близкого расстояния.

Он задумчиво посмотрел на меня, потом поднес руку к подбородку и поскреб его ногтями.

— Успокойся, — произнес он, — не стоит так волноваться.

На негнущихся ногах я подошел к Марди.

— Я по-прежнему с тобой, — сказал я, — но я должен знать правду.

Она не подняла глаз. Она просто сидела, как будто я ничего не говорил.

Кертис развернулся на каблуках лицом ко мне:

— Я ждал этого момента. Теперь вы оба у меня в руках.

Я повернул голову и посмотрел на него. Наверное, у меня что-то такое мелькнуло в глазах, и он выхватил пистолет из заднего кармана.

— Полегче, — сказал он. — Я не хочу начинать стрельбу, да и ты мне не страшен.

— Говори быстрее и проваливай, — процедил я сквозь зубы.

Он сидел на краю стола, все еще держа пистолет направленным на меня.

— Это целая история, — усмехнулся он. — Садись, ты устанешь стоять.

Я даже не пошевелился.

— Пару лет назад, — начал он, медленно покачивая ногой из стороны в сторону, — я получил работу в корпорации «Маккензи» в качестве секретаря. А Марди работала на Спенсера — ты это знаешь. Она также жила со Спенсером — возможно, ты этого не знал. — Он замолчал и потянулся за сигаретой, не сводя с меня глаз. — Вскоре я обнаружил, что за кулисами что-то происходит, и в конце концов Спенсер доверился мне. Я видел, что предприятие было большим — очень большим, а я маловато от него получал. И она тоже. И мы с ней сошлись и подумали, что, если бы нам удалось повесить убийство Ричмонда на Спенсера и убрать его с дороги, я мог бы заполучить свою долю. Поэтому мы выбрали тебя. Нам нужен был парень, который раскрыл бы дело Весси, и мы решили, что ты для этого годишься. Она связалась с тобой по телефону — довольно ловко изменив свой голос, она это умеет. Она больше не жила со Спенсером, она жила со мной.

— Кончай болтовню, — сказал я. — Я больше ничего не хочу слышать. Убирайся!

Он усмехнулся:

— Ты еще и половины не знаешь, умник. Я только начал. Она романтичная малышка, и похоже, что влюбилась в тебя, сильно влюбилась. Затем она попыталась обворовать Спенсера, который уволил ее. Я последовал за ней, потому что не был уверен, что она не попытается обворовать и меня. Как раз когда она устроила свои дела, появилась Блонди. Теперь Блонди знала о ней все. Знала, что Марди жила со Спенсером, знала, что она жила со мной. Блонди захотелось легких денег, поэтому она попыталась шантажировать Марди. Ты отправился в город и оставил нашу маленькую подружку в охотничьем доме. Блонди выследила ее и наведалась в гости, когда ты уехал. Блонди не знала, что ее ждет. Марди убила ее. Ты слышишь это, наивный болван? Твоя подружка застрелила Блонди. Теперь ты знаешь, почему она так испугалась. Теперь ты знаешь, почему она не осталась в городе, а проехала все эти штаты, пока не оказалась на берегу Тихого океана. Ей было мало убийства, вдобавок она надула и меня. Как только она поняла, что Блонди мертва, она явилась ко мне и вытащила облигации на двадцать тысяч долларов из моего сейфа. Я же говорил тебе, что она жила со мной, верно? Ну, она знала все о моем сейфе и о том, как его открыть. Так что она обчистила меня и поделилась с тобой. Я охотился за ней несколько месяцев и нашел ее, как раз когда ты уехал в Нью-Йорк. Ну, думаю, она должная ответить за воровство.

— Марди, — сказал я, — не волнуйся, я все еще с тобой.

Она вздрогнула и закрыла лицо руками.

Кертис бросил окурок на пол.

— Так ты все еще с ней, да? — усмехнулся он. — Ты все еще думаешь, что будешь жить с этой цыпочкой, причастной к убийству, да? Забудь об этом! Ты больше не захочешь быть с ней.

— Ты закончил? А теперь проваливай! — сказал я.

Он поднял брови:

— Кто сказал, что я закончил? Не смеши меня. Слушай, урод, я хочу бабла. У меня достаточно компромата на эту девицу, чтобы ее поджарили. О'кей, у меня больше нет работы. Я живу за ваш счет. Вы дадите мне много денег, и когда я их потрачу, я приду и потребую еще. Так что вам придется ради меня вкалывать в поте лица.

Я медленно сел. Мне было ясно, что мы в ловушке у этого парня. Больше не будет счастливых дней. Больше не будет никаких купаний в море или чего-то подобного. Этот парень будет с нами, пока не сдохнет. В голове у меня все слегка сдвинулось с места. *Пока не сдохнет.* Я рассеянно посмотрел на него. Один против двух. Одна жизнь делает две другие жизни несчастными. Это несправедливо. Меня слегка подташнивало, но я чувствовал, что другого выхода нет — я должен убить этого парня.

— Сколько ты хочешь? — тихо спросил я.
— А сколько вы можете себе позволить?

Он посмотрел на Марди, потом снова на меня. Я понимал, что он играет с нами.

— Пятьдесят баксов в неделю, — сказал я, чтобы хоть что-то сказать. Я знал, что у него на уме определенная сумма, поэтому хотел поскорее узнать ее.

Он рассмеялся:
— Я хочу пятнадцать тысяч сейчас и сто баксов в неделю, пока мне не надоест напоминать об этом.

Так вот оно как.

Я медленно поднялся на ноги.

— Ты с ума сошел, — сказал я. — У нас нет пятнадцати штук.

Он пожал плечами:
— Ты получил мои двадцать штук. У тебя половина отложена. Можешь продать дом и мебель. У нее есть какие-то безделушки, у тебя есть несколько вещей, которые чего-то стоят. Наберешь.

— Получается, ты нас раздеваешь догола.

Он кивнул:
— Конечно. Разве для тебя оно того не стоит?

Я подошел к окну и выглянул наружу.

— Федералы охотятся и за тобой, — сказал я. — А что, если я передам тебя им?

— Не валяй дурака. Тогда она отправится вслед за мной, и ее ждет электрический стул.

Я просто зря терял время. Каким-то образом я должен был завладеть его пистолетом и убить его. Меня удивило, как спокойно я подумал об этом. Решив его убрать, я испытал не больше сомнений, чем если бы планировал наступить на муравья. Я просто должен был найти возможность это сделать.

— Ну, если так, — произнес я, — мне придется разбогатеть. У меня нет сейчас таких денег.

— Выпиши мне чек на десять штук, — сказал он. — Для начала хватит и этого, через месяц я вернусь за остальным.

Я сделал вид, что подавлен, но на самом деле я уже приступил к осуществлению задуманного. Я отошел от окна и направился к письменному столу. Кертис все еще сидел на столе, наблюдая за мной. Я остановился у другого конца стола и положил руки на столешницу.

— Послушай, Кертис, — сказал я, — оставь нас в покое, ладно? Возьми десять штук, и мы в расчете.

Он рассмеялся. Всего на секунду он утратил бдительность, и я этим воспользовался. Я схватился за стол и опрокинул его. Это было легко. Кертис сидел на дальнем конце, и стол с грохотом накрыл его. Всем своим весом. Я навалился сверху на стол так, что он придавил Кертиса. Пистолет вылетел у него из рук.

Встав коленями на стол и удерживая под ним Кертиса, я сказал Марди:

— Быстро возьми пистолет.

Она протянула руку и подняла его.

— Дай его мне.

Она повернулась и посмотрела на меня. Она видела по моим глазам, что́ я собираюсь сделать. Вместо того чтобы отдать мне пистолет, она сделала шаг назад.

— Дорогая, дай мне пистолет! — крикнул я.

— Нет, ты не убьешь его, — с решимостью возразила она. — Я не позволю тебе никого убивать.

— Ради бога, неужели ты не понимаешь? Это наш единственный шанс. Мы должны как-то выбраться из этого. Если эта крыса будет жить, нам конец. Дай мне пистолет!

Все это время Кертис лежал на спине — из-за края стола торчала только его голова. Его глаза вылезали из орбит, а лицо позеленело.

— Ник, — сказала Марди, — я не стала бы ее убивать. Но она хотела разбить единственную ценность, которая у меня была. Твою любовь ко мне. Я потеряла рассудок, раз сделала это, но я так сильно хотела быть с тобой. Я пыталась все это забыть, но не могла...

— Я это переживу, — ответил я. — Дай мне пистолет.

— Я пыталась спасти нашу любовь, совершив убийство, и это не помогло. Ты хочешь сделать то же самое. Мы никогда не сможем посмотреть в глаза друг другу. Отпусти его, Ник.

Она была права. Я слез со стола и отступил. Кертис медленно поднялся на ноги, его лицо подергивалось.

— Подожди здесь, — сказала Марди. — Я принесу тебе чек.

Я повернулся спиной к Кертису. Я просто не мог заставить себя посмотреть на него. Проходя мимо меня, Марди коснулась моей руки.

— Все будет хорошо, Ник, если ты еще можешь любить меня, — сказала она.

Я потянулся ней, но она уже выбежала из комнаты в свою спальню, где, как я знал, хранилась ее чековая книжка.

— Черт возьми! — воскликнул Кертис. — Попробуй какие-нибудь другие трюки...

В комнате Марди раздался выстрел. Грохот заставил нас обоих рвануть туда. Потом мы остановились и посмотрели друг на друга.

— Значит, она снова меня обворовала, — произнес он.

Он постоял в нерешительности, потом прошел в спальню. А я словно окаменел. С того места, где я стоял, было видно, как он заглядывает в комнату. Его вдруг затрясло, он отвернулся и вышел в коридор. Он даже не взглянул на меня. Он стоял, словно в раздумье. Затем он добрел до входной двери и пошел по длинной дорожке. Я слышал шорох гравия под его ногами, но не смотрел ему вслед.

Когда он исчез из виду, я вышел в сад. Я спустился к морю и стоял, глядя на волны, которые катились к берегу. Я не мог смотреть на то, что стало с Марди. Мне хотелось сохранить ее в памяти такой, какой я ее знал, какой она была всегда. Я не мог и плакать — внутри у меня будто все пересохло.

Вдруг прилетела крупная чайка и стала кружить над моей головой, словно чья-то душа. Затем, будто испугавшись моей неподвижности, она быстро устремилась в море.

Содержание

РЕКВИЕМ БЛОНДИНКЕ
Перевод А. Полошака 5

ВОТ ВАМ ВЕНОК, ЛЕДИ
Перевод И. Куберского 261

Чейз Дж. Х.

Ч 36 Реквием блондинке : романы / Джеймс Хэдли Чейз ; пер. с англ. И. Куберского, А. Полошака. – СПб. : Азбука, Азбука-Аттикус, 2020. – 480 с. — (Звезды классического детектива).

ISBN 978-5-389-18515-9

На счету у Рене Реймонда, известного во всем мире как Джеймс Хэдли Чейз, английского писателя и классика детективного жанра, несколько десятков произведений, больше половины из которых было экранизировано. В настоящем сборнике представлены романы «Реквием блондинке» и «Вот вам венок, леди», созданные на заре литературной деятельности. Действие в обоих романах разворачивается в небольших американских городках. Шантаж и похищения, стрельба и драки, наемные убийцы и таинственные красотки, немного «нуара» и немного юмора — поклонники «крутого детектива» не будут разочарованы.

УДК 821.111
ББК 84(4Вел)-44

Литературно-художественное издание

ДЖЕЙМС ХЭДЛИ ЧЕЙЗ
РЕКВИЕМ БЛОНДИНКЕ

Ответственный редактор *Оксана Сабурова*
Редактор *Ирина Стефанович*
Художественный редактор *Валерий Гореликов*
Технический редактор *Татьяна Раткевич*
Компьютерная верстка *Марии Антиповой*
Корректоры *Татьяна Бородулина, Анна Быстрова*

Главный редактор *Александр Жикаренцев*

Подписано в печать 21.08.2020. Формат издания 75 × 100 $^1/_{32}$.
Печать офсетная. Тираж 5000 экз. Усл. печ. л. 21,15. Заказ № 4876/20.

Знак информационной продукции
(Федеральный закон № 436-ФЗ от 29.12.2010 г.): **16+**

ООО «Издательская Группа „Азбука-Аттикус"» —
обладатель товарного знака АЗБУКА®
115093, г. Москва, ул. Павловская, д. 7, эт. 2, пом. III, ком. № 1
Филиал ООО «Издательская Группа „Азбука-Аттикус"» в Санкт-Петербурге
191123, г. Санкт-Петербург, Воскресенская наб., д. 12, лит. А
ЧП «Издательство „Махаон-Украина"»
Тел./факс: (044) 490-99-01. E-mail: sale@machaon.kiev.ua

Отпечатано в соответствии с предоставленными материалами
в ООО «ИПК Парето-Принт».
170546, Тверская область, Промышленная зона Боровлево-1, комплекс № 3А.
www.pareto-print.ru

ПО ВОПРОСАМ РАСПРОСТРАНЕНИЯ ОБРАЩАЙТЕСЬ:

В Москве: ООО «Издательская Группа „Азбука-Аттикус"»
Тел.: (495) 933-76-01, факс: (495) 933-76-19
E-mail: sales@atticus-group.ru; info@azbooka-m.ru

В Санкт-Петербурге: Филиал ООО «Издательская Группа „Азбука-Аттикус"»
Тел.: (812) 327-04-55, факс: (812) 327-01-60. E-mail: trade@azbooka.spb.ru

В Киеве: ЧП «Издательство „Махаон-Украина"»
Тел./факс: (044) 490-99-01. E-mail: sale@machaon.kiev.ua

Информация о новинках и планах на сайтах:
www.azbooka.ru, www.atticus-group.ru

Информация по вопросам приема рукописей и творческого сотрудничества
размещена по адресу: www.azbooka.ru/new_authors/

A-MCD-27130-01-R